詩經章法與寫作藝術

呂珍玉、林增文等著

朱序

　　經學在中國文化傳承上有著無比重要的影響。它不但是歷代讀書人信奉的經典教條，其中的文字也混融為普羅百姓心目中的共同價值觀，甚至信心的來源，亦轉化為中華民族共同擁有的民族性。自清代章學誠首倡「六經皆史」，過渡到民國以來以一切經學皆社會史料的角度來研究，徹底打破自漢迄清「以經為常」的迷思。其中對《詩經》的比興詮釋，影響尤烈。

　　近代臺灣研治《詩經》，以臺灣大學中文系的屈萬里先生首推獨步。屈先生學貫群經，他以深厚的經史小學知識，用群經治一經，訓詁折中漢宋清儒，參諸出土古文字考古新知，往往能「機杼獨運」，另出新意。龍宇純先生從屈先生習詩經學，復在古漢語古音韻研究超越前修，能自董同龢先生後成就臺大一脈音韻學圭臬。龍先生擅以音韻訓詁治詩，「發人所未發」，成果豐碩，譽為一代儒宗。

　　東海大學中文系呂珍玉女史從龍先生學，精研詁訓，勤治經史，能傳龍先生之絕學。由屈而龍而呂，《詩經》研究一脈相承，成就東海研治《詩經》的獨特風格。我忝為東海中文系主任，深慶系上得人。

　　呂珍玉老師治學沉潛篤厚，以勤、窮二字為要訣，積點成文，日夜不懈。呂老師學術的成功，顯非偶然。近年呂老師思辯日趨成熟，高文不斷，並以評析的方式，深入淺出，闡風人之旨，推廣《詩經》之學，稱譽學林。

i

本書為呂老師與東海諸學子合撰的《詩經》論文集,不但聚結呂老師多年研治《詩經》的成果,亦足窺見「經師難,人師更難」之一例。呂老師對同學在學術研究的拉拔提攜,實教人動容。我有幸為呂老師學途的同好諫友,謹就所知呂老師的嚴謹治學、無私身教,略說明如上,以宣示來者。

東海中文系主任
朱岐祥

自序

在東海大學中文研究所擔任「詩經研究」課程已逾十年，歷年選修這門課的學生人數一直不少，逐年下來累積許多同學的學期報告，題目五花八門，征戍行役、農事祭祀、戀愛婚姻、語言修辭、個別注家……，涉及《詩經》研究的各個不同層面。每學期我都會將這些論文題目，掛在教學網站上，希望有助於同學對《詩經》研究議題的關注。但是光看論文題目，能達成觀摩學習的效果相當有限。曾經想過選擇其中的佳篇全文上網，但多數同學又已畢業離校，無法找到他們來修訂論文。

十年也足夠讓一株幼苗枝葉繁茂成長了，我在自己喜歡的《詩經》教學研究領域上，完成了《詩經訓詁研究》、《詩經詳析》兩部專書；〈吳闓生詩義會通〉等數十篇期刊論文；指導張淑惠等超過十位研究生撰寫碩士論文；修課同學早已超過百人。這些數字對我而言真是既喜又懼，喜的是自己在《詩經》園地的耕耘似乎開始有了一丁點的收成，懼的是和我在這塊園地一起耕作的學生是否也能分享收穫？未來又該如何更有效率的繼續耕耘下去？

曾經思索將歷年寫得較佳的學期報告全文張貼網上，提供諸生切磋參考，以相激勵。也徵詢過一些同學的意願，但多數人對自己的報告不盡滿意，也不願意獻醜，因而在教學上該做的事，一直拖延未做。今年由於學校提供教育部教學卓越計畫補助出版印刷費，得以重新檢視同學歷年來的研究成果，先試以「《詩經》章法與寫作

藝術」為主題，強迫所指導研究生賴曉臻等四人，就他們的碩士論文選擇其中較具代表性的章節，至少改寫一篇成為單篇學術論文形式，外加修課博士生林增文的兩篇學期報告，連同個人在此議題的四篇文章，總共彙集了十一篇文章，作者與篇名如下：

賴曉臻——〈《詩經》中的情感表現探討〉、〈《詩經》抒情方法探討〉
譚莊蘭——〈《詩經》男性人物形象塑造技巧〉
林芹竹——〈《詩經》諷刺藝術研究〉
張惠婷——〈《管錐篇・毛詩正義》論《詩》之修辭、句法與表達藝術〉
林增文——〈概念譬喻理論的詩歌詮釋——以《詩經・摽有梅》為例〉、〈分化中的統一——《詩經・巧言》的總體性隱喻閱讀〉
呂珍玉——〈《詩經》末章變調詩篇研究〉、〈《詩經》之敘述視點及視點、聚焦模糊詩篇詩旨問題探討〉、〈《詩經》頂真修辭技巧探究〉、〈《詩經》中的名言探究〉

全書內容含括《詩經》的章法、敘述視點聚焦、修辭、句法、語言、人物形象、諷刺技巧、情感表現、抒情方法以及應用譬喻概念理論，探討《詩經》中的隱喻等等，涉及層面還不少。

希望本書的出版，不僅是研究成果的展現，撰寫論文的同學能從中學到嚴謹的治學態度，不斷提升自己；一般《詩經》研究者，也能從中找到對口的問題，展開更為多元深入的研究。本書的出版

自序

只是一個開始,期望未來能開出更多不同面向的《詩經》研究議題。最後要特別感謝教育部教學卓越計畫補助印刷費,以及華藝數位股份有限公司策畫出版;更要感謝朱岐祥主任在百忙之中為本書撰寫序言勉勵鼓舞。書中錯誤或見解不周處,在所難免,尚祈博雅方家不吝諟正是幸。

呂珍玉序於東海大學人文大樓 H541 研究室
民國百年初夏

《詩經章法與寫作藝術》

目次

《詩經》末章變調詩篇研究 .... 呂珍玉　1
- 壹、前言 2
- 貳、《詩經》重章詩篇及其藝術特色 2
- 參、末章變調詩篇 8
- 肆、末章變調詩篇的形式特點 10
- 伍、末章變調詩篇的章法特點 15
- 陸、末章變調詩篇的寫作形式 27
- 柒、末章變調詩篇的內容特點 31
- 捌、結語 34

《詩經》之敘述視點及視點、聚焦模糊詩篇詩旨問題探討
.... 呂珍玉　39
- 壹、前言 40
- 貳、《詩經》中的幾種敘述視點 42
- 參、視點與聚焦模糊詩篇舉例討論 56
- 肆、結語 77

vii

《詩經》頂真修辭技巧探究 .... 呂珍玉 83

 壹、前言 84

 貳、何謂頂真修辭法？ 84

 參、《詩經》中頂真修辭詩篇及形式 87

 肆、《詩經》頂真修辭的作用 97

 伍、《詩經》頂真修辭對後代文學作品的影響 104

 陸、結語 112

《詩經》中的名言探究 .... 呂珍玉 115

 壹、前言 116

 貳、《詩經》中的名言 118

 參、《詩經》中名言的語義內涵 120

 肆、《詩經》名言的表述特點 126

 伍、《詩經》名言的修辭特點 128

 陸、結語 131

概念譬喻理論的詩歌詮釋
——以《詩經·摽有梅》為例 .... 林增文 135

 壹、前言 137

 貳、〈摽有梅〉的詩旨與大意 137

 參、概念譬喻理論與詩歌詮釋 141

 肆、〈摽有梅〉詩中的譬喻運作 144

 伍、結論 149

分化中的統一
——《詩經‧巧言》的總體性隱喻閱讀 .... 林增文 153
壹、前言 155
貳、理論背景——總體性隱喻閱讀的理論、方法與限制 156
參、語料分析——《詩經‧巧言》的總體性隱喻閱讀 162
肆、結論 171

《詩經》中的情感表現探討 .... 賴曉臻 177
壹、前言 178
貳、喜 180
參、怨 183
肆、哀 188
伍、懼 195
陸、愛 199
柒、惡 205
捌、結論 210

《詩經》抒情方法探討 .... 賴曉臻 213
壹、前言 214
貳、重章疊唱 214
參、意象化抒情 218
肆、敘述抒情 225
伍、對面著筆 230
陸、結論 235

《詩經》男性人物形象塑造技巧 ················ 譚莊蘭 241

- 壹、前言 ·· 242
- 貳、男性人物的外在描寫 ····························· 243
- 參、內在描寫 ·· 256
- 肆、環境（景物）烘托，氣氛營造 ··············· 262
- 伍、其他塑造技巧 ·· 269
- 陸、結語 ·· 275

《詩經》諷刺藝術研究 ································ 林芹竹 281

- 壹、前言 ·· 282
- 貳、賦與興的寫作手法 ································ 283
- 參、修辭格的運用 ·· 297
- 肆、內容的特殊安排 ···································· 333
- 伍、結語 ·· 336

《管錐編・毛詩正義》論《詩》之修辭、句法與表達藝術
·· 張惠婷 341

- 壹、前言 ·· 342
- 貳、比喻 ·· 345
- 參、歇後、倒裝 ··· 355
- 肆、烘托 ·· 360
- 伍、Y叉句法 ·· 362
- 陸、反詞質詰、反經失常諸喻 ····················· 365
- 柒、代言體、話分兩頭 ································ 368

捌、倩女離魂法：己思人乃想人亦思己，己視人適見人亦視己 372
玖、情境描寫法 375
拾、其他 377

《詩經》末章變調詩篇研究

呂珍玉

【提要】

多樣式的疊章複沓為《詩經》最為獨特的表現形式和最富藝術性的寫作技巧之一，疊章複沓主導詩篇的音樂特質、章法佈局、寫作技巧和內容安排甚巨，而在各種疊章形式中尤以末章變調形式（AAB 或 AAAB）最為獨特，不僅在曲式上從單一的重複到尾聲產生變化，而且在內容上末章往往轉移論述內容或轉換寫作技巧，和前章形成錯綜變化，表現出疊章中最出色的藝術形式。但由於此類型曲式的詩篇，末章和前章往往缺乏清晰的銜接脈絡，而被論者誤為錯簡或誤合兩詩；或者在過大的縫隙中，穿梭遊走，各持己見，解說紛紜；甚至有論者乾脆放棄解釋，持闕疑態度。這是一個值得重視的問題，本文選擇國風、小雅中十七首末章變調詩篇，針對其形式、章法、寫作技巧、表現內容等問題加以探討，試圖說明此式之藝術特點，以及調解紛紜之詩旨問題。

關鍵詞：詩經、疊章、章法、曲式、末章變調

壹、前言

　　個人在撰寫〈《詩經》之敘述視點及視點、聚焦模糊詩篇詩旨問題探討〉一文時[1]，發現在《詩經》多樣式的疊章形式中，末章變調曲式（AAB或AAAB），不論在形式、章法佈局、情感表現、內容呈現，以及詩旨方面，都有再加觀察探討之必要，但限於題目範圍，該文僅從敘述視點及聚焦探討詩旨問題，實則尚有甚多研究空間。前人觀察此問題，較為重要的有向熹《詩經語言研究》以及黃振民〈《詩經》詩篇篇章結構形式之研究〉，但兩位先生之研究僅止於歸類《詩經》中的疊章類型；張西堂先生《詩經六論》雖曾提及此式之表現特色，但亦僅論及篇章布置，尚有不足。本文試圖在前人研究成果上對末章變調詩篇更進一步加以研究。

貳、《詩經》重章詩篇及其藝術特色

　　根據黃振民先生〈詩經詩篇篇章結構形式之研究〉一文統計，305篇除去一章一篇共34篇不計外，其他271篇篇章結構如下表：

---

[1] 該文發表於《東海學報》第44卷，民國92年7月。

章法	完全疊詠之章	疊詠之章與獨立之章混合而成之篇	完全獨立之章組成之篇
篇數	133	74	64
所佔百分比		76%	24%

根據王洲明先生在〈中國早期認識論和《詩經》特點〉一文中統計,《詩經》中又以複沓二章(12.7%)、三章(34.7%)、四章(13.1%)的詩篇數量最多[2]。又個人根據黃振民先生〈《詩經》詩篇篇章結構形式之研究〉一文[3]加以統計,製作成下表:

章數	二章	三章	四章
篇數	40	112	47
其中獨立章篇數	4	5	4
其中疊詠詩篇數	36	107	43
疊詠詩所佔百分比	13.3%	39.5%	16%

又有王錫三先生〈論《詩經》以聲為用的複沓結構〉一文,更分別將國風、小雅、大雅、三頌的複沓情形詳加統計如下表:[4]

---

[2] 以上黃振民、王洲明兩位先生的統計資料轉引自王金芳〈試論《詩經》音律形成的條件〉一文,該文刊載於中國詩經學會編,《詩經研究叢刊》第三輯,(北京:學苑出版社,2002年7月),頁65。

[3] 該文發表於《中國文化復興月刊》6卷1期、6卷2期、6卷3期,1973年1、2、3月。

[4] 王文收入中國詩經學會編,《第二屆詩經國際學術研討會論文集》,(北京:語文出版社,1996年8月),頁269。

詩經章法與寫作藝術

分類	國風	小雅	大雅	三頌	總計	備註
一章詩	0	0	0	34 沓0 不34	34 沓0 不34	①一章詩共34首皆為頌詩不複沓 ②二、三、四、五章詩《國風》157首複沓131不沓26 《小雅》48首複沓38不沓10 《大雅》7首複沓3不沓4 《三頌》2首複沓2不沓0 總計214首複沓174不沓40 複沓比率占81% 不沓比率占19%
二章詩	39 沓34 不5	1 沓1 不0	0	0	40 沓35 不5	
三章詩	91 沓80 不11	18 沓15 不3	1 沓1 不0	1 沓1 不0	111 沓97 不14	
四章詩	24 沓16 不8	20 沓16 不4	2 沓0 不2	1 沓1 不0	47 沓33 不14	
五章詩	3 沓1 不2	9 沓6 不3	4 沓2 不2	0	16 沓9 不7	
六章詩	2 沓0 不2	12 沓3 不9	6 沓0 不6	1 沓0 不1	21 沓3 不18	六章以上詩《國風》3首皆不複沓 《小雅》26首複沓3不沓23 《大雅》24首皆不沓 《三頌》4首皆不沓
七章詩	0	2 沓0	4 沓0	1 沓0	7 沓0	

分類	國風	小雅	大雅	三頌	總計	備註
		不 2	不 4	不 1	不 7	總計 57 首複沓 3 不沓 54 複沓比率占 9% 不複沓比率占 91%
八章詩	1　沓 0／不 1	9　沓 0／不 9	10　沓 0／不 10	1　沓 0／不 1	21　沓 0／不 21	
九章詩	0	1　沓 0／不 1	1　沓 0／不 1	1　沓 0／不 1	3　沓 0／不 3	
十章以上	0	2　沓 0／不 2	3　沓 0／不 3	0	5　沓 0／不 5	
總計	160　沓 131／不 29	74　沓 41／不 33	31　沓 3／不 28	40　沓 2／不 38	305　沓 177／不 128	
所占比例	複沓 82%	複沓 55%	複沓 10%	複沓 5%	複沓 58%	

　　這些統計數字說明疊詠為《詩經》的主要形式，尤其在國風、小雅詩篇中。根據夏傳才先生《詩經語言藝術》以為詩篇運用疊章複沓形式，一方面有利於傳唱和記憶，另一方面可以在反覆詠唱中強化音樂節拍，形成一定的旋律和節奏，達到深化主題，強化抒情，

增加感染力的審美效果[5]。從《詩經》中多數詩篇以重章複沓形式呈現，這又提供我們對《詩經》音樂性的瞭解。雖然今天我們已無法知悉詩篇的曲調為何，但從文辭形式，可以窺測每一詩篇配樂的曲式。由於音樂的無形性、無語義性和時間性特點，不容易記憶，為了加深記憶和印象，重複為必要手段，但一個曲調重複多次，也會令人精神麻痺，分散注意力，因而《詩經》的曲式，亦企圖在單一之外尋求變化。以上三位先生所統計的各章複沓詩篇數量雖小有出入，但亦十分接近。從王錫三先生的統計中，我們發現六章以上的長篇詩都不用複沓，據他的探討是和「以聲為用」有關[6]。筆者以為超過四章以上的複沓在詩篇中極少，而且已經不是很好的複沓形式了，原因應是重複四章音律缺少變化，形式僵化，不能主導內容作變化。而其中尤以三章疊章形式數量最多，主要原因或許就是因為重複三次，於音樂上最方便於記憶和抒情的再三致意，再加上《詩經》詩篇每章大多以四句為主，其中三章體現出變化和錯落有致，四句體現出變化中對稱和整齊，應是最優美的形式，也最適合於情感的安排配置，而二章複沓則有意猶未盡，稍嫌不足之感。

　　根據黃振民先生的統計，《詩經》中完全疊詠詩篇高居133首，約佔全部詩篇的49%，這顯示疊章複沓形式不論在音樂上或內容上都具有優點，完全疊詠體固可如夏傳才先生所說的呈現某些審美效果，而那74首約佔27%的不完全複沓體，又具何種特質呢？據觀察，不完全複沓形式比較常見的有以下幾種形式：

---

[5] 詳參《詩經語言藝術》討論重章疊唱部分。
[6] 同註4，頁268。

一、AABB 式（或 AAABBB 式）

例如：〈終風〉、〈丰〉、〈魚麗〉、〈鴛鴦〉等篇。

二、ABB 式（或 ABBB 式）

例如：〈卷耳〉、〈行露〉、〈車鄰〉、〈宛丘〉、〈衡門〉、〈皇皇者華〉等篇。

三、AAB 式（或 AAAB 式）

本文討論詩篇，見下文參、末章變調詩篇。

四、AABC 式

例如：〈雄雉〉、〈桑扈〉、〈采綠〉、〈何草不黃〉等篇。

五、ABBC 式

例如：〈泉水〉、〈九罭〉等篇。

六、AABBC 式

例如：〈四牡〉。

七、AABCC 式

例如：〈葛生〉。

在不完全複沓形式中尤以 AAB 式（或 AAAB 式）數量最多，此式的形成，顯然是在一個曲調刻板單調重複多次，興奮中心逐漸麻痺惰性，失去注意的情況下，企圖向新奇特異靈活多變形式前進的痕跡。

參、末章變調詩篇

　　《詩經》中末章變調詩篇僅見於三章、四章疊章形式中,其原因除了三、四章重章形式最多之外,重複二章或三章之後來個變調,應最能顯現錯落有致;太多章疊詠易於僵化,使人記憶停頓。至於末章變調這種不完全複沓的詩篇,個人的篩選比較嚴格,只要末章興句,或其他句中出現明顯和前章的字句重複者,皆未計入,因而選出的詩篇較向熹、黃振民兩位先生為少[7],試列成下表加以對照,並說明選擇或不選擇的原因,所選篇數雖有落差,應無妨於討論之依據。

向熹先生的統計	黃振民先生的統計	筆者的統計	說明
1.葛覃	1.葛覃	1.葛覃	
2.汝墳	2.汝墳	2.汝墳	
3.采蘩	3.采蘩	3.采蘩	
○	4.野有死麕	4.野有死麕	一二章有局部複沓,末章另起一調,轉為三句,且用分尾,甚至改變敘述者。
4.日月	5.日月	○	末章與前三章除三四句改換外,和前章仍為複沓。

---

[7] 詳參向熹《詩經語言研究》及黃振民〈《詩經》詩篇篇章結構形式之研究〉所統計之詩篇。

向熹先生的統計	黃振民先生的統計	筆者的統計	說明
5.終風	○	○	末章僅改變興句,且和前三章同寫天象。
6.燕燕	6.燕燕	5.燕燕	
7.新台	7.新台	○	末章僅改變興句
8.蝃蝀	8.蝃蝀	6.蝃蝀	
9.大車	9.大車	7.大車	
10.子衿	10.子衿	8.子衿	
11.雞鳴	11.雞鳴	9.雞鳴	
12.東方未明	12.東方未明	10.東方未明	
13.甫田	13.甫田	11.甫田	
14.揚之水	14.揚之水	12.揚之水	
15.匪風	15.匪風	13.匪風	
○	16.下泉	14.下泉	末章和前二章無字句複沓之跡。
16.南有嘉魚	○	○	末章僅改變興句,後二句複沓。
17.湛露	○	○	末章僅改變興句,後二句複沓。
18.菁菁者莪	○	○	末章僅改變興句,後二句複沓。
○	17.采芑	○	各章局部複沓,末章亦見方叔率止等複沓字句。
19.沔水	18.沔水	○	末章或有錯簡,且鴥彼飛隼句和前章複沓。
20.祈父	19.祈父	○	末章字句和前章仍有複沓之跡。
○	20.我行其野	○	末章和前章仍有複沓之字句。
○	21.谷風	○	興句複沓

向熹先生的統計	黃振民先生的統計	筆者的統計	說明
○	22.鼓鐘	○	末章和前章仍有複沓之字句。
○	23.裳裳者華	15.裳裳者華	末章未見和前章字句複沓之跡。
21.菀柳	24.菀柳	○	末章結尾兩句複沓
22.都人士	○	○	末章和前章有複沓句子
23.黍苗	○	○	末章召伯事跡與前章有銜接
24.隰桑	25.隰桑	16.隰桑	
○	26.漸漸之石	○	末章結尾兩句複沓
25.苕之華	27.苕之華	17.苕之華	
共25首	共27首	共17首	

肆、末章變調詩篇的形式特點

　　或以為末章變調詩篇在用韻上必有異於完全複沓詩篇之處，實則《詩經》押韻自由，尚未形成全篇押韻規律；一般以章為押韻單位，押韻情形有：句句押韻、偶數句押韻、奇數句與奇數句，偶數句與偶數句交叉押韻、除韻字外句尾加虛字（如兮、也、之、矣等虛字）的富韻，當然也有完全不押韻形式。《詩經》詩篇各章之間換韻十分自由，尚未形成用韻規則，特加說明於前。

　　末章變調詩篇之形式特點主要在字句的變化上，這樣變化目的不外期望在對偶、排比、層遞、回環的整齊句式外，來些參差散句，使得詩篇的語言形式既有均衡的美，也有錯綜的美，這亦

是在一種整齊曲式後的頓挫變化。其在形式上約有以下幾項特點：

一、末章變換詩句

　　大體而言末章變調詩篇是在最後一章另起新調，變換詩句，不再重複使用前章的複沓方式，以形成錯落變化。試分別舉三章及四章末章變調詩例如下：

〈召南・采蘩〉
于以采蘩，于沼于沚。于以用之，公侯之事。
于以采蘩，于澗之中。于以用之，公侯之宮。
被之僮僮，夙夜在公。被之祁祁，薄言還歸。

〈王風・大車〉
大車檻檻，毳衣如菼。豈不爾思？畏子不敢。
大車啍啍，毳衣如璊。豈不爾思？畏子不奔。
穀則異室，死則同穴。謂予不信，有如皦日。

〈齊風・東方未明〉
東方未明，顛倒衣裳。顛之倒之，自公召之。
東方未晞，顛倒裳衣。倒之顛之，自公令之。
折柳樊圃，狂夫瞿瞿。不能晨夜，不夙則暮。

　　他如〈葛覃〉、〈汝墳〉、〈匪風〉屬於此種三章末章變換詩句形式。

11

〈邶風・燕燕〉

燕燕于飛，差池其羽。之子于歸，遠送于野。瞻望弗及，泣涕如雨。
燕燕于飛，頡之頏之。之子于歸，遠于將之。瞻望弗及，佇立以泣。
燕燕于飛，下上其音。之子于歸，遠送于南。瞻望弗及，實勞我心。
仲氏任只，其心塞淵。終溫且惠，淑慎其身。先君之思，以勖寡人。

〈曹風・下泉〉

洌彼下泉，浸彼苞稂。愾我寤嘆，念彼周京。
洌彼下泉，浸彼苞蕭。愾我寤嘆，念彼京周。
洌彼下泉，浸彼苞蓍。愾我寤嘆，念彼京師。
芃芃黍苗，陰雨膏之。四國有王，郇伯勞之。

〈小雅・隰桑〉

隰桑有阿，其葉有難。既見君子，其樂如何？
隰桑有阿，其葉有沃。既見君子，云何不樂？
隰桑有阿，其葉有幽。既見君子，德音孔膠？
心乎愛矣，遐不謂矣？中心藏之，何日忘之。

　　他如〈裳裳者華〉亦屬於此種四章末章變換詩句形式。

二、末章增減字數或句數

　　《詩經》以四言為常體，末章變調式除了常在末章變化詩句外，有時還刻意增減字句，或在句中句末嵌入語詞，形成和前面疊章更

大的錯落,在整齊的形式後,極盡變化之能事。如果就音樂性而言,增字則曼聲駘蕩,減字則節奏緊湊,末章變調式或利用此種方式,使音樂節奏產生快慢變化,不致過於平板。

1、末章減少句數

〈召南・野有死麕〉

野有死麕,白茅包之。有女懷春,吉士誘之。
林有樸樕,野有死鹿。白茅純束,有女如玉。
舒而脫脫兮,無感我帨兮,無使尨也吠。

末章由前兩章每句四言,增為五言,實則中間嵌入虛字,仍為四言變式,且改變前兩章四句為三句形式,姚際恆《詩經通論》評末章:「錯互成文」[8],即從字句的錯落有致欣賞詩章的結構美。

〈唐風・揚之水〉

揚之水,白石鑿鑿。素衣朱襮,從子于沃。既見君子,云何不樂。
揚之水,白石皓皓。素衣朱繡,從子于鵠。既見君子,云何不憂。
揚之水,白石粼粼。我聞有命,不敢以告人。

末章從前兩章重章的章六句減為章四句,而且後面的應句異於前兩章。

---

[8] 見姚際恆《詩經通論》,(臺北:廣文書局,1993 年 10 月 3 版),頁 44。

2、末章增加字數

〈齊風・雞鳴〉

雞既鳴矣,朝既盈矣。匪雞則鳴,蒼蠅之聲。
東方明矣,朝既昌矣。匪東方則明,月出之光。
蟲飛薨薨,甘與子同夢。會且歸矣,無庶予子憎。

〈小雅・苕之華〉

苕之華,芸其黃矣。心之憂矣,維其傷矣!
苕之華,其葉青青。知我如此,不如無生。
牂羊墳首,三星在罶。人可以食,鮮可以飽。

3、末章嵌入虛字

〈鄭風・子衿〉

青青子衿,悠悠我心。縱我不往,子寧不嗣音?
青青子佩,悠悠我思。縱我不往,子寧不來?
挑兮達兮,在城闕兮。一日不見,如三月兮。

〈鄘風・蝃蝀〉

蝃蝀在東,莫之敢指。女子有行,遠父母兄弟。
朝隮于西,崇朝其雨。女子有行,遠兄弟父母。
乃如之人也,懷婚姻也。大無信也,不知命也。

〈齊風・甫田〉
無田甫田,維莠驕驕。無思遠人,勞心忉忉。
無田甫田,維莠桀桀。無思遠人,勞心怛怛。
婉兮孌兮,總角丱兮。未幾見兮,突而弁兮。

伍、末章變調詩篇的章法特點

篇章結構分析本應用於分析散文的章法,然而詩歌的結構並無異於散文,亦包含著開頭、結尾、層次、段落、過渡、照應等要件。大體而言末章變調式並不具備周密的篇章章法,一般論者以為篇章結構完整為《詩經》重要的藝術特點之一,似乎並不適用於末章變調曲式,但像清代學者姚際恆《詩經通論》評曰:「末章每以變調見長」[9],可見詩文無定法,這是文學語言表現不可規範之處。

一、層次和主題的劃分

《詩經》常見曲式的層次和主題劃分如下:

1、AAA式

這是一個曲調的複沓[10],如:

---

[9] 參姚氏評論〈采蘩〉一詩。
[10] 此係依據楊蔭瀏《中國音樂史稿》對《詩經》詩篇曲式的分析,以下各種曲式皆根據楊氏的分析,不再加註。

〈衛風・木瓜〉

投我以木瓜，報之以瓊琚。匪報也，永以為好也。
投我以木桃，報之以瓊瑤。匪報也，永以為好也。
投我以木李，報之以瓊玖。匪報也，永以為好也。

全詩只換六字，反覆詠唱強化「人贈我木瓜，我報以瓊琚，永以為好。」這個主題，僅止於一個層次。

2、AABB 式

這是連接兩個各自重複的曲調而成，如：

〈鄭風・丰〉

子之丰兮，俟我乎巷兮，悔予不送兮。
子之昌兮，俟我乎堂兮，悔予不將兮。
衣錦褧衣，裳錦褧裳。叔兮伯兮，駕予與行。
裳錦褧裳，衣錦褧衣。叔兮伯兮，駕予與歸。

第一、二章重章為第一主題「悔婚的心理懊悔」，第三、四章轉換話題為第二主題「幻想許嫁的歡樂」，全詩由兩個層次組成。

3、ABB 式

這是一個引子和後面重章銜接而成的曲式，例如：

〈小雅・皇皇者華〉

皇皇者華,于彼原隰。駪駪征夫,每懷靡及。
我馬維駒,六轡如濡。載馳載驅,周爰咨諏。
我馬維騏,六轡如絲。載馳載驅,周爰咨謀。
我馬維駱,六轡沃若。載馳載驅,周爰咨度。
我馬維駰,六轡既均。載馳載驅,周爰咨詢。

第一章為引子,寫「征夫之使命感」,全詩主旨在此章表現;第二、三、四、五章重章說明主題「征夫奔走諮詢之辛勞」,全詩由兩個層次組成。

4、AABC 式

這是第一、二章重章,銜接第三、四章個別獨立詩章的曲式,例如:

〈邶風・雄雉〉

雄雉于飛,泄泄其羽。我之懷矣,自詒伊阻。
雄雉于飛,下上其音。展矣君子,實勞我心。
瞻彼日月,悠悠我思。道之云遠,曷云能來。
百爾君子,不知德行。不忮不求,何用不臧。

第一、二章重章為第一主題「懷念君子」,第三章雖未複沓,但在句段意義上漸層加強前兩章「君子何時歸來」,第四章轉移話題,

17

點出原因為第二主題「斥責不知德行之君子造成夫妻分離」。全詩由三個層次組成。

5、ABBC 式

這是第一章引子，銜接第二、三章重章，第四章尾聲的曲式。例如：

〈豳風・九罭〉

九罭之魚鱒魴，我覯之子，袞衣繡裳。
鴻飛遵渚，公歸無所，於女信處。
鴻飛遵陸，公歸不復，於女信宿。
是以有袞衣兮！無以我公歸兮！無使我心悲兮！

第一章引子「公之形象」，第二、三章重章「對公之挽留」，第四章尾聲「對公之無限依戀」。全詩由三個層次組成。

而末章變調曲式（AAB）往往分為兩個層次——即疊章部分和變調部分，第二章往往是重首章之義，換韻而重唱之，末章忽轉話題，試以〈蝃蝀〉、〈大車〉、〈甫田〉等詩為例說明。

〈鄘風・蝃蝀〉

蝃蝀在東，莫之敢指。女子有行，遠父母兄弟。
朝隮于西，崇朝其雨。女子有行，遠兄弟父母。
乃如之人也，懷婚姻也。大無信也，不知命也。

第一、二章重章為第一主題「女子出嫁離開家庭」，第三章變調，轉換話題「斥責大無信、不知命之人」。

〈王風・大車〉

大車檻檻，毳衣如菼。豈不爾思？畏子不敢。
大車啍啍，毳衣如璊。豈不爾思？畏子不奔。
穀則異室，死則同穴。謂予不信，有如皦日。

第一、二章為第一主題「思念對方」，第三章變調，轉變話題漸層寫「誓言」。

〈齊風・甫田〉

無田甫田，維莠驕驕。無思遠人，勞心忉忉。
無田甫田，維莠桀桀。無思遠人，勞心怛怛。
婉兮孌兮，總角丱兮。未幾見兮，突而弁兮。

第一、二章為第一主題「無思遠人」，思遠人如「田大田，志大心勞」，末章變調轉換話題「以婉孌童子自然長成作譬，一切將水到渠成，應隨順自然」。

經由上述不同曲式層次、主題的討論，可見完全複沓式只含一個層次，一個主題。而不完全複沓式，較之單一主題，平鋪直敘的形式，企圖在各段落層次間，增加意思曲折迴旋，波瀾起伏，表現更多的主題，更為豐富的內涵。

二、敘事角度的變換

拙作〈《詩經》之敘述視點及視點、聚焦模糊詩篇詩旨問題探討〉觀察《詩經》之敘述視點，發現《詩經》之敘述視點多樣，變換敘述角度往往可以增加文章的波瀾，是活潑語言的方式之一。《詩經》之敘述視點多以第一人稱為主，末章變調式自不例外，然其中亦有少數詩篇，在敘述角度方面呈現較為靈活，如〈葛覃〉、〈揚之水〉從一、二章的省略敘述人稱，而末章出現第一人稱「我」敘述；以下二詩在敘述上更為靈活：

〈野有死麕〉

野有死麕，白茅包之。有女懷春，吉士誘之。
林有樸樕，野有死鹿。白茅純束，有女如玉。
舒而脫脫兮，無感我帨兮，無使尨也吠。

由一、二章的第三人稱觀察敘述，到末章變換為第一人稱敘述，以使情境逼真生動。

〈雞鳴〉

雞既鳴矣，朝既盈矣。匪雞則鳴，蒼蠅之聲。
東方明矣，朝既昌矣。匪東方則明，月出之光。
蟲飛薨薨，甘與子同夢。會且歸矣，無庶予子憎。

一、二章夫妻互相對話，而第三章則變換為妻獨語。這樣屢屢變換敘述方式，使得語言充滿生氣，流動而有變化。

三、銜接痕跡不明

完全複沓詩章由於通常只更換詩句中韻字,但反覆詠唱同一主題,有明顯的銜接痕跡;而末章變調詩篇,不論在詞語、句段等方面銜接痕跡皆較不明顯,固然有些詩篇疊詠章和獨立章在敘述或意義上有某種內在承接關係如張西堂《詩經六論》在討論《詩經》的藝術表現時提到的:

> 《詩經》中的小詩一般用疊韻、漸層或是順序的手法,將所要敘述的內容鋪陳出來,但在末章變調式,由於在第二章敘述已經達到了頂點,不能再用重疊漸層的方法作結,所以在末章將未盡之義,或最後的一幕特別用變調寫出。如葛覃、野有死麕、子衿、匪風這是一類。有的是將原因點出,如新台、蟋蟀、東方未明等詩,這是一類。有的是加強篇中的敘述,如北風、大車、甫田等詩,這是一類。有的是概括的敘述,如女曰雞鳴等詩,這又是一類。[11]

張氏之見雖然提示此式前後銜接關係,但在實際閱讀詩篇時,由於末章變調詩篇具有兩個層次、兩個主題,彼此之間過渡太大,缺乏關連詞語、同詞複用,句段之間亦無銜接的蛛絲馬跡,較之完全複沓形式不容易看出彼此的聯繫痕跡,此點拙作〈《詩經》之敘述視點及視點、聚焦模糊詩篇詩旨問題探討〉指出係因敘事聚焦模糊,

---

[11] 見《詩經六論》,(上海:商務印書館,1957 年),頁 71。

詩中什麼東西被看？焦點為何？讀者看法分歧，而形成詩義過渡太大。本文則擬從關連詞語和句段意義觀察，大致而言末章變調詩篇由於末章和前章之間缺乏關連詞語，再加上前節提到的較多層次、主題、或敘述角度轉換等因素，因而使得句段之間意義過渡太大。這十七篇詩章〈汝墳〉、〈采蘩〉、〈野有死麕〉、〈大車〉、〈雞鳴〉、〈隰桑〉、〈苕之華〉等七篇，末章猶可從句段意思連貫去推敲，屬於將前章未盡之意，更進一層寫出這類；〈燕燕〉、〈東方未明〉兩詩則在一、二章重章敘述之後，在末章點出原因；其他如〈葛覃〉、〈蝃蝀〉、〈子衿〉、〈甫田〉、〈揚之水〉、〈匪風〉、〈下泉〉、〈裳裳者華〉等篇在詞語、照應、句段意義等方面並不明確，而影響詩義的瞭解。試舉前三詩為例說明：

〈周南·葛覃〉

葛之覃兮，施于中谷。維葉萋萋，黃鳥于飛。集于灌木，其鳴喈喈。葛之覃兮，施于中谷。維葉莫莫，是刈是濩。為絺為綌，服之無斁。言告師氏，言告言歸。薄污我私，薄澣我衣。害澣害否？歸寧父母。

詩之前兩章寫治葛，末章轉移話題「歸寧父母」，之間的聯繫除治葛、製衣、洗衣的程序外，似乎前後缺乏照應，我們無法瞭解何以突然在末章出現師氏，我和師氏是什麼關係？何以要歸寧父母？

〈鄘風·蝃蝀〉

蝃蝀在東，莫之敢指。女子有行，遠父母兄弟。
朝隮于西，崇朝其雨。女子有行，遠兄弟父母。

乃如之人也，懷婚姻也。大無信也，不知命也。

此詩毛《傳》、鄭《箋》、朱《傳》皆以為斥責淫奔之女，這是將「有行」瞭解為他稱之故，而弄錯對象；其實詩之前兩章應為女子自言出嫁[12]，姚際恆《詩經通論》亦曰：「……然女子有行遠父母兄弟，泉水、竹竿二篇皆有之，豈亦刺奔耶？此語乃婦人作，則此篇亦作於婦人未可知。必以為刺奔，於此二句未免費解。……」[13] 末章轉移話題，看似是斥責大無信、不知命之人，而方玉潤《詩經原始》則以為詩人設為宣姜之意代答新台[14]，於是乃如之人為劫奪兒媳的宣公，至於是否如方氏所言？由於缺乏相關詞語和句段之間意義過渡太大，造成詩義瞭解的困難，而且以歷史作印證，幾乎難以求證。

〈子衿〉

青青子衿，悠悠我心。縱我不往，子寧不嗣音？
青青子佩，悠悠我思。縱我不往，子寧不來？
挑兮達兮，在城闕兮。一日不見，如三月兮。

此詩第三章和前兩章之間過渡太大，因此到底是誰在城闕上挑兮達兮？主「刺學校廢」舊說的以為是學子年少挑達由縱自恣，而

---

[12] 郭芹納〈《詩經》中的于歸和有行〉一文，歸納《詩經》中用例，發現「有行」用於自稱，而「于歸」用於他稱出嫁，該文收入《訓詁散論》，（北京：中國社會科學出版社，2002 年 7 月）。
[13] 見姚際恆《詩經通論》，頁 76。
[14] 見方玉潤《詩經原始》，（臺北：藝文印書館，1981 年 2 月 3 版），頁 371。

主「情詩」新說的則以為是女子因思念對方而在城闕徘徊，登高望遠[15]。由於句段之間缺乏關連詞，因而在訓解上差異竟如此之大。

四、卒章見志

通常疊章複沓重章部分只是抒發情感，末章方顯作意，因此末章得意，則全詩之本義明矣！筆者細讀各家對末章變調詩篇詩旨之看法，皆在末章斟酌，茲就所讀引述數條如下：

1、〈葛覃〉

姚際恆《詩經通論》：「……此詩不重末章，而餘波若聯若斷；一篇精神生動處則在末章也。」[16]

2、〈采蘩〉

姚際恆《詩經通論》：「末章每以變調見長。」[17]

3、〈野有死麕〉

劉毓慶《詩經圖注》：「此詩末章意旨殊不明確，……要之末章

---

[15] 傳統舊說例如鄭《箋》：「國亂人廢學業，但好登高見於城闕，以候望為樂。」孔《疏》：「毛以為學人廢學候望為樂，故留者責之云，汝何故放棄學而去挑兮達兮，乍往乍來在於城之闕兮，禮樂之道不學則廢，一日不見此禮樂，則如三月不見兮，何為廢學而遊觀。」朱熹《詩集傳》則將此詩說成淫詩；主情詩新說者，以屈萬里先生《詩經詮釋》為例，則釋為「女子登城闕以望其所思之人」。
[16] 見《詩經通論》，頁18。
[17] 見《詩經通論》，頁34。

得其本義,則全詩之本意明矣!」[18]

劉氏之見解正好從反面說明末章變調式只要末章能明其義,則全詩旨意明矣!但往往由於複沓部分和另起新調部分,前後兩個主題之間過渡太大,末章之理解因人而異,劉氏此處故而保守看待詩義。

4、〈燕燕〉

方玉潤《詩經原始》:「前三章不過送別情景,末章乃追念其賢,愈覺難會,且以先君相勖,而竟不能長相保尤為可悲,語意沉痛不忍卒讀。」[19]

5、〈蟋蟀〉

戴君恩《讀風臆評》:「一二為三章立案,何等步驟。乃如四句語意森凜,瀏亮如欲覺晨鐘,令人深省。」[20]

6、〈東方未明〉

姚際恆《詩經通論》:「末章難詳。」[21]

姚氏之見和第 3 條劉氏之見皆對末章關係詩旨解讀,提出相同看法。也就是說只要能確定末章詩義,則全詩旨意豁然開朗。這和

---

[18] 見《詩經圖注》,(高雄:麗文文化出版社,2000 年),頁 70。
[19] 見《詩經原始》,頁 284。
[20] 見《四庫全書存目叢書·讀風臆評》,(臺南縣:莊嚴出版社,1997 年),頁 61-242。
[21] 見《詩經通論》,頁 119。

第 7 條劉毓慶所說，最後一章提供詩之本義不謀而合，可見末章變調式卒章見志之寫作特點。

7、〈甫田〉

劉毓慶《詩經圖注》：「……關於詩之本義，最後一章為我們提供訊息……」[22]

8、〈匪風〉

姚際恆《詩經通論》評末章：「風致極勝。」[23]
戴君恩《讀風臆評》尾評：「周室衰微，賢人憂嘆而作此詩。」[24]

9、〈裳裳者華〉

劉毓慶《詩經圖注》：「……諸家之說皆難暢詩義，特別是末章，如作愛情詩講，就非常通暢了。」[25]

10、〈苕之華〉

姚際恆《詩經通論》評末章：「尤刻鑿，匪夷所思。」[26]

這些意見都主張 AAB 式重章部分只是加強抒情，而在末章

---

[22] 見《詩經圖注》，頁 297。
[23] 見《詩經通論》，頁 154。
[24] 見《四庫全書存目叢書・讀風臆評》，頁 61-259。
[25] 見《詩經圖注》，頁 254-255。
[26] 見《詩經通論》，頁 256。

才點出作意,其他未引詩篇大類亦皆卒章見志,這或由曲式決定內容之故。

陸、末章變調詩篇的寫作形式

為配合 AAB 曲式的內容呈現,末章變調詩篇在寫作上常用以下幾種形式:

一、虛實相生

由實到虛,或由虛到實,此式詩篇作者最善於虛設情境,無中生有。試舉前人評述意見為例說明:

1、〈葛覃〉

戴君恩《讀風臆評》評:「……三章忽設歸寧一段,空中構相,無中生有,奇奇怪怪,極意描寫,從來認歸寧為實境,不但詩趣索然,更於事理可笑。蓋國君夫人無歸寧禮,設有之……」[27] 此詩未必如戴氏所云寫國君夫人歸寧禮[28],但他認為第三章係虛寫,依詩

---

[27] 見《四庫全書存目叢書‧讀風臆評》,頁 61-232。
[28] 《禮記‧雜記下》:「婦人非三年之喪不逾封而弔。」周代貴族婦女既嫁,非有大故不得歸寧。或以為《禮記‧昏義》:「古者婦人先嫁三月,祖廟未毀,教于公宮;祖廟既毀,教于宗室。教以婦德、婦言、婦容、婦功。……」此當是女子將嫁之前受教于公宮宗室,告假歸省其親之詩。相關討論詳參楊師承祖〈淺說詩經葛覃篇〉,文載《孔孟月刊》2 卷 5 期,1964年 1 月。

義不無可能是女子設想之詞,如此詮解頗能彌合和前兩章之間過大的落差。

2、〈采蘩〉

方玉潤《詩經原始》評:「首二章事瑣,偏疊詠之;末章事煩,偏虛摹之。此文法虛實之妙,與〈葛覃〉可謂異曲同工。」[29] 本詩末章繼前二章準備祭品之後,用婦女首飾變化,概括祭祀的辛勞和整個過程,方氏如此評述,頗能掌握作者筆法。

3、〈燕燕〉

戴君恩《讀風臆評》尾評:「一二三都虛敘,四纔實點,亦是倒法,與采蘩章頗同。」[30] 戴氏所謂虛敘部分是寫送別之情,末章點出何以如此傷懷不捨之原因。

4、〈甫田〉

王靜芝《詩經通釋》:「右第三章,勸慰者設想之事,已告被勸者也。言勿再思遠人矣!彼不久將返而再見。……此章不再重複前二章之義,而另為設想之安慰,愈見親切。而敘寫人物之變,如見其人。」[31] 此詩歷來說法分歧,《詩序》:「……無禮義而求大功,不脩德而求諸侯,志大心勞,所以求者非其道也。」朱熹《詩集傳》:

---

[29] 見《詩經原始》,頁 216-217。
[30] 見《四庫全書存目叢書‧讀風臆評》,頁 61-238。
[31] 見《詩經通釋》,(臺北:輔仁大學文學院,1968 年 7 月),頁 220。

「……以戒時人厭小而務大,忽近而圖遠,將徒勞而無功也。」這些舊說皆未將末章之意和前兩章「思遠人」作連貫,王氏以設想之虛境說詩,較舊說更能密切彌合前後兩段詩義。

5、〈下泉〉

戴君恩《讀風臆評》眉批:「由虛入實」,尾評:「上三章虛涵,末章實點,風中每多此體。」[32] 此詩確如戴氏所云由虛入實,前三章寫想念京周之情,末章實點懷往者王室有郇伯以勞之,而傷今被晉侵而無援。

前人以虛實論述末章變調詩篇之前後兩個銜接並不緊密的主題,確實有其可取之處,亦提示我們此式寫作形式上的一個特點。

二、主客分明

末章變調詩篇通常卒章以見志,以末章為主位應是理所當然的設計,〈汝墳〉戴君恩《讀風臆評》眉批:「作詩精神卻全在此,以上都是客位。」[33] 戴氏的評論亦提示我們此式疊章部分為客位,獨立章為主位的獨特寫作形式。

三、另闢情境

為配合前後兩個層次兩個主題的內容安排,末章變調式經常在重章部分是一種情境,而變調部分忽然轉換成另一種情境,如〈燕

---

[32] 見《四庫全書存目叢書・讀風臆評》,頁 61-260。
[33] 見《四庫全書存目叢書・讀風臆評》,頁 61-234。

燕〉一詩,前三章重唱以加重送別遠懷之情,末章則追念人物之賢德,別情更為沉痛可悲。〈東方未明〉一詩,前二章疊章部分傳神寫出顛倒衣裳應命神態,末章則變換前二章情境,轉而強烈嚴肅,對興居無節加以議論批評。大體而言此式多由前後兩個不同情境組合而成。

四、倒敘法

倒敘法不過要避免行文過於平鋪直敘,增加一些起伏波瀾。末章變調詩篇雖多採順敘法,但〈燕燕〉一詩先敘結果,後點原因的倒敘法,於末章交代詩中人物關係,並為前兩章送別時如此傷情作註解,是一種頗為獨特的寫作形式,我們認為末章變調式十分適合用倒敘寫作。

五、改變文體形式

末章變調詩篇經常由重章部分的抒情體,突而轉變為以議論體,或者問答體作結,一二章通常為三章鋪陳。尤其是常從抒情形式,轉變為議論體,在末章總結作者之作意。例如〈蟋蟀〉一二章敘事抒情,末章議論。戴君恩《讀風臆評》:「一二為三章立案,何等步驟,乃如四句語意森凜,瀏亮如欲覺晨鐘,令人深省。」[34] 即說明此式前部分著重抒情,結尾議論語氣較強。另如〈大車〉一二章抒情,末章誓言;〈東方未明〉一二章敘述,末章抒發議論,這些

---

[34] 見《四庫全書存目叢書・讀風臆評》,頁 61-242。

詩篇都呈現疊章和獨立章部分文體和語氣殊異現象。

柒、末章變調詩篇的內容特點

一、錯簡的評論

　　末章變調詩篇由於疊章和獨立章前後銜接痕跡不明顯，句段之間意義過渡太大，因而有論者以為其中有錯簡或誤合兩詩。例如孫作雲《詩經與周代社會研究》一書以為〈卷耳〉、〈行露〉、〈皇皇者華〉、〈都人士〉、〈卷阿〉等五詩是錯簡或誤合兩詩[35]；王正武〈詩經中的衍文新考〉一文更指出〈卷耳〉、〈汝墳〉、〈行露〉、〈燕燕〉、〈雄雉〉、〈簡兮〉、〈碩人〉、〈東方未明〉、〈甫田〉、〈揚之水〉、〈車鄰〉、〈下泉〉、〈皇皇者華〉、〈出車〉、〈杕杜〉、〈魚麗〉、〈小弁〉、〈大田〉、〈裳裳者華〉、〈角弓〉、〈綿蠻〉、〈綿〉、〈思齊〉、〈蕩〉、〈殷武〉等二十五篇為錯簡或誤合兩詩[36]；細讀兩位的意見，被他們視為錯簡或誤合兩詩的詩篇皆為不完全複沓式，尤其是首章為引子後面跟隨複沓式（ABB），以及前面幾章複沓末章變調式（AAB），他們所持的理由不外乎這些詩篇前後形式不類、意思不連貫、詞氣不一致，殊不知此正為《詩經》在整齊疊章之外邁向新奇靈活形式的新開拓。這裡不打算一一評述兩位所舉出的詩例，另舉討論舉證較詳的一篇文章為例，以評述前人任意將末章變調詩篇視為錯簡

---

[35] 見《詩經與周代社會研究》「詩經的錯簡」，（北京：中華書局，1979年12月），頁403-419。
[36] 該文分上下兩篇分別刊載於《中國文化月刊》111、112期，1989年1、2月。

31

或誤合兩詩之謬。張釗〈關於邶風燕燕的錯簡〉一文，從以下四項理由認為〈燕燕〉為誤合兩詩[37]：

> 其一，從藝術風格看，前三章與後一章的風格絕然不同。前三章為民歌情致，後一章則完全是統治者的口吻，風格情調迥然有別。
> 其二，從作者身份看，前三章與後一章也完全不同。
> 其三，從內容看，前三章與後一章的內容截然不同且毫無聯繫。
> 其四，從疊詠章與獨立章的關係看，前三章與後一章也不是一首詩。

前文已論述末章變調詩篇具有前後銜接不緊密，以及內容過渡太大的特性，因此張氏以〈燕燕〉詩為錯簡的三、四點理由，實未從此式之形式與內容特性去探討。至於一、二點理由亦不具說服力，情為人人所同，只要是曾經歷傷情離別之人，應該都有送君已遠，望君佇立的那份依依不捨情懷，統治者之抒情何異於常人之有？豈不能用一般人口吻？此豈民歌所獨有之情？以風格規範感情是否妥當？或仍有商榷餘地。至於三章的「我」和四章的「寡人」稱謂不同，絕不指同一人，此論亦過於武斷，《詩經》中敘述視點是靈活多變的，拙作〈《詩經》之敘述視點及視點、聚焦模糊詩篇詩旨問題探

---

[37] 該文刊載於《孔子研究》，2001 年第 2 期。

討〉對此問題已有論述，茲不贅述。此處不排除轉換敘述人稱，且末章末句要四個字，當無法湊足四個實字時，應有使用不同稱謂詞之可能。

二、意旨難明

由於末章變調式句段間意義過渡甚大，前後缺乏關連詞語，形成層次與主題的落差，因而很多論者乾脆放棄詩旨的論述，以詩義難明來論述內容。如劉毓慶《詩經圖注》引陳子展語評論〈野有死麕〉：「此詩末章意旨殊不明確。」[38]；姚際恆《詩經通論》評論〈蝃蝀〉：「此詩未敢強解」[39]；姚際恆《詩經通論》評論〈東方未明〉：「末章難詳。」[40]；姚際恆《詩經通論》評〈甫田〉：「此詩未詳」、方玉潤《詩經原始》亦評：「此詩詞義極淺，盡人能識，惟意旨所在則不可知。」[41]；方玉潤《詩經原始》評論〈裳裳者華〉：「此詩與前篇（珍玉案：係指〈瞻彼洛矣〉）互相酬答，上篇既無可考，則此亦當闕疑。」[42]、劉毓慶《詩經圖注》亦評；「特別是末章，更不知所云。」[43]

---

[38] 見《詩經圖注》，頁 70。
[39] 見《詩經通論》，頁 76。
[40] 見《詩經通論》，頁 118。
[41] 分別見於《詩經通論》，頁 120、《詩經原始》，頁 522。
[42] 見《詩經原始》，頁 949。
[43] 見《詩經圖注》，頁 254。

三、詩旨眾說紛紜

　　有關《詩經》詩旨紛紜的問題，前人或從字詞訓詁，或從引詩、用詩、說詩，或從讀者接受反應等等不同角度觀察，這已是既定事實[44]。而末章變調詩篇詩旨的紛紜程度遠超過其他形式詩篇，相對於一些論者，由於無法於末章得其本意，因而放棄詩旨的解釋；也有一些論者不如此看待詩義，反而在缺乏銜接的前後兩層結構、前後不同的寫作形式、前後突變的論述內容中自由進出，極盡解釋之能事。前文已經引述許多詩例，此處或無再重複論述之必要。

　　由於讀者對文本接受的程度各自不同，因而呈現紛紜詩旨，兩種極端的意見，形成《詩經》詩旨討論上極為有趣的現象。到底不符合章法周密的詩篇是不知所云，還是具有詩的模稜特質，提供讀者更大的閱讀空間呢？文學、詩歌語言的不可規範性，詩、文無定法之道理，或在於此吧！

捌、結語

　　經由上文的討論，我們發覺《詩經》是音樂性文學，屬於時間的藝術，必須靠疊章複沓來加深記憶和加強抒情，AAB式末章變調曲式是《詩經》中十分靈活特殊的一種曲式，它在極大多數完全複沓的曲式外獨樹一格，不論在字句、層次、章法、主題內容、寫作

---

[44] 相關討論可參向熹〈《詩經》歧義的分析〉文載《第二屆詩經國際學術研討會論文集》，車行健〈論「詩經」多重義與「詩」本義的詮釋〉文載中央大學文學院《人文學報》第 23 期，2001 年 6 月。

形式、情境轉換等方面都起到新的創意，是一種形式自由、章法靈活、寫作技巧隨形式與內容而變化、詩義模稜，詩旨紛紜，提供讀者較大的詮釋空間，不可輕易以錯簡或誤合兩詩視之。

參考書目

一、《詩經》相關書籍與論文

1. 毛亨傳、鄭玄箋、孔穎達疏《十三經注疏・詩經》，臺北：藝文印書館，未註出版年月。
2. 朱熹《詩集傳》，臺北：藝文印書館，1974 年 4 月 3 版。
3. 戴君恩《讀風臆評》，四庫全書存目叢書，臺南縣：莊嚴出版社，1997 年。
4. 姚際恆《詩經通論》，臺北：廣文書局，1993 年 10 月 3 版。
5. 方玉潤《詩經原始》，臺北：藝文印書館，1981 年 2 月 3 版。
6. 張西堂《詩經六論》，上海：商務印書館，1957 年。
7. 孫作雲《詩經與周代社會研究》，北京：中華書局，1979 年 12 月。
8. 王靜芝《詩經通釋》，臺北：輔仁大學文學院，1968 年 7 月。
9. 屈萬里《詩經詮釋》，臺北：聯經出版事業公司，1984 年 9 月。
10. 夏傳才《詩經語言藝術》，北京：語文出版社，1985 年 1 月。
11. 劉毓慶《詩經圖注》，高雄：麗文文化出版社，2000 年。
12. 向熹《詩經語言研究》，四川：人民出版社，1987 年 4 月。
13. 楊承祖〈淺談詩經葛覃篇〉，文載《孔孟月刊》2 卷 5 期，1964 年 1 月。

14. 黃振民〈《詩經》詩篇篇章結構形式之研究（上、中、下）〉，《中國文化復興月刊》6 卷 1 期、6 卷 2 期、6 卷 3 期，1973 年 1、2、3 月。
15. 王正武〈詩經中的衍文新考（上）（下）〉，《中國文化月刊》111、112 期，1989 年 1、2 月。
16. 向熹〈詩經歧義的分析〉收入《第二屆詩經國際研討會論文集》，中國詩經學會編，北京：語文出版社，1996 年 8 月。
17. 王錫三〈論詩經以聲為用的複沓結構〉收入《第二屆詩經國際學術研討會論文集》，中國詩經學會編，北京：語文出版社，1996 年 8 月。
18. 張釗〈關於邶風燕燕的錯簡〉文載《孔子研究》，2001 年第 2 期。
19. 車行健〈論「詩經」多重義與「詩」本義的詮釋〉，中央大學文學院《人文學報》第 23 期，2001 年 6 月。
20. 徐克瑜〈詩經重章疊唱的抒情藝術〉，《淮陰師範學院學報》哲學社會科學版第 24 卷，2002 年 2 月。
21. 王金芳〈試論詩經音律形成的條件〉，《詩經研究叢刊》第三輯，中國詩經學會編，北京：學苑出版社，2002 年 7 月。
22. 郭芹納〈詩經中的于歸和有行〉收入《訓詁散論》，北京：中國社會科學出版社，2002 年 7 月。

二、其他相關書籍與論文

1. 楊蔭瀏《中國音樂史稿》,臺北:丹青圖書公司,1987 年 4 月 2 日 3 版。
2. 劉志明《曲式學》,臺北:大陸書店,1981 年 10 月 25 日。
3. 肖馳《中國詩歌美學》,北京:北京大學出版社,1986 年。
4. 鄭文貞《篇章修辭學》,廈門:廈門大學出版社,1991 年 6 月。
5. 袁行霈《中國詩歌藝術研究》,北京:北京大學出版社,1996 年。
6. 費鄧洪〈音樂重複原則的美學基礎——從心理學生理學角度探討〉,收入《音樂美學問題討論集》,北京:人民音樂出版社,1987 年。
7. 沈偉方〈論我國古典詩歌的章法〉,《河南教育學院學報》1997 年 4 期。

《詩經》之敘述視點及視點、聚焦模糊詩篇詩旨問題探討

呂珍玉

【提要】

　　《詩經》中詩篇之寫作方式有抒情、有敘事，然多數詩篇仍以敘述為其本體，抒情為其外加色彩。本文借用敘事學視點與聚焦兩個名詞，探討《詩經》靈活的敘述視點，以及視點、聚焦模糊詩篇詩旨相關問題，期望透過本文觀察《詩經》在中國敘事傳統中的一定地位，並在歷來多重詩義論外試圖開啟另一觀察詩義的視角。

關鍵詞：詩經、視點、聚焦、詩旨

壹、前言

　　通常以為敘述屬於小說之專利，其實任何一段話語都是一種敘述形式。詩歌雖以抒情為主，但亦不離敘述，《詩經》中許多詩是敘述與抒情甚至議論密不可分的。就拿最膾炙人口的敘事長詩〈氓〉來說，其中就有被棄女子從青梅竹馬、戀愛、結婚，至被丈夫休棄回家途中的故事敘述；也有桑之未落，桑之落矣，淇水湯湯，漸車帷裳之類的即景抒情；更有士之耽兮，猶可說也，女之耽兮，不可說也之類感情受挫後的議論。而有關《詩經》詩旨的論述更是紛紜，令人莫衷一是。如歐陽修《詩本義》提出的四重詩義論[1]、魏源《詩古微》提出的五重詩義論[2]、龔橙《詩本誼》提出的八重詩義論[3]、皮錫瑞《經學通論》論《詩》比他經尤難明，其難明者有八[4]等等，這些都是專門討論《詩經》因歷史因素和文化脈絡而形成多重詩義的重要著作。而一般文論、詩論探討詩歌言外之意的論著尚不知凡

---

[1] 參《詩本義・本末論》，歐氏將先秦兩漢時期所形成的詩義，析分為由詩人之意、太師之職、聖人之志、經師之業等不同階段所衍生出的四種不同詩義。

[2] 參《詩古微・毛詩明義一》，魏氏指出《詩經》有經由作《詩》者之心焉，而又有采《詩》、編《詩》者之心焉，有說《詩》者之心，而又有賦《詩》、引《詩》者之心焉。

[3] 參《詩本誼》序言，龔氏提出有作《詩》之誼、有讀《詩》之誼、有太師采《詩》瞽矇諷頌之誼、有周公用為樂章之誼、有孔子定《詩》建始之誼、有賦《詩》引《詩》節取章句之誼、有賦《詩》寄託之誼、有引《詩》以就己說之誼。

[4] 詳參《經學通論》第二篇《詩經》，頁1。

幾[5]。委實讀者在閱讀作品的過程中,可能受到個人的學識、經驗、背景、情境,以及對文本的宣示義和啟示義瞭解差異而有不同的解讀[6],想要探求作者本義可能只是一種不太可能實現的理想。個人在閱讀《詩經》時,面對紛雜的詩旨,發現除了前人所提出造成詩義難明的種種論點外,尚有屬於閱讀時最為根本的問題,那就是有些詩敘述者為誰(視角)?和作者在文本中選擇被看的對象為何(聚焦)?不是那麼容易說得清楚,因而造成歷來說詩者各持不同看法。於是想借用敘事學的敘述人稱觀點(簡稱視點或視角)和聚焦兩個術語來討論這個問題。根據楊義《中國敘事學》說法,所謂視角是從作者、敘述者的角度投射出視線,來感覺、體察和認知敘述世界的;假如換一個角度,從文本自身來考察其虛與實、疏與密,那麼得出的概念系統就是:聚焦和非聚焦。視角講的是誰在看,聚焦講的是什麼被看[7]。本文借用這兩個名詞,用以觀察《詩經》的多樣敘述視角,所呈現的文學美感,以及其中幾首視點與聚焦模糊詩篇的詩旨問題,作為另外一種探討多重詩義之嘗試。

---

[5] 詳參車行健先生〈論詩義之多重與詩本義之詮釋〉一文,該文引劉勰、皎然、朱自清、葉嘉瑩、梅祖麟、劉若愚等人討論詩義之多重性質甚詳,本文對此問題不再贅述。

[6] 有關宣示義和啟示義詳參袁行霈〈中國古典詩歌的多義性〉,《中國詩歌藝術研究》,(北京:北京大學出版社,1996年),頁6。袁氏所謂的宣示義是詩歌借助語言明確傳達給讀者的意義,啟示義是詩歌以它的語言和意象啟示給讀者的意義。宣示義一是一,二是二,沒有半點含糊。啟示義包含雙關義、情韻義、深層義、言外義,詩人自己未必十分明確,讀者的理解未必完全相同,允許有一定範圍的差異。宣示義是一切日常的口語和書面語共有的,啟示義在文學作品中,特別是詩歌作品中更豐富。

[7] 見楊義《中國敘事學》,(北京:人民出版社,1997年12月),頁245。

貳、《詩經》中的幾種敘述視點

　　傅修延先生《先秦敘事研究：關於中國敘事傳統的形成》一書以為《詩經》中雅頌大部分詩篇可歸於「宏大敘事」，而國風主要是「私人敘事」[8]。他同時認為三百篇的敘事呈現濃郁的「感事」色彩，用「抒情詩」概括並不合適，因為抒情性只是附著其外的美麗毛羽，就本質而言抒情的敘事仍是敘事[9]。個人十分同意他的看法，因此利用敘事學的視點和聚焦兩個術語來探討《詩經》中相關問題。張素貞女士《細讀現代小說》一書，將小說的敘述觀點大略分為──第三人稱全知觀點、第三人稱全知有限觀點、第三人稱主角觀點、第一人稱自知觀點、第一人稱旁知觀點、客觀觀點、混合式觀點等七種。《詩經》中的敘述觀點雖然不及如此豐富多樣，但亦頗具變化，大略有以下幾類：

一、第一人稱敘述觀點（自知觀點）

　　《詩經》中以第一人稱為視點的詩篇約一百八十餘首，分佈在風、雅、頌中。敘述時用我、予（或予小子、予……自稱）、卬、言、寡人、朕、余，或省略人稱代詞等，而尤以用我最為常見，略舉詩例如下：

---

[8] 見傅修延《先秦敘事研究：關於中國敘事傳統的形成》，（北京：東方出版社，1999 年 12 月），頁 107。
[9] 見《先秦敘事研究：關於中國敘事傳統的形成》，頁 111。

《詩經》之敘述視點及視點、聚焦模糊詩篇詩旨問題探討

1、我

喓喓草蟲，趯趯阜螽。未見君子，憂心忡忡；亦既見止，亦既覯止，我心則降。〈召南‧草蟲〉[10]

呦呦鹿鳴，食野之苹。我有嘉賓，鼓瑟吹笙。吹笙鼓簧，承筐是將。人之好我，示我周行。〈小雅‧鹿鳴〉

文王既勤止，我應受之，敷時繹思。我徂維求定，時周之命。於繹思。〈周頌‧賚〉

2、予（或予小子、予……自稱——予＋同位名詞）

葛生蒙楚，蘞蔓于野。予美亡此，誰與？獨處！〈唐風‧葛生〉

習習谷風，維風及雨。將恐將懼，維予與女；將安將樂，女轉棄予。〈小雅‧谷風〉

予其懲，而毖後患。莫予荓蜂，自求辛螫。肇允彼桃蟲，拚飛維鳥，未堪家多難，予又集于蓼。〈周頌‧小毖〉

閔予小子，遭家不造，嬛嬛在疚。於乎皇考！永世克孝。念茲皇祖，陟降庭止。維予小子，夙夜敬止。於乎皇王！繼序思不忘。〈周頌‧閔予小子〉

顧予烝嘗，湯孫之將。〈商頌‧那〉

---

[10] 本文引用詩篇全採屈萬里《詩經詮釋》之分章及新式標點，以下不再附註。

43

3、卬

招招舟子，人涉卬否。人涉卬否，卬須我友。〈邶風・匏有苦葉〉

樵彼桑薪，卬烘于煁。維彼碩人，實勞我心。〈小雅・白華〉

4、言[11]

焉得諼草？言樹之背。〈衛風・伯兮〉

言念君子，溫其如玉。〈秦風・小戎〉

楚楚者茨，言抽其棘。〈小雅・楚茨〉

5、寡人

仲氏任只，其心塞淵；終溫且惠，淑慎其身。先君之思，以勖寡人。〈邶風・燕燕〉

6、朕

於乎悠哉，朕未有艾。將予就之，繼猶判渙。〈周頌・訪落〉

---

[11] 梅廣〈詩三百篇言字新議〉（文載《漢語史研究：紀念李方桂先生百年誕辰論文集》）指出「言」字無上文可承，指向說話人，訓我，並舉翹翹錯薪，言刈其楚；之子于歸，言秣其馬、之子于狩，言韔其弓；之子于釣，言綸之繩、匪手攜之，言示之事；匪面命之，言提其耳、荏染柔木，言緡之絲等諸多詩例為說明。

7、余

不念昔者,伊余來墍。〈邶風‧谷風〉

8、省略人稱代詞

此類詩篇雖未見第一人稱代詞,但敘述者身份不難辨識,仍是「我」在獨白。

嘒彼小星,三五在東。肅肅宵征,夙夜在公,寔命不同。〈召南‧小星〉

孑孑干旄,在浚之郊。素絲紕之,良馬四之。彼姝者子,何以畀之?〈鄘風‧干旄〉

有狐綏綏,在彼淇梁。心之憂矣,之子無裳。〈衛風‧有狐〉

有頍者弁,實維伊何?爾酒既旨,爾殽既嘉。豈伊異人?兄弟匪他。蔦與女蘿,施于松柏。未見君子,憂心奕奕;既見君子,庶幾說懌。〈小雅‧頍弁〉

心乎愛矣,遐不謂矣?中心藏之,何日忘之?〈小雅‧隰桑〉

《詩經》甚至後來的詩歌何以以第一人稱自敘形式為多,不難理解是因為第一人稱敘述,往往與觀察合而為一,最容易楔入事實,呈現出來的感情最為真實,在以言情為主的詩歌中最容易表現傷感、憤慨、相思等等自我內心情緒。這些情緒透過自我敘述,娓娓

45

道來,語言親切真摯,亦最為接近敘述者內心的真實世界。

二、第三人稱敘述觀點(全知觀點)

　　小說以全知觀點為最基本與最普遍之敘述類型,因敘述者對人物的心理、事件的背景瞭若指掌,可用掌握全局的姿態敘述故事。在《詩經》中使用全知觀點,僅次於第一人稱自敘觀點。同樣的全知觀點,不論在風、雅、頌中亦不乏用此敘述形式,亦分別略舉如下:

> 南有樛木,葛藟纍之。樂只君子,福履綏之。〈周南・樛木〉

> 相鼠有皮,人而無儀。人而無儀,不死何為!〈鄘風・相鼠〉

> 中谷有蓷,暵其乾矣。有女仳離,嘅其嘆矣,嘅其嘆矣,遇人之艱難矣!〈王風・中谷有蓷〉

> 坎坎伐檀兮,寘之河之干兮,河水清且漣漪。不稼不穡,胡取禾三百廛兮!不狩不獵,胡瞻爾庭有懸貆兮!彼君子兮,不素餐兮!〈唐風・伐檀〉

> 天保定爾,亦孔之固。俾爾單厚,何福不除?俾爾多益,以莫不庶。〈小雅・天保〉

> 文王在上,於昭於天。周雖舊邦,其命維新。有周不顯,帝命不時。文王陟降,在帝左右。〈大雅・文王〉

於穆清廟，肅雝顯相。濟濟多士，秉文之德。對越在天，駿奔走在廟。不顯不承。無射於人斯。〈周頌・清廟〉

全知敘述觀點，往往較第一人稱自述來得冷靜客觀，乃因敘述者置身事外之故，可以高高在上觀察所敘人物之內心感情，或議論所敘人物之行為等。例如棄婦詩〈谷風〉、〈氓〉皆以第一人稱自敘方式穿透人物內心，敘寫其悲苦怨悔之情，棄婦形象生動，引發讀者對其不幸寄予無限同情。而以全知觀點敘述的〈中谷有蓷〉，省略人物遭遇過程的細節，只敘被棄婦人屢屢感嘆被棄之不幸。末句遇人之艱難矣，則議論女子共同的命運——嫁個好丈夫何其困難，以夫為天的悲劇性。兩種不同敘述觀點，營造出各自不同的情感氣氛。

三、第三人敘述觀點切換至第一人敘述觀點

《詩經》中亦有少數詩篇開始時用全知敘述觀點，後來觀察視角忽然切換與推移，彷彿有個隱藏文後的敘述者忽然出現，而以第一人稱自述方式，有時甚至顯露自我姓名及作意，生動的表達自我的情感，或評論前面的論述。例如：

〈召南・野有死麕〉
野有死麕，白茅包之。有女懷春，吉士誘之。（首章）
林有樸樕，野有死鹿。白茅純束，有女如玉。（次章）
舒而脫脫兮，無感我帨兮，無使尨也吠。（三章）

此詩一二章以第三人視角觀察並敘述「有女懷春，吉士誘之」，青年男子追求女子的一個畫面。末章忽用女子第一人稱視角，並輕聲細語要男方勿過急躁，情境生動逼真，彷如有一個真實的畫面突現讀者眼前。

〈小雅・皇皇者華〉
皇皇者華，于彼原隰。駪駪征夫，每懷靡及。（首章）
我馬維駒，六轡如濡。載馳載驅，周爰咨諏。（次章）
我馬維騏，六轡如絲。載馳載驅，周爰咨謀。（三章）
我馬維駱，六轡沃若。載馳載驅，周爰咨度。（四章）
我馬維駰，六轡既均。載馳載驅，周爰咨詢。（五章）

　　此詩首章以第三人視點敘述征夫常懷有所不及之心，次章以下則轉換視點，由征夫自我敘述四處奔波訪查意見以補不足。

〈小雅・鴻雁〉
鴻雁于飛，肅肅其羽。之子于征，劬勞于野。爰及矜人，哀此鰥寡。（首章）
鴻雁于飛，集于中澤。之子于垣，百堵皆作。雖則劬勞，其究安宅。（次章）
鴻雁于飛，哀鳴嗷嗷。維此哲人，謂我劬勞；維彼愚人，謂我宣驕。（三章）

此詩一、二章亦以第三人稱全知觀點敘述之子賑濟安撫流民，末章轉以之子第一人自敘觀點說出內心為人所猜忌之苦楚。

又如以下幾首詩，皆是前幾章以第三人稱全知觀點敘述，而末章出現作者姓名自述作意。(小雅・巷伯)《詩序》:「寺人傷於讒，故作是詩也。」末章:「楊園之道猗于畝丘。寺人孟子，作為此詩，凡百君子，敬而聽之。」(大雅・崧高)《詩序》:「尹吉甫美宣王也。天下復平，能建國、親諸侯、褒賞申伯焉。」末章:「申伯之德，柔惠且直。揉此萬邦，聞于四國。吉甫作誦，其詩孔碩；其風肆好，以贈申伯。」

除以上例子外，觀察視角之切換與轉移，亦能達到較為特殊之諷刺效果，例如：

〈陳風・株林〉
胡為乎株林？從夏南。匪適株林，從夏南。（首章）
駕我乘馬，說于株野。乘我乘駒，朝食于株。（次章）

此詩首章以設問形式，由第三者（詩人）詢問陳靈公、孔寧、儀行父等君臣何以去株林。答以去找夏徵舒。詩人由懷疑口氣，轉以相信之口氣說出那些人去株林找夏徵舒，而非夏姬。可是第二章敘述之角度轉換為陳靈公等人自敘乘馬、乘駒、說于株野、朝食于株。於是彼等和夏姬朝夕淫泆不堪行為，以自我暴露形式呈現，亦表現首章詩人對其言在疑信之間。方玉潤《詩經原始》對此詩的表達技巧，持高度之肯定，曰:「靈公與其臣孔寧、儀行父淫於夏姬事

49

見春秋傳,而此詩故作疑信之謂。非特詩人忠厚不肯直道人隱,抑亦善摹人情,如見忸怩之態,蓋公卿行淫,朝夕往從所私,必有從旁指而疑之者,即行淫之人亦自覺忸怩難安,故多隱約其辭,故作疑信言以答訊者而飾其私。詩人即體此情為之寫照,不必更露淫字,而宣淫無忌之情,已躍然紙上,毫無遁形,可謂神化之筆。」[12]可見視角之切換轉移,除避免平鋪直敘外,亦可達到高妙之諷刺效果。

又在第三者全知敘述中,為讓所敘人物呈現,亦可以切換由敘述中人物以第一人稱自敘方式敘述,使人物靈活呈現,栩栩如生。例如:

〈大雅・韓奕〉

奕奕梁山,維禹甸之,有倬其道,韓侯受命。王親命之:「纘戎祖考,無廢朕命,夙夜匪解,虔共爾位。朕命不易,榦不庭方,以佐戎辟。」(節錄首章)

詩首先由詩人之觀察與視角敘述,纘戎祖考至章末,轉以王之視角敘述,次章以後又轉由詩人第三者觀察與視角敘述至結尾,整首詩敘述靈活不呆板。

四、多元視角

所謂多元視角是若干個角色視角和敘述者視角在動態中組合,

---

[12] 見《詩經原始》,(臺北:藝文印書館,1981 年 2 月 3 版),頁 634-635。

即前述張素貞女士所謂之混合視點。《詩經》中除了以上幾種敘述觀點外,亦偶有採用混合觀點,在同一事件中借由不同的敘述者敘述,呈現多元視角,讀者可由不同的敘述話語中拼湊出事情的整體印象。舉幾首詩為例:

〈小雅・伐木〉
伐木丁丁,鳥鳴嚶嚶。出自幽谷,遷于喬木。嚶其鳴矣,求其友聲。相彼鳥矣,猶求友聲;矧伊人矣,不求友生?神之聽之,終和且平。(首章)
伐木許許,釃酒有藇。既有肥羜,以速諸父。寧適不來,微我弗顧。於粲洒掃,陳饋八簋。既有肥牡,以速諸舅。寧適不來,微我有咎。(次章)
伐木于阪,釃酒有衍。籩豆有踐,兄弟無遠。民之失德,乾餱以愆。有酒湑我,無酒酤我。坎坎鼓我,蹲蹲舞我。迨我暇矣,飲此湑矣。(三章)

第二章「我」與第三章「我」顯非同一人,若依姚際恆《詩經通論》的說法「微我弗顧」、「微我有咎」為問詞的話,那麼第三章「我」為諸父諸舅,迨我暇矣,飲此湑矣,即回答第二章不能前來飲宴乃不得空暇[13]。此詩為問答形式之多元敘述。

---

[13] 見《詩經通論》,(臺北:廣文書局,1993 年 10 月 3 版),頁 179。「寧適不來,微我弗顧」謂「寧得不來乎!無乃不我肯顧也?」「微我有咎」謂「無乃以我有咎也?」自反之意較前益深。

〈小雅・杕杜〉

有杕之杜,有睆其實。王事靡盬,繼嗣我日。日月陽止,女心傷止,征夫遑止。(首章)

有杕之杜,其葉萋萋。王事靡盬,我心傷悲。卉木萋止,女心悲止,征夫歸止。(次章)

陟彼北山,言采其杞。王事靡盬,憂我父母。檀車幝幝,四牡痯痯,征夫不遠。(三章)

匪載匪來,憂心孔疚。期逝不至,而多為恤。卜筮偕止,會言近止,征夫邇止。(四章)

　　此詩前三章前四句以征夫第一人稱敘述方式,陳述征戍之苦,後三句以第三人稱全知視角,敘述思婦之盼望,而末章又以思婦之視角敘述憂心與期盼征夫之切,整首詩的敘述角度不斷的變動。

〈魏風・陟岵〉

陟彼岵兮,瞻望父兮。父曰:「嗟!予子行役,夙夜無已。上慎旃哉!猶來無止。」(首章)

陟彼屺兮,瞻望母兮。母曰:「嗟!予季行役,夙夜無寐。上慎旃哉!猶來無棄。」(次章)

陟彼岡兮,瞻望兄兮。兄曰:「嗟!予弟行役,夙夜必偕。上慎旃哉!猶來無死。」(三章)

　　此詩首二句以行役者之視角敘述其對家人之思念,第三句以後

則三章分別從父、母、兄之敘述角度，叮嚀他在外行役宜謹慎小心，早日歸來，無死於外。以雙方之視點敘述，並巧妙的以對話方式呈現，一樣相思，兩處情愁，征戍對征夫及其家人之傷害不言而喻，此種表達方式尤為特出。

〈小雅・出車〉

我出我車，于彼牧矣。自天子所，謂我來矣。召彼僕夫，謂之載矣。王事多難，維其棘矣。（首章）

我出我車，于彼郊矣。設此旐矣，建彼旄矣。彼旟旐斯，胡不旆旆。憂心悄悄，僕夫況瘁。（次章）

王命南仲，往城于方。出車彭彭，旂旐央央。天子命我，城彼朔方。赫赫南仲，玁狁于襄。（三章）

昔我往矣，黍稷方華；今我來思，雨雪載塗。王事多難，不遑啟居。豈不懷歸？畏此簡書。（四章）

喓喓草蟲，趯趯阜螽。未見君子，憂心忡忡；既見君子，我心則降。赫赫南仲，薄伐西戎。（五章）

春日遲遲，卉木萋萋。倉庚喈喈，采蘩祁祁。執訊獲醜，薄言還歸。赫赫南仲，玁狁于夷。（六章）

此詩前四章由征夫以第一人稱「我」敘述，第五章轉為思婦憂念征夫口吻，至於末章由何人敘述，恐怕很難確定，既可屬征夫，亦可屬思婦，更可視為詩人口吻。整首詩由於敘述視角有多次變換，更能呈現這場戰爭在各階層人們心目中所引起的反響。

53

另如〈魯頌・閟宮〉（詩長不引）其敘述方式先由第三人稱視點敘述姜嫄之德，后稷教民稼穡，古公亶父遷岐，文王、武王之事功。接著以武王之視點對周民說：「無貳無虞，上帝臨女。」接著寫成王，以成王之敘述觀點對周公說：「叔父，建爾元子，俾侯于魯，大啟爾宇，為周室輔。」之後至詩之結尾又以第三人稱敘述角度歌頌魯侯（伯禽）之事功。

除了敘述角度的靈活變化之外，《詩經》在寫作技巧上亦往往以轉移敘述對象來呈現真摯動人的感情，試以以下二詩為說明：

〈衛風・伯兮〉
伯兮朅兮，邦之桀兮。伯也執殳，為王前驅。（首章）
自伯之東，首如飛蓬。豈無膏沐，誰適為容。（次章）
其雨其雨，杲杲出日。願言思伯，甘心首疾。（三章）
焉得諼草，言樹之背。願言思伯，使我心痗。（四章）

此詩以思婦第一人稱為敘述角度，首章敘述之對象應是一般大眾，思婦向他們誇耀丈夫英武，執殳出征為王前驅；但次章以後敘述之對象轉移為其夫（伯），寫盡她對丈夫的專一與思念。

〈鄭風・狡童〉
彼狡童兮，不與我言兮。維子之故，使我不能餐兮。（首章）
彼狡童兮，不與我食兮。維子之故，使我不能息兮。（次章）

此詩以女子第一人稱為敘述角度,首二句敘述對象為一般第三者,述說狡童不與她言、食,但後二句敘述之對象轉移為狡童(子),讀者似乎可以感受到她帶著愁苦撒嬌語氣,向狡童訴說因為他的緣故而使她不能餐、息。

經由上文分析《詩經》敘述視點,我們發現早在周代的詩人就已經利用各種不同的觀察角度和敘述角度將所見所感之事,以靈活多變具有文學美感的藝術形式呈現,使得詩中人物聲容若現。其他在興喻、剪裁取影、結構、呼應、對話、對比、襯托、鋪陳等等寫作技巧應用上亦十分純熟,較諸先秦時代簡潔質樸的敘述詩歌如〈擊壤歌〉、〈彈歌〉、〈南風歌〉、〈麥秀歌〉等,尤顯不凡成就。文學史上膾炙人口的敘述長詩〈悲憤詩〉、〈孔雀東南飛〉,尤其是〈孔雀東南飛〉的多元視點、剪裁合宜、雙線結構、穿插巧妙、前後呼應等敘事技巧的運用,使得詩篇呈現結構弘麗、內容動人、遣詞雋妙等藝術特色,被沈德潛《古詩源》推崇為「共一千七百八十五字,古今第一首長詩也。淋淋漓漓,反反覆覆雜述十數人口中語,而各肖其聲音面目,豈非化工之筆。」王世貞《藝苑巵言》以極高評價評云:「〈孔雀東南飛〉質而不俚,亂而能整,敘事如畫,敘情若訴,長篇之聖也。」但何以在漢魏以後敘事詩有條件量產?而且出現不少如〈陌上桑〉、〈婦病行〉、〈孤兒行〉之類的佳作?論者或許提出諸多因素,因不在本文討論範圍,容略而不談。但可以肯定的是《詩經》的敘事藝術向來不為學者重視,像劉大杰的《中國文學發達史》就以「在中國的詩歌史上,成績最好的是抒情詩,作品最少又較遲的是敘事詩,《詩經》的篇數雖是不少,除了祀神饗宴的樂章以外,

大多數是抒情短詩⋯⋯。」[14]個人以為《詩經》敘事技巧已處於萌芽之後的發展階段,在我國敘事詩發展歷史上是一個重要而不容忽視的里程。

參、視點與聚焦模糊詩篇舉例討論

根據楊義《中國敘事學》的說法,視角是從作者、敘事者的角度,投射出視線來感覺體察和認知敘述世界,而聚焦是換一個角度,從文本自身來考察其虛與實,疏與密,⋯⋯視角講的是誰在看,聚焦講的是什麼被看,它們的出發點和投射方向是互異的。《詩經》中以第一人稱敘述和(第三人稱)全知敘述模式最為常見,至於多元敘述或一些對話體詩篇其敘述者為誰?經常造成人們認知不一,而對詩義有不同的理解。有些詩讀者也不容易瞭解作者何以要選擇這樣的聚焦敘述,由於視點和聚焦模糊詩篇常同出一詩,因此我們把兩個問題放在一起討論,茲試以以下七首詩篇為例觀察:

一、〈周南・卷耳〉

采采卷耳,不盈頃筐。嗟我懷人,寘彼周行。(首章)
陟彼崔嵬,我馬虺隤。我姑酌彼金罍,維以不永懷。(次章)

---

[14] 見《中國文學發達史》,(臺北:中華書局,1978 年),頁 182-183。

陟彼高岡，我馬玄黃。我姑酌彼兕觥，維以不永傷。（三章）
陟彼砠矣，我馬瘏矣。我僕痡矣，云何吁矣。（四章）

　　孫作雲《詩經與周代社會研究》以為二三四章和首章結構不同，應是誤合兩詩[15]。此說未必能取信於人，猶如他懷疑〈召南・行露〉首章為誤合兩詩一樣[16]。我們觀察《詩經》多變化的視點之後，更不應僅從表面形式判定，更何況《詩經》中不乏ABB曲式詩篇[17]。此詩首章「我」和二三四章我是否為同一人？甚難定奪。也許至少可以作以下兩種瞭解：

1、四章「我」皆為征夫

　　此說缺點是將首章採卷耳的人說成征夫，較不符合詩中一向以女子從事採摘工作之習慣；但若對照〈小雅・采芑〉「薄言采芑，于彼新田，于此菑畝。方叔涖止，其車三千，師干之試。……」也就不成問題了。亦有陳昌寧〈《詩經》隱語新探〉一文，主張採物是一

---

[15] 參《詩經與周代社會研究》，（北京：中華書局，1979 年 12 月），頁 404-406，〈詩經的錯簡〉第一條，有關〈卷耳〉的討論。
[16] 參《詩經與周代社會研究》，頁 406-410，〈詩經的錯簡〉第二條，有關〈行露〉（附論〈式微〉），前於孫氏雖有王柏、王質懷疑此詩應無今日所見之第一章，但後人對諸氏之說亦多批評，同於〈卷耳〉不必然定為誤合兩詩。
[17] 所謂 ABB 曲式係指首章異於其後各章相同詩義之複沓形式。《詩經》中此種曲式除〈卷耳〉、〈行露〉外，尚有〈衡門〉、〈宛丘〉、〈車鄰〉等篇，不過前兩篇首章和其後各章銜接痕跡比較不明顯，因而前人有懷疑為錯簡或誤合兩詩造成；而後三篇稍露銜接痕跡，深思之可以找出彼此意思的連貫。

種尋覓,懷人亦是一種尋覓,都是希望得到尋覓的對象,由於心理狀態的相同,它們的替代成為可能。而將「卷耳」虛化作為懷人隱語,而非寫實,將此詩簡單理解為一個男人的思鄉之作。[18]

2、一章「我」為思婦,二三四章「我」為征夫

至於以思婦或征夫為視點,則各家所見略有不同,略述於下,以見讀者接受之差異:

(1)主以思婦為視點者:

如此首章為實寫,二三四章是思婦從對面設想的虛構形式。以下諸家的意見類此:

何琇《樵香小記》:「此必大夫行役,其室家念之之詩。」[19]

戴震《杲溪詩經補注》:「感念君子行邁,憂勞而作也。」[20]

陳啟源《毛詩稽古篇》:「婦人思夫之詩。」[21]

方玉潤《詩經原始》:「此當是婦人念夫行役而憫其勞苦之作。」[22]

程俊英《詩經譯注》:「這是一位婦女思念她遠行的丈夫的詩。她想像他登山喝酒,馬疲僕病,思家憂傷的情景。」[23]

---

[18] 該文發表於《綏化師專學報》1994 年第 4 期。
[19] 見《學福樓齋雜著・樵香小記》,(上海:商務印書館,1939 年 12 月),卷上頁 3。
[20] 見《杲溪詩經補注》,(臺北:藝文印書館百部叢書集成本),卷上頁 8。
[21] 見《毛詩稽古編》,(臺北:商務印書館影印文淵閣四庫全書),經部七九,第 85 本,頁 340。
[22] 見《詩經原始》,頁 179。
[23] 見《詩經譯注》,(上海:上海古籍出版社,2002 年 2 月),頁 8。

(2)主以征夫為視點者:

屈萬里先生《詩經詮釋》從行役者思家一面立說:「此當是行役者思家之詩。首章述家人思己之苦,二、三、四章則行役者自述思家之情也。」

屈先生之見和唐詩中諸多羈旅在外者思家,往往從對面設想家人思己之作相合。如高適〈除夕〉「故鄉今夜思千里,霜鬢明朝又一年。」白居易〈至夜思親〉「想得家中深夜坐,還應說著遠行人。」

(3)主思婦與征夫並為視點者:

錢鍾書《管錐篇・毛詩正義六十則》:「嗟我懷人,又稱所懷之人為我……,葛藤莫辨,扞格難通。……實則涵詠本文,意義豁然。……男女兩人處兩地而情事一時,批尾家謂之『雙管齊下』,章回小說家謂之『話分兩頭』,紅樓夢第五回鳳姐仿說書所謂『一張口難說兩家話』,『花開兩朵,各表一枝』。」

此詩是否有一全知視角在敘述所看到個別的「我」呢?若如此《詩經》的敘述方式已開後代話本小說模式之先例。錢鍾書的瞭解方式,也為我們開闢了詩的多義多解,趣味盎然的情趣。在〈卷耳〉的舞台上,我們看到了思婦征夫分處不同的空間,訴說著自己的內心思念,而詩人巧妙的將兩個畫面剪接在一起了。後來戲曲舞台可以同時分割為幾個不同空間演出或電影的蒙太奇剪接技巧,皆是此藝術技巧之應用。

個人以為此詩三章我皆為征夫,較合於整首詩採用第一人稱一致的敘述角度;但第二種瞭解不論從對面設想或花開兩朵各表一

59

二、〈鄭風・女曰雞鳴〉

> 女曰:「雞鳴」,士曰:「昧旦」。「子興視夜,明星有爛。」「將翱將翔,弋鳧與鴈」(首章)
>
> 「弋言加之,與子宜之。宜言飲酒,與子偕老。琴瑟在御,莫不靜好。」(次章)
>
> 「知子之來之,雜佩以贈之。知子之順之,雜佩以問之。知子之好之,雜佩以報之。」(三章)

此詩以對話體呈現,除首章首二句女曰、士曰註明敘述者之外,他皆省略,因而敘述角度不易辨識,加上末章突然轉移一二章對話話題,作者在此將聚焦轉移,因而連二三章的「子」是否同為一人,也有些模糊,於是歷來注家詮說詩旨十分紛歧。《詩序》:「女曰雞鳴,刺不說德也,陳古義以刺今不說德而好色也。」「弋言加之,與子宜之。」:鄭《箋》:「言,我也。子謂賓客也。」第二章以下之「子」,鄭《箋》皆訓為「賓客」,照鄭玄的說法「女曰雞鳴,士曰昧旦。」《箋》云:「此夫婦相警覺,以夙興言不留色也。」首章之「子」從對話順序及意思的貫串來看,「子」應為女稱士,婦人稱呼其夫,「士」與「賓客」顯然不為一人,而鄭玄將《詩序》的「德」說成「謂士大夫賓客有德者。」此係漢人以美刺、道德教化說詩之故。如果從對話的正常連續以及詩意的貫串看,我們很難同意首章和次章的

「子」不為同一人。

後代注家對此詩之敘述者及詩旨討論甚多,茲整理幾位注家之見如下:

1、朱熹《詩集傳》[24]

敘述者:

言女曰雞鳴以警其夫,而士曰昧旦,則不止於雞鳴矣。婦人又語其夫曰,若是則子可以起而視夜之如何。意者明星已出而爛然,則當翱翔而往弋取鳧鴈而歸矣。……射者男子之事,而中饋婦人之職,故婦謂其夫既得鳧鴈以歸,則我當為子和其滋味之所宜,以之飲酒相樂,期於偕老。……婦又語其夫曰,我苟知子之所致而來,及所親愛者,則將解此雜佩以送遺報答之。……

詩旨:

此詩人述賢夫婦相警戒之詞。……不惟治其門內之職,又欲其君子親賢友善,結其驩心,而無所愛於服飾之玩。

2、王質《詩總聞》[25]

---

[24] 以下引用資料參《詩集傳》,(臺北:藝文印書館,1974 年 4 月 3 版),頁 205-208。
[25] 以下引用資料參《詩總聞》,(臺北:商務印書館影印文淵閣四庫全書),

敘述者：

　　大率此詩婦人為主辭，故子興視夜以下皆婦人之辭。

詩旨：

　　當是君子與朋友有約，夫婦相警以曉，恐失期也。

3、方玉潤《詩經原始》[26]

敘述者：

　　觀其詞義「子興視夜」以下皆婦人之詞。

詩旨：

　　首章勉夫以勤勞，次章宜家以和樂，三章則佐夫以親賢樂善而成其德。

4、屈萬里《詩經詮釋》[27]

敘述者：

　　次章為男子之語，三章為女子之言。

經部六六，第 72 本，頁 500。
[26] 以下引用資料見《詩經原始》，頁 468。
[27] 見《詩經詮釋》，（臺北：聯經出版事業公司，1984 年 9 月），頁 145-146。〈女曰雞鳴〉第七條、第十二條及第一條註釋。

詩旨：

此男女相悅之詩。

朱熹、王質、方玉潤三家皆主「子興視夜」以下為婦人之詞，對詩旨的看法也大致主張婦人欲其君子親賢樂善。屈萬里主張次章為男子之詞，詩旨為「男女相悅之詩」異於舊說，就敘述角度而言有可取之處。雖然他只說「子興視夜，明星有爛」為女子之言，但未說明「將翱將翔，弋鳧與鴈。」為誰之言，以他說第二章為男子之言來觀察，此句似應為男子之言，因為「弋鳧與鴈」和「弋言加之」，弋鳧鴈為男子之事，而上下兩「弋」相承接。至於「宜」（治餚）是否男子不得為之，尚難定論，但接續首章「子」為女稱男，二章似為女子之言為妥。至於第三章敘述者為誰？「知子」為誰？由於聚焦模糊，到底在這裡什麼東西被呈現？作者想要表達什麼？朱熹等三家主張敘述者為女子，此「知子」為與其夫友善之賢士，如此訓釋雖然義猶可通，而且聚焦選擇好賢樂善，亦頗具積極教化之意義。但整首詩連讀下來，敘述話題似乎離開了次章。屈萬里雖主此章敘述者為女子，但未釋「知子」，從他所說的詩旨觀察，應指「士」，所以在《詩經詮釋》本篇第二條，他根據《荀子》釋未婚夫為「士」，進而將「士」說為「情人」，此句「知子」為女子稱她的情人。屈萬里的說法雖然較合於敘述情境，但也不敢說他的說法一定對，其他三家的說法就錯了。因為我們難曉詩中人物對話之前提、背景、現場環境等等狀況，縱能瞭解文字的宣示義，也無法確切知道背後之思。讀《詩經》愈發同意王夫之所說的：「作者用一致之思，

讀者各以其情而自得。」[28]何況此處作者選擇的聚焦為何？我們毫無著力點去作確認。

三、〈鄭風・溱洧〉

> 溱與洧，方渙渙兮。士與女，方秉蕳兮。女曰：「觀乎」？士曰：「既且」。「且往觀乎洧之外；洵訏且樂」。維士與女，伊其相謔，贈之以勺藥。（首章）
>
> 溱與洧，瀏其清矣。士與女，殷其盈矣。女曰：「觀乎」？士曰：「既且」。「且往觀乎洧之外；洵訏且樂」。維士與女，伊其將謔，贈之以勺藥。（次章）

本詩以（第三人）全知視點敘述，但中間讓焦點人物女與士對話，突破板滯的敘述，而在「且往觀乎洧之外，洵訏且樂」又未註上士或女之語，因而歷來注家對此句話的視角看法不同如下：

1、鄭《箋》[29]

> ……女情急，故勸男使往觀於洧之外，言其土地信寬大又樂也，於是男則往也。

---

[28] 見王夫之《薑齋詩話》卷參《詩經詮釋》頁 1——《詩譯》第二條。
[29] 見《十三經注疏・詩經》，（臺北：藝文印書館，未註出版年月），頁 182。

2、朱熹《詩集傳》[30]

……故其女問於士曰,盍往觀乎!士曰吾既往矣!女復要之曰,且往觀乎!蓋洧水之外,其地信寬大而可樂也。……

3、馬瑞辰《毛詩傳箋通釋》[31]

既且二字當為曁之訛。《小爾雅》「曁,息也。」曁與塈通。〈大雅・嘉樂〉「民之攸塈」,《傳》「塈,息也。」左氏成二年,昭二十一年《傳》竝引《詩》「民之攸曁」,杜注「曁,息也。」曁、塈皆愒之假借,《說文》「愒,息也。」曁與觀相對成文,「女曰觀乎」,勸其往也,「士曰曁」,勸其息也,蓋士初未去,但言欲止息,故女又言「洧之外,洵訏且樂」,以勸其往觀,若如《箋》云「士曰已觀」,則洧外之樂士已知之,女不復以「洵訏且樂」勸之矣!曁从旦,與且形相近,又與「且往觀乎」文相連,因譌為「既且」二字,漢《張遷碑》「既且」亦為曁字之譌,與此相類。

4、郭沫若《卷耳集》譯為

……女的說:「朋友我們去看看吧!」男的說:「我已經去了,要回家;但是我再陪你到洧水那邊,那兒真是有趣,火熱朝天。」[32]

---

[30] 見《詩集傳》,頁224。

郭氏以為此兩句乃士所言，女子未去洧之外，何以知道洧之外洵訏且樂，所以為男方主動遷就之詞。

　　個人以為「且」可通「徂」，作「往也」，亦可以常義釋為「姑且」，女子聽說男子去過了，再邀男子一同前往。馬瑞辰以為既且為暨之訛，以張遷碑薄弱孤證，較難信服於人。何況作「既且」於文意亦通，且在文句的對稱上，女曰「觀乎」，士曰「既且」，似乎比單用「暨」整齊。又他懷疑鄭《箋》士曰已觀，則洧外之樂已知之，女不復以洧訏且樂勸之。這樣的說法亦不盡合人情，一個人受邀重遊舊地乃常有之事，更何況是情竇初開，熱情洋溢的女子邀約。郭沫若持相反之見，以為女子未去洧之外，何以知道洧之外洵訏且樂，此亦過於拘泥。修禊乃每年盛事，猶今臺北元宵燈會，雖今年尚未去過，豈不能以過往經驗知曉？本詩由於敘述角度的跳動，在平板的第三者全知觀點敘述中，忽然讓其中所述之人物對話，若不標示說話人，常有可能形成視角的模糊。以此例言，作女再邀之辭，反能彰顯女子之熱情。

四、〈鄘風‧蝃蝀〉

　　　　蝃蝀在東，莫之敢指。女子有行，遠父母兄弟。（首章）
　　　　朝隮于西，崇朝其雨。女子有行，遠兄弟父母。（次章）

---

[31] 見馬瑞辰《毛詩傳箋通釋》，（臺北：藝文印書館影印光緒 14 年 2 月廣雅書局刻本），頁 456。
[32] 見《卷耳集》，（北京：人民文學出版社，1981 年 3 月），頁 32。

乃如之人也,懷昏姻也。大無信也,不知命也。(三章)

　　依毛鄭之見,此詩為(第三人稱)全知視點,指責淫奔無貞潔之信之女子,不知昏姻當待父母之命。朱熹的說法無異於毛鄭,更於其上增添程子以道制欲則能順命的道德批判。方玉潤《詩經原始》:「此詩舍卻宣姜,別無他解,蓋與新臺相為唱答耳。」又說:「新臺以刺宣姜,故詩人又設為宣姜之意,代答新臺,互相解嘲,亦諷刺中之一體也。」[33]方玉潤以宣姜事跡與此相類,而將舊說(第三人稱)全知視點,轉為以宣姜為視角,並以史證詩,這是不錯的發現,只是難以證實必為詩人代宣姜而作以答〈新臺〉。屈萬里《詩經詮釋》:「此蓋既嫁之女,而拒其他求婚者之詩。」[34]則比較保守的把視角說成既嫁之女,如此要較舊說合於文意。《詩經》中多首出現「女子有行」,都用於女子自稱出嫁,有別於他稱「之子于歸」[35],因此本詩視角為既嫁之女子。由於此詩曲式較為特殊,前兩章後半複沓,第三章另起新調,若以符號表示為AAB式,根據筆者統計《詩經》中以此形式表現的詩篇共十七首[36],此式以第三章為尾聲,全

---

[33] 見《詩經原始》,頁371。
[34] 見《詩經詮釋》,頁93。
[35] 如〈邶風・泉水〉「女子有行,遠父母兄弟。」〈衛風・竹竿〉「女子有行,遠兄弟父母。」皆用於自稱;而「之子于歸」用於他稱之例甚多,不煩枚舉。
[36] 筆者統計AAB不完全疊詠體係採較為嚴格之標準,如末章和前幾章僅興句相同,或興句雖不同,其後敘述複沓者,均未予計入。屬於此種形式之詩篇有:〈葛覃〉、〈汝墳〉、〈采蘩〉、〈野有死麕〉、〈燕燕〉、〈蝃蝀〉、〈大車〉、〈子衿〉、〈雞鳴〉、〈東方未明〉、〈甫田〉、〈齊風〉、〈揚之水〉、〈匪風〉、〈下泉〉、〈裳裳者華〉、〈隰桑〉、〈苕之華〉等共17首。

詩意旨大都在尾聲部份，卒章以見志。此式往往卒章和前數章銜接不緊密，形成詩意上下連貫脫節現象，聚焦十分模糊，因而賦予讀者閱讀空間加大。下面討論的〈齊風・甫田〉亦為形式相同的AAB式。

假若此詩視點為女子，「女子有行」為其自稱出嫁，則此詩第三章「乃如之人」絕不可能是「女子」，因不可能自己指責自己。毛鄭、朱熹未認清本詩視點，說成指責淫奔無貞信之女子，並不正確，被指責的對象應是第三章的「之人」（是人），各家說法中以屈萬里先生《詩經詮釋》最接近詩義。舊說未能對「有行」作正確瞭解，因而弄錯觀察視角。今日讀《詩經》更應用周密的方法歸納相同詞語用例，畢竟在正確瞭解詞語含義之下，一切的討論方站得住腳。

五、〈齊風・南山〉

南山崔崔，雄狐綏綏。魯道有蕩，齊子由歸。既曰歸止，曷又懷止。（首章）

葛屨五兩，冠緌雙止。魯道有蕩，齊子庸止。既曰庸止，曷又從止。（次章）

蓺麻如之何？衡從其畝；取妻如之何？必告父母。既曰告止，曷又鞠止！（三章）

析薪如之何？匪斧不克。取妻如之何，匪媒不得。既曰得止，曷又極止！（四章）

此詩採第三人稱全知視點,但各章敘述之焦點為何人?各家看法不一:

1、鄭《箋》以為首章非文姜,次章非齊襄,三、四章非魯桓。[37]
2、朱熹《詩集傳》以為此詩前二章刺齊襄,後二章刺魯桓。[38]
3、嚴粲《詩緝》以為四章皆刺魯桓。[39]
4、方玉潤《詩經原始》以為首章非齊襄,次章非文姜,三、四章非魯桓。[40]

個人以為造成各家對於各章敘述焦點所論不一之故,或是由於對「興」句取義和字詞訓解差異之故,或是純從個人接受和感受,而加以批判之故。像嚴粲《詩緝》以為四章皆刺魯桓,純從魯桓不能約束文姜,而使她婚後仍延續和襄公間的不軌行為。完全未對此事件的其他二位關係人加以批判,似乎不是很公允的看法。

如果我們從文字的宣示義來觀察:

首章興句「南山崔崔,雄狐綏綏。」馬瑞辰《毛詩傳箋通釋》的說法十分可取。他以南山喻國君之威嚴,以雄狐喻齊襄,則失人君之度。又「由歸」馬瑞辰以為猶言「于歸」。「曷又懷止」的「懷」,毛《傳》:「懷,思也。」鄭《箋》:「懷,來也。」馬瑞辰亦以《箋》

---

[37] 見《十三經注疏・詩經》,頁 195-197。
[38] 見《詩集傳》,頁 238。
[39] 見《詩緝》,(臺北:商務印書館四庫全書珍本),頁 91。嚴氏謂釋序言:「大夫去國,其心蓋有不得已者。襄公之惡不可道矣!齊之臣子難言之,故此詩不斥其君之惡,而唯歸咎於魯桓,與敝笱意同。後序以雄狐為指齊襄,故云鳥獸之行,非也。」
[40] 見《詩經原始》,頁 519-520。

說為是,《方言》:「來,齊魯之間曰懷。」此處「懷」該作何講,頗難抉擇。若以興句喻齊襄,此處所敘當是其所為,似作常義「思」為允。如是首章指責齊襄不該在其妹嫁魯後,仍不能斷絕對她的思念。若依鄭《箋》之見,似乎指責文姜不該在出嫁後仍回齊國會見其兄,如此和興句喻齊襄就不一致了。

次章興句「葛屨五兩,冠緌雙止」,取義為何?由於毛鄭的說法過於曲折,難以令人接受[41]。屈萬里先生《詩經詮釋》懷疑屨緌兩物皆結婚時新娘所製以贈新郎者,如是則此章興句焦點在文姜。以下則指責文姜既嫁於魯,何又回齊從其兄。鄭《箋》:「此言文姜既用此道嫁於魯侯,襄公何復送而從之為淫泆之行。」如是解「從」難脫增字解經,不能令人同意。朱熹《詩集傳》:「……庸,用也,用此道以嫁於魯也。從,相從也。」因而他以為刺襄公。就「從」字的解釋來說較鄭《箋》合於實際,但將「從」訓為「相從」,亦是增字解經。個人以為此處馬瑞辰的說法最好,亦可批評鄭《箋》、朱《傳》之非,謹引如下:

> 《詩‧君子陽陽》《傳》由,用也;庸訓為用,即為由矣,謂由之以嫁於魯也。《說文》從,隨行也;縱,隨從也,由或縱字。桓十八年《左傳》公與夫人姜氏如齊,是夫人姜氏從公如齊之事。詩曰又從止,正指夫人從公如齊而言,《箋》謂襄

---

[41] 見《十三經注疏‧詩經》,頁196。

公送從之,非是,襄公無從文姜至魯之事⋯⋯。[42]

就興句、「從」字之訓解和史實而言,次章應以刺文姜為是。

末兩章各家之說法皆以為非魯桓,主要由於詩中有「取妻如之何?必告父母。

設問之對象為魯桓,責問句「既曰告止」、「既曰得止」亦針對魯桓,文意較為清楚之故。因此像方玉潤《詩經原始》說:

> 魯桓、文姜、齊襄三人者皆千古無恥人也。⋯⋯故此詩不可謂專刺一人也。首章言襄公縱淫,不當自淫其妹,妹既歸人而有夫矣!則亦可以已矣!而又曷懷之有乎?次章言文姜即淫,亦不當順從其兄,今既歸魯而成耦矣!則亦可以已矣!而又曷返齊而從兄乎?後二章言魯桓以父母命,憑媒妁言而成此婚配,非苟合者比,豈不有聞其兄妹事乎?既取而得之,則當禮以閑之,俾勿歸齊,則亦可以已矣!而又曷從其入齊,至令得窮所欲而無止極,自取殺身禍乎?故欲言襄公之淫,則以雄狐起興;欲言文姜成耦,則以冠履之雙者為興;欲言魯桓被禍,則先以藝麻興告父母以臨之,析薪興媒妁以鼓之,而無如魯桓之懦而無志也,何哉?詩人之大不平也,故不覺發而為詩,亦將使千秋萬世後知有此無恥三人而已,又何暇

---

[42] 見馬瑞辰《毛詩傳箋通釋》,頁 480。

為之掩飾其辭,而歸咎於一哉![43]

因此〈南山〉詩的敘事聚焦,透過興句、歷史背景、字詞訓解等,應該可以取得一致的看法。

六、〈齊風・甫田〉

無田甫田,維莠驕驕。無思遠人,勞心忉忉。(首章)
無田甫田,維莠桀桀。無思遠人,勞心怛怛。(次章)
婉兮孌兮,總角丱兮。未幾見兮,突而弁兮。(三章)

此詩係(第三人稱)全知視點,但第三章敘述之聚焦各家見解不一。本詩和蟋蟀詩一樣屬 AAB 曲式,因第三章尾聲和前二章意思連貫發生斷層,再加上說詩者的不同經學背景,讀者的個人接受不同,於是眾說紛紜,至少有以下幾種看法:

1、主刺國君

(1)《詩序》:「甫田,大夫刺襄公也。無禮義而求大功,不脩德而求諸侯,志大心勞,所以求者非其道也。」[44]

---

[43] 見《詩經原始》,頁 519-521。
[44] 見《十三經注疏・詩經》,頁 197。

(2)何楷《詩經世本古義》:「無田,齊人刺魯莊公也。」[45]

2、主做事應循序不躐等

朱子《詩集傳》:「……田甫田而力不給,則草盛矣!無思遠人也,思遠人而人不至,則心勞矣!以戒時人厭小而務大,忽近而圖遠,將徒勞而無功也。……言總角之童見之未久,而忽然戴弁以出者,非其躐等而強求之也,蓋循其序而勢有必至耳。此又以明小之可大,邇之可遠,能循其序而脩之,則可以忽然而至其極,若躐等而欲速,則反有所不達矣!」[46]

3、主懷人

(1)傅斯年《詩經講義稿》:「大夫行役在外,其妻思之。」[47]
(2)屈萬里《詩經詮釋》:「此蓋喜遠人歸來之詩。」[48]
(3)王靜芝《詩經通釋》:「此詩乃安慰離別之人之詩。前二章勸勿作徒勞之懷念,三章設想遠人將不久歸來,則將見其成長而弁也。」[49]
(4)陳延傑《詩序解》:「一若似懷戀遠人者。夙昔婉孌童子,已

---

[45] 見《詩經世本古義》,(臺北:商務印書館影印文淵閣四庫全書),第 81 本,頁 755。
[46] 見《詩集傳》,頁 238-239。
[47] 見《傅斯年全集·詩經講義稿》,(臺北:聯經出版事業公司,1980 年),頁 87。
[48] 見《詩經詮釋》,頁 172。
[49] 見《詩經通釋》,(臺北:輔仁大學文學院,1968 年 7 月),頁 219。

自長成,而遠人尚未歸。」[50]

4、主勤勉於業,無荒於嬉

陳應棠《詩風新疏》:「詩中前兩章重點在無思遠人一語,而卒章在突而弁兮一語。前兩章在戒好高慕遠,而卒章在戒玩忽時日。全詩乃警惕人業須專精,及無荒於嬉也。」[51]

5、意旨不可知

方玉潤《詩經原始》:「此詩詞義極淺,盡人能識。惟意旨所在,則不可知。」[52]

面對同一首詩,就有五種不同主題之見,而各主題之下又有不同看法,固然令人沮喪,追求作者原意,或許是不切實際的幻想。但我們為本詩註釋時,若先掌握字詞之宣示義,一二章首二句興取義為無種大田,種大田力有未逮,徒然雜草叢生;以興三四句敘寫懷遠人,遠人不至則徒然心勞,如果將主題放到懷遠人,似較近乎宣示義。至於第三章因為話題轉移太厲害,作者選擇的聚焦不明顯,讀者難以知道作者說話的情境背景,到底這個婉孌總角之人,是否為相思之對象,抑是作者以婉孌童子突而弁兮打比方,安慰其所思之人亦將如童子很快成長,遠人亦不久將歸來。但面對懷遠人主題

---

[50] 見陳延傑《詩序解》,收入林慶彰主編《民國時期經學叢書》第二輯 32 冊,(臺中:文听閣圖書有限公司,2008 年 7 月),頁 70。
[51] 見《詩風新疏》(稿本未出版),頁 242。
[52] 見《詩經原始》,頁 522-523。

之下四說，我們幾乎無法確定何說近乎詩旨。

　　方玉潤對詩旨持保守看法，或許因此而起。至於《毛詩序》、何楷《詩經世本古義》則是以一國之事繫於一人之本，賦予美刺教化功用說詩。朱熹所謂戒時人厭小惡大忽近圖遠；或陳應棠所謂戒好高慕遠玩忽時日，應是在首二章以思遠人為主的宣示義外的言外義聯想了。

七、〈邶風・簡兮〉

> 簡兮簡兮，方將萬舞。日之方中，在前上處。（首章）
> 碩人俁俁，公庭萬舞。有力如虎，執轡如組。（次章）
> 左手執籥，右手秉翟。赫如渥赭，公言：「賜爵。」（三章）
> 山有榛，隰有苓。云誰之思？西方美人。彼美人兮，西方之人兮。（四章）

　　此詩之敘述者應為第三者詩人，因為舞師不可能自我矜誇「碩人」。前三章由詩人視點敘述他觀察舞師表演萬舞的過程，至於末章視點與聚焦由前三章的敘述轉為抒情，固然可看成是繼續由詩人以全知視點透視舞師之內心，亦可瞭解為詩人自述愛慕舞師之內心抒發，於是末章的敘述焦點不明，而影響各家對詩旨看法不同。再加上第四章西方美人是誰？至少有以下數說：

1、上句美人為周室之賢者,下句美人為碩人

(1)鄭玄《箋》:「我誰思乎!思周室之賢者,以其宜薦碩人,與在王位。」

鄭玄《箋》:「彼美人謂碩人也。」

(2)孔穎達《正義》:「山之有榛木,隰之有苓草,各得其所,所以興衛之有碩人而在賤職,可謂處非其位,乃榛苓之不如。碩人既不寵用,故令我云誰思之乎!思西方周室之美人,若得彼美人,當薦此碩人,使在王朝也,彼美好之碩人兮,乃宜在王朝為西方之人兮,但無人薦之耳。」[53]

2、西周盛王

(1)朱熹《詩集傳》:「西方美人託言以指西周之盛王,如《離騷》亦以美人目其君也,又曰西方之人者,歎其遠而不得見之詞也。賢者不得志於衰世之下國,而思盛際之顯王,故其言如此而意遠矣!」[54]

(2)姚際恆《詩經通論》:「西方,西周。美人,西周王者。鄭氏以上美人為周室之賢,下美人謂碩人,非也。美人者,美德之人,猶聖人、彥士之稱,後世以婦人色美亦稱美人。集傳曰西方美人託言以指西周之盛王,如離騷亦以美人目其君也,徇後世之說反謂以婦人指君,可謂循流而忘源矣!靜女篇美人之貽,謂美其人之貽。」[55]

---

[53] 以上見《十三經注疏・詩經》,頁101。
[54] 見《詩集傳》,頁95。
[55] 見《詩經通論》,頁63。

3、舞師

(1)聞一多《風詩類鈔》:「西方似指宗周。美人就是上文稱為碩人的舞師。就第三章看,這詩的作者無疑也是一位女子。左傳載令尹子元會想用萬舞來蠱惑新寡的夫人(莊二十八年),足見這種舞對女性可能會發生力量。」[56]

(2)王靜芝《詩經通釋》:「言山則生榛,下濕之地則生苓,為物之生各因其地之適也。而今善舞者則由西方而來,蓋西方為周之興起之地,文物鼎盛,故能生此善舞之人,有此盛美之舞也,故曰觀此舞則引起何思?思西方之美人矣!」[57]

第三章詩人想呈現什麼?無法從模糊的聚焦觀察。但鄭玄、孔穎達將上下美人作不同訓解並不恰當,至於美人是西周盛王或舞師?因為不能確知作者選擇何種聚焦?作意為何?大概無法得知正解吧!

肆、結語

歷來論述詩義多重之作不勝枚舉,本文期望換個角度,應用敘事學視點與聚焦兩個名詞,來觀察《詩經》的敘述技巧及詩旨模糊問題。研究發現雖然是以抒情為主的詩歌,但它的敘述方式仍極為靈活,除以常見的(第三人稱)全知視角、第一人稱自知視角敘述

---

[56] 見《聞一多全集・風詩類鈔》,(香港:遠東圖書公司,1968年2月),頁20。

外,還常使用(第三人稱)全知視角切換至第一人稱自知視點,或多元流動視點等敘述方式,展現《詩經》時代不凡的詩歌創作藝術,在我國敘事文學的傳統上是一個重要的里程碑。而透過幾首視點與聚焦模糊詩篇的考察,發現雖然有些也和字詞訓詁、興句瞭解、以史證詩、言外義深層聯想有關,亦呈現少數詩篇難以判定視角為誰的問題,若能加以分析敘述視角,對詩義瞭解與欣賞將有一定的幫助。又對於文本主題選擇的聚焦,亦是各家解說詩義分歧的重要原因,尤其是十七首卒章見志的 AAB 曲式,聚焦尤為模糊。因此探究文本中什麼東西被呈現,不失為更貼近作者創作意圖之詮釋方法。當然不乏視點與聚焦無從確定之詩篇,如是讀者就更能進出其中,各以己意得之了。

---

[57] 見《詩經通釋》,頁 105。

參考書目

一、《詩經》相關書籍與論文

1. 毛亨傳、鄭玄箋、孔穎達疏《十三經注疏・詩經》,臺北:藝文印書館,未註出版年月。
2. 歐陽修《詩本義》,四部叢刊本,收入《四部叢刊三編》經部,臺北:商務印書館,1971年。
3. 朱熹《詩集傳》,臺北:藝文印書館,1974年4月3版。
4. 王質《詩總聞》,臺北:商務印書館影印文淵閣四庫全書第72本。
5. 嚴粲《詩緝》,臺北:商務印書館四庫全書珍本。
6. 何楷《詩經世本古義》,臺北:商務印書館影印文淵閣四庫全書第81本。
7. 陳啟源《毛詩稽古編》,臺北:商務印書館影印文淵閣四庫全書第85本。
8. 何琇《樵香小記》,收入《學福樓齋雜著》,上海:商務印書館,1939年12月。
9. 戴震《杲溪詩經補注》,臺北:藝文印書館百部叢書集成本。
10. 姚際恆《詩經通論》,臺北:廣文書局1993年10月3版。
11. 馬瑞辰《毛詩傳箋通釋》,臺北:藝文印書館影印光緒14年2月廣雅書局刻本。

12. 方玉潤《詩經原始》，臺北：藝文印書館，1981 年 2 月 3 版。
13. 龔橙《詩本誼》，半厂叢書本，收入叢書集成續編第 108 冊，臺北：新文豐出版公司，1989 年。
14. 皮錫瑞《經學通論》，臺北：商務印書館，1969 年。
15. 陳延傑《詩序解》，收入林慶彰主編《民國時期經學叢書》第二輯 32 冊，臺中：文听閣圖書有限公司，2008 年 7 月。
16. 聞一多《風詩類鈔》，收入《聞一多全集》，香港：遠東圖書公司，1968 年 2 月。
17. 孫作雲《詩經與周代社會研究》，北京：中華書局，1979 年 12 月。
18. 傅斯年《詩經講義稿》，收入《傅斯年全集》，臺北：聯經出版事業公司，1980 年。
19. 郭沫若《卷耳集》，北京：人民文學出版社，1981 年 3 月。
20. 王靜芝《詩經通釋》，臺北：輔仁大學文學院，1968 年 7 月。
21. 屈萬里《詩經詮釋》，臺北：聯經出版事業公司，1984 年 9 月。
22. 錢鍾書《管錐篇・毛詩正義六十則》，北京：中華書局，1986 年 6 月。
23. 程俊英《詩經譯注》，上海：上海古籍出版社 2002 年 2 月。
24. 陳應棠《詩風新疏》，稿本未出版。
25. 陳昌寧〈《詩經》隱語新探〉，《綏化師專學報》1994 年第 4 期。
26. 王碩民〈試析詩旨歧義現象產生的原因〉，《安徽師大學報》社會科學版第 26 卷第 4 期，1998 年。

27. 車行健〈論「詩經」多重義與「詩」本義的詮釋〉，中央大學文學院《人文學報》第 23 期，2001 年 6 月。

二、文學理論及其他相關書籍與論文

1. 王夫之《薑齋詩話》，臺北：木鐸出版社，1982 年。
2. 劉大杰《中國文學發達史》，臺北：中華書局 1978 年。
3. 袁行霈《中國詩歌藝術研究》，北京：北京大學出版社，1996 年。
4. 張素貞《細讀現代小說》，臺北：東大圖書公司，1996 年 2 月再版。
5. 楊義《中國敘事學》，收入《楊義文存》第 1 卷，北京：人民出版社，1997 年 12 月。
6. 徐亮《意義闡釋》，蘭州：敦煌文藝出版社，1999 年 6 月。
7. 傅修延《先秦敘事研究——關於中國敘事傳統的形成》，北京：東方出版社，1999 年 12 月。

《詩經》頂真修辭技巧探究

呂珍玉

【提要】

頂真修辭法源於《詩經》,明人徐師曾《文體明辨序說》:「自揚雄綜述碎文,肇為連珠,而班固、賈逵、傅毅之流,受詔繼作,傅玄乃云興於漢章之世,誤矣。」可見許多人誤以為頂真、連珠修辭法興起於漢代;其實《詩經》中應用頂真修辭法詩篇多達四十二首,有句與句間、章與章間頂真,不論於語氣、語義的流暢,條理邏輯的明晰,情感的抒發,事理的論述,都能達到極佳的表達效果,是《詩經》中重要的修辭方法,影響後代各種文類寫作甚巨,是極受歡迎的一種修辭方法。討論頂真修辭法必溯源《詩經》,但前人僅偶一提及,未作全面研究,本文即擬針對此議題加以探究。

關鍵詞:詩經、頂真、修辭

壹、前言

《詩經》除了文學、經學、史學、社會學的價值倍受重視之外,還是一部語言學寶典,提供上古語言研究珍貴材料。書中應用修辭方法既多樣又純熟,常用的修辭格有比喻、借代、映襯、對比、摹狀、引用、呼告、誇飾、倒反、對偶等,而這些修辭格也常為人們提及,唯獨頂真較少被提出討論。明人徐師曾《文體明辨序說》:「自揚雄綜述碎文,肇為連珠,而班固、賈逵、傅毅之流,受詔繼作,傅玄乃云興於漢章之世,誤矣。」[1]可見許多人誤以為頂真、連珠修辭法興起於漢代。事實上《詩經》中有四十二首詩用到頂真修辭法,數量不算太少。其頂真形式如何?呈現出怎樣的文學表達效果?以及此種修辭手法對後代文學的影響如何?都是本文亟待探討的問題。

貳、何謂頂真修辭法?

頂真又稱頂針[2]、連(聯)珠、蟬聯、頂真續麻[3]。許多修辭學

---

[1] 見明人徐師曾著、羅根澤校點《文體明辨序說》「連珠」,(香港:太平書局,1965 年 8 月),頁 139。
[2] 見黃慶萱《修辭學》,(臺北:三民書局,2002 年 10 月增訂 3 版),頁 689。黃氏云:「頂針原本是婦女縫紉時套在手指上的金屬環,環上滿布小凹點,用來推針穿布。後來詩文中用上一句的結尾詞語,頂出下一句的起頭詞語……就像用『頂針』把針線頂出來一樣,也就叫『頂針』了。偏偏有人覺

書籍都對頂真加以界說,大致上所說大同小異。

(一)黃慶萱《修辭學》將頂真修辭格分為兩種,一是聯珠格——在同一段語文中,連續或不連續的幾句,運用頂真法。再則是連環體——在段與段之間運用頂真法。[4]並說頂真修辭的作用是基於「統調」的美學原理[5]。

(二)劉煥輝《修辭學綱要》一書說:[6]

> 頂真是用前一句結尾的詞語來作下一句的開頭,使前後鄰接的句子頭尾蟬聯,上下遞接,像接力賽一樣地一一接下去的一種修辭方式,又叫「聯珠」、「連環」、「蟬聯」格。頂真的修辭功能可使結構緊密,語氣貫串流暢。用它來記事或描寫,可以把感情抒發得纏綿細膩,淋漓盡致;用它來記事或描寫,可以把事件的時間或事物的空間順序充分展示;用它來說理,可以使事理的邏輯關係得到嚴密而緊湊的揭示。

得吟詩作文何等風雅,怎可比作女紅用的小玩意?於是改稱『頂真』。語文本就約定俗成的,現在大家用慣了『頂真』,也就不必改回『頂針』了。」
[3] 關漢卿〈趙盼兒風月救風塵〉雜劇中宋李氏云:「只有這個女孩兒叫做宋引章。俺孩兒拆白道字,頂真續麻,無般不曉,無般不會。」馬致遠〈江州司馬青衫淚〉中則把「走筆題詩」、「出口成章」和「頂真續麻」相提並論。推測「拆白道字」、「頂真續麻」在宋元時代或是一種文字遊戲,而能靈活運用字詞頂真的人,必能「走筆題詩」、「出口成章」,文章寫得很好吧!
[4] 見黃慶萱《修辭學》,頁693。
[5] 見黃慶萱《修辭學》,頁690-692。
[6] 見劉煥輝《修辭學綱要》,(南昌:百花洲文藝出版社,1993年8月1日),頁377-378。

（三）沈謙《文心雕龍與現代修辭學》一書分頂真的形式有三：一、段與段之頂真（連環體），二、句與句之頂真（聯珠格），三、句中頂真[7]。

（四）張志公等人校訂《語法與修辭》則說「頂針」也叫做「頂真」或「聯珠」，可分「相接頂針」和「間隔頂針」兩類[8]。

經過歸納《詩經》中頂真詩句，發現都是章與章之間頂真（即黃慶萱、沈謙所謂連環體）、以及句與句之間頂真（即黃慶萱、沈謙所謂聯珠格），並無句中頂真或者間格頂真兩類形式。經歸納發現《詩經》中詞句頂真形式相當多樣，從頂一字到四字，甚至整句頂真都有，可見《詩經》作者應用頂真之靈活。

頂真修辭的功用很多，劉煥輝《修辭學綱要》指出頂真的功用：一、用於抒情，二、用於寫景，三、用於記事，四、用於地理位置，五、用於記敘，六、用於說理。[9]黎運漢、張維耿《現代漢語修辭學》則提出頂真修辭的作用有如下三點[10]：

（一）頂真用來敘事說理，有利於表現事物之間的連鎖關係，揭示事物的發展過程，而且能使句式整齊，語勢暢達。

（二）描繪景物，給人明晰的印象。

---

[7] 見沈謙《文心雕龍與現代修辭學》，（臺北：文史哲出版社，1997年7月），頁366-384
[8] 見張志公等校訂《語法與修辭》，（臺北：新學識文教出版中心，1990年1月），頁443-444。
[9] 見劉煥輝《修辭學綱要》，頁379
[10] 見黎運漢、張維耿《現代漢語修辭學》，（臺北：書林出版有限公司，2001年10月），頁161-162。

（三）頂真在詩歌裡獨具特色，常用來加強節奏，表達回環曲折的感情。

檢視《詩經》句間頂真或章間頂真之功用，確實不外以上所說，但仍願以實際詩例為證，以說明《詩經》頂真詩句在篇中獨特的文學藝術表現。

參、《詩經》中頂真修辭詩篇及形式

一、《詩經》中頂真修辭詩篇

《詩經》中應用頂真修辭詩篇高達四十二首之多，茲將篇名及頂真情形表列如下：（僅寫出首章頂真，次章以後疊章換字附註於後，頂真詞句下畫線為記。章間頂真，以○隔開為記。）

篇名	頂真情形
〈周南‧關雎〉	寤寐求之。求之不得。
〈召南‧行露〉	何以速我獄？雖速我獄，室家不足。（雖速我訟）
〈召南‧江有汜〉	之子歸，不我以。不我以，其後也悔。（不我與、不我過）
〈邶風‧凱風〉	凱風自南，吹彼棘心。棘心夭夭，母氏劬勞。
〈邶風‧匏有苦葉〉	招招舟子，人涉卬否。人涉卬否，卬須我友。
〈邶風‧簡兮〉	云誰之思？西方美人。彼美人兮，西方之人兮。
〈邶風‧靜女〉	匪女為美，美人之貽。
〈鄘風‧君子偕老〉	子之清揚，揚且之顏也。
〈鄘風‧定之方中〉	升彼虛矣，以望楚矣。望楚與堂。
〈鄘風‧相鼠〉	相鼠有皮，人而無儀。人而無儀，不死何為。

87

篇名	頂真情形
	（人而無止、人而無禮）
〈衛風‧氓〉	于嗟女兮，無與<u>士耽</u>。<u>士之耽</u>兮，猶可說也。 及爾偕<u>老</u>，<u>老</u>使我怨。 不思其<u>反</u>。<u>反</u>是不思。
〈王風‧中谷有蓷〉	有女仳離，<u>嘅其嘆矣</u>。<u>嘅其嘆矣</u>，遇人之艱難矣。（條其歗矣、啜其泣矣）
〈王風‧葛藟〉	終遠兄弟，<u>謂他人父</u>。<u>謂他人父</u>，亦莫我顧。（謂他人母、謂他人昆）
〈齊風‧東方之日〉	彼姝者子，<u>在我室兮</u>。<u>在我室兮</u>，履我即兮。（在我闥兮）
〈魏風‧汾沮洳〉	彼其之子，<u>美無度</u>。<u>美無度</u>，殊異乎公路。（美如英、美如玉）
〈魏風‧碩鼠〉	適彼<u>樂土</u>。<u>樂土樂土</u>，爰得我所。（適彼樂國、適彼樂郊）
〈曹風‧鳲鳩〉	淑人君子，<u>其儀一兮</u>。<u>其儀一兮</u>，心如結兮。（其帶伊絲、其儀不忒、正是國人）
〈小雅‧鹿鳴〉	我有嘉賓，<u>鼓瑟吹笙</u>。<u>吹笙鼓簧</u>，承筐是將。 我有嘉賓，<u>鼓瑟鼓琴</u>。<u>鼓瑟鼓琴</u>，和樂且湛。
〈小雅‧采薇〉	采薇采薇，<u>薇亦作止</u>。（薇亦柔止、薇亦剛止） 駕彼四牡，四牡騤騤。
〈小雅‧六月〉	維此六月，<u>既成我服</u>。<u>我服既成</u>，于三十里。 有嚴有翼，<u>共武之服</u>。<u>共武之服</u>，以定王國。 四牡既佶，既佶且閑。
〈小雅‧采芑〉	方叔率止。乘其<u>四騏</u>。<u>四騏</u>翼翼。 戎車嘽嘽，嘽嘽焞焞。
〈小雅‧節南山〉	駕彼<u>四牡</u>，<u>四牡</u>項領。
〈小雅‧雨無正〉	胡<u>不相畏</u>，<u>不畏</u>於天。
〈小雅‧小弁〉	天之生我，我辰安在？
〈小雅‧巷伯〉	取彼譖人，投畀<u>豺虎</u>；<u>豺虎</u>不食，投畀<u>有北</u>；<u>有北</u>不受，投畀有昊。

88

篇名	頂真情形
〈小雅·裳裳者華〉	我覯之子,我心寫兮。我心寫兮,是以有譽處兮。
〈小雅·車舝〉	陟彼高岡,析其柞薪。析其柞薪,其葉湑兮。
〈小雅·賓之初筵〉	烝衎烈祖,以洽百禮。百禮既至,有壬有林。錫爾純嘏,子孫其湛。○其湛曰樂,各奏爾能。
〈小雅·采菽〉	君子來朝,言觀其旂。其旂淠淠,鸞聲嘒嘒。
〈小雅·采綠〉	其釣維何?維魴及鱮。維魴及鱮,薄言觀者。
〈大雅·文王〉	陳錫哉周,侯文王孫子。文王孫子,本支百世。凡周之士,不顯亦世。○世之不顯,厥猶翼翼。思皇多士,生此王國。王國克生,維周之楨。假哉天命,有商孫子。商之孫子,其麗不億。上帝既命,侯于周服。○侯服于周,天命靡常。王之藎臣,無念爾祖。○無念爾祖,聿脩厥德。宜鑒于殷,駿命不易。○命之不易,無遏爾躬。
〈大雅·大明〉	文王嘉止,大邦有子。○大邦有子,俔天之妹。
〈大雅·棫樸〉	濟濟辟王,左右奉璋。奉璋峨峨,髦士攸宜。
〈大雅·皇矣〉	維此王季,因心則友。則友其兄,則篤其慶。貊其德音,其德克明。克明克類,克長克君。王此大邦,克順克比。比于文王,其德靡悔。無矢我陵,我陵我阿。無飲我泉,我泉我池。
〈大雅·下武〉	三后在天,王配於京。○王配於京,世德作求。永言配命,成王之孚。○成王之孚,下土之式。於萬斯年,受天之祜。○受天之祜,四方來賀。
〈大雅·既醉〉	君子萬年,介爾昭明。○昭明有融,高朗令終。高朗令終,令終有俶。公尸嘉告。○其告維何?籩豆靜嘉,朋友攸攝。攝以威儀。攝以威儀。○威儀孔時。君子有孝子,孝子不匱 孝子不匱,永錫爾類。○其類維何?

篇名	頂真情形
	君子萬年，永錫祚胤。○其胤維何？ 君子萬年，景命有僕。○其僕維何？ 其僕維何？釐爾女士。釐爾女士，從以孫子。
〈大雅・假樂〉	受福無疆，四方之綱。○之綱之紀，燕及朋友。
〈大雅・公劉〉	迺陟南岡，乃覯于京。京師之野，于時處處。
〈大雅・崧高〉	維嶽降神，生甫及申。維申及甫，維周之翰。
〈魯頌・有駜〉	有駜有駜，駜彼乘黃。（駜彼乘牡、駜彼乘駉） 夙夜在公，在公明明。
〈魯頌・泮水〉	魯侯戾止，言觀其旂。其旂茷茷，鸞聲噦噦。 魯侯戾止，其馬蹻蹻。其馬蹻蹻，其音昭昭。
〈商頌・玄鳥〉	商之先后，受命不殆，在武丁孫子，武丁孫子，武王靡不勝。 肇域彼四海。四海來假，來假祁祁。

二、《詩經》中頂真修辭詩篇之形式

上表《詩經》中應用頂真修辭詩篇共計四十二首之多，為數不算太少，而且分佈在風、雅、頌詩之中，可見頂真是當時十分普遍的寫作形式。當然其中也有一些並不十分嚴格的頂真詩句，例如：

1、何以速我獄（訟）？雖速我獄（訟），室家不足。〈召南・行露〉

　　下句多一「雖」字轉接詞。

2、西方美人。彼美人兮〈邶風・簡兮〉

　　下句多一「彼」字遠指稱詞。

3、升彼虛矣，以望楚矣。望楚與堂〈鄘風・定之方中〉

　　上句多一「矣」字語尾助詞。

4、于嗟女兮，無與士耽。士之耽兮，猶可說也。〈衛風・氓〉

　　下句多一虛詞「之」字。

5、維此六月,既成我服。我服既成,于三十里。〈小雅·六月〉
　　下句倒置前句。

6、胡不相畏?不畏於天?〈小雅·雨無正〉
　　上句多一「相」字,其實「不相畏」意同「不畏」,呂叔湘在《中國文法要略》指出「相」字本是「互相」之意,是個副詞,可是有時候偏指一方[11]。

7、假哉天命,有商孫子。商之孫子,其麗不億。〈大雅·文王〉
　　將上句「有商孫子」換成「商之孫子」,詞頭換成虛詞。

8、宜鑒于殷,駿命不易。○命之不易,無遏爾躬。〈大雅·文王〉
　　下句加虛詞「之」字。

9、公尸嘉告。○其告維何〈大雅·既醉〉
　　下句將「嘉告」換成指示代詞「其告」字。

以下幾例情形相同:
　　孝子不匱,永錫爾類。○其類維何〈大雅·既醉〉
　　君子萬年,永錫祚胤。○其胤維何〈大雅·既醉〉
　　君子萬年,景命有僕。○其僕維何〈大雅·既醉〉

10、維嶽降神,生甫及申。維申及甫,維周之翰。(大雅·崧高)
　　下句加發語詞「維」字,並將「申」「甫」前後對調。

其他章與章之間頂真亦有稍變頂真詞句形式,不再多舉,於下

---

[11] 見呂叔湘《中國文法要略》,(臺北:文史哲出版社,1992年9月再版),頁162。呂氏指出「兒童相見不相識」、「出郭相扶將」等句中「相」字都偏指一方,不是雙方。

討論章間頂真時再加以說明之。撰者以為這是《詩經》為了湊足四言句，或者要將詩句表現得更為自然順暢，而增加虛詞、轉接詞、指稱詞、故意倒置或利用特殊文法習慣等等，而作的頂真變化形式，為了保存這些異於標準頂真句，還是將它們表列出來，以見《詩經》頂真修辭之多樣與靈活，是流暢自然的詩歌語言。以下略述《詩經》中頂真形式：

1、句與句之間頂真（或稱聯珠格）

以下討論句與句之間頂真、章與章之間頂真，依屈萬里先生《詩經詮釋》一書之標點分段。

《詩經》中頂真多數屬於此種形式，又可細分為以下幾種情形：

（1）頂一個字

匪汝之為美，美人之貽。〈邶風・靜女〉

子之清揚，揚且之顏也。〈鄘風・君子偕老〉

及爾偕老，老使我怨。〈衛風・氓〉

不思其反，反是不思。〈衛風・氓〉

采薇采薇，薇亦作（柔、剛）止。〈小雅・采薇〉

天之生我，我辰安在？〈小雅・小弁〉

王此大邦，克順克比。比于文王，其德靡悔。〈大雅・皇矣〉

朋友攸攝，攝以威儀。〈大雅・既醉〉

迺陟南岡，乃覯于京。京師之野，于時處處。〈大雅・公劉〉

有駜有駜，駜彼乘黃（牡、駽）。〈魯頌・有駜〉

（2）頂二個字

窈窕求之。求之不得。〈周南・關雎〉[12]

凱風自南，吹彼棘心。棘心夭夭，母氏劬勞。〈邶風・凱風〉

適彼樂土（樂國、樂郊），樂土（樂國、樂郊）樂土（樂國、樂郊），爰得我所。〈魏風・碩鼠〉

我有嘉賓，鼓瑟吹笙。吹笙鼓簧，承筐是將。〈小雅・鹿鳴〉

駕彼四牡，四牡騤騤。〈小雅・采薇〉

四牡既佶，既佶且閑。〈小雅・六月〉

方叔率止。乘其四騏，四騏翼翼。〈小雅・采芑〉

戎車嘽嘽，嘽嘽焞焞。〈小雅・采芑〉

駕彼四牡，四牡項領。〈小雅・節南山〉

取彼譖人，投畀豺虎；豺虎不食，投畀有北；有北不受，投畀有昊。〈小雅・巷伯〉

烝衎烈祖，以洽百禮。百禮既至，有壬有林。〈小雅・賓之初筵〉

君子來朝，言觀其旂。其旂淠淠，鸞聲嘒嘒。〈小雅・采菽〉

思皇多士，生此王國。王國克生，維周之楨。〈大雅・文王〉

濟濟辟王，左右奉璋。奉璋峨峨，髦士攸宜。〈大雅・棫樸〉

維此王季，因心則友。則友其兄，則篤其慶。〈大雅・皇矣〉

貊其德音，其德克明。克明克類，克長克君。〈大雅・皇矣〉

無矢我陵，我陵我阿。〈大雅・皇矣〉

無飲我泉，我泉我池。〈大雅・皇矣〉

---

[12] 此採毛《傳》之說，鄭《箋》則主張「求之」處應分章。

高朗令終，令終有俶。〈大雅・既醉〉
君子有孝子，孝子不匱〈大雅・既醉〉
夙夜在公，在公明明。〈魯頌・有駜〉
魯侯戾止，言觀其旂。其旂茷茷。〈魯頌・泮水〉
*肇域彼四海。四海來假，來假祁祁。〈商頌・玄鳥〉
（此例中間句四海來假，既承上句，又開下句，極富音律美。）

（3）頂三個字

假哉天命，有商孫子。商之孫子，其麗不億。〈大雅・文王〉
（此例「商之孫子」承接上句「有商孫子」，將詞頭刪去換成語詞。）

（4）頂四個字

陳錫哉周，侯文王孫子。文王孫子，本支百世。〈大雅・文王〉
商之先后，受命不殆，在武丁孫子，武丁孫子，武王靡不勝。〈商頌・玄鳥〉

（5）整句頂真（三個字或四個字一句）

之子歸，不我以（與、過）。不我以（與、過），其後也悔。〈召南・江有汜〉
招招舟子，人涉卬否。人涉卬否，卬須我友。〈邶風・匏有苦葉〉
相鼠有皮，人而無儀（止、禮）。人而無儀（止、禮），不死何為。〈鄘風・相鼠〉

有女仳離，<u>嘅其嘆矣</u>（條其歗矣、啜其泣矣）。<u>嘅其嘆矣</u>（條其歗矣、啜其泣矣），遇人之艱難矣。〈王風・中谷有蓷〉

終遠兄弟，<u>謂他人父</u>（母、昆）。<u>謂他人父</u>（母、昆），亦莫我顧。〈王風・葛藟〉

彼姝者子，<u>在我室（闥）兮</u>。<u>在我室（闥）兮</u>，履我即兮。〈齊風・東方之日〉

彼其之子，<u>美無度</u>（美如英、美如玉）。<u>美無度</u>（美如英、美如玉），殊異乎公路。〈魏風・汾沮洳〉

淑人君子，<u>其儀一兮</u>。<u>其儀一兮</u>，心如結兮。〈曹風・鳲鳩〉

我有嘉賓，<u>鼓瑟鼓琴</u>。<u>鼓瑟鼓琴</u>，和樂且湛。〈小雅・鹿鳴〉

維此六月，<u>既成我服</u>。<u>我服既成</u>，于三十里。〈小雅・六月〉

（此例下句將前句顛倒。）

有嚴有翼，<u>共武之服</u>。<u>共武之服</u>，以定王國。〈小雅・六月〉

我覯之子，<u>我心寫兮</u>。<u>我心寫兮</u>，是以有譽處兮。〈小雅・裳裳者華〉

陟彼高岡，<u>析其柞薪</u>。<u>析其柞薪</u>，其葉湑兮。〈小雅・車舝〉

其釣維何？<u>維魴及鱮</u>。<u>維魴及鱮</u>，薄言觀者。〈小雅・采綠〉

其僕維何？<u>釐爾女士</u>。<u>釐爾女士</u>，從以孫子。〈大雅・既醉〉

魯侯戾止，<u>其馬蹻蹻</u>。<u>其馬蹻蹻</u>，其音昭昭。〈魯頌・泮水〉

2、章與章之間頂真（或稱連環體）

國風和頌詩無用章間頂真形式，全分佈在雅詩中，其頂真形式

95

如下：

（1）頂二個字

錫爾純嘏，子孫其湛。〇其湛曰樂，各奏爾能。〈小雅・賓之初筵〉

君子萬年，介爾昭明。〇昭明有融，高朗令終。〈大雅・既醉〉

攝以威儀。〇威儀孔時。〈大雅・既醉〉

孝子不匱，永錫爾類。〇其類維何？〈大雅・既醉〉

（此例及下二例將「爾類」變為「其類」。）

君子萬年，永錫祚胤。〇其胤維何？〈大雅・既醉〉

君子萬年，景命有僕。〇其僕維何？〈大雅・既醉〉

受福無疆，四方之綱。〇之綱之紀，燕及朋友。〈大雅・假樂〉

（2）頂三個字

宜鑒于殷，駿命不易。〇命之不易，無遏爾躬。〈大雅・文王〉

（「命之不易」承前句「命不易」加虛字「之」，為變化形式。）

（3）整句頂真

整句頂真都為四字句。

凡周之士，不顯亦世。〇世之不顯，厥猶翼翼。〈大雅・文王〉

（「世之不顯」倒轉前句，並稍加改動，是頂真的變化形式。）

上帝既命，侯于周服。〇侯服于周，天命靡常。〈大雅・文王〉

（「侯服于周」更動上句「侯于周服」之語序）

王之藎臣，無念爾祖。〇無念爾祖，聿脩厥德。〈大雅・文王〉

文王嘉止，大邦有子。〇大邦有子，俔天之妹。〈大雅・大明〉

三后在天,<u>王配於京</u>。○<u>王配於京</u>,世德作求。〈大雅‧下武〉
永言配命,<u>成王之孚</u>。○<u>成王之孚</u>,下土之式。〈大雅‧下武〉
於萬斯年,<u>受天之祜</u>。○<u>受天之祜</u>,四方來賀。〈大雅‧下武〉

綜觀《詩經》中風、雅、頌詩都有應用頂真修辭法,而且有一些頂真詩句經過詩人加以變化,或稍作增字、減字、換字、倒置,以求表達更為自然順暢;在國風和頌詩只用句與句之間的頂真承接,而在雅詩中除用句與句間承接法外,更應用章和章之間的頂真承接法。例如〈小雅‧賓之初筵〉、〈大雅‧文王〉、〈大雅‧大明〉、〈大雅‧下武〉、〈大雅‧既醉〉、〈大雅‧假樂〉等,將頂真修辭方法發揮到極點。

肆、《詩經》頂真修辭的作用

黃永武《中國詩學‧設計篇》〈談詩的強度〉曾舉蘇軾〈次韻答舒教授觀余所藏墨〉「非人磨墨墨磨人」、〈楚石詩〉「遣愁愁不去,認愁愁不真,誰知遣愁者,正是自愁身。」以說明在一句中同時運用「頂真」與「重出」的技巧,將頂真格法濃縮在一句中,成為二片語間的頂接例,可以加強詩的強度[13]。龔鵬程《讀詩隅記》書中〈談談詩詞中疊字的效用〉,將疊字分為三類,其中第三類「字疊而

---

[13] 參黃永武〈談詩的強度〉,《中國詩學‧設計篇》,(臺北:巨流圖書公司,1996年5月),頁128-129。

語折」，舉張眉叔先生〈遊陽明山詩〉「我來來看看花人」、蘇頲〈奉和春日幸望春宮詩〉「東望望春春可憐」例，說明利用疊字互接的頂真作用，語義上多一層轉折，意思便顯得更為深入[14]。雖然《詩經》中沒有這類句中頂真形式，但句間、章間頂真是同一句中頂真音節回環的擴大形式，其作用大體是相同的，只不過不如其緊湊罷了。

　　頂真修辭在現代詩中亦經常被應用，楊牧、余光中、向陽、楊澤等人就非常喜歡用頂真法的連環體，並取得成績。蕭蕭在《現代詩學》一書提出字句的層疊與形式的層疊，在詩篇中可以形成聲音的複沓，引長效果，要比意義上，視覺上留存的印象來得深刻。但層疊也有三點缺憾：一、單調，二、倦怠，三、有限[15]。蕭書所指乃過度的使用層疊，除了他所說的三種缺憾之外，過度使用頂真往往會令人感覺像是在玩文字遊戲，不僅缺乏美感，賣弄太過，反而令人生厭。至於適度的使用層疊，當然可以增加美感表現。我們觀察《詩經》中的頂真，也就是蕭氏所謂之層疊，不論句與句間頂，如〈小雅‧巷伯〉：「取彼譖人，投畀<u>豺虎</u>；<u>豺虎</u>不食，投畀<u>有北</u>；<u>有北</u>不受，投畀有昊。」頂真兩次，更能強烈指責譖人連豺虎、有北、有昊都不願接受，以見其令人厭惡唾棄程度。或者同時具有句間、章間頂真的〈大雅‧文王〉、〈大雅‧既醉〉等詩，音節諧美，語義流暢，完全無蕭氏所述過度層疊之缺點。《詩經》頂真修辭的作用，約略而言有以下幾點：

---

[14] 見龔鵬程《讀詩偶記》，（臺北：華正書局，1987年8月），頁246。
[15] 參蕭蕭《現代詩學》，（臺北：東大圖書公司，1987年4月），頁220-221。

一、回環曲折,加強節奏

頂真修辭雖不一定用於詩歌,散文也常應用它來修辭,如《禮記·大學》:「古之欲明明德於天下者,先治其國;欲治其國者,先齊其家;欲齊其家者,先修其身;欲修其身者,先正其心;欲正其心者,先誠其意;欲誠其意者,先致其知;致知在格物。物格……」不僅用頂真而且用層遞。散文中雖有不少頂真寫作例子,不過頂真修辭還是以詩歌應用為多。因為詩是音樂性文學,屬於時間的藝術,為了加深記憶,加強抒情,使音節回環往覆,常用疊章複沓。除此之外疊字、疊詞、頂真,也可以增加回環曲折的音樂性。民歌、現代詩中多用頂真道理亦在此。

以下分別舉句間頂真、章間頂真若干例,以示頂真的音樂節奏效果:

1、句間頂真

彼姝者子,<u>在我室(闥)兮</u>。<u>在我室(闥)兮</u>,履我即兮。〈齊風·東方之日〉

淑人君子,<u>其儀一兮</u>。<u>其儀一兮</u>,心如結兮。〈曹風·鳲鳩〉
我有嘉賓,<u>鼓瑟鼓琴</u>。<u>鼓瑟鼓琴</u>,和樂且湛。〈小雅·鹿鳴〉
維此六月,<u>既成我服</u>。<u>我服既成</u>,于三十里。〈小雅·六月〉
有嚴有翼,<u>共武之服</u>。<u>共武之服</u>,以定王國。〈小雅·六月〉
陟彼高岡,<u>析其柞薪</u>。<u>析其柞薪</u>,其葉湑兮。〈小雅·車舝〉

以上詩篇頂真句委實可以略去,因為不是上下句連貫,或者語

氣、語義表達非用不可，如「我有嘉賓，<u>鼓瑟鼓琴</u>，和樂且湛。」並無異原句，把頂真句「<u>鼓瑟鼓琴</u>」，換成其他四言句，並無礙於表義，但是少了音樂的回環節奏韻味。

  2、章間頂真

    王之藎臣，<u>無念爾祖</u>。○<u>無念爾祖</u>，聿脩厥德。〈大雅・文王〉
    文王嘉止，<u>大邦有子</u>。○<u>大邦有子</u>，俔天之妹。〈大雅・大明〉
    三后在天，<u>王配於京</u>。○<u>王配於京</u>，世德作求。〈大雅・下武〉
    永言配命，<u>成王之孚</u>。○<u>成王之孚</u>，下土之式。〈大雅・下武〉
    於萬斯年，<u>受天之祜</u>。○<u>受天之祜</u>，四方來賀。〈大雅・下武〉

像以上所舉詩篇，下章開頭勾連句，亦無實際語氣或語義之表達效用，純粹是用音樂的回環來開啟下章。

二、連貫敘事，完足語義，拓展文義。

《詩經》中的頂真句，除了上述所談加強節奏效果外，還經常有連貫敘事，使結構緊湊，使語氣、語義完足，甚至拓展新情境、新文義之作用。以下例舉若干詩篇說明。

  1、說明補充

    〈邶風・簡兮〉「西方<u>美人</u>。彼<u>美人</u>兮，西方之人兮。」頂真句緊接著讚嘆並補充那個美人來自西方。

    〈大雅・既醉〉「孝子不匱，永錫<u>爾類</u>。○<u>其類</u>維何……」、「君

子萬年，永錫祚胤。○其胤維何……」、「君子萬年，景命有僕。○其僕維何……。」

頂真句啟下文補充說明上句「其類」、「其胤」、「其僕」之內容為何。

2、解釋原因

〈衛風・氓〉「于嗟女兮，無與士耽。士之耽兮，猶可說也。」頂真句緊接著解釋何以男士耽溺愛情後果不似女子嚴重。

3、拓展文義

〈鄘風・定之方中〉「升彼虛矣，以望楚矣。望楚與堂……」頂真句緊接著敘述衛文公登高望楚與堂邑觀察地形，以及之後為建國所做的工作。

〈衛風・氓〉「及爾偕老，老使我怨。」頂真句緊接著敘述棄婦思及以往與氓白首偕老誓言，但現在未老已遭拋棄，想到「老」字就使她無限怨嘆。

〈小雅・雨無正〉「胡不相畏？不畏於天？」天災如此，在位之人能無畏懼？頂真句緊接著問「連天都不怕嗎？」從人拓展到天的懲罰。

〈大雅・皇矣〉「王此大邦，克順克比。比于文王，其德靡悔。」頂真句緊接著人民能親附文王、順從文王，述及文王之德無遺憾，能受天福祉，保佑子孫。

101

〈小雅・賓之初筵〉「錫爾純嘏，子孫其湛。○其湛曰樂，各奏爾能。」

上章敘述烈祖賜予子孫快樂，下章頂真緊接著敘述快樂之內容。

章與章間頂真句的作用大都用於承上啟下，拓展文義，茲不多舉。

三、加強抒情，強化人物情感

《詩經》中頂真的作用亦常常用於加強人物的各種情感，往往頂真處就是詩人喜怒哀樂情感之所在，也是全詩情感色彩的焦點，好像是一個符碼，可以用來觀察詩中人的情感，和詩篇的情感色彩氛圍。

1、憂苦之情

〈周南・關雎〉「寤寐求之。求之不得。」詩中瀰漫著追求淑女不得之苦的憂愁，甚至到了幻想與其成婚之樂[16]。

〈召南・江有汜〉「之子歸，不我以。不我以，其後也悔。」頂真句加強抒發對方「不我以」是我痛苦之因，而其後來也必後悔。

〈王風・中谷有蓷〉「有女仳離，嘅其嘆矣。嘅其嘆矣，遇人之艱難矣。」頂真句加強抒發棄婦屢屢慨嘆的悲苦。

〈王風・葛藟〉「終遠兄弟，謂他人父。謂他人父，亦莫我顧。」

---

[16] 一般以此詩為祝賀新婚之詩，如屈萬里《詩經詮釋》。但若將琴瑟友之、鐘鼓樂之視為虛幻之境，因求之不得而幻想與淑女成婚之樂，如此解詩，或無不可。

頂真句加強流落他鄉,既遠兄弟之異鄉人做小伏低,仍得不到他人關愛之悲苦。

2、歡樂之情

〈小雅・裳裳者華〉「我覯之子,<u>我心寫兮</u>。<u>我心寫兮</u>,是以有譽處兮。」

頂真句加強抒發見到君子之快樂。

3、讚嘆之情

〈魏風・汾沮洳〉「彼其之子,<u>美無度</u>。<u>美無度</u>,殊異乎公路。」[17]
頂真句緊接讚嘆彼其之子美到難以言說的程度。

〈曹風・鳲鳩〉「淑人君子,<u>其儀一兮</u>。<u>其儀一兮</u>,心如結兮。」
頂真句抒發詩人對淑人君子無窮欽羨之情。

4、堅持之情

〈邶風・匏有苦葉〉「招招舟子,<u>人涉卬否</u>。<u>人涉卬否</u>,卬須我友。」頂真句抒發詩中人堅持等待知心人,不願渡河的感情。全詩亦瀰漫一種執著專一的情感色彩。

〈大雅・皇矣〉「無矢<u>我陵</u>,<u>我陵</u>我阿。」「無飲<u>我泉</u>,<u>我泉</u>我池。」

---

[17] 屈萬里《詩經詮釋》將「美無度」釋為「好美而無節度也。」以貶義訓解;但是疊章相對詞句作美如英、美如玉,顯然是讚賞彼其之子,美到難以度量,美如花,美如玉。

103

頂真句我陵、我池，都是在宣示領土主權，堅持不受侵犯之決心。

5、鄙視之情

　　〈鄘風‧相鼠〉「相鼠有皮，<u>人而無儀</u>。<u>人而無儀</u>，不死何為。」頂真句緊承上句嚴厲指斥無儀之人不死何為，加強鄙視憤怒之情。

6、嚮往之情

　　〈魏風‧碩鼠〉「適彼<u>樂土</u>。<u>樂土</u>樂土，爰得我所。」頂真句樂土重覆兩次，更能抒發詩人對樂土無限神往之情。

伍、《詩經》頂真修辭對後代文學作品的影響

　　若將開始大量應用頂真修辭，並取得良好的文學藝術成果，說成始於《詩經》，大致是無誤的。由於《詩經》在我國學術上的地位與文學價值一直被肯定，因而不論其語言、思想、寫作技巧、文化內涵等，多被後代文學作品繼承下來，並取得更好的發展。其中頂真修辭技巧尤其是後代各種文類都喜歡運用的修辭手法，而且表現優秀的作品不勝枚舉。黃慶萱《修辭學》一書舉例甚多，頗具參考價值。下文再略舉若干作品，以示其影響之深遠。

一、對古典散文之影響

《荀子·儒效》:「不聞,不若<u>聞之</u>;<u>聞之</u>,不若<u>見之</u>;<u>見之</u>,不若<u>知之</u>;<u>知之</u>,不若行之。」

整段首尾上連下接,從淺到深,從輕到重,既用層遞又用頂真修辭,使話語緊湊,說理強而有力。

《管子·治國》:「民事農則<u>田墾</u>,<u>田墾</u>則<u>粟多</u>,<u>粟多</u>則<u>國富</u>,<u>國富</u>者<u>兵強</u>,<u>兵強</u>者<u>戰勝</u>,<u>戰勝</u>者地廣。」

這段話由六個句子構成,上下句頂真,首尾蟬聯,聯珠到底,各句間語義上有因果邏輯關係。

陶潛〈桃花源記〉:「漁人甚異之,復前行,欲窮其<u>林</u>。<u>林</u>盡水源,便得一<u>山</u>。<u>山</u>有小口,彷彿若有光,便舍船,從口入。」

這段用頂真修辭更能寫出武陵人迷路之後,所遇景物之變化,畫面新奇。

韓愈〈祭鱷魚文〉:「三日不能,至<u>五日</u>;<u>五日</u>不能,至<u>七日</u>;<u>七日</u>不能,是終不肯徙也。」

韓愈這段文字多處用頂真,不僅不覺重覆,而且顯得簡潔明快,氣勢逼人。

柳宗元〈始得西山宴遊記〉:「幽泉怪石,無遠不<u>到</u>,<u>到</u>則披草而坐,傾壺而<u>醉</u>,<u>醉</u>則更相枕以<u>臥</u>,<u>臥</u>而夢,意有所極,夢亦同趣。覺而<u>起</u>,<u>起</u>而歸。」

柳宗元頂真應用得當,不僅顯得敘事緊湊,而且依序的陳述遊西山所做之事。

二、對古典詩詞曲之影響

詩詞曲為音樂性文學，尤其注重節奏回環往覆，聲情搖曳生姿，因而採用頂真修辭技巧更甚於散文。下文略舉數例，以見其影響深遠：

1、對詩的影響

李白〈白雲歌送劉十六歸山〉
楚山秦山皆<u>白雲</u>，<u>白雲</u>處處長<u>隨君</u>。<u>長隨君</u>，<u>君</u>入楚山裏，雲亦隨君渡<u>湘水</u>。<u>湘水</u>上，女羅衣，白雲堪臥君早歸。

詩中凡三處用頂真，除音節回環外，詩意亦隨之開展而下，流暢表達了想像中劉十六歸山一路與大自然（雲、山、水）冥合。

杜甫〈兵車行〉
車轔轔，馬蕭蕭……牽衣頓足攔道<u>哭</u>，<u>哭</u>聲直上干雲霄。道旁過者問<u>行人</u>，<u>行人</u>但云點行頻。或從十五北防河，便至四十西營田。去時里正與裹頭，歸來頭白還戍<u>邊</u>。<u>邊</u>庭流血成海水，武皇開邊意未已。……且如今年冬，未休關西卒，縣官急索<u>租</u>，<u>租</u>稅從何出？信知生男惡，反是<u>生女好</u>，<u>生女</u>猶得嫁比鄰……。

詩中凡五處用頂真，以民歌常用的接字法勾連而下，音節回環，意思層層拓展而下，如泣如訴將百姓苦於征役之情，寫得躍然於紙上。

2、對詞的影響

歐陽修〈蝶戀花〉「庭院深深深幾許」、「淚眼問花花不語」。
張先〈天仙子〉「送春春去幾時回」。
蘇軾〈洞仙歌〉「一點明月窺人，人未寢。」
姜夔〈長亭怨慢〉「誰得似，長亭樹。樹若有情時，不會得青青如此。」

以上所舉詞例，頂真字詞除增加音節諧美之外，也扮演了承上啟下的作用，拓展了詞境。

3、對曲的影響

貫雲石〈冬〉
盼才郎早早成姻眷，知他是甚日何年。何年見可憐，可憐見俺成姻眷。天地下團圓，帶累的俺團圓。

趙雍〈黃鐘人月圓〉
人生能幾渾如夢，夢裏奈愁何？別時猶記，眸盈秋水，淚濕春羅。

張可久〈雙調得勝令〉
銀燭照黃昏，金屋貯佳人。酒醉三更後，花融一夜春。恩情怕有些兒困，親親，親得來不待親。

以上元散曲頂真字詞之作用，無異於詞，除音節諧美外，亦在承上啟下開拓文意。曲中頂真，更顯得語言之生動活潑。

三、對現代詩之影響

現代詩人也喜歡用頂真、連環體寫作，尤其是楊牧、余光中、向陽、楊澤等人。這裏舉吳晟的〈路〉為例：

  自從城市的路，沿著電線桿——城市派出來的刺探
  一條條伸進吾鄉
  漫無顧忌的袒露豪華
  <u>吾鄉的路，逐漸有了光彩</u>

  自從<u>吾鄉的路，逐漸有了光彩</u>
  機器匆匆的叫囂
  逐漸陰暗了
  <u>吾鄉恬淡的月光與星光</u>

  自從<u>吾鄉恬淡的月光與星光</u>
  逐漸陰黯
  吾鄉人們閒散的步子
  統統押給小小的電視機

  而路還是路
  泥濘與否，荒涼與否

一步跨出，陷下多少坎坷

路還是路，仍然

一一引向吾鄉的公墓

　　吳晟的詩前三段作頂真形式，開拓現代文明對鄉村生活的衝擊，段落開頭第一句用頂真，帶出都市文明影響之後果，一個個富有變化的新鮮情境映入眼簾。

四、對現代散文的影響

　　魯迅〈故鄉〉「阿呀阿呀，真是愈有錢，便愈是<u>一毫不肯放鬆</u>，<u>愈是一毫不肯放鬆</u>，便愈有錢。」

　　魯迅利用頂真句加強論述愈是有錢的原因是「<u>愈是一毫不肯放鬆</u>」。

　　趙樹理〈三里灣〉「靈之一走進去，覺得黑古隆冬，……滿屋子東西，黑得看不出都是什麼——有翼的床頭彷彿靠著個穀<u>倉</u>，<u>倉</u>前邊有幾口<u>缸</u>，<u>缸</u>上有幾口<u>箱</u>，<u>箱</u>上面有幾隻筐，其餘的小東西便看不見了。」

　　趙樹理利用頂真句來描繪景物，好像陶淵明的〈桃花源記〉將所見景物依序寫來歷歷如畫，加深印象。

五、對民歌、童謠之影響

　　民歌、童謠的音樂性，以及內容要求通俗易懂，加深記憶，朗朗上口，最適合用頂真的形式表現。舉例如下：

1、民歌

〈子夜四時歌〉（春歌）
春風動春心，流目矚山林。
山林多奇采，陽鳥吐清音。

〈子夜春歌〉是首即興惜春情歌，二、三句頂真，敘寫春天山林奇妙景色，並開四句林中鳥鳴婉囀，妙借自然景物，抒發青年男女沐浴春光「動春心」神情。

西洲曲
……憶梅下西洲，折梅寄江北。……日暮伯勞飛，風吹烏臼樹。樹下即門前，門中露翠鈿。開門郎不至，出門採紅蓮。採蓮南塘秋，蓮花過人頭。低頭弄蓮子，蓮子青如水。置蓮懷袖中，蓮心徹底紅。憶郎郎不至，仰首望飛鴻，鴻飛滿西洲。望郎上青樓，樓高望不見。盡日欄杆頭，欄杆十二曲。垂手如明玉，卷簾天自高。海水搖空綠，海水夢悠悠。君愁我亦愁，南風知我意，吹夢到西洲。

此詩巧妙利用頂真接字，層層遞進，蟬聯而下，抒發情感真摯，忠於愛情的思婦之情。

2、童謠

閩南童謠〈火金姑〉
火金姑,來食茶,
茶燒燒,配香蕉,
蕉冷冷,配龍眼,
龍眼會開花,飽仔換冬瓜,
冬瓜好煮湯,飽仔換粗糠,
粗糠要起火,九嬸婆仔賢炊粿,
炊到臭火焦,並著火。

客家童謠〈月光光,好種薑〉
月光光,好種薑,
薑華目,好種竹,
竹開花,好種瓜,
瓜會大,摘來賣,
賣到三顯錢,拿去學打棉,
棉線斷,學打磚,
磚斷節,學打鐵,
鐵生魯,學刺豬,
豬會走,學刺狗,
狗會咬,學刺鳥,
鳥會飛,背銃來。

以上所舉閩南、客家童謠純為接字遊戲,充滿歌謠活潑輕快,

既押韻有頂真，節奏回環和諧，幫助兒童從遊戲中學習語言與風土民情。

陸、結語

頂真修辭為《詩經》重要修辭手法之一，是《詩經》在疊章、重言、排比之外，另一種為表現音樂性的層疊形式，取得良好文學藝術表達成果，並對後代各種文類影響甚大，但它的特質好像一直未被注意，我們收集到《詩經》中共四十二首詩用頂真修辭，約佔1/8強，不算少數，其形式除了句間頂真、章間頂真之外，為了語義連貫流暢，也偶而靈活增加虛詞、轉接詞、指稱詞，或故意倒置，或利用特殊文法習慣，造成不少變式頂真詩句。《詩經》中的頂真尤以句間頂真為多，章間頂真次之。國風與頌詩都用句間頂真，雅詩除用句間頂真外，還用章間頂真。頂真之形式或頂一字、或二字、或三字，或整句頂真，形式多樣。《詩經》頂真修辭之作用在於表現回環曲折，加強節奏、連貫敘事，拓展文義、加強抒情，強化人物情感。晉代傅玄以為頂真修辭興起於漢代，殊不知《詩經》已開其端緒，並且表現純熟，豎立了良好示範。後代文學作品不論古典散文、古典詩詞曲、甚至現代詩、現代散文、民歌、童謠等作品中都常應用頂真修辭，並且表現傑出，成果豐碩，溯其源應歸功於《詩經》的影響。

參考書目

1. （清）阮元校《十三經注疏附校勘記・詩經》，臺北：新文豐出版公司，2001年6月。
2. 屈萬里《詩經詮釋》，臺北：聯經出版事業公司，1983年。
3. 高步瀛《唐宋文舉要》，臺北：藝文印書館，1958年。
3. 吳宏一《諸子散文》，臺北：桂冠出版社，1988年。
4. 逯欽立輯校《先秦漢魏晉南北朝詩》，臺北：木鐸出版社，1983年。
5. （明）徐師曾撰，羅根澤校點《文體明辨序說》，香港：太平書局，1965年8月。
6. 楊勇《陶淵明集校箋》，香港：吳興記書局，1971年。
7. （清）聖祖御製《全唐詩》，臺北：明倫出版社，1971年。
8. 高步瀛《唐宋詩舉要》，臺北：世界書局，1996年3月。
9. 唐圭彰編《全宋詞》，臺北：中華書局，1978年。
10. 《金元散曲》，臺南：平平出版社，1973年11月。
11. 蕭蕭《現代詩學》，臺北：東大圖書公司，1987年4月。
12. 吳國欽校注《關漢卿戲曲集》，臺北：里仁書局，1998年11月30日。
13. 馮輝岳《客家童謠大家唸》，臺北：武陵出版公司，1991年5月。
14. 邱冠福編著《臺灣童謠》，臺南：臺南縣立文化中心，1997年。

15. 黃永武《中國詩學・設計篇》,臺北:巨流圖書公司,1996 年 5 月。
16. 龔鵬程《讀詩隅記》,臺北:華正書局,1987 年 8 月再版。
17. 劉蘭英、孫全洲主編,張志公校訂《語法與修辭》,臺北:新學識文教出版中心,1990 年 1 月。
18. 呂叔湘《中國文法要略》,臺北:文史哲出版社,1992 年 9 月再版。
19. 劉煥輝《修辭學綱要》,南昌:百花洲文藝出版社,1993 年 8 月。
20. 沈謙《文心雕龍與現代修辭學》,臺北:文史哲出版社,1997 年 7 月。
21. 黃慶萱《修辭學》,臺北:三民書局,2001 年增訂 3 版。
22. 黎運漢、張維耿《現代漢語修辭學》,臺北:書林出版有限公司,2001 年 10 月。
23. 孟昭泉〈再論頂真辭格的分類〉,《中州大學學報》,1994 年 3 月。
24. 聶莉娜〈先秦兩漢散文中頂真與推理同體現象初探〉,《修辭學習》,1992 年 2 期(總 92 期)。
25. 吳禮權〈頂真式銜接:段落銜接的一種新模式〉,《修辭學習》,2002 年 2 期(總 110 期)。
26. 林麗佳〈樂府及詩詞中的頂真〉,《中國語文》,1989 年 3 月。
27. 林春蘭〈杜詩中的頂真運用〉,《中國語文》,1986 年 9 月。

《詩經》中的名言探究

呂珍玉

【提要】

　　本文以久被忽視的最早詩歌總集《詩經》中的名言為探索對象,摘錄其中三十九條名言,探究其語義內涵、表述特點、修辭特點,以及對後來名言之影響。

關鍵詞:詩經、名言

壹、前言

何謂名言?尚未見嚴謹的學術定義。《漢語大詞典》:「著名的言論或話語。」並引三條文獻材料補充說明:

南朝劉義慶《世說新語・言語》:「庾公嘗入佛圖,見臥佛,曰:『此子疲於津梁。』于時以為名言。」

宋歐陽修《歸田錄》卷一:「公嘗語師魯曰:『恩欲歸己,怨使誰當?』聞者歎服,以為名言。」

朱自清《論標語口號》:「格言也罷,名言也罷,作用其實都在指示人們行動,向著某一些目的。」

從所補充的第一條文獻來看,《漢語大詞典》對名言的定義較為廣泛,包含一切智慧的話語,並不一定要有警醒、指示人們行事的作用。本文所討論之名言,屬於所引第二、三條文獻類型,除了是著名的言論或話語之外,還要有指示人們行動,向著某一些目的的作用。

名言又稱佳句、雋語、警句、箴言,是人們生活中的語言精華,經過漫長時間淬鍊,仍能歷久彌新,可供人們行事依憑,是人類文化睿智的遺留。名人名言、哲學雋語,由於言簡意賅,意蘊深遠,是人類思想、智慧的瑰寶,也是人們最喜歡蒐集、閱讀並加以使用

的。

　　古今中外名言包羅內容範圍十分廣泛，相關書籍亦汗牛充棟，有以作者身份成書，比方企業家、科學家、哲學家……之名言集[1]，有以思想內容成書，比方進德修業、學問智慧、齊家治國、勵志奮鬥、待人接物……之名言集[2]，留下豐厚無比的人類文化遺產，可供各行業、各層級的人學習應用。這許多語言的精華，被人們奉為思想的武器、精神的財富、人格的力量，對於穩定鼓舞人心有莫大的助益。

　　在中國典籍中，尤其是屬於思想家的子書，更是蘊含著豐富的智慧名言，而且幾乎都有專人加以研究，例如臺中好讀出版社就出版了一系列的孔子、孟子、荀子、老子、莊子、韓非子……的智慧[3]。而被推崇為我國最早的詩歌總集《詩經》中的名言，卻未獲得應有的關注，或許是因為《詩經》偏向於文學性，書中名言無法和屬於愛智活動的思想家言論相比之故，而被忽視，但無論如何《詩經》名言的語言特點，以及其中呈現的周人智慧，是值得加以探討的。本文擬觀察《詩經》中的名言，探討其語義內涵、表述特點、修辭

---

[1] 例如：《蔣總統經國先生名言集》、《智者的思索──100則經濟學經典名言》、《企業經理人名言錄：第一流經營者的想法看法》、《先哲名言》、《兵家名言詞典》、《教師100名言》、《商場致勝名言》、《卡內基名言語錄》等。

[2] 例如：《一句話改變世界：史上最具影響力的50句名言》、《人生的指針：中國經世智慧名言集》、《世界名言賞讀集錄》、《詩歌與道德名言》、《名人醒世名言錄》、《世界名人修身語錄》、《錦言警句》等。

[3] 好讀出版社已出版《孔子名言的智慧》、《孟子名言的智慧》、《荀子名言的智慧》、《莊子名言的智慧》、《韓非子名言的智慧》等有關先秦諸子名言的智慧書籍。

特點,呈現《詩經》中名言的形貌。

貳、《詩經》中的名言

《詩經》畢竟是一部詩歌總集,內容以呈現周人的生活、文化、情感為主,和諸子百家以宣揚思想意識,需時時提出語言精粹,智慧結晶,以簡短、警醒的話語,說清楚複雜抽象的事理,以達到說服人心的效果,在屬性上可謂大異其趣;因此書中這類名言佳句,遠不及諸子豐富精彩,它的不受關注也是理所當然的。然而作為我國最早的詩歌總集,一部中國文學最為重要的經典之作,對於它的一切,都值得我們關心,縱使其中的名言形式不成熟,在名言的形成階段也應該是十分重要的過程。在對何謂名言缺乏嚴謹的定義之下,我們從《詩經》中找出三十九條名言,或有遺漏,及商榷餘地,但以這些語言材料作為觀察,應該不至於影響研究結果。茲按名言出現詩篇先後次序表列如下:

詩篇	名言佳句
〈邶風·雄雉〉	不忮不求,何用不臧。
〈邶風·匏有苦葉〉	深則厲,淺則揭。
〈邶風·谷風〉	就其深矣,方之舟之;就其淺矣,泳之游之。
〈衛風·淇奧〉	有匪君子,如切如磋,如琢如磨。
〈衛風·氓〉	士之耽兮,猶可說也;女之耽兮,不可說也。
〈唐風·蟋蟀〉	無已太康,職思其居。好樂無荒,良士瞿瞿。
〈秦風·車鄰〉	今者不樂,逝者其亡。

《詩經》中的名言探究

詩篇	名言佳句
〈陳風·衡門〉	衡門之下，可以棲遲。
〈小雅·常棣〉	兄弟鬩于牆，外禦其務。
〈小雅·伐木〉	民之失德，乾餱以愆。
〈小雅·鶴鳴〉	他山之石，可以為錯。
〈小雅·小旻〉	如匪行邁謀，是用不得於道。
〈小雅·小旻〉	如彼築室於道謀，是用不潰于成。
〈小雅·小旻〉	不敢暴虎，不敢馮河。
〈小雅·小旻〉	戰戰兢兢，如臨深淵，如履薄冰。
〈小雅·小宛〉	惴惴小心，如臨于谷。戰戰兢兢，如履薄冰。
〈小雅·小宛〉	夙興夜寐，無忝爾所生。
〈小雅·小弁〉	君子無易由言，耳屬於垣。
〈小雅·蓼莪〉	無父何怙，無母何恃。
〈小雅·無將大車〉	無將大車，祇自塵兮。無思百憂，祇自疧兮。
〈小雅·車舝〉	高山仰止，景行行止。
〈小雅·賓之初筵〉	匪言勿言，匪由勿語。
〈小雅·角弓〉	毋教猱升木，如塗塗附。
〈大雅·既醉〉	孝子不匱，永錫爾類。
〈大雅·民勞〉	敬慎威儀，以近有德。
〈大雅·板〉	先民有言，詢于芻蕘。
〈大雅·蕩〉	人亦有言：「顛沛之揭，枝葉未有害，本實先撥。」
〈大雅·抑〉	庶人之愚，亦職維疾；哲人之愚，亦維斯戾。
〈大雅·抑〉	白圭之玷，尚可磨也；斯言之玷，不可為也。
〈大雅·抑〉	無言不讎，無德不報。
〈大雅·抑〉	無曰：「不顯，莫予云覯。」
〈大雅·抑〉	民之靡盈，誰夙知而莫成。
〈大雅·桑柔〉	誰能執熱，逝不以濯。
〈大雅·桑柔〉	如彼飛蟲，時亦弋獲。
〈大雅·烝民〉	人亦有言：「柔則茹之，剛則吐之。」
〈大雅·烝民〉	人亦有言：「德輶如毛，民鮮克舉之。」
〈周頌·小毖〉	莫予荓蜂，自求辛螫。

119

詩篇	名言佳句
〈周頌・絲衣〉	不吳不敖，胡考之休。
〈商頌・那〉	溫恭朝夕，執事有恪。

參、《詩經》中名言的語義內涵

　　以詩歌總集而言，《詩經》中名言不算多數，大部份分佈在大、小雅，這和詩篇內容特點不無關係。既然《詩經》是周民生活、文化的反映，歸納這些名言大致表現在基本品德修養、為人處事智慧、對事物的客觀認識、家庭倫理觀念、人生價值觀、男女地位不平等幾個範疇，尤以前二種居多。反映周文化重德觀念，尤其雅詩中「皇天無親，惟德是輔。」的文化內涵[4]，在名言中作了具體的反映。其次是為人處事智慧，這亦不足為怪，名言雋語本為提供為人處事經驗智慧的寶庫，中國文化的精神，往往是表現於日常生活為人處事中。以下就各範疇內涵論述之：

一、基本品德修養

　　屬於此類的名言有：

1、不忮不求，何用不臧。〈邶風・雄雉〉

2、有匪君子，如切如磋，如琢如磨。〈衛風・淇奧〉

---

[4] 例如〈小雅・天保〉、〈大雅・文王〉、〈大雅・大明〉、〈大雅・思齊〉、〈大雅・皇矣〉、〈大雅・靈台〉、〈大雅・下武〉、〈大雅・文王有聲〉等詩中，修德、敬天、愛民的思想特別濃厚。

3、衡門之下，可以棲遲。〈陳風・衡門〉
4、夙興夜寐，無忝爾所生。〈小雅・小宛〉
5、高山仰止，景行行止。〈小雅・車舝〉
6、敬慎威儀，以近有德。〈大雅・民勞〉
7、無曰：「不顯，莫予云覯。」〈大雅・抑〉
8、人亦有言：「柔則茹之，剛則吐之。」〈大雅・烝民〉
9、人亦有言：「德輶如毛，民鮮克舉之。」〈大雅・烝民〉
10、莫予荓蜂，自求辛螫。〈周頌・小毖〉
11、不吳不敖，胡考之休。〈周頌・絲衣〉
12、溫恭朝夕，執事有恪。〈商頌・那〉

從中我們看到周人強調在日常生活中嚴謹遵守慎德修身功夫，在衡門之下安貧樂道，平時「溫恭朝夕，執事有恪」、「敬慎威儀，以近有德」，至於修德時，不能因為「德輶如毛」，以其善小而不為；不能視對方「柔則茹之，剛則吐之。」有欺善怕惡的心態；不嫉妒不貪求，不喧譁不驕傲，更不可自求禍害，須知自作虐不可活。修德有如切磋琢磨，是十分內在的功夫，隨時隨地應注意自己的品德，不要說：「我在暗處，沒人看到我。」就隨便做有違品德之事，要能不愧屋漏，勤奮不懈，無忝辱父母。

二、為人處事智慧

（一）禮節周到

121

〈小雅・伐木〉詩旨在燕朋友故舊[5]，其中並提到「民之失德，乾餱以愆。」於為人處事甚為周詳細膩。人與人彼此失和，往往因為款待稍薄，一些飲食細故，但是一般人往往忽視此種小事。

（二）胸有定見

〈小雅・小旻〉詩旨在刺王惑於邪謀[6]，而無自己正確的判斷能力，詩人憂心忡忡，接連著說出「如彼行邁謀，是用不得於道」、「如彼築室於道謀，是用不潰于成」希望王能接納善言，不要迷惑於讒邪小人之言。「作舍道旁，三年不成。」成語即出自此。

（三）知所變通

〈邶風・匏有苦葉〉「深則厲，淺則揭。」鄭《箋》：「男女之才性，賢與不肖，及長幼也，各順其人之宜，為之求妃耦。」[7]鄭《箋》之說法或許有商榷之餘，但從上句「匏有苦葉，濟有深涉。」興句來看，「深則厲，淺則揭」應指一個人行事知所變通，猶如渡河，水深則著裳而渡，水淺則褰裳而渡。〈邶風・谷風〉「就其深矣，方之舟之；就其淺矣，泳之游之。」棄婦自言不論遇到家事之難易，皆能知所變通去克服。

---

[5] 見《毛詩鄭箋・詩序》：「〈伐木〉，燕朋友故舊也。」（臺北：新興書局校相臺岳氏本，1973年9月），頁61。
[6] 見朱熹《詩集傳》：「大夫以王惑於邪謀，不能斷以從善，而作此詩。」（臺北：藝文印書館1974年4月3版），頁547。
[7] 見《毛詩鄭箋》，頁14。

（四）虛懷若谷

〈小雅·鶴鳴〉方玉潤《詩經原始》以為招隱之詩。[8]「它山之石，可以為錯」、「他山之石，可以攻玉」兩句意謂以他人為借鏡，藉他人來截長補短，砥礪自己。〈大雅·板〉朱熹《詩集傳》以為同列相戒之詩[9]，詩人期望同列能採納其建言，引先民有言：「詢于芻蕘」意謂縱使採薪微賤之人所言，尚且有可取之處，何況是自己的同僚，期望對方能虛懷若谷，尊重各行業之專長，接受不同之意見。〈大雅·抑〉《詩序》以為「衛武公刺厲王，亦以自警也。」[10]詩中剴切叮嚀，殷殷期勉，期望對方能敬慎威儀。並以「民之靡盈，誰夙知而莫成」人能受教不自滿，即有成功之日，豈有早知而反晚成者乎？鼓勵對方。

（五）謹言慎行

〈小雅·小旻〉「不敢暴虎，不敢馮河。」、〈小雅·小宛〉「惴惴小心，如臨于谷。戰戰兢兢，如履薄冰。」、〈小雅·小弁〉「君子無易由言，耳屬於垣」〈小雅·賓之初筵〉「匪言勿言，匪由勿語。」、〈大雅·抑〉「白圭之玷，尚可磨也；斯言之玷，不可為也。」、〈大雅·抑〉「無言不讎，無德不報。」出現在這些詩篇的名言，無外勸人行事敬慎小心，出言三思能忍。

---

[8] 見方玉潤《詩經原始》，（臺北：藝文印書館，1981 年 2 月 3 版），頁 813。
[9] 朱熹《詩集傳》：「序以此為凡伯刺厲王之詩，今考其意，亦與前篇相類。」（珍玉案：前篇〈民勞〉朱熹曰：「序說以此為召穆公刺厲王之詩，以今考之乃同列相戒之辭耳。」）
[10] 見《毛詩鄭箋》，頁 122。

（六）量力而為

〈小雅‧無將大車〉興句「無將大車，祇自塵兮」在應句「無思百憂，祇自疧兮」其隱含的喻義已能明白，是在勸人凡事量力而為，以推大車必揚起灰塵，弄得灰頭土臉，來譬喻遇事過於憂煩，也只是徒增憂傷，於事並無實際幫助。

三、對事物的客觀認識

〈大雅‧蕩〉「顛沛之揭，枝葉未有害，本實先撥。」點出固守根本之重要，根本堅固，枝葉自然無害。〈小雅‧角弓〉：「無教猱升木，如塗塗附。」猴子擅長爬樹本來就是不學而能，猶如塗料附著於牆上般自然，無須白費氣力去教猴子如何爬樹。而人事中君子有美德，小人自然也會附屬於你。〈大雅‧抑〉「庶人之愚，亦職維疾；哲人之愚，亦維斯戾。」一般百姓的愚蠢，只是普通的疾病；但當哲人不得不裝傻時，國運已到了日暮途窮的命運了。〈大雅‧桑柔〉「誰能執熱，逝不以濯。」詩人以執熱物者，必濯手以減其熱，誰能不如此乎？以喻為政必以道也。[11]〈大雅‧桑柔〉「如彼飛蟲，時亦弋獲」詩人以飛鳥之難射，時亦以弋射獲之，喻貪人之難知，時亦以窺測得之耳。[12]

---

[11] 見屈萬里《詩經詮釋》，（臺北：聯經出版事業公司，1984 年 9 月），頁 523。《左傳‧襄公三十一年》北宮文子引這段詩文以告衛侯曰：「《詩》云『誰能執熱，逝不以濯。』禮之于政，如熱之有濯也。濯以救熱，何患之有？」則以喻為政必以禮。

[12] 見馬瑞辰《毛詩傳箋通釋》，（北京：中華書局，2004 年 2 月），頁 974。

四、家庭倫理觀念

〈大雅‧既醉〉「孝子不匱,永錫爾類」頌揚孝行無竭盡之時,必得善報。〈小雅‧蓼莪〉「無父何怙,無母何恃」詩人以孝子之口吻,感嘆失去父母之無所依恃的悲戚。〈小雅‧常棣〉「兄弟鬩于牆,外禦其務」,詩人歌頌兄弟手足團結,戰于牆上共同對抗外來的欺侮。[13]

五、人生價值觀

〈唐風‧蟋蟀〉「無已太康,職思其居;好樂無荒,良士瞿瞿。」詩旨據朱熹《詩集傳》:「民間終歲勞苦,不敢少休。及其歲晚務閒之時,乃敢相與燕飲為樂。……然其憂深而思遠也,故方燕樂而又遽相戒。」[14]人生宜有適度享樂之觀念,這種一般以為始於政治社會動盪不安的漢末建安時期,殊不知早在周代就有如此豁達之人生體認,確實建立了我國中庸和諧,不過於憂苦的人生價值觀。〈秦風‧車鄰〉「今者不樂,逝者其亡」提出一種及時行樂人生價值觀,早在先秦詩人就已領會如此及時行樂的人生價值觀,亦屬十分難得。

六、男女地位不平

〈衛風‧氓〉「士之耽兮,猶可說也;女之耽兮,不可說也。」詩中棄婦無端被棄,離家之際,懊悔當初過於耽溺愛情,缺乏理性

---

[13] 一般人將「兄弟鬩于牆」成語解釋為兄弟不合,係轉化過後的詩義。于省吾《雙劍誃詩經新證》以為原詩意為:兄弟共同戰於牆上,以禦外侮。見《澤螺居詩經新證》,(北京:中華書局,1982 年 11 月),頁 24。
[14] 見朱熹《詩集傳》,頁 264。

判斷,導致未認清對方,而遭今日被棄之命運;亦憂心自己未來可能承受社會輿論的許多壓力,不禁發出如此無奈又深沉的感慨。

肆、《詩經》名言的表述特點

《詩經》之語言質樸,尤其在名言中更能見其特點。由於詩產生時代久遠,較少前代文化遺留可資因循,偶有引用先人有言之名言,類似古人說、俗話說之類的句子,其他都是詩人直接表述。由於《詩經》名言之作用多為勉勵或警戒,所以在表述語氣上以鼓勵或警告為主,而且用語色彩鮮明。在表達上或用正面鼓勵,或用反面警告,或用正反對舉,以求語意凸顯,善惡立判。在修辭上尤其喜歡用譬喻,將抽象事理具體化,令人印象深刻。以下分別論述之:

一、引用俗語

《詩經》往往用「先民有言」或「人亦有言」之類民間通俗的諺語或俗語,作為論述時的重言,以加強論點的份量。如先民有言:「詢于芻蕘」、人亦有言:「柔則茹之,剛則吐之」,來表達為人處事宜虛懷若谷廣納建言,以及為人不可欺善怕惡,要做到「柔亦不茹,剛亦不吐。」氣骨儷人。

二、正面立說

名言應經得起時間淬鍊,歷久彌新,可以一直存活在人們日常

生活中,成為行事指標,精神的導師,因而在表述形式上也以正面立說為主,往往以肯定敘述口氣,說得斬釘截鐵,加強其權威與說服力。在措辭上好用「……可以……」、「……以……」、「……亦……」等句式,通常用來指出作法,並帶有勉勵鼓舞的語氣,例如:「衡門之下,可以棲遲」、「他山之石,可以攻錯」、「敬慎威儀,以近有德」、「如彼飛蟲,時亦弋獲」。

三、反面立說

《詩經》中的名言絕大多數還是用反面立說,以否定判斷語氣表述,呈現更為堅決的語氣,以警告人們不能這麼做。在措辭上喜歡用「不……」、「無……」、「勿……」、「毋……」句式,例如:

(一)「不……」式

「不忮不求,何用不臧?」〈邶風·雄雉〉
「今者不樂,逝者其亡。」〈秦風·車鄰〉
「不敢暴虎,不敢馮河。」〈小雅·小旻〉
「無言不讎,無德不報。」〈大雅·抑〉

(二)「無……」式

「君子無易由言,耳屬於垣。」〈小雅·小弁〉
「無父何怙,無母何恃。」〈小雅·蓼莪〉

(三)「勿……」式

「匪言勿言，匪由勿語。」〈小雅・賓之初筵〉

（四）「毋⋯⋯」式

「毋教猱升木，如塗塗附。」〈小雅・角弓〉

四、正反對舉

除了正面立說和反面立說之外，詩人往往喜歡綜合正反兩面，將事情的兩面加以對照，從前後比較對比中，凸顯詩人鮮明立場。例如：

1、「就其深矣，方之舟之。就其淺矣，泳之游之。」〈邶風・谷風〉
2、「士之耽兮，猶可說也；女之耽兮，不可說也。」〈衛風・氓〉
3、「庶人之愚，亦職維疾；哲人之愚，亦維斯戾。」〈大雅・抑〉
4、「白圭之玷，尚可磨也；斯言之玷，不可為也。」〈大雅・抑〉
5、人亦有言：「柔則茹之，剛則吐之。」〈大雅・烝民〉
6、人亦有言：「德輶如毛，民鮮克舉之。」〈大雅・烝民〉

伍、《詩經》名言的修辭特點

名言除了表現說者之睿智，能洞悉事理，透悟人性，其高妙的修辭技巧，也是使其令人印象深刻，歷久不衰，一直活在人們語言交流中的重要因素。以下論述《詩經》名言之修辭特點：

一、擅長譬喻，形象鮮明

《詩經》中名言，除少數幾條以直接陳述外，多數用具象生動的譬喻形式，引物或引事為說，使形象更加具體鮮明。例如：〈小雅・小旻〉「如匪行邁謀，是用不得於道。」以隨便和不認識的路人商量這件事，來譬永遠無法找到正確的路，因為路人根本不進入問題的情況；〈小雅・無將大車〉「無將大車，祇自塵兮；無思百憂，祇自疧兮。」以推大車，必揚起灰塵這件事，來譬說人太憂煩，必因之成病；〈大雅・抑〉「白圭之玷，尚可磨也；斯言之玷，不可為也。」以白碧瑕疵尚可磨去，反襯人說錯話，駟不及舌，無法更正；〈大雅・烝民〉「德輶如毛，民鮮克舉之。」以最輕的羽毛喻德，但人們常以善小而不為，因此很少人願意修德；〈大雅・桑柔〉「如彼飛蟲，時亦弋獲。」以射飛鳥，雖十分困難，但只要有心，偶而也會射中這件事，來比喻人千慮亦必將有一得，凡事存乎一心。〈大雅・桑柔〉「誰能執熱，逝不以濯。」以執熱物者，必滌手以減其熱，誰能不如此乎！來譬喻為政必以道也。像這些名言或引物或引事為譬，形象十分鮮明，又具有特色，令人印象深刻。

二、排比整齊，適合吟詠

排比是《詩經》語言的重要特點，在名言佳句中，這種特點自不例外，超過三分之一的名言都以排比形式表現，以下舉排比兩句以上名言：

1、「不忮不求，何用不臧。」〈邶風・雄雉〉
2、「深則厲，淺則揭。」〈邶風・匏有苦葉〉

129

3、「就其深矣,方之舟之;就其淺矣,泳之游之。」〈邶風・谷風〉
4、「有匪君子,如切如磋,如琢如磨。」〈衛風・淇奧〉
5、「士之耽兮,猶可說也;女之耽兮,不可說也。」〈衛風・氓〉
6、「不敢暴虎,不敢馮河。」〈小雅・小旻〉
7、「戰戰兢兢,如臨深淵,如履薄冰。」〈小雅・小旻〉
8、「惴惴小心,如臨于谷。戰戰兢兢,如履薄冰。」〈小雅・小宛〉
9、「無父何怙,無母何恃。」〈小雅・蓼莪〉
10、「無將大車,祇自塵兮。無思百憂,祇自疧兮。」
〈小雅・無將大車〉
11、「高山仰止,景行行止。」〈小雅・車舝〉
12、「匪言勿言,匪由勿語。」〈小雅・賓之初筵〉
13、「無言不讎,無德不報。」〈大雅・抑〉
14、「不吳不敖,胡考之休。」〈周頌・絲衣〉

這種排比整齊的名言除了配合詩歌吟詠屬性之外,在表義上亦有加深印象,強化語義的作用。

三、對比強烈,善惡立判

像上述名言表述特點,其中以正反對舉表述的那些名言,排比十分整齊,加上以對舉方式呈現,張力特別強烈,是非對錯判斷十分明白。

四、感嘆無奈,沉痛異常

一般名言甚少用感嘆形式呈現,但在《詩經》中詩人往往強烈

抒發生活中的不平無力感。〈衛風・氓〉詩人代棄婦深嘆「士之耽兮，猶可說也；女之耽兮，不可說也。」〈小雅・無將大車〉詩人遭憂[15]，沉痛嘆息道：「無將大車，祇自塵兮；無思百憂，祇自疧兮。」「兮」字的慨嘆口吻，可謂《詩經》獨有的語言特點。

五、反詰生情，啟人思索

〈大雅・抑〉「民之靡盈，誰夙知而莫成。」朱熹《詩集傳》：「人若不自盈滿，能受教戒……則豈有既早知，而反晚成者乎！」[16] 透過反詰語氣以避免直截易盡，達到反詰生情之效果。亦以詩人口吻懇切期望人們勿自滿，令人思索自己的行事是否虛心求進。〈大雅・桑柔〉「誰能執熱，逝不以濯。」不直說為政必以道，而以日常生活中執熱物，必先洗手降溫免得燙傷為喻，曲折表述為政不以道殘民之害。〈周頌・絲衣〉「不吳不敖，胡考之休。」不直接告訴人如何致福，而以反詰方式告誡人不可喧譁、驕傲、霸道，比直述更為警策有力，啟人深思。

陸、結語

《詩經》中的名言數量不多，主要由於其非思想屬性書籍的緣

---

[15] 屈萬里《詩經詮釋》：「荀子、韓詩、毛詩皆以此為悔與小人相處之詩。按：彼當是採開首起興二語之意為說，恐未必是。此只是遣憂之作。」，頁397。
[16] 見朱熹《詩集傳》，頁840。

故,並且詩中名言多分佈在大、小雅,國風中較為少見。表現內容以反映周人生活、社會、文化為主,尤其在基本品德修養、為人處事智慧、對事物的客觀認識、家庭倫理觀念、人生價值觀、男女地位不平等方面。在表述方法上有引用俗語、正面立說、反面立說、正反對舉等四種形式。其修辭特點有擅長譬喻,形象鮮明、排比整齊,適合吟詠、對比強烈,善惡立判、感嘆無奈,沉痛異常、反詰生情,啟人思索等。大體而言《詩經》中的名言多用禁止、鼓勵或感嘆口氣,以最直接的感情為表述方式,語氣沉重懇切,警策有力。

　　《詩經》中的名言奠定我國名言的基本形式,觀察其後的名言,不論在反映內容、表述方法、修辭特點上,多有承襲痕跡。在《詩經》名言的基礎之上,更加精微深刻,呈現豐富多姿的樣貌,是我國文化遺產中最為寶貴的智慧結晶,足以傲立世界。

參考書目

1. （漢）毛亨傳、鄭玄箋，《毛詩鄭箋》，臺北：新興書局校相臺岳氏本，1973 年 9 月。
2. （宋）朱熹撰，《詩集傳》，臺北：藝文印書館，1974 年 4 月 3 版。
3. （清）馬瑞辰撰、陳金生點校，《毛詩傳箋通釋》，北京：中華書局，2004 年 2 月。
4. （清）方玉潤撰，《詩經原始》，臺北：藝文印書館，1981 年 2 月 3 版。
5. 于省吾撰，《澤螺居詩經新證》，北京：中華書局，1982 年 11 月。
6. 屈萬里撰，《詩經詮釋》，臺北：聯經出版事業公司，1984 年 9 月。
7. 黃慶萱撰，《修辭學》，臺北：三民書局，2001 年增訂 3 版。

概念譬喻理論的詩歌詮釋
——以《詩經・摽有梅》為例

林增文 [*]

【提要】

  一首詩或一闋詞到底如何能將作者幽微深隱的心境傳達給讀者大眾知道？因為「詩無達詁」，各種文學詮釋，特別是對於詩性語言的詮釋，可以是人言言殊，同時也很難有絕對的標準可供依循。但為何有些人（有時是多數人）對同一首詩或詞的感受卻是大同小異，解讀上有相合之處？是不是詩詞中釋放出甚麼訊息給我們？換句話說，從詩詞作品中，尤其是富含比、興的作品，我們如何探求作者內心相對幽隱的感情，並由此產生相當一致的判讀？這是頗令人好奇的，也是筆者時常思索的問題。

  隨著語言學與文學之間由互不相容而難分難解，它們之間的共同要素——語言，正扮演著關鍵的角色。本文即嘗試由詩中的語言

---

[*] 東海大學中文系兼任講師

作為切入點,探求《詩經・召南・摽有梅》中的譬喻蘊涵以及譬喻運作模式,藉以瞭解作者與讀者溝通的思維奧祕。

關鍵詞:概念譬喻;摽有梅;認知譬喻

壹、前言

　　一首詩或一闋詞到底如何能將作者幽微深隱的心境傳達給讀者大眾知道？因為「詩無達詁」，各種文學詮釋，特別是對於詩性語言的詮釋，可以是人言言殊，同時也沒有一定的標準可供依循。但為何有些人（有時是多數人）對同一首詩或詞的感受卻是大同小異，解讀上有相合之處？是不是詩詞中釋放出甚麼訊息給我們？換句話說，從詩詞作品中，尤其是富含比、興的作品，我們如何探求作者內心相對幽隱的感情，並由此產生相當一致的判讀？這是頗令人好奇的，也是筆者時常思索的問題。

　　語言學與文學間的關係如何？是勢不兩立抑或相輔相成？冰冷的語言學理論可以作為文學分析之用嗎？隨著語言學與文學之間由互不相容而難分難解，它們之間的共同要素──語言，正扮演著關鍵的角色。本文即嘗試由詩中的語言作為切入點，探求《詩經・召南・摽有梅》中的譬喻蘊涵以及譬喻運作模式，藉以瞭解作者與讀者溝通的思維奧祕，俾更能掌握詩中的要旨。

貳、〈摽有梅〉的詩旨與大意

〈摽有梅〉

　　摽有梅，其實七兮。求我庶士，迨其吉兮。

> 摽有梅,其實三兮。求我庶士,迨其今兮。
> 摽有梅,頃筐塈之。求我庶士,迨其謂之。

〈摽有梅〉這首詩雖短卻相當有趣。《毛詩序》說這首詩的詩旨是:「男女及時也。召南之國,被文王之化,男女得以及時也。」[1]陳子展也認同《詩序》的說法:「《詩序》、『《摽有梅》,男女及時也。』只此首句已足。嫁娶不及時,則有曠男怨女,男誘女奔者矣。仲春嫁娶期盡,至孟夏而梅熟,老女不嫁,而《摽梅》之詩作矣。」[2]屈萬里先生則以為:「此詩疑諷女子之遲婚者。」[3]裴普賢說:「這是詩人描寫逾齡未婚女子待嫁心情的民歌。」[4]聞一多卻認為應是男女青年聚會,拋擲梅子選擇情人。他說:「摽,即古拋字。《玉篇》曰:『摽,擲也』;〈木瓜〉曰:『投我以木瓜,報之以瓊瑤,匪報也,永以為好也,』當是女之求士者,相投之以木瓜,示願以身相許之意,士亦嘉納其情,因報之以瓊瑤以定情也。」又說:「〈摽有梅〉篇亦女求士之詩,而摽與投字既同誼,梅與木瓜木桃木李又皆果屬,則摽梅亦女以梅摽男,而以梅相摽,亦正所以求之之法耳。」聞一多且認為這是「古俗於夏季果熟之時,會人民於林中,仕女分曹而聚,女各以果投其所悅之士,中焉者或以佩玉相報,即相約為夫婦焉」。[5]高

---

[1] 見清・王先謙撰、吳格點校《詩三家義集疏》,(臺北:明文書局,1988年),頁 101。
[2] 見陳子展《詩經直解》,(臺北:書林出版有限公司,1992年),頁 55。
[3] 見屈萬里《詩經詮釋》,(臺北:聯經出版事業公司,1998年),頁 33。
[4] 見裴普賢《詩經評註讀本》上,(臺北:三民書局,2006年),頁 46。
[5] 見聞一多《詩經新義》,收於聞一多《詩經研究》第五章,(四川:巴蜀書社,2002年12月),頁 120。

亨更是將這首先民的作品解釋得很有現代感:「《周禮‧地官‧媒氏》:『中春之月,令會男女,於是時也,奔者不禁。司(伺,調查。)男女之無夫家者而會之。』據此,周代有的地區,民間每年開一次男女舞會,會中由男女自由訂婚或結婚。這首詩就是舞會中女子們共同唱出的歌。」[6]姚際恆的看法比較不同,他說:「此篇乃卿大夫為君求庶士詩。」[7]

以上諸說,除姚際恆外,多認為〈摽有梅〉為女求庶士之詩。從詩的內容來看,此詩解為女求士之詩似較貼近原詩,姚際恆將之說為「卿大夫為君求庶士」之詩,雖與內容相隔較遠,仍是以「梅樹是人」為譬喻主體,亦不妨礙本文從認知角度的探討,故亦可備為一說。

這首詩為三章,章四句。摽有梅的「摽」字,多作動詞解。有解作「落」者(如《毛傳》、陳子展);有解作「擊」者(如屈萬里);有解作「打落」者(如高亨、裴普賢);有解作「拋、擲」者(如聞一多)。也有解作名詞者,認為「摽」應作「標」,是為「樹梢」之意(如石杰、李玉)[8]。雖本文並非以「訓詁」為目的,然根據魯、韓傳詩「摽」皆作「苃」,齊詩作「藨」,陳喬樅云:「趙岐《孟子章句》引《詩》曰〈摽有梅〉。苃,零落也。《漢書食貨志贊》引《孟

---

[6] 見高亨《詩經今注》,(臺北:里仁書局,1981年),頁27。
[7] 見清‧姚際恆《詩經通論》,(臺北:廣文書局,1993年10月3版),頁42。
[8] 見石杰、李玉〈《詩經‧摽有梅》考辨〉,《現代語文》(語言研究版),2009年15期,頁147-148。山東省:曲阜市曲阜師範大學現代語文編輯部,2009年5月。

子》,『莩』作『芛』,注引鄭德云:『芛音"蘦有梅"之蘦。芛,零落也。』《說文》:『𦭒,物落,上下相付也。讀若《詩》〈摽有梅〉。』段注以《毛詩》摽字為𦭒之假借,《孟子》作芛者,芛之字誤。」[9]因此「摽」原為「芛」之借字,作為名詞「標」之可能性較小。不過,從認知譬喻的角度來看,作「摽」與作「標」皆有可說。其差別只在於作名詞「標」解時,是以「植物是人」的實體譬喻運作;作動詞「摽」解時,則是以較高一層的「打梅子的過程是待婚嫁的過程」這一結構譬喻來運作。

　　這首詩的每一章都以女子採梅子起興。整首詩的結構是以AAA三章複沓的形式呈現。當適婚女子在採梅子的過程中,看到成熟的梅子掉落,樹上殘存的果實愈來愈少,不禁聯想到自己的青春如同梅子一般隨歲月逐漸凋落,嫁娶之期眼看將盡,自己卻仍未尋得如意郎君,心中不免著急。大陸學者陳文忠引龔橙《詩本誼》說:「『《摽有梅》,急婿也。』一個『急』字,抓住了本篇的情感基礎,也揭示了全詩的旋律節奏。」[10]

　　全詩雖只改了七個字,卻是層層遞進,將女子急切的心境表露無遺。陳子展云:「一章。言女盛年未嫁而始衰,已有急意。二章。言女思嫁而有急詞。三章。言女求男,急不暇擇矣。一層緊一層。」[11]錢鍾書說:「首章結云:『求我庶士,迨其吉兮』,尚是從容相待之詞。次章結云:『求我庶士,迨其今兮』,則敦促其言下承當,故《傳》

---

[9] 詳見清・王先謙撰、吳格點校《詩三家義集疏》,頁101。
[10] 見上海辭書出版社文學鑑賞辭典編纂中心編,陳文忠撰【摽有梅】,《詩經三百篇鑒賞辭典》,(上海:上海辭書出版社,2008年),頁34。
[11] 見陳子展《詩經直解》,頁55。

云:『今,急辭也。』末章結云:『求我庶士,迨其謂之』,《傳》云:『不待備禮』,乃迫不乃緩,支詞盡芟,真情畢露矣。此重章之循序漸進者⋯⋯」[12]明・鍾惺也說:「三個求字,急忙中甚有分寸。」[13]

參、概念譬喻理論與詩歌詮釋

對於語言學理論能否用於文學研究的問題,周師世箴曾有詳盡論述,她說:

> 文學作品中的語言,太過老套的令人生厭,太怪、用語太生澀難懂也同樣要被排斥。評者有一定的衡量標準嗎?同樣是寫妓女,黃春明早年的《看海的日子》與後期《莎喲娜啦再見》、《小寡婦》為什麼有鄉土、城市之分?除了其他相關因素,語言表達是如何顯示人物的背景與個性呢?《紅樓夢》與《西遊記》中的人物語言為什麼那麼鮮活而有個性?同樣以送別為主題,蘇軾、柳永、李清照三人的風格差異可以由他們的語言運用觀察到嗎?相對於成人文學,成人寫兒童文學時所追求的「淺語、童言童語」是否有「規」可循呢?詩的語言往往看似無理,想去卻又覺得妙得不可更易一字。讀者由「看似無理」到「妙得不可更易一字」,詩人由句句中規

---

[12] 見錢鍾書《管錐編》(一),(北京:三聯書店,2008年),頁131。
[13] 轉引自陳子展《詩經直解》,頁55。

中矩到「看似無理」、「妙得不可更易一字」,其間經歷了什麼樣的心路歷程與詞句鍛鍊過程呢?這就牽涉到語言的「常規」、「變異」、二者之間的互動關係,以及使用者如何拿捏的問題。對文學語言現象進行由表及裡的分析,層層深入地揭開只可意會不能言傳的神秘面紗,正是講求系統與知性分析的語言學理論可以貢獻所長之處。[14]

因此,利用語言學與文學二者間所共同具有的「語言符碼」作為媒介,便有可能使原本各自獨立、不相屬的兩個空間,重新會合到同一個整合空間(blending space)之中。

概念譬喻理論(Lakoff-Johnson 理論)原本是論證我們人類是以譬喻性的方式來看待整個世界的理論。例如我們常將人一生的長度看作是一天的長度,因此有了「早年」、「暮年」的說法;我們又常以看待自己身體部位的方式來看山,所以山就有了「山頭」、「山腰」以及「山腳」這種類似於人的身體部位的形容;在複雜的人際社會交往上,我們有時也會推展自己在生意買賣上頭的經驗,將人看作是貨物,而有了「誰出賣了誰」這一類說法。所有類似的、數不清的例子,正說明我們是以譬喻的思維方式來生活、來與旁人溝通的。我們之所以時時刻刻都能使用這些譬喻比擬,並不是偶然的,它的背後有著完整的概念系統。

---

[14] 見周師世箴《語言學與詩歌詮釋》,(臺中市:晨星出版有限公司,2003年),頁1。

文學強調作家（作者）的想像、興發或聯想作用，自然是概念以及思維的產物。無論是象徵、比喻，以及其他有形、無形的比擬，背後一定蘊含概念體系的作用。所以，「我見青山多嫵媚，料青山、見我應如是」[15]正是譬喻概念作用之下，把青山比擬為人的聯想結果。

　　不過，同樣的情與景，每個人所生的聯想卻不盡相同。所以作家對於譬喻的取擇也不一定相同。追循作家的聯想軌跡，探求其譬喻背後的概念思維，對瞭解與欣賞作品而言，自然是極為重要的一步。即使作家運用的是相同的譬喻，也會因攝取角度的差異，在作品中呈現完全不同的樣貌。例如：「她像玫瑰花一樣嬌豔」與「她像朵帶刺的玫瑰」，都是出自「人是植物（玫瑰）」的概念譬喻。可是「她像玫瑰花一樣嬌豔」是外型比擬（艷麗）之下的角度攝取結果；而「她像朵帶刺的玫瑰」則是從植物的生物特質（多刺），作為譬喻的角度攝取。

　　所以，藉由作家在作品中較常使用的概念譬喻，分析他（她）們獨特的譬喻攝取角度，對於瞭解作家是如何看待世界以及發掘作家作品的譬喻特色，進而掌握作家的譬喻思維，將有很大的幫助。下文便將以使用的語言符碼作為切入點，追尋其概念譬喻，以《詩經·召南·摽有梅》（以下簡稱〈摽有梅〉）為例，驗證概念譬喻在詩歌中的實際運作情形。

---

[15] 見辛棄疾〈賀新郎〉、〈甚矣吾衰矣〉詞。見葉嘉瑩主編；朱靖華、饒學剛、王文龍、饒曉明編著，《辛棄疾詞新釋輯評》下冊，（北京：中國書店出版，2007年），頁1361。

肆、〈摽有梅〉詩中的譬喻運作

由〈摽有梅〉譬喻的來源域考察（見表格1），本詩的譬喻性表達非常單純，主要是運用「植物是人、梅樹是女子」的概念譬喻。這個譬喻從第一句「摽有梅，其實七兮。」即可看出。關於這一句，《毛傳》云：「興也，摽，落也。盛極則墮落者梅也，尚在樹者七。」[16]《鄭箋》：「興者，梅實尚餘七未落，喻始衰也。謂女二十春盛而不嫁，至夏則衰。」[17]《孔疏》：「十分之中，其三始落，是梅始衰，興女年十六七，亦女年始衰，宜及此善時以為昏。」[18]《左傳》杜注：「梅盛極則落，詩人以興女色盛則有衰，眾士求之宜及其時。」[19] 陳奐則對此篇巧妙的興比之意作了簡明的闡釋：「梅由盛而衰，猶男女之年齒也。梅、媒聲同，故詩人見梅而起興。」（《詩毛氏傳疏》）[20] 可見眾家皆以梅樹比擬為女子，亦即「植物是人、梅樹是女子」的概念譬喻之投射。這種概念譬喻並不需要特別的訓練或學習，是原就隱藏在腦海之中的，乃是人們思維與溝通的方式，不加思索、自然而然就能使用並瞭解的。

---

[16] 見清・王先謙撰、吳格點校《詩三家義集疏》，頁101。
[17] 見清・王先謙撰、吳格點校《詩三家義集疏》，頁101。
[18] 見清・王先謙撰、吳格點校《詩三家義集疏》，頁102。
[19] 見清・王先謙撰、吳格點校《詩三家義集疏》，頁102。
[20] 見《詩經三百篇鑒賞辭典》，頁34。

表1:〈摽有梅〉譬喻的來源域考察

概念譬喻	來源域	角度攝取	目標域	譬喻類型
植物是人、梅樹是女子	植物	果實成熟＞青春逝去	人	實體譬喻
打梅子是待婚嫁過程	婚嫁	打梅子的過程＞待婚嫁的過程	打梅子	結構譬喻
物象變化即時間變化	時間	果實殘存多少＞待嫁時間緩急	物象	結構譬喻
植物是容器	容器	梅樹是容器、果實是內容物	植物	實體譬喻

在這首詩中，詩人以梅樹喻指女子，概念譬喻為「植物是人、梅樹是女子」，這是一個完全以人的身體經驗為基礎的實體譬喻。其角度攝取為梅樹果實成熟掉落即為女子青春年華老去，留存之果實即為女子現存之青春歲月。因此當梅子不斷掉落，採梅女子遂由梅子的墜落而聯想到自己青春的一去不回，如同嚴粲所說：「述女子之情，言擊落之餘，尚有殘梅。其實之在木者惟七，則其零落者多矣。於此眾士之中，其擇之以為婚姻，當及此時日之吉，懼良辰之難得而易失也。」[21]

像這樣，在採梅過程中女子所興發出來，感受到婚嫁之期將過的聯想，是立基於「打梅子的過程是待婚嫁的過程」的結構譬喻。這個譬喻的角度攝取，是把採梅時節與嫁娶之期作聯結，當採梅愈多、殘存愈少，其婚嫁之期便由緩而急、愈益緊張。「打梅子的過程是待婚嫁的過程」的譬喻映射表如表格2所示。

---

[21] 見裴普賢《詩經評註讀本》上，頁46。

表2：結構譬喻映射表：打梅子的過程是待婚嫁的過程

打梅子	待婚嫁
採梅時節	嫁娶之期
殘梅七分	迨其吉兮
殘梅三分	迨其今兮
頃筐墍之	迨其謂之

　　值得一提的是，在「打梅子的過程是待婚嫁的過程」這個結構譬喻底下，還有「物象變化即時間變化」的概念譬喻的運作。這也是一個立足於經驗的概念譬喻。梅子由青澀、成熟再逐漸凋落，是自然現象，也是歷時性的變化。換句話說，梅子由青澀到成熟凋落的過程是歷時性的，正常狀態下，每株梅樹大抵都如此，這是經驗常識。此一譬喻角度攝取的焦點就放在具體物象的轉變（青澀到成熟凋落）所量化成的時間長度。因此，當青澀果實仍多，便是嫁娶之期仍長（不急、緩）；等到果實凋落多、殘存少，嫁娶之期所剩有限（急）；當果實完全凋落，梅樹上再無殘存，則嫁娶之期已盡（很急、再不嫁就將失去婚期）。由物象變化轉為時間量化關係的譬喻如圖1所示。

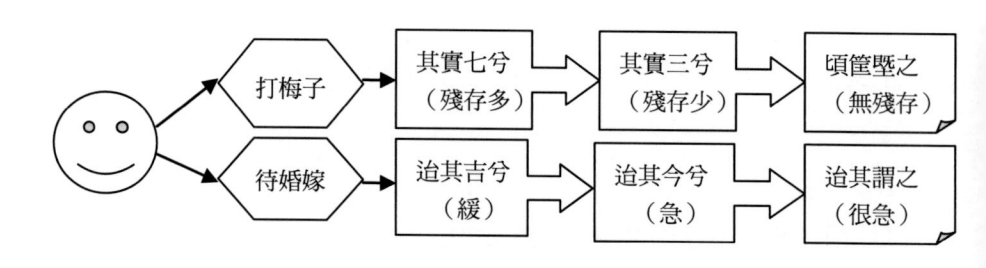

圖1：「物象變化即時間變化」的概念譬喻

其次,從這首短詩中還可以觀察到「容器」的相關概念譬喻。容器譬喻是一個實體譬喻,立基於我們的身體經驗:

> Lakoff-Johnson譬喻理論指出,我們是肉體存在的生物,藉由體表皮膚與世界的其餘部分相連,並以我們的皮膚作為界限來與其餘的世界區隔。也就是說我們每個人都是容器,以體表皮膚作為界限而有了內外的方位。我們再將自己的內外方位映射到其他具表層界限的存在物之上。只要具有邊界特質的便都歸入容器譬喻的範疇。於是,地域(land areas)、視野(the view field)、事件(events)、行為(actions)、活動(activities)、狀況(status)等都可投射為容器。[22]

在〈摽有梅〉這首詩中運作的容器譬喻是「植物是容器」的概念譬喻。也就是把植物(梅樹)看作是容器的譬喻映射。其角度攝取為「梅樹是容器、果實是內容物」。正因為有這個容器譬喻的運作,我們才得以從容器內容物的多寡來轉化為其他量化的標準。於是,當梅樹容器內容物(果實)多時,梅樹容器為盛年;反過來,當容器內容物(果實)日益減少時,就表示梅樹容器由盛轉衰了。

當然,在詩中這個容器譬喻並非單獨運作,它是與其他的概念譬喻並存而且共同發生作用的。把「植物是容器」疊加「物象變化即時間變化」的概念譬喻,我們就可將梅樹容器的盛衰與時間的變

---

[22] 見拙著《從當代譬喻理論解讀李清照》,(臺北:文津出版社,2008年),頁45。

化來串連思考。於是,上述由容器具體物象的轉變(容器內容物由多變少＞青澀到成熟凋落)所量化出來的時間長度變化(時間由緩而急)的結果就清晰可見了。

上文曾經說過根據 Lakoff-Johnson 理論,只要具有邊界特質的都可以歸入容器譬喻的範疇。不管有形的地域(land areas)或無形的視野(the view field)、事件(events)、行為(actions)、活動(activities)、狀況(status)等都可投射為容器。例如,情人們常問「你(妳)心中有沒有我?」顯然「人的心」可以被當作容器;再如我們形容一個過度驕傲的人是「目中無人」,就是把「眼睛」作為容器;還有我們懷疑別人「話中有話」,說話拐彎抹角,也是把抽象的「語言」本身當作是容器。以上這些容器譬喻雖然不易察覺、也比較抽象,卻是日常生活中常用的常規譬喻,只是我們太習慣了,已經無法察覺它原是譬喻的事實。在〈摽有梅〉這首詩中,除了具有「植物是容器」的概念譬喻外,從整首詩的結構來看,也能觀察到把「文字」或「語言」或「音樂」本身作為「容器」的譬喻運作。這個概念譬喻的角度攝取是我們若將語言、文字,甚至音樂表達本身看作是容器,則語言、文字與音樂的含義就是容器的內容物。除了方才所舉的「話中有話」外,日常生活不時出現「你的話很空洞」、「他話中有話」、「張三的話沒有任何意義」等對話,都是這譬喻的最佳例證。因此,當語言表達是容器而意義成為容器的內容物時,語言形式與其意義的關係,就如同容器與容器內容物的關係。

瞭解語言形式與其意義可以是容器與容器內容物的關係之後,我們再回過頭來檢視〈摽有梅〉的結構。上文提到〈摽有梅〉整首

詩的結構是以 AAA 三章複沓的形式呈現，全詩只改動七個字。這種形式（文字）的重複具有什麼譬喻意涵呢？如果整首詩是一個容器，則形式（文字）即為其內容物，當容器的內容物不斷增加（重複）時，即具有「大是重要、重複是強調」的概念譬喻蘊涵。不過有趣的是〈摽有梅〉詩中並不是完全的重複，詩中改動了七個字，而這七個字的變動卻造成層層遞進、日益急切的重要效果。所以我們可以說這種效果的產生，正是由容器內容物的變化所造成。

伍、結論

經由本文的探討後，我們發現〈摽有梅〉這首短詩竟含有如此豐富的譬喻蘊涵，也藉著這些概念譬喻更加瞭解這首詩的結構和譬喻運作。透過這樣的探析，明白大家是藉由「植物是人、梅樹是女子」和「打梅子的過程是待婚嫁的過程」的概念譬喻來理解全詩。這些概念是隱微的、是深藏在思維中的，平時雖然未察覺它們的存在，概念譬喻卻是我們認識世界並且與他人溝通的重要工具。以〈摽有梅〉這首詩來說，我們不費力地就能把梅樹與女子聯繫起來，靠的不就是概念譬喻的作用嗎？

文學詮釋的理論與方法很多，但不管採用哪一種理論與方法，總會面臨別人甚至自己的質疑：這樣的詮釋真的符合文本或作者的原意嗎？詮釋的過程中沒有加入詮釋者自己的主觀意見嗎？類似這樣的問題，常常遇到而且也不容易回答。在這種情況下，概念譬喻

理論能夠發揮什麼作用？筆者認為詮釋本來就難以完全排除詮釋者本身的主觀因素，對詩性作品（尤其是主題隱晦的作品）的詮釋，更難謂是完全客觀的闡釋，只要不過度詮釋，也就難說是誰對誰錯。畢竟感性作用下的詩性作品，感情和聯想本來就不易捉摸。概念譬喻理論在這種情況下仍能有所作用，是因為它著重的不是詮釋，而是探索深藏作品之中的思維概念。藉著這些幽隱的思維概念，我們得以貼近作品和作家展開溝通和對話。這樣也較能避免臆測式的解讀所造成的差異和錯誤。

概念譬喻理論既是認知語言學的理論之一，自然也要以此自勉：「對文學語言現象進行由表及裡的分析，層層深入地揭開只可意會不能言傳的神祕面紗，正是講求系統與知性分析的語言學理論可以貢獻所長之處。」[23]

---

[23] 見周師世箴《語言學與詩歌詮釋》，頁1。

參考書目

一、專書

1. （清）姚際恆《詩經通論》，臺北：廣文書局，1993 年。
2. （清）王先謙撰、吳格點校《詩三家義集疏》，臺北：明文書局，1988 年。
3. 高亨《詩經今注》，臺北：里仁書局，1981 年。
4. 陳子展《詩經直解》，臺北：書林出版有限公司，1992 年。
5. 唐莫堯譯注、袁愈嫈譯詩《詩經》上，臺北：臺灣古籍出版社，1996 年。
6. 屈萬里《詩經詮釋》，臺北：聯經出版事業公司，1998 年。
7. 聞一多《詩經研究》，四川：巴蜀書社，2002 年。
8. 周師世箴《語言學與詩歌詮釋》，臺北：晨星出版有限公司，2003 年。
9. 裴普賢《詩經評註讀本》上，臺北：三民書局，2006 年。
10. 葉嘉瑩主編；朱靖華、饒學剛、王文龍、饒曉明編著，《辛棄疾詞新釋輯評》，北京：中國書店，2007 年。
11. 上海辭書出版社編《詩經三百篇鑒賞辭典》，上海：上海辭書出版社，2008 年。
12. 錢鍾書《管錐編》（一），北京：三聯書店，2008 年。

13. 林增文《從當代譬喻理論解讀李清照》,臺北:文津出版社,2008年。

二、單篇論文

1. 董昌運〈真淳熱切坦率無忌—《詩經・摽有梅》賞析〉,《文史知識》,1995年03期。
2. 石杰、李玉〈《詩經・摽有梅》考辨〉,《現代語文》(語言研究版),2009年15期。

分化中的統一

——《詩經・巧言》的總體性隱喻閱讀

林增文 *

【提要】

　　Lakoff-Johnson 的譬喻理論告訴我們，譬喻是人類的思考方式，而譬喻存在的目的就是以一個概念範疇去說明另一個概念範疇。只是，語言表述是複雜的，一句話或一個句子中往往含有不只一個概念譬喻。這些不同的概念譬喻卻可能為相同的目的服務。相同的，Lakoff-Turner 提出的「總體性隱喻閱讀」之原則，相信文學作品中出現的不只一個的概念譬喻，也多朝向同一個目標，也就是為了說明或解釋相同的目標域。

　　本文嘗試以此「總體性隱喻閱讀」原則來綜觀《詩經・巧言》一首詩，藉由詩中主要概念譬喻的索隱，尋繹詩中是否具有共有的、最主要的概念譬喻，除希望貼近作者最原始的創作思惟外，並能探

---

* 東海大學中文系兼任講師

討整首詩中不同隱喻的整合。

關鍵詞：總體性隱喻閱讀、概念譬喻理論、詩經、巧言

分化中的統一——《詩經・巧言》的總體性隱喻閱讀

壹、前言

George Lakoff（喬治・雷可夫）以及Mark Johnson（馬克・詹森）在1980年出版了認知語言學的經典巨著 *Metaphors We Live By*《我們賴以生存的譬喻》[1]，創建了「概念譬喻理論」（conceptual metaphor theory，簡稱CMT）。透過他們的理論以及論述使我們瞭解，原來譬喻並不只是在文學修辭上才能用得到的特殊工具，而是我們瞭解環境、探索世界以及與他人溝通的重要生存方式。只是，譬喻既然早就存在於我們的概念系統，而且是人類日常習慣的思惟方式，那麼文學呢？文學上使用的譬喻，尤其那些被認為是文學家獨創的、偉大作品中的譬喻，究竟與我們生活中不斷使用的常規譬喻有何區別？或者這樣說，文學家們如何能化腐朽為神奇，將陳舊的、習見的常規譬喻轉化成有創意、新奇的詩隱喻？

Lakoff與Mark Turner（馬克・透納）為我們解決了這個問題。他們隨後於1989年出版了 *More Than Cool Reason: A Field Guide to Poetic Metaphor*《超越冷靜理性：詩歌隱喻實用指南》[2]，將「概念譬喻理論」運用在文學的詩歌分析上。書中除逐步詳論如何藉由慣

---

[1] George Lakoff & Mark Johnson: Metaphors We Live By, (Chicago, The University of Chicago Press, 1980)。本文依據周師世箴譯註《我們賴以生存的譬喻》，（臺北：聯經出版事業公司，2006年）。

[2] George Lakoff & Mark Turner: More Than Cool Reason: A Field Guide to Poetic Metaphor, (Chicago, The University of Chicago Press, 1989)。本文依據周師世箴譯〔未刊稿〕。

用隱喻構建詩隱喻外,並提出「總體性隱喻閱讀」(a global metaphorical reading)(L&T 1989:146)的原則。所謂「總體性隱喻閱讀」就是把整首詩看作來源域(source domain),再將之映射到關聯範圍更大的目標域(target domain)。[3]

雖然 Lakoff-Turner 是以「總體性隱喻閱讀」原則來探討單一首詩中不同隱喻的整合,但其價值遠不只如此而已。因為此原則除可應用於單一文本的分析外,也可以作為研究同一位作家的不同作品,或多位作家作品的基礎。只是本文限於篇幅,仍嘗試以此「總體性隱喻閱讀」原則來綜觀《詩經‧巧言》一首詩,藉由詩中主要概念譬喻的索隱,尋繹詩中是否具有共有的、最主要的概念譬喻,除希望貼近作者最原始的創作思惟外,並能探討整首詩中不同隱喻的整合。

貳、理論背景──總體性隱喻閱讀的理論、方法與限制

「Lakoff-Johnson譬喻理論列舉了一系列的論證,證明人類語言中之所以會有這麼多譬喻性說法,主要原因就是我們的概念基本上也是由譬喻建構起來的。我們大部分的概念體系本質上就是譬喻性

---

[3] 請見原文:(But they are all attributing to) the poem a global metaphorical structure, that is, they are assuming that the poem presents a source domain which we are to map onto some target domain of larger concerns. (L&T 1989:146)。

的（metaphorical），人類藉助譬喻來建構觀察事物、思考、行動的方式。『譬喻的本質就是藉由另一個事物以理解或經驗一個事物。』（…the essence of metaphor is understanding and experiencing one kind of thing or experience in terms of another.）（1980：5）。」[4]以上告訴我們，譬喻是人類的思考方式，而譬喻存在的目的就是以一個概念範疇去說明另一個概念範疇。只是，語言表述是複雜的，一句話或一個句子中往往含有不只一個概念譬喻。這些不同的概念譬喻卻可能為相同的目的服務。也就是說，這些不同的概念譬喻可以用來說明同一個概念範疇。

不單是日常語言表述如此，文學作品亦然。還未閱讀過 Lakoff-Turner 的 *More Than Cool Reason: A Field Guide to Poetic Metaphor* 之前，筆者就認為概念譬喻的出現往往具有另外的目的：

> 由上述李清照的作品來說，「人是植物」或「女人是花」的譬喻只是詞人用來傳達「人的凋零如植物的凋零」、「人的高尚品格如植物的堅貞」等譬喻蘊涵的基礎。甚至植物因風雨或時間凋零，但使人衰老凋零的外力為何，或許才是詞中藉由「人是植物」或「女人是花」的譬喻要對方（或讀者）產生的聯想。因此，了解作者何以從植物的許多特性中選擇部分特性作為概念譬喻的攝取角度，既說明概念譬喻的角度攝取因人、時、地的不同有其不同的偏好性，也更能使我們體會

---

[4] 請參閱拙著《從當代譬喻理論解讀李清照》，（臺北：文津出版社，2008 年），頁 2-3。

作者在作品中所欲傳達的真正意涵。[5]

閱讀了 Lakoff-Turner 的書並瞭解他們所提出的「總體性隱喻閱讀」之原則後，我們更相信文學作品中出現的不只一個的概念譬喻，多是為了說明或解釋相同的目標域。換言之，來源域可以由多個概念範疇整合後映射目標域，目標域可藉此獲得更周全的瞭解。（請參見表 2-1）因此，跨隱喻的整合就顯得必要而且重要。

表 2-1「總體性隱喻閱讀」原則之來源域與目標域映射

```
來源域 1 ─┐
來源域 2 ─┼──→ 目標域
   ⋮    │
來源域 n ─┘
```

單一概念範疇本身即具有整體相合性，多個概念範疇要映射同一個概念範疇，當然也必須具有整體相合性。而多個概念範疇之所以能夠整合，在於它們具有共同的譬喻蘊涵。Lakoff 與 Mark Turner 在「共同的譬喻蘊涵使得跨隱喻映射成為可能」的基礎上，再提出「單一隱喻可整合成複雜的隱喻」以及「整合創造更豐富和複雜的隱喻聯結」的看法，這些卓見對闡釋文本的幫助甚大。

---

[5] 請參閱拙著《從當代譬喻理論解讀李清照》，頁 50。

分化中的統一——《詩經・巧言》的總體性隱喻閱讀

　　前面曾提到，Lakoff-Turner 提出「總體性隱喻閱讀」原則，並以之探討一首作品之內不同譬喻的整合。兩人所謂的「總體性隱喻閱讀」就是將全詩視為一個來源域，其所映射的目標域具有較大範圍的關照。

　　然而，「總體性隱喻閱讀」的方法到底為何？從 Lakoff-Turner 分析「The Jasmine Lightness of the moon—To a Solitary Disciple」〈茉莉月光——為一徒而作〉的方法來看，是先從標題索隱一個主要概念譬喻，以用來節制文本內其他概念譬喻的索隱，而被標題節制的這些概念譬喻以環環相扣的方式出現，其蘊涵也以相同的方式疊加串聯，但它們必須是從詞彙聯想或推論出來的；之後再將這些概念譬喻整合映射至目標域以闡釋文本的內涵，目標域的內涵便在這些概念譬喻串聯完成後顯露出來。關於「總體性隱喻閱讀」的方法，陳瓊婷分析得極為透澈：

> Lakoff-Turner只以〈月之淡黃光輝〉的分析來呈現何謂〈全局性隱喻閱讀〉原則——把整首詩／整個文本視為來源域，將之映射到具更寬廣關懷的目標域。如果只能憑藉這些分析來掌握方法，那方法又是什麼？一是，從標題索隱節制文本內其他概念隱喻的主軸，即主要概念譬喻。二是，藉由語彙再來索隱文本內的其他概念隱喻，值得注意的是，語彙的挑選仍受主要概念隱喻的節制。由於一、二兩種方法使然，形成了以主要概念隱喻為基點的一連串概念隱喻聯想，文本內在結構的關聯也就建立在這種聯想之上。三是，從詩篇整體

形式和句子結構來發現「語言表述形式與意義的象似」關係。[6]

那麼,「總體性隱喻閱讀」的方法是否適合於古典詩歌的分析呢?筆者認為多數具有「標題」的文類,應可符合上述 Lakoff-Turner 所論與陳瓊婷所歸納出的三個方法。古典詩歌除少數晦澀者外,多數詩題可用以索隱詩中之概念譬喻,自然可以適用。只是,光由詩題索隱,也許無法確切掌握詩人之創作原意,因此中國古典詩歌恐不能完全套用 Lakoff-Turner 所示範之分析法則。運用時須由詞彙類聚入手、從文本分析始,另需求索詞人之生平志意與詞之創作背景,再參考前人說解,方能索隱出詞中主要的概念譬喻。葉嘉瑩教授也主張除對作品本身的語言意象必須重視外,亦須重視作者創作的主體意識,兩者不可偏廢:

> 私意以為中國舊傳統之往往不從作品之藝術價值立論,而津津于對作者人格之評述的批評方式,雖不免有重點誤置之病;但西方現代派詩論之竟欲將作者完全抹殺,而單獨只對其作品進行討論的批評方式,實亦不免有褊狹武斷之弊。因為無論如何作者總是作品賴以完成的主要來源和動力。就以西方現代派詩論所重視的意象、結構與肌理等質素而言,又何嘗不是完全出自作者的想像與安排。所以對作者之探索與

---

[6] 請見陳瓊婷《概念隱喻理論在小說的運用——以陳映真、宋澤萊、黃凡的政治小說為中心》,(臺中:東海大學九十五學年度中國文學系博士論文,2007年2月),頁110。

了解,永遠應該是文學批評中的一項重要課題。而且近日西方所流行的較現代派更為新潮的現象派的文學批評,也已經注意到了作者過去所生活過的時空的追溯和了解在文學批評中的重要性。美國約翰霍普金斯大學的教授普萊特(Georges Poulet)就曾認為批評家不僅應細讀一位作家的全部著作,而且應盡量向作家認同,來體驗作家透過作品所有意或無意流露出來的主體意識。我以為現代派批評所提出的對作品本身之語言意象的重視,與現象派批評所提出的對作者主體意識的重視,二者實不可偏廢。[7]

當然,索隱文本中的主要概念譬喻時仍然具有著某些限制:「總體性隱喻閱讀具有某些適度開放性,也必須遵循某些限制。以目標域的選擇為例,可由詩的正文與標題明示或暗示,但讀者通常有廣闊的空間來選擇目標域。主要的限制是這些選擇必須『合理』(make sense),解讀經得起『評判』(justified)。並非任意選一個目標域來任意解讀而已。限制之一,映射必須用常規概念隱喻,也就是說,這些隱喻屬於我們的概念系統,而不專屬某首詩的特定解讀。另一限制是常識與常規隱喻的配合運用。外加一條限制是像似性(iconicity)——必須形義相符。詩中的像似結構(iconic structure)必須與整體解讀前後連貫。」[8]否則容易招致「過度詮釋」的批評。

---

[7] 請見葉嘉瑩《詞學新詮》,(北京:北京大學出版社,2008年),頁28-29。
[8] L&T(1989): CH3(147),周師世箴譯〔未刊稿〕。

參、語料分析──《詩經・巧言》的總體性隱喻閱讀

《詩經・巧言》六章,章八句 [9]
(第一章)悠悠昊天,曰父母且。無罪無辜,亂如此幠。昊天已威,予慎無罪。昊天大幠,予慎無辜。

《毛傳》:「幠,大也。威,畏。慎,誠也。」《鄭箋》:「悠悠,思也。幠,敖也。我憂思乎昊天,愬王也。始者言其且為民之父母,今乃刑殺無罪無辜之人,為亂如此,甚敖慢無法度也。已、泰,皆言『甚』也。昊天乎,王甚可畏,王甚敖慢,我誠無罪而罪我。」[10] 陳子展說:「一章。再三呼昊天上帝而訴之。自審無罪無辜,而何以遭亂如此之大乎?」[11]《詩經三百篇鑒賞辭典》則云:「起調便是令人痛徹心肺的呼喊:『悠悠昊天,曰父母且。無罪無辜,亂如此幠。』隨即又是蒼白而帶有絕望的申辯:『昊天已威,予慎無罪。昊天大幠,

---

[9] 此處分章斷句依清・王先謙撰、吳格點校《詩三家義集疏》,(臺北:明文書局,1988 年,卷十七〈巧言〉),頁 705-710。

[10] 請見鄭玄箋注《毛詩鄭箋》,(臺北縣:學海出版社,2001 年再版,卷十二),頁 92。王先謙則認為「『且』,語餘聲,與『其樂只且』、『匪我思且』之且同。《箋》訓為『且況』之且,非。」

[11] 請見陳子展《詩經直解》,(臺北:書林出版有限公司,1992 年),頁 693。

予慎無辜。」[12]因此，本章的意旨非常明顯，也就是在詩之一開頭，詩人即以呼告父母上蒼的方式，亟言自己的無罪無辜以及亂事之劇且大。

在總體性隱喻閱讀的原則下，從概念譬喻的角度來觀察，本章主要是運用「抽象化具體」的方式，將「亂」、「罪」，以及「辜」等抽象概念具體化作可以擁有並可以大小衡量的具體物。（如下表 3-1 所示）不過，本章譬喻作為總體中的一部分，其最主要的概念譬喻是「亂事是物體」，即將亂事具象化作可以大小量測的物體，以表達出其巨大；對襯自己罪責的小（無），令人一看即印象深刻，了然於胸。

表 3-1：《詩經・巧言》第一章的譬喻映射

來源域	概念譬喻	角度攝取	語言表達式	目標域	譬喻類型
具體物	亂事是物體	抽象化具體＜可以大小衡量	亂如此憮	亂事	實體譬喻
具體物	罪、辜是物體	抽象化具體＜有、無	無罪無辜	罪、辜	實體譬喻

（第二章）亂之初生，僭始既涵。亂之又生，君子信讒。君子如怒，亂庶遄沮。君子如祉，亂庶遄已。

《毛傳》：「僭，數。涵，容也。遄，疾。沮，止也。祉，福也。」
《鄭箋》：「僭，不信也。既，盡。涵，同也。王之初生亂萌，群臣

---

[12] 請見上海辭書出版社編《詩經三百篇鑒賞辭典》，（上海：上海辭書出版社，2008 年），頁 366。

之言不信與信，盡同之不別也。『君子』，斥在位者也。在位者信讒人之言，是復亂之所生。君子見讒人，如怒責之，則此亂庶幾可疾止也。『福』者，福賢者，謂爵祿之也，如此則亂亦庶幾可疾止也。」[13] 王先謙云：「君子如當讒譖之始，怒責言者，則亂可以疾沮，抑或降福於為所言者之賢人，則亂亦可疾止。乃始則聽，終則信，讒人得志矣。」[14] 本章章旨殆如王先謙所言，也就是接續前章之言，表達亂事之由小而漸大之過程，與在位之君子相信讒言，能阻止卻不阻止有關。

　　本章主要的概念譬喻即「亂事是植物」。承續上章將亂事具體化，本章將亂事比喻為植物，而且是不好的植物。亂事滋長的過程即如該不良植物之初生、又生，而君子之角色從正面來說則如同園丁，若可適時適地介入遏止，便可阻遏有害植物之生長。

表 3-2：《詩經・巧言》第二章的譬喻映射

來源域	概念譬喻	角度攝取	語言表達式	目標域	譬喻類型
有害植物	亂事是植物	亂事如植物之生長	亂之初生；亂之又生	亂事	實體譬喻
園丁	君子是園丁	園丁可控制植物生長	君子如怒，亂庶遄沮	君子	實體譬喻

　　（第三章）君子屢盟，亂是用長。君子信盜，亂是用暴。盜言孔甘，亂是用餤。匪其止共，維王之邛。

---

[13] 請見鄭玄箋注《毛詩鄭箋》，卷十二，頁 92。
[14] 請見清・王先謙撰、吳格點校《詩三家義集疏》，頁 706。

《毛傳》：「凡國有疑，會同則用盟而相要也。盜，逃也。餤，進也。」《鄭箋》：「屢，數也。盟之所以數者，由世衰亂，多相背違。時見曰會，殷見曰同。非此時而盟，謂之數。盜，謂小人也。《春秋傳》：『賤者窮諸盜。』邛，病也。小人好為讒佞，既不共其職事，又為王作病。」[15]陳子展說：「二三兩章言亂由讒生，而信讒召亂、由於賞罰不當，誠偽莫辨。」又云：「按、兩用盜字，古義奇語。《老子》云：『是謂盜之夸者，非道也哉！』上章《毛傳》云：『盜，逃也。』胡氏《後箋》云：『《傳》意以讒人謂之盜者，義取於逃，謂隱匿其情，而以言誘人。下文盜言孔甘，所謂以甘言誘之也。』是詩謂盜猶今言騙子，盜言猶今言欺騙之言或謊言也。又甘餤字相應，亦同是奇語也。」[16]《詩經三百篇鑒賞辭典》則云：「二、三兩章，情感稍緩，作者痛定思痛後對讒言所起，亂之所生進行了深刻的反省與揭露。在作者看來，進讒者固然可怕、可惡，但讒言亂政的根源不在進讒者而在信讒者，因為讒言總要通過信讒者起作用。讒言如同鴉片，人人皆知其毒性，但它又總能給人帶來眼前的虛幻的快感。因此，如果不防患於未然，一旦沾染，便漸漸使人產生依賴感，最終為其所害，到時悔之晚矣！……」[17]本章乃承續上章由反面立言，若君子無所作為甚至誤認有害植物為有益，反會幫助它增長，如同屢次與背違盟約的人訂盟、相信竊國的騙子、相信美好的謊言等，亂事就會愈演愈烈，因為這些讒佞之人不恭其職事反而病其主

---

[15] 請見鄭玄箋注《毛詩鄭箋》，卷十二，頁 92。
[16] 請見陳子展《詩經直解》，頁 695。
[17] 請見上海辭書出版社編《詩經三百篇鑒賞辭典》，頁 366。

也。

　　第二章由君子可以遏止亂事孳生立論，本章則由反面言君子亦可能增長亂事。其主要概念譬喻是「讒言是美食、信讒是進食」（屈萬里《詩經詮釋・巧言》註釋 12：「餤，音談，進食也。言信讒如進食也。」）[18]

表 3-3：《詩經・巧言》第三章的譬喻映射

來源域	概念譬喻	角度擷取	語言表達式	目標域	譬喻類型
有害植物	亂事是植物	亂事如植物之生長	君子屢盟，亂是用長	亂事	實體譬喻
甘食	讒言是美食	誘人進食	盜言孔甘	讒言	實體譬喻

　　（第四章）奕奕寢廟，君子作之。秩秩大猷，聖人莫之。他人有心，予忖度之。躍躍毚兔，遇犬獲之。

　　《毛傳》：「奕奕，大貌。秩秩，進知也。莫，謀也。毚兔，狡兔也。」《鄭箋》：「此四事者，言各有所能也。因己能忖度讒人之心，故列道之爾。猷，道也。大猷，治國之禮法。『遇犬』，犬之馴者，謂田犬也。」[19]王先謙引戴震言：「國家宗廟宮室故在，皆君子之為也。典章法度具存，皆聖人所定也。彼讒人者有心破壞之，我安得不忖度其故。忖度之則情狀得，譬如狡兔之躍，遇犬則獲矣。」[20]陳子展說：「四章。言君子聖人之有猷有為，光明正大，人皆見之。而

---

[18] 請見屈萬里《詩經詮釋》，（臺北：聯經出版事業公司，1998 年），頁 377。
[19] 請見鄭玄箋注《毛詩鄭箋》，卷十二，頁 92。
[20] 請見清・王先謙撰、吳格點校《詩三家義集疏》，頁 707。

讒人之用心險惡，予亦不難忖度，猶毚兔雖狡，終亦不免被捕獲也。毚讒似諧音雙關。」[21]此章章旨蓋如戴震所言，謂宗廟宮室、治國大典制度等率皆君子聖人所制定，讒人有心破壞，我當預先忖度防範之；而讒人雖狡猾如毚兔，終將為犬所獲。

本章主要概念譬喻即「讒人是毚兔」、「明君是田犬」。在二、三章分別明言亂事滋長之過程，以及君子可遏止或增長亂事之後，此章轉而警告讒人，莫以為禍心無人得知，為保護國家社稷，我當盡力忖度防範，而讒人再狡猾，必會事敗滅亡。

表 3-4：《詩經・巧言》第四章的譬喻映射

來源域	概念譬喻	角度攝取	語言表達式	目標域	譬喻類型
讒人	毚兔是讒人	讒人狡猾如毚兔	躍躍毚兔，遇犬獲之	毚兔	實體譬喻
明君	田犬是明君	明君能明辨、洞悉惡人詭計如犬能捕獲狡兔	躍躍毚兔，遇犬獲之	田犬	實體譬喻

（第五章）荏染柔木，君子樹之。往來行言，心焉數之。蛇蛇碩言，出自口矣。巧言如簧，顏之厚矣。

《毛傳》：「荏染，柔意也。柔木，椅桐梓漆也。蛇蛇，淺意也。」《鄭箋》：「此言君子樹善木，如人心思數善言而出之。善言者往亦可行，來亦可行，於彼亦可，於己亦可，是之謂『行』也。碩，大也。大言者，言不顧其行，徒從口出，非由心也。顏之厚者，出言

---
[21] 請見陳子展《詩經直解》，頁 696。

虛偽，而不知懟於人。」[22]王先謙云：「《箋》以立木喻立言，樹木必由我心擇而取之，行言亦必由我心審而出之，非可苟也。」[23]陳子展說：「五章。言柔木之生，君子所自樹；流言之起，則人自心焉數之。暗示培植善類，心有判斷，則碩言巧言無自而入矣。」[24]《詩經三百篇鑒賞辭典》則云：「四、五兩章，形同漫畫，又活畫出進讒者陰險、虛偽的醜陋面目。他們總是為一己之利，而置社稷、民眾於不顧，處心積慮，暗使陰謀，欲置賢良之士於死地而後快。但險惡的內心表現出來的卻是花言巧語、卑瑣溫順，在天子面前，或『蛇蛇碩言』，或『巧言如簧』。作者的描繪入木三分，揭下了進讒者那張賴以立身的面皮，令人有『顏之厚矣』終不敵筆鋒之利矣的快感。」[25]是本章章旨亦接續前四章，以君子經過精心選擇方樹善木，是以出口之言亦須由衷發出方為善言[26]。此進一步譏刺讒人空口大話、言不由衷，且花言巧語似音樂好聽，卻毫無羞恥之心。

　　本章主要的概念譬喻就是「樹立善木即口出善言」，詩人以此譬喻作為批評的標準。若「蛇蛇碩言」或「巧言如簧」卻非如擇木般出於真誠，那只是徒出於口的「顏之厚矣」之徒。

---

[22] 請見鄭玄箋注《毛詩鄭箋》，卷十二，頁92。
[23] 請見清・王先謙撰、吳格點校《詩三家義集疏》，頁709。
[24] 請見陳子展《詩經直解》，頁696。
[25] 請見上海辭書出版社編《詩經三百篇鑒賞辭典》，頁367。
[26] 另有以柔木比進讒者的說法亦可說通，此處採《毛詩鄭箋》原說。

表 3-5：《詩經‧巧言》第五章的譬喻映射

來源域	概念譬喻	角度攝取	語言表達式	目標域	譬喻類型
口出善言	樹立善木即口出善言	樹木須用心抉擇＜出言亦須深思	荏染柔木，君子樹之 往來行言，心焉數之	樹立善木	結構譬喻
樂音	碩言、巧言如美妙樂音	表面好聽的大話容易吸引人	蛇蛇碩言，出自口矣 巧言如簧，顏之厚矣	碩言、巧言	實體譬喻

（第六章）彼何人斯，居河之麋。無拳無勇，職為亂階。既微且尰，爾勇伊何。為猶將多，爾居徒幾何。

《毛傳》：「水草交謂之麋。拳，力也。骭瘍為微，腫足為尰。」《鄭箋》：「『何人』者，斥讒人也，賤而惡之，故曰『何人』。言無力勇者，謂易誅除也。職，主也。此人主為亂作階，言亂由之來也。此人居下溼之地，故生微尰之疾，人憎惡之，故言女勇伊何，何所能也。猶，謀。將，大也。女作讒佞之謀大多，女所與居之眾幾何人儵能然乎？」[27]王先謙云：「『為猶將多』者，《廣雅》：『猶，欺也。』猶、猷古通。《方言》：『猷，詐也。』『將多』，猶『孔多』。馬瑞辰云：『居，語助，讀與"日居月諸"、"以居徂向"、"上帝居歆"同。《箋》訓"居處"之居，非。』陳奐云：『徒，猶"直"也。〈定

---

[27] 請見鄭玄箋注《毛詩鄭箋》，卷十二，頁 92。

之方中〉《傳》以"直"訓"徒",此以"徒"為"直"。"爾居徒幾何",猶言"爾直幾何"也。」[28]陳子展云:「六章。言彼何人斯,斥讒人也。而不指名,蓋賤之之詞。寫其形象,顯露特徵。此中有人,呼之欲出。當時寫實,今不可考矣。」[29]《詩經三百篇鑒賞辭典》則云:「末章具體指明進讒者為何人。因指刺對象的明晰而使詩人的情感再次走向劇烈,以至於按捺不住,直咒其『既微且尰』,可見作者對進讒者的恨之入骨。」[30]本章章旨明確,儼然指著讒人而直斥其非。

　　本章主要的概念譬喻是「讒人是極惡之人」。如同孫鑛所言:「末章總是嗤其無能為意。」蓋既申明亂事滋長的原因和經過,也申明君子可以有所為以遏止亂事、或無所為反加以助長之,並以「立木如立言」譏刺讒人只是「蛇蛇碩言」或「巧言如簧」的「顏之厚矣」之徒,末了即痛快淋漓地指著呼之欲出的讒人直嗤其無能也。

表 3-6:《詩經・巧言》第六章的譬喻映射

來源域	概念譬喻	角度攝取	語言表達式	目標域	譬喻類型
極惡之人	讒人是極惡之人	讒人＞極惡之人＞從頭至腳壞透也	無拳無勇,職為亂階既微且尰,爾勇伊何為猶將多,爾居徒幾何	讒人	結構譬喻
居住地	居住地代人	居住地＞居住者	彼何人斯,居河之麋	讒人	轉喻

---

[28] 請見清・王先謙撰、吳格點校《詩三家義集疏》,頁 709-710。
[29] 請見陳子展《詩經直解》,頁 697。
[30] 請見上海辭書出版社編《詩經三百篇鑒賞辭典》,頁 367。

來源域	概念譬喻	角度攝取	語言表達式	目標域	譬喻類型
特徵	特徵代人	無拳無勇、既微且尰等特徵＞讒人	無拳無勇，職為亂階 既微且尰，爾勇伊何	讒人	轉喻

肆、結論

　　Lakoff-Turner 提出的「總體性隱喻閱讀」之原則，相信文學作品中通常會出現不只一個概念譬喻，這些概念譬喻當然是不同的，可是卻朝向同一個目標域。也就是說，不同的概念譬喻卻用來共同說明或解釋相同的目標域。其效果是來源域可以由多個概念範疇整合後映射目標域，目標域可藉此獲得更周全的瞭解。

　　關於《詩經・巧言》的詩旨，《毛詩序》說：「刺幽王也。大夫傷於讒，故作是詩也。」《易林・隨之夬》云：「辯變黑白，巧言亂國。大人失福，君子迷惑。」[31]經過上述的討論，這些看法可都沒說錯。〈巧言〉的確是用以刺王信讒召亂之詩，謹慎些的話，不要指實是刺幽王的詩，大抵都沒什麼爭議之處。只是從「總體性隱喻閱讀」的角度來看的話，其中卻有些差別。

　　我們發現〈巧言〉六章，每章都可索隱出主要的概念譬喻。這些概念譬喻對於全詩而言是獨立的、分化的，每章的概念譬喻都有其個別的功能。但這六章中的概念譬喻合起來看，又似乎都能指向

---

[31] 以上詩旨皆引自清・王先謙撰、吳格點校《詩三家義集疏》，頁 705。

相同的目標域。這也就是 Lakoff-Turner 所說的，將全詩視為一個來源域，其所映射的目標域具有較大範圍的關照。

　　我們還發現〈巧言〉六章的譬喻結構是一個完整的有機體。即使吳師道說得沒錯：「前三章刺聽讒者，後三章刺讒人。」（見清‧王鴻緒《詩經傳說彙纂》，臺北：維新書局，1968 年）但這六章其實是脈絡相貫，上下相承的（詳見下表 4-1）。從第一章至末章，由呼告、呼籲、勸諫、警告、譏刺到斥責讒人，無一不是在共同的譬喻結構與共通的譬喻蘊涵底下貫串相連。所以我們可以這麼說，雖然〈巧言〉六章中每一章都具有許多不同的概念譬喻，其概念蘊涵、功能與作用各個不同，甚至譬喻種類也相異，但由這些譬喻中索隱出來的主要概念譬喻，卻可以統合朝向共同的目標域映射。也就是說，這六章從個別概念譬喻來說是分化的，由「總體性隱喻閱讀」的角度而言卻不折不扣是統一的。

表 4-1《詩經・巧言》「總體性隱喻閱讀」原則下之來源域與目標域映射

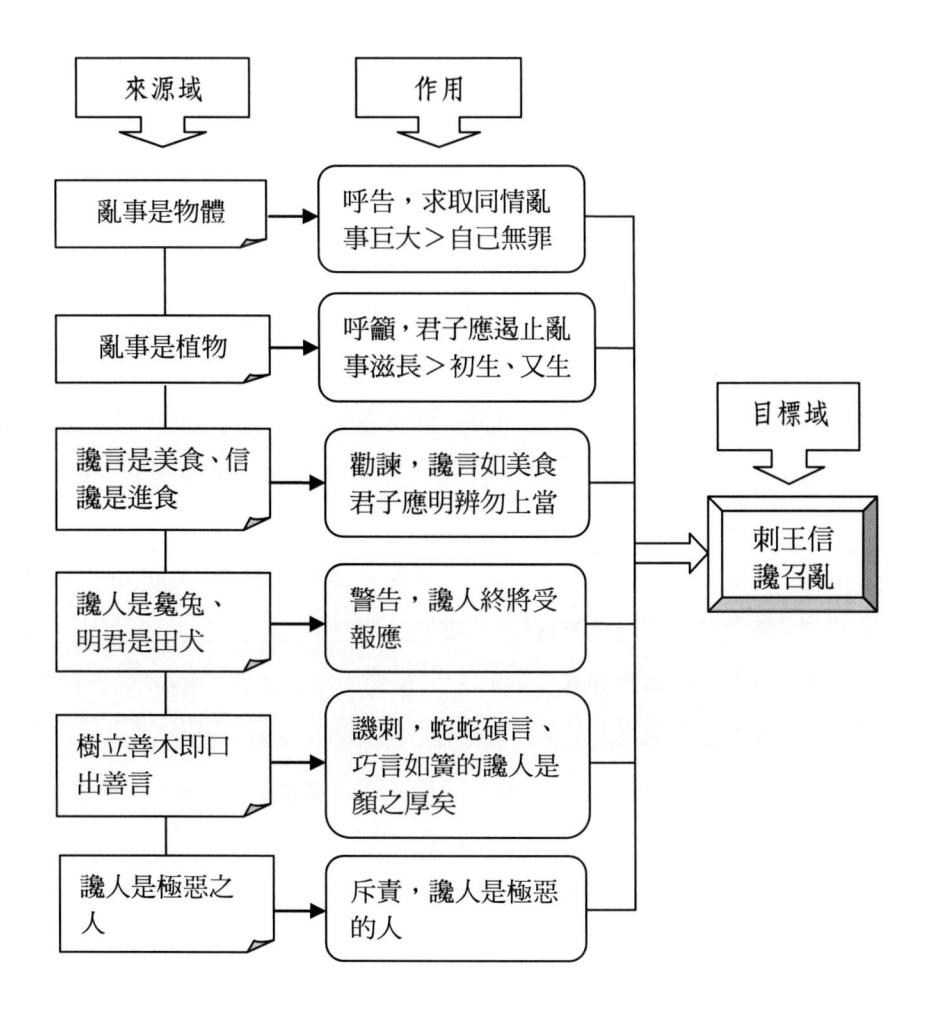

```
┌──────────┐         ┌──────────┐
│  來源域   │         │   作用   │
└────┬─────┘         └────┬─────┘
     ▼                    ▼
┌──────────┐      ┌──────────────┐
│ 亂事是物體 │─────▶│呼告，求取同情亂│
│          │      │事巨大＞自己無罪│
└────┬─────┘      └──────┬───────┘
     │                   │
┌──────────┐      ┌──────────────┐
│ 亂事是植物 │─────▶│呼籲，君子應遏止│
│          │      │亂事滋長＞初生、│         ┌──────────┐
│          │      │又生            │         │  目標域  │
└────┬─────┘      └──────┬───────┘         └────┬─────┘
     │                   │                       ▼
┌──────────┐      ┌──────────────┐         ┌──────────┐
│讒言是美食、│─────▶│勸諫，讒言如美食│────────▶│ 刺王信   │
│讒是進食   │      │君子應明辨勿上當│         │ 讒召亂   │
└────┬─────┘      └──────┬───────┘         └──────────┘
     │                   │
┌──────────┐      ┌──────────────┐
│讒人是毚兔、│─────▶│警告，讒人終將受│
│明君是田犬 │      │報應            │
└────┬─────┘      └──────┬───────┘
     │                   │
┌──────────┐      ┌──────────────┐
│樹立善木即口│─────▶│譏刺，蛇蛇碩言、│
│出善言     │      │巧言如簧的讒人是│
│          │      │顏之厚矣        │
└────┬─────┘      └──────┬───────┘
     │                   │
┌──────────┐      ┌──────────────┐
│讒人是極惡之│─────▶│斥責，讒人是極惡│
│人         │      │的人            │
└──────────┘      └──────────────┘
```

參考書目

一、專書

1. （清）王先謙撰、吳格點校《詩三家義集疏》，臺北：明文書局，1988年。
2. （清）王鴻緒《詩經傳說彙纂》，臺北：維新書局，1968年。
3. 高亨《詩經今注》，臺北：里仁書局，1981年。
4. 陳子展《詩經直解》，臺北：書林出版有限公司，1992年。
5. 唐莫堯譯注、袁愈荌譯詩《詩經》下，臺北：臺灣古籍出版社，1996年。
6. 屈萬里《詩經詮釋》，臺北：聯經出版事業公司，1998年。
7. 鄭玄箋注《毛詩鄭箋》，臺北縣：學海出版社，2001年再版。
8. 裴普賢《詩經評註讀本》上，臺北：三民書局，2006年。
9. 葉嘉瑩《詞學新詮》，北京：北京大學出版社，2008年。
10. 上海辭書出版社編《詩經三百篇鑒賞辭典》，上海：上海辭書出版社，2008年。
11. 林增文《從當代譬喻理論解讀李清照》，臺北：文津出版社，2008年。
12. George Lakoff & Mark Johnson (1980). *Metaphors We Live By*, Chicago: The University of Chicago Press。周師世箴譯注《我們賴以生存的譬喻》，臺北：聯經出版事業公司，2006年。

13. George Lakoff & Mark Turner (1989). *More Than Cool Reason: A Field Guide to Poetic Metaphor*, Chicago: The University of Chicago Press。周師世箴譯〔未刊稿〕。

二、學位論文

1. 陳瓈婷《概念隱喻理論在小說的運用——以陳映真、宋澤萊、黃凡的政治小說為中心》,臺中:東海大學九十五學年度中國文學系博士論文,2007 年 2 月。

《詩經》中的情感表現探討

賴曉臻

【提要】

　　劉勰《文心雕龍・明詩》：「人秉七情，應物斯感，感物吟志，莫非自然。」[1]情乃人性本然，而詩歌是抒情管道之一，《詩經》尤擅抒情，探究《詩經》情感面向更有助明發詩歌內涵。本文將《詩經》中的情感表現分為喜、怒、哀、懼、愛、惡六類，考察《詩經》中的情感表現，探討詩人內在感知對外在現實的關注，以及面對人事遭遇時，所表現出來的各種複雜情懷，奠定中國詩歌抒情之範式。

關鍵詞：詩經、情感

---

[1] 見南朝梁・劉勰《文心雕龍注》〈卷二・明詩第六〉，（臺北：學海出版社，1980 年 9 月再版），頁 65。

壹、前言

　　黃子雲《野鴻詩的》:「詩三百篇,曷貴乎?貴其悲哀歡愉怨苦思慕,悉有婉折抑揚之致,蘊蓄深而丰神遠,讀之能令人暢支體悅心志耳。」[2]點出《詩經》以情為本,著重抒情的特質,然不論思慕、怨苦、歡愉,其間感懷莫非人情。《禮記・禮運》:

> 何謂人情?喜、怒、哀、懼、愛、惡、欲,七者,弗學而能。[3]

　　人情有其基本面向,但不見得每個面向都會藉由詩歌來表現,其中怒情常見於實際生活中,糾紛爭執多牽涉氣憤激怒,但怒情卻少直接表現在詩歌上,中國古典詩歌尤是;顏崑陽認為:

> 在詩歌中寫怨情的作品很多,這就是「溫柔敦厚」的詩教把怒情轉為怨的結果。[4]

---

[2] 見清・黃子雲《野鴻詩的》,收錄於臺靜農編《百種詩話類編・下》〈二、歷代詩評論類・(三)漢魏晉南北朝詩評論〉,(臺北:藝文印書館,1974年),頁1484。

[3] 見東漢・鄭玄注、唐・孔穎達疏、龔抗雲整理、李學勤主編《十三經注疏・禮記正義》〈禮記注疏卷第二十二・禮運第九〉,(臺北:臺灣古籍出版社,2001年10月),頁802。

[4] 見顏崑陽《喜怒哀樂——中國古典詩歌中的情緒》〈引言——怒則火,怨則毒〉,(臺北:故鄉出版社,1979年),頁18。

詩歌不直接表露憤怒的情緒，而是轉怒為怨，以怨申怒，體現人情曲折的內涵，也說明創作與情感間的關係。

至於欲情，許慎《說文》：「欲，貪欲也。」，段玉裁注云：「感於物而動，性之欲也。欲而當於理，則為天理。欲而不當於理，則為人欲。欲求適可斯已矣，非欲之外有理也。」[5]，欲即貪求想望，乃人類原始本能的對應；欲情雖獨立一類，和怒情一樣，常見於日常生活，飲食男女諸想無非欲望，但創作中卻少見單純、直接想望的篇章。《詩經》雖然也有〈召南‧摽有梅〉般直陳懷春心曲，希冀婚配的願望表達，但「求我庶士，迨其吉兮。」的表白，猶有等待吉士追求的愛情嚮往，欲情中有愛情；而欲情常是其他情感所引發，喜怒哀懼愛惡多有欲情的涉及，如〈鄘風‧相鼠〉：「人而無禮，胡不遄死！」憎惡而欲其死，以欲情凸顯厭惡，在想望祈求的陳述中，別有其他情感的指涉，故將「欲」與他情參看，不另探討。

將情感加以分類，強調個別情感面向，會使得人情中複雜糾葛、轉折變化等細微部份無以凸顯，以至喪失詩歌的興味及理趣，但卻可使個別情感面向更加鮮明。情感可以分類，但不表示情感只有單一面向類型，情感實際上是多樣雜糅，就其主要面向類型探討，在便利詩歌抒情個性之明發，而非在強調詩歌沒有其他面向的涉及。因此就《詩經》篇章的情感表現，以喜、怨、哀、懼、愛、惡為大類，觀察《詩經》情感內涵。

---

[5] 見東漢‧許慎撰、清‧段玉裁注《說文解字注》〈八下‧20〉，（臺北：漢京文化事業公司，1985年重印經韵樓藏版），頁411。

貳、喜

人生苦樂參半,人情亦是悲喜相摻,喜情表現出人情中歡欣樂感的一面。許慎《說文》:「喜,樂也。」[6],《禮記・檀弓》:「人喜則斯陶。」《疏》:「喜者,外境會心之謂也。」[7],喜即悅樂也,受外境感發而內心快樂為喜,喜樂互注,意指歡愉喜悅。《詩經》中喜悅歡欣的抒寫,往往來自於現實生活感受,如〈衛風・考槃〉:

考槃在澗,碩人之寬,獨寐寤言,永矢弗諼。
考槃在阿,碩人之薖,獨寐寤歌,永矢弗過。
考槃在陸,碩人之軸,獨寐寤宿,永矢弗告。[8]

賢者處窮而安樂,詠隱居生活之閒適。詩人起首便以流連山林、扣敲器物取樂,說明對大自然的喜愛,配合「碩人之寬」、「碩人之薖」、「碩人之軸」描寫人物的氣質、心境狀態等,藉游於山林、融入山林,彰顯賢人隱居生活的自在與愜意,人與自然一體和諧的關係,是隱處者所追求,也正是賢人安樂之所在。「獨寐寤言,永矢弗諼。」、「獨寐寤歌,永矢弗過。」、「獨寐寤宿,永矢弗告。」,獨睡、

---

[6] 見東漢・許慎撰、清・段玉裁注《說文解字注》〈五上・33〉,頁205。
[7] 見清・朱駿聲《說文通訓定聲》〈頤部第五・46〉,(北京:中華書局,1984年),頁184。
[8] 〈衛風・考槃〉美賢者窮處而能安樂之詩。見屈萬里《詩經詮釋》,(臺北:聯經出版事業公司,1983年),頁102。

獨醒、獨語、獨歌等行動，處處表現出無入而不自得、無為而不自樂的自適滿足，因為其樂非在物質的充實，而是心靈的滿足；故詩人處窮而不憂傷，反誌其樂、享其樂、藏其樂，藉由個人生活態度的宣誓，表達樂在隱逸的愉悅。

喜與悲是相對立的情緒，而對立的情緒往往關聯密切，如〈召南‧草蟲〉：

> 喓喓草蟲，趯趯阜螽。未見君子，憂心忡忡；亦既見止，
> 亦既覯止，我心則降。
> 陟彼南山，言采其蕨。未見君子，憂心惙惙；亦既見止，
> 亦既覯止，我心則說。
> 陟彼南山，言采其薇。未見君子，我心傷悲；亦既見止，
> 亦既覯止，我心則夷。[9]

婦人自述想念感傷與會見喜悅，藉分離與團聚時的情感對比，表達對征夫的思念。從「憂心忡忡」到「我心則降」；「憂心惙惙」到「我心則說」；「我心傷悲」到「我心則夷」，訴說婦人由「未見君子」的憂愁傷悲，到「亦既見止」的放心愉悅，悲與喜相互映襯，因為有分離等待的悲傷，才有見面相聚的喜悅，由悲轉喜的心情歷程，不只是婦人相思的表白，也說明征夫對婦人情緒感受的影響。

人際間有所互動因而有所感觸，無所交集亦無有喜悲，情緒感

---

[9] 〈召南‧草蟲〉為婦人懷念征夫之詩。見屈萬里《詩經詮釋》，頁24。

受是內在主觀覺知,卻往往受外在客觀事件左右,如〈小雅・魚藻之什・隰桑〉:

> 隰桑有阿,其葉有難。既見君子,其樂如何!
> 隰桑有阿,其葉有沃。既見君子,云何不樂!
> 隰桑有阿,其葉有幽。既見君子,德音孔膠。
> 心乎愛矣,遐不謂矣!中心藏之,何日忘之。[10]

女子藉由想像會見情人的歡樂景況,敘寫對情人的愛意及思念。「既見君子,其樂如何!」、「既見君子,云何不樂!」、「既見君子,德音孔膠。」從無法度量到不容置疑的肯定,乃至於對情人美好本質的讚揚,內在喜悅的程度反映出女子對情人愛慕的深厚,戀愛的歡樂無須贅言,透過讚嘆的語氣,更加顯現情人間愛慕的熱烈。不論是久別相見的喜悅,還是戀愛甜蜜的喜悅,同樣不離現實生活的體驗感受,卻別有人際互動與人情交流。

《詩經》中的喜悅之情,有離別重逢的驚喜,有情侶會遇的甜蜜,也有隱處自得的安樂,儘管背景緣由不盡相同,表述也不盡相同,但多根植於現實,出於實際生活經驗,且喜情雖主觀感受,卻也展現人情的互動交流,內在感受雖在一己之感想,卻往往可以看到外在人事的影響力。

---

[10] 〈小雅・魚藻之什・隰桑〉寫女子對情人的深厚情意。見韓崢嶸譯注《詩經譯注》,(臺北:建安出版社,1997年),頁310-311。

參、怨

許慎《說文》:「怨,恚也。」又云:「恚,怒也。」又云:「怒,恚也。」[11]《說文》怨、怒、恚三字互注,意指憤怒。怨怒同指憤怒,意涵通同,《周語》:「怨而不怒。」,《廣雅・釋詁一》:「怒,責也。」[12],心有怒氣而怨責,表面怨而不怒,實則怒矣。在《詩經》中,怨除不滿感傷外,多有怨憤怪罪之抒發。怨與怒在意涵上是通同的,怨情的表述,根本上亦多有怒情的包含。

在論述怨情之前,先對哀、怨加以釐析。哀怨通常並稱,因哀情多夾雜怨情抒寫,然《詩經》中怨情的表述,有直接的指責怨罵,也有間接的批判諷刺,通常依憑客觀事件而不避主觀,不論是因愛、因憂患、或因遭遇對待而生怨,怨怒背景有別,但多是透過怨責以表現個人情感鬱結之痛苦。怨怒在一定程度上是由於對現狀的無力感,當現狀得不到改善或改善不盡理想時,怨責為自然反應,故哀多表述憂傷,怨則多怪罪忿懟。怨情的表述反映詩人對現狀的體察覺知,內在情感蘊含個人價值批判,卻也不免受到外在環境事件的影響,哀情亦然。而哀、怨蓋別於指涉對象不同,哀情以作者自身為對象,怨情則不限於作者自身,或為他人,或為外事外物,簡言之,哀己怨人,哀多傷己,怨不必在己而多責人。

---

[11] 見東漢・許慎著、清・段玉裁注《說文解字注》〈十下・43・怨、怒、恚三條〉,頁511。
[12] 見清・朱駿聲《說文通訓定聲》〈豫部第九・78〉,頁433。

以人物為指涉對象的怨怒，如〈衛風・氓〉：

氓之蚩蚩，抱布貿絲。匪來貿絲，來即我謀。送子涉淇，至於頓丘。匪我愆期，子無良媒。將子無怒，秋以為期。乘彼垝垣，以望復關。不見復關，泣涕漣漣，既見復關，載笑載言。爾卜爾筮，體無咎言。以爾車來，以我賄遷。桑之未落，其葉沃若。于嗟鳩兮，無食桑葚。于嗟女兮，無與士耽。士之耽兮，猶可說也；女之耽兮，不可說也。桑之落矣，其黃而隕。自我徂爾，三歲食貧。淇水湯湯，漸車帷裳。女也不爽，士貳其行。士也罔極，二三其德。三歲為婦，靡室勞矣。夙興夜寐，靡有朝矣。言既遂矣，至于暴矣。兄弟不知，咥其笑矣。靜言思之，躬自悼矣。及爾偕老，老使我怨。淇則有岸，隰則有泮。總角之宴，言笑晏晏，信誓旦旦。不思其反；反是不思，亦已焉哉！[13]

從結識相戀、約定婚期、婚後生活，到婚變經過，婦人口語直陳婚姻遭遇及痛苦，以丈夫為指涉對象，透過婦人主觀情感，按事件經過怨懟丈夫的無情。「匪來貿絲，來即我謀。」本是男女邂逅相識的甜蜜過往，如今在婦人眼中，已成另有所圖的不良居心。「女也不爽，士貳其行。士也罔極，二三其德。」婦人反思諸己，行止合宜，而丈夫卻三心二意，藉雙方對比，說明丈夫的反覆無常，「三歲

---

[13] 〈衛風・氓〉為棄婦自傷之詩。見屈萬里《詩經詮釋》，頁107。

為婦,靡室勞矣。夙興夜寐,靡有朝矣。言既遂矣,至于暴矣。」婚後勞苦的貧賤生活,卻換來丈夫的暴力相向,藉自身經驗說明丈夫無良的對待及惡劣的態度。「總角之宴,言笑晏晏,信誓旦旦。」婦人藉昔日歡樂,反襯今日被棄的處境,怨責丈夫無法信守承諾的薄倖,婦人將婚姻不幸指向丈夫的無良,歷歷指責刻畫人物形象,也表現棄婦處境的辛酸,再三的今昔對比,不只流露婦人對往昔戀愛的眷念,更加凸顯出今日怨尤的深切,丈夫的無情對待與態度差異,使婦人傷痛悲怨,但丈夫愛而不遂,無以終始,才是婦人怨尤的主因。

以人物為怨責對象,也說明「人事」的影響,如〈小雅・鴻鴈之什・祈父〉:

祈父,予王之爪牙。胡轉予于恤?靡所止居。
祈父,予王之爪士。胡轉予于恤?靡所厎止。
祈父,亶不聰。胡轉予于恤?有母之尸饔。[14]

士兵怨責祈父徵調不當,令自己久戍不得歸,詩人再三表明自己乃王之衛士,祈父位階雖高,仍不得逾越身分職權,「胡轉予于恤?靡所止居。」透過質問,強調祈父徵調衛士離京作戰,職掌失當,久戍之苦的表述亦表露詩人的不滿與悲憤,祈父為詩人怨懟之對象,祈父的調度令詩人痛苦,遭遇之不善更教詩人無法釋懷,但當

---

[14] 〈小雅・鴻鴈之什・祈父〉為王朝衛士譴責司馬徵調失常之詩。見韓崢嶸譯注《詩經譯注》,頁225-226。

中無以改變現狀的無奈與怨憤,卻和被丈夫離棄的婦人無異。

以外在事物為指涉對象的怨怒,多蘊含詩人主觀批判與諷刺,如〈小雅・節南山之什・雨無正〉:

> 浩浩昊天,不駿其德。降喪饑饉,斬伐四國。昊天疾威,弗慮弗圖。舍彼有罪,既伏其辜;若此無罪,淪胥以鋪。周宗既滅,靡所止戾。正大夫離居,莫知我勩。三事大夫,莫肯夙夜;邦君諸侯,莫肯朝夕。庶曰式臧,覆出為惡。如何昊天,辟言不信?如彼行邁,則靡所臻。凡百君子,各敬爾身。胡不相畏?不畏于天!
> 戎成不退,飢成不遂。曾我暬御,憯憯日瘁。凡百君子,莫肯用訊;聽言則答,譖言則退。
> 哀哉不能言!匪舌是出,維躬是瘁。哿矣能言,巧言如流,俾躬處休。
> 維曰于仕,孔棘且殆。云不可使,得罪于天子;亦云可使,怨及朋友。
> 謂爾遷于王都,曰:「予未有室家。」鼠思泣血,無言不疾。昔爾出居,誰從作爾室![15]

首章怨責上天降災使百姓饑饉喪亂,並感慨有罪者隱伏,無罪者反遭苦毒,道出世情艱險,時局危殆。二章由時勢推及人事,「三

---

[15] 〈小雅・節南山之什・雨無正〉為東遷之際,詩人傷時之作。見屈萬里《詩經詮釋》,頁362。

事大夫,莫肯夙夜;邦君諸侯,莫肯朝夕。」大夫諸侯位高權重卻不盡心國事,具體陳述高官重臣的失職。三章「凡百君子,各敬爾身。胡不相畏?不畏于天!」詩人對流徙者的殷殷勸誡,總說當時形勢的動亂,更蘊含「宗周既滅」的亡國辛酸。接著作者以個人處境反映朝政景況,「曾我暬御,憯憯日瘁。」詩人身分雖卑微,憂患勞碌卻深,對比高官重臣的懈怠逸樂,「聽言則答,譖言則退。」、「巧言如流,俾躬處休。」阿諛者高升,直諫者斥廢,指出朝政不公,「云不可使,得罪于天子;亦云可使,怨及朋友。」詩人處境的兩難反襯朝政的腐敗。末章詩人勸勉流徙者遷回王都,以勸代訴,陳說家國之思,「昔爾出居,誰從作爾室!」不直接批判或描繪美好願景,而是藉宮室何在的反詰,喚起遷都者的注意與思考,對現狀予以理性看待,詩人表面怨嗟上天,感慨自身處境遭遇,實際則在針砭時弊,怨責時世,並兼及人事。

　　詩人主觀的批判,不僅包括時局世情的關注,更說明詩人對外在事物的觀察、感受;在詩人眼中世道混亂、公理不昭,乃至於個人遭遇之不公,皆由於人事。不論是以人事或以外在時世為對象的怨懟,都呈現詩人對外在環境或自身的關注,當中怨責多出於詩人主觀批判,卻也盡顯個人情感樣態。儘管詩人批判怨責,對現實景況未必能有所改善,對其所批判指責的對象也未必會有影響,但其怨怒卻真實地體現詩人的不平之鳴。

肆、哀

　　「哀愁」一直以來都是文學的主要題材，尤其《詩經》在哀情的抒寫上，篇章豐富且深刻。許慎《說文》：「哀，閔也。」，段玉裁注云：「閔弔者在門也，引伸之凡哀皆曰閔。」[16]，《爾雅・釋詁二》：「哀，痛也。」[17]，哀意指憐憫及悲傷、痛苦的情緒，在《詩經》中，哀多在抒發悲傷痛苦之情，較少表現憐憫之傷；許慎《說文》：「愁，憂也。」[18]，又云：「憂，愁也。」[19]，《雅廣・釋詁三》：「愁，悲也。」[20]，憂與愁相互訓解，愁意指憂慮悲傷的情緒，《詩經》中，愁主要表達哀傷，但也有憂慮的表露；哀主要表達憐憫，但涉及悲傷痛苦的表述。哀、愁意涵不盡相同，但卻同為「悲」之訓解，同樣指稱悲傷，不離悲感的發抒，因此以「哀」為代表，一探《詩經》中的感傷情懷。

　　大體而言，詩人對自身感傷通常源自人事遭遇，男子多為政事王令或行役征戍而哀愁，女子則多為婚姻人事傷懷。男子雖同為人事遭遇自傷，但有身分之別，貴族平民感受不盡相同；貴族世襲官位俸祿，東周以後，王室封建不復穩固，諸侯大夫地位亦漸衰微，但貴族的哀傷多來自仕不得志的苦悶，如〈邶風・柏舟〉：

---

[16] 見東漢・許慎撰、清・段玉裁注《說文解字注》〈二上・26〉，頁61。
[17] 見清・朱駿聲《說文通訓定聲》〈履部第十二・30〉，頁570。
[18] 見東漢・許慎撰、清・段玉裁注《說文解字注》〈十下・47〉，頁513。
[19] 見東漢・許慎撰、清・段玉裁注《說文解字注》〈十下・48〉，頁514。
[20] 見清・朱駿聲《說文通訓定聲》〈孚部第六・74〉，頁273。

> 汎彼柏舟，亦汎其流。耿耿不寐，如有隱憂。微我無酒，
> 以敖以遊。
> 我心匪鑒，不可以茹。亦有兄弟，不可以據。薄言往愬，
> 逢彼之怒。
> 我心匪石，不可轉也。我心匪席，不可卷也。威儀棣棣，
> 不可選也。
> 憂心悄悄，慍于群小。覯閔既多，受侮不少。靜言思之，
> 寤辟有摽。
> 日居月諸！胡迭而微？心之憂矣，如匪澣衣。靜言思之，
> 不能奮飛。[21]

　　詩人遭受小人構陷排擠，不得於在上位者而抒其哀。首章寫憂愁失落令詩人夜不成眠，欲藉飲酒、出遊排遣憂愁亦是徒勞，反襯詩人內心憂愁之深。二章詩人以鏡自喻，自誓堅持，不為兄弟諒解支持，說明詩人不屈的性格和孤立無援的處境。三章以石、席為喻，表達不受人擺佈的堅定，「威儀棣棣，不可選也。」即便遭到打壓，仍然保持翩翩儀態風度，表現詩人驕傲自豪的一面。四章詩人以自身景況陳述憂愁的原因，遭受小人構陷與侮辱，令詩人拊心捶胸，憂思重重。五章詩人呼告日月，感嘆能力有限，縱然心憂，但卻無法改善現狀，「不能奮飛」力不從心的表述，表現詩人沉鬱的感傷。詩歌中，雖未提及在上位者態度立場，而多以詩人自身狀態作情感

---

[21] 〈邶風‧柏舟〉言仁而不遇。見屈萬里《詩經詮釋》，頁43。

說明，但由「覯閔既多，受侮不少。」可以發現，儘管遭受排擠陷害，令詩人委屈憂憤，然而不為在上位者寵愛支持，才是詩人真正痛苦所在。

仕宦艱辛為官者知之，經國理政的箇中滋味也只有一國之君明瞭，如〈周頌‧閔予小子之什‧敬之〉：

敬之敬之，天維顯思，命不易哉！無曰高高在上，陟降厥士，日監在茲。
維予小子，不聰敬止。日就月將，學有緝熙于光明。佛時仔肩，示我顯德行。[22]

為周成王悔過告廟之辭，卻盡顯在上位者的憂患。「敬之敬之，天維顯思，命不易哉！」天命時有移易令在上位者崇敬上天之餘，猶不免嗟嘆天命保持不易；「無曰高高在上，陟降厥士，日監在茲。」道出在上位者慮患所在，為人君者品行受天意監察，天意監察關係天命傳承，對自身職分的明瞭令在上位者戒慎警惕；「維予小子，不聰敬止。日就月將，學有緝熙于光明。」在上位者自責自勉以表懺悔，一責一勉中反襯為人君者對自身職責的憂心；「佛時仔肩，示我

---

[22]〈周頌‧閔予小子之什‧敬之〉為周成王悔過告廟詩。周武王滅商後，封商紂王之子武庚於殷地，並命管叔、蔡叔監視之。及至成王喪中繼位，遂由叔父周公攝政。管叔等伺機散佈流言，言周公有意篡位，致使成王懷疑周公。周公為避嫌，領兵東去。不久，武庚、管叔、蔡叔連同徐國、奄國叛周，成王醒悟，迎回周公，周公東征，平定亂事。成王於武庚等叛亂後，明瞭自己誤會周公，於是作詩悔過，並告於文王武王之廟。見韓崢嶸譯注《詩經譯注》，頁 423、425。

顯德行。」祈求先祖庇佑,追遠仿效之心仍不出天意監察的指涉;此間天人關係的反映有其政治意涵,統治階層以「上天」為標舉,在上位者自命「天子」,對封建統治予以認同,藉以強化統治效力,然而政權的移易亦是無可否定的事實,為否認並企圖消弭人事作為之反動與影響,統治階層遂將天命意識化,倡興天意有知,監察人事,以德行為規準,將天命和在上位者的行止相連結,周成王告廟祝禱,表面自省悔過,但其中自述與祈願,實有為人君者之隱憂。

平民為王事政令所驅使,王事政令關係時局世情,征戍不息,社會不安定,百姓亦不得安寧;而久戍不得歸,以致離鄉背井、親舊久別、父母失養、夫婦相思等等,對家鄉人事的懷念是征夫行人願望所歸,亦是感傷所在,如〈王風‧黍離〉:

> 彼黍離離,彼稷之苗。行邁靡靡,中心搖搖。知我者,謂我心憂;不知我者,謂我何求。悠悠蒼天,此何人哉!
> 彼黍離離,彼稷之穗。行邁靡靡,中心如醉。知我者,謂我心憂;不知我者,謂我何求。悠悠蒼天,此何人哉!
> 彼黍離離,彼稷之實。行邁靡靡,中心如噎。知我者,謂我心憂;不知我者,謂我何求。悠悠蒼天,此何人哉![23]

征夫以路旁黍稷起興,「行邁靡靡,中心搖搖。」腳步的沉重映襯憂愁的深長,藉外在狀態烘托內心憂傷,反覆吁歎「知我者謂我

---

[23] 〈王風‧黍離〉為行役者傷時之詩。見屈萬里《詩經詮釋》,頁120。

心憂，不知我者謂我何求。」無以排遣又不為外人所理解的深沉感傷，唯有向上天呼號。《詩序》：「〈黍離〉，閔宗周也。周大夫行役至于宗周，過故宗廟宮室，盡為禾黍，閔周室之顛覆，徬徨不忍離去，而作是詩也。」[24]，詩歌背景的詮解，於行役羈旅之苦外，為詩人久長、沉痛，又無以寬解的憂愁，增添故國之思，不論詩人身分為何，或貴或庶，其個人情感的審視間接反映出詩人故國之悲。

征戍詩通常離不開「懷歸」的表述，懷歸不僅是征夫結束王事勞役的想望，更隱含思妻、思親、思鄉，甚至是家國時世的感傷，「歸返」得終結征夫行人行役流離、思鄉懷親之苦，但反過來說，「思歸」亦乃征夫行人愁緒之表徵。

男子為王事政令哀愁，女子則為婚姻人事自傷。婚姻生活令周代女子感懷良多，且通常以丈夫為指涉對象，抒寫人事境遇感受，如〈王風‧中谷有蓷〉：

> 中谷有蓷，暵其乾矣。有女仳離，慨其嘆矣，慨其嘆矣，遇人之艱難矣。
> 中谷有蓷，暵其脩矣。有女仳離，條其歗矣。條其歗矣，遇人之不淑矣。

---

[24] 見西漢‧毛亨傳、東漢‧鄭玄箋、唐‧孔穎達疏、李學勤主編《十三經注疏‧毛詩正義‧上》〈毛詩注疏卷第四‧四之一〉，（臺北：臺灣古籍出版社，2001年），頁297。

> 中谷有蓷，暵其濕矣。有女仳離，啜其泣矣。啜其泣矣，
> 何嗟及矣！[25]

　　婦人自述為丈夫所遺棄的感傷，詩歌中未具體描述婦人的身世或生活經歷，而是著重被離棄的痛苦與不堪；婦人藉蓷草的萎敗暗示被棄原因，「遇人之艱難矣」以個人感慨反襯丈夫的無良，婦人情緒由憂轉為悲憤，訴說個人婚姻的不幸。從「遇人艱難」的唱嘆，「遇人不淑」的指責，再到「何嗟及矣」的無奈，透露婦人對婚姻、丈夫的失望與悲痛，亦反映人事在婚姻中的影響力。丈夫的惡劣無情才是婦人婚姻不幸的主因，詩歌雖未詳說外在人事景況，而是藉內在情感說明外在人事的作用，間接強調「人事」對「情感」的影響與關係。

　　女子的哀愁源自婚姻人事，遭遇不盡相同，但多以丈夫為指涉對象，陳述個人婚姻感傷；痛苦傷心之餘，多有悔恨、憤慨、悲憐之情，具有女性柔婉的特質。而婦人的遭遇也說明女性在婚姻中的地位，男尊女卑的社會價值觀，不只反映在周人思想觀念上，更實際影響周代婦人生活；婦女為丈夫所離棄，儘管痛苦悲傷，卻也只能無奈接受，無法擁有個人婚姻的自主權，處於婚姻中相對的弱勢是時代圖像，更是婦女感懷的根源。

　　個人悲感不獨人事引發，亦起於個人對外事外物的體察覺知，通常哀傷國家世局，如〈小雅・魚藻之什・苕之華〉：

---

[25]〈王風・中谷有蓷〉詠婦人被夫遺棄之詩。見屈萬里《詩經詮釋》，頁125。

> 苕之華,芸其黃矣。心之憂矣,維其傷矣。
> 苕之華,其葉青青。知我如此,不如無生。
> 牂羊墳首,三星在罶。人可以食,鮮可以飽。[26]

詩人以苕之花起興,由外物推向個人情感,「心之憂矣,維其傷矣。」不具體陳述時世景況,而以自傷以表達憂時之慨。「知我如此,不如無生。」厭世的表述反襯外在環境的惡劣,「人可以食,鮮可以飽。」沉鬱低迴的訴說,道出饑饉的痛苦,饑荒雖令詩人痛苦,但時代的艱難才是詩人真正感傷、憐憫的。詩人一己之感傷反映其對時代的關懷,也反映時代對人民的影響,相對於治世的承平歡樂,人民對亂世感懷愈加深刻。

時世動盪,詩人除遭亂自傷外,多有對國家時局,及至於民生的憂患感傷,詩人自傷中往往隱含對家國世局的憂慮、關懷。如〈魏風‧園有桃〉:

> 園有桃,其實之殽。心之憂矣,我歌且謠。不知我者,謂我士也驕。「彼人是哉!子曰何其?」心之憂矣,其誰知之?其誰知之?蓋亦勿思!
> 園有棘,其實之食。心之憂矣,聊以行國。不我知者,謂我士也罔極。「彼人是哉!子曰何其?」心之憂矣,其誰知之?其誰知之?蓋亦勿思![27]

---

[26]〈小雅‧魚藻之什‧苕之華〉為傷時之詩。見屈萬里《詩經詮釋》,頁447。

詩人未具體陳述憂愁的對象背景,而是透過傷己以表達不為世識、不為人知的悲愁。「心之憂矣,我歌且謠。」、「心之憂矣,聊以行國。」詩人憂憤深沉,獨歌獨行猶難排遣,「不知我者,謂我士也驕。」、「不知我者,謂我士也罔極。」不為外人所知,反被曲解成狂傲之徒,強調詩人不為他人理解之苦楚,「彼人是哉?子曰何其?」作者反問自己,情緒由激昂轉而冷靜,但理性反思後,仍不得消解憂傷,憑添詩人內心悲感。「心之憂矣,其誰知之!」疾呼世無知音,憂憤之情更甚於前,「其誰知之,蓋亦勿思!」不為人知,憂思無益,欲忘憂以消愁,反襯詩人憂傷的沉鬱。

　　同為自身感傷,男子勞於王事,陳述辛苦,女子則懷於婚姻,傷痛人事,不論是苦於仕宦勞役的大夫士卒,或為夫遺棄的糟糠妻,皆以個人經驗及生活遭遇為根據,抒發個人情感上的痛苦;對外物的哀愁,不論是遭亂自傷,或感慨家國民生,都是對現實現世的關注與體察,有其背景依據。《詩經》中的哀傷,不管是對自身,或由自身關注外物,通常都根植於「現實」,憂愁多緣事感發,具體而真切,雖多主觀批判,個人色彩濃厚,卻是現實景況最鮮明的表現。

伍、懼

　　懼通常被視為無勇怯懦的象徵,無懼才是受肯定與表彰的,但畏懼的背後往往不只是單純的膽怯,更有時候是表現出詩人對外在

27　〈魏風・園有桃〉為憂時之詩。見屈萬里《詩經詮釋》,頁186。

的感受體察。許慎《說文》:「懼,恐也。」[28],又云:「恐,懼也」[29],恐、懼互注,本意為恐怖懼怕,假借為驚惶。在《詩經》中,懼多指稱畏懼之情,詩歌所表現的恐懼,往往關係現實社會,如〈小雅・節南山之什・小宛〉:

> 宛彼鳴鳩,翰飛戾天。我心憂傷,念昔先人。明發不寐,有懷二人。
> 人之齊聖,飲酒溫克,彼昏不知,壹醉日富。各敬爾儀,天命不又。
> 中原有菽,庶民采之。螟蛉有子,蜾蠃負之。教誨爾子,式穀似之。
> 題彼脊令,載飛載鳴。我日斯邁,而月斯征。夙興夜寐,無忝爾所生。
> 交交桑扈,率場啄粟。哀我填寡,宜岸宜獄。握粟出卜,自何能穀?
> 溫溫恭人,如集于木。惴惴小心,如臨于谷。戰戰兢兢,如履薄冰。[30]

首章詩人不直接陳述憂傷的原因,反言追念先人,蘊含個人對現狀的不滿。二章以飲酒為喻,勸誡為政者勿沉溺逸樂,否則敗喪

---

[28] 見東漢・許慎著、清・段玉裁注《說文解字注》〈十下・32〉,頁506。
[29] 見東漢・許慎著、清・段玉裁注《說文解字注》〈十下・49〉,頁514。
[30] 〈小雅・節南山之什・小宛〉為傷時之詩。見屈萬里《詩經詮釋》,頁369。

威儀,反遭上天厭棄,對時政的關心體察,間接反映時局的動亂。三章言教子承祖德、繼事業的重要,將希望寄託在後代,流露詩人對現今時局的失望。四章「我日斯邁,而月斯征。夙興夜寐,無忝爾所生。」以勤奮不懈與不辱所生,強調自律的重要;當中教子和律己,道出了身處亂世者的擔憂恐懼。五章以桑扈鳥爭食粟米、貧病者無端下獄等形象,喻示民生困苦、人人自危的現象;詩人描寫亂世現實景況,既彰顯時人群像,也重申處境與慮患。末章則連用三個比喻,寫詩人畏禍心情,「如集于木」、「如臨于谷」、「如履薄冰」,透過處境的險厄,傳述詩人朝不保夕、惶惶不安的驚恐畏懼神態,恐懼不安表露詩人痛苦所在,也呈現亂世對人民影響之鉅。

　　相對於鬼神巫筮一類,出自對「無知」的恐懼,可知可感的現實人生是「有知」的恐懼,因怪力亂神之說猶可敬而遠之,現實社會人生卻是無可視而不見,亦無可躲避,也因此讓人對現實的畏懼更形深切,如〈小雅・節南山之什・正月〉:

> 正月繁霜,我心憂傷。民之訛言,亦孔之將。念我獨兮,憂心京京。哀我小心,癙憂以痒。
> 父母生我,胡俾我瘉?不自我先,不自我後。好言自口,莠言自口,憂心愈愈,是以有侮。
> 憂心惸惸,念我無祿。民之無辜,并其臣僕。哀我人斯,于何從祿?瞻烏爰止,于誰之屋?
> 瞻彼中林,侯薪侯蒸。民今方殆,視天夢夢。既克有定,靡人弗勝。有皇上帝,伊誰云憎!

謂山蓋卑，為岡為陵。民之訛言，寧莫之懲！召彼故老，訊之占夢，具曰「予聖。」誰知烏之雌雄。

謂天蓋高，不敢不局；謂地蓋厚，不敢不蹐。維號斯言，有倫有脊。哀今之人，胡為虺蜴！

瞻彼阪田，有菀其特。天之扤我，如不我克。彼求我則，如不我得；執我仇仇，亦不我力。

心之憂矣，如或結之。今茲之正，胡然厲矣！燎之方揚，寧或滅之。赫赫宗周，褒姒滅之。

終其永懷，又窘陰雨。其車既載，乃棄爾輔。載輸爾載，將伯助予。

無棄爾輔，員于爾輻，屢顧爾僕，不輸爾載。終踰絕險，曾是不意！

魚在于沼，亦匪克樂；潛雖伏矣，亦孔之炤。憂心慘慘，念國之為虐。[31]

　　詩歌雖在抒發詩人一己之憂傷，但憂傷的背後非只是個人遭禍的忿慨，對人事的恐懼憂慮更加顯著。一至三章，「民之訛言，亦孔之將。」、「好言自口，莠言自口。」對人言的忌憚，才是令詩人怨怨何以生不逢時的緣由。四、五章詩人利用天人關係，「民之方殆，視天夢夢。」將人民痛苦指向上天昏昧，但實際用意卻是以天道示警；不具體描繪人事景況，而是以言論作象徵，「民之訛言，寧莫之

---

[31] 〈小雅・節南山之什・正月〉為傷時之詩。見屈萬里《詩經詮釋》，頁352。

懲！」強調防堵謠言，說明詩人對人事的不滿。六、七章詩人將個人命運坎坷，歸咎於上天折磨，但「哀今之人，胡為虺蜴！」道出人心險惡，才是詩人所懼怕的，比起靈異神怪，詩人對現實人物社會體察更深，相對畏懼愈深。六至十一章，轉向世事的批判，「赫赫宗周，褒姒威之。」區區女子猶使泱泱大國毀於旦夕，詩人藉歷史教訓說明人事的影響力，接著以貨車為喻，示意朝政不公，「無棄爾輔」非只是一般道理訴說，更反映詩人對自身處境的惶恐，「憂心慘慘，念國之為虐。」道盡仕宦艱難，王命政令猶可畏，但讓詩人憂悶成疾的憂傷，卻在王命政令之外。

從傷時怨天，乃至於疾刺朝政，內裡皆不離人事的批判，而詩人並未具體陳述謠言內容或遭遇景況，反藉個人感懷烘托世態冷暖，且以自身為探討主體，怨尤、恐懼、孤獨無一非現實體察之感，感受的發抒是詩人主觀體察的表現。相對於無畏豁達，恐懼憂患有其心理轉折，情緒反應更為直接，貼近人類自然情感表現，由此可見，詩人雖未及無畏豁達的人生態度，但亦不致虛妄或佯狂，反是面對現實，對外在現實有所體認覺察，故而有所畏懼；有所畏懼非只是單純的怯懦，也不僅是個人主觀情感表現，更連結外在現實。

陸、愛

愛向來是最為人所標榜的情感，讚詠愛情的篇章繁多，傳唱千古的名篇不在少數，《詩經》的愛情詩篇更是古典情詩的代表。許慎

《說文》:「愛,行皃。」[32],《孝經》:「愛親者不敢惡于人。」沈宏曰:「親至結心為愛。」[33],愛本意惠,假借為親愛,有所親親憐惜謂之。狹義的愛通常指稱男女情愛,廣義的愛則泛指對人、事、物的喜愛或親睦。《詩經》中所表現的愛情以狹義為主,婚戀題材尤多,夫婦相思與男女戀愛篇章佔大多數;而不論戀愛追求或相思懷念,愛意的表現是情詩的象徵,也是其特出之處。

《詩經》首篇即為戀愛題材,〈周南·關雎〉:

關關雎鳩,在河之洲。窈窕淑女,君子好逑。
參差荇菜,左右流之。窈窕淑女,寤寐求之。
求之不得,寤寐思服。悠哉悠哉,輾轉反側。
參差荇菜,左右采之。窈窕淑女,琴瑟友之。
參差荇菜,左右芼之。窈窕淑女,鍾鼓樂之。[34]

詩人以雎鳩起興象徵,緊接「窈窕淑女,君子好逑。」直書作意,表達愛慕匹配之想望,「求之不得,寤寐思服。悠哉悠哉,輾轉反側。」藉睡眠之不能,說明思慕之深;當中想念愈苦,愛慕愈深,經由自身外在狀態烘托內在情感,自然不扭捏造作的表白,更顯情意之真摯。

愛而欲常相伴是情人間普遍的想望,也是愛意的表徵,如〈鄭

---

[32] 見東漢·許慎撰、清·段玉裁注《說文解字注》〈五下·36〉,頁233。
[33] 見清·朱駿聲《說文通訓定聲》〈履部第十二·46〉,頁578。
[34] 〈周南·關雎〉為君子追求思戀淑女情歌。見韓崢嶸譯注《詩經譯注》,頁1-2。

風・子衿〉：

> 青青子衿，悠悠我心。縱我不往，子寧不嗣音？
> 青青子佩，悠悠我思。縱我不往，子寧不來？
> 挑兮達兮，在城闕兮。一日不見，如三月兮。[35]

女子以衣衿指稱情人，明表指涉對象，並以口語向情人陳述，明裡嬌蠻埋怨，暗則思慕矜持。「縱我不往，子寧不嗣音？」非對情人的品格特質有所批判，而是不滿於情人往來互動的消極；有所愛慕，相對有所想望，想望不遂，自然有所微詞，女子怨詞正是其想望所在，亦乃其相思愛慕的表現。「挑兮達兮，在城闕兮。一日不見，如三月兮！」等待的焦燥，不僅顯現女子期待會見的迫切，亦反襯相會的歡欣喜悅，心裡時間的感受變化客觀時空，不合邏輯的感受陳述反描繪女子時刻相思的樣態。

詩歌是抽象情感的交流，字句間的愛恨嗔癡待有情人揣摹體會，但情感交流卻不限於此，具體物品亦得代為傳達；如〈衛風・木瓜〉：

> 投我以木瓜，報之以瓊琚。匪報也，永以為好也。
> 投我以木桃，報之以瓊瑤。匪報也，永以為好也。
> 投我以木李，報之以瓊玖。匪報也，永以為好也。[36]

---

[35] 〈鄭風・子衿〉為女子思其所愛者之詩。見屈萬里《詩經詮釋》，頁155。

愛意無法測量，更無法量化，卻可以感受體會。投贈以桃李等瓜果，回報以瓊琚、瓊玖等玉石，不成比例的回贈，所依據的不在物品本身的價值，而是回應物品所代表的情意，一投一報非尋常贈答，而是經由餽贈表達情感。「匪報也，永以為好也。」物品是傳情達意的媒介，但情意的約定才是詩人所重視的；物品代表人情，但物品的價值卻不代表情意的輕重多寡。

相對於未婚男女，夫婦別有婚姻家室的身分關係，情意樣態不盡相同，本質上猶為男女之情，同樣著重愛意的表達。如〈衛風·伯兮〉：

> 伯兮朅兮，邦之桀兮。伯也執殳，為王前驅。
> 自伯之東，首如飛蓬。豈無膏沐？誰適為容！
> 其雨其雨？杲杲出日。願言思伯，甘心首疾。
> 焉得諼草？言樹之背。願言思伯，使我心痗。[37]

婦人以自述口吻，起首讚揚丈夫為王先鋒的威儀，婦人對丈夫的自豪，正如戀愛中男女對對方美好特質的企慕。「自伯之東，首如飛蓬。豈無膏沐？誰適為容！」藉自身儀容來說明內在情感，掛念久戍的丈夫而無心打扮，以丈夫對自己的具體影響，強調自己對丈夫的思慕，亦間接映襯夫婦分離之苦，以思訴苦。「願言思伯，甘心

---

[36] 〈衛風·木瓜〉為青年男女相互餽贈表示愛慕的戀歌。見韓崢嶸譯注《詩經譯注》，頁75。

[37] 〈衛風·伯兮〉，衛宣公之時，蔡人、衛人、陳人，從王伐鄭伯也。為王前驅久，故家人思之。見屈萬里《詩經詮釋》，頁114。

首疾！」即便頭痛也不願停止思念，進一步藉生理痛苦和心理愁苦的對比，強調對丈夫的親愛，以思表愛。字句莫非愛而不見之苦，雖不設盼歸之語，而盼歸之情意盡現。

不論戀愛進展為單戀、熱戀，甚至是失戀，皆有愛意之表露。正面描寫者，或直接陳述，或婉曲表態。反面描寫者，則故作反語，表面俏罵，實則戲謔調情，但無非陳述相思愛慕。相對於未婚男女，夫婦因為彼此身分關係不同，故對愛情的表述也有差異，夫婦多著重在離別等待、相思的表露，同是愛而不見之苦，卻比單純的愛慕，更多了對對方的關懷，替對方威儀驕傲、掛念對方歸期等種種設想，身分關係亦影響詩人情感。夫婦之情和男女之情根本上相同，分離憂傷，等待相思，但在愛慕之外，更多一份牽掛焦慮，相思背景雖不盡相同，但不管身分是夫婦或男女，其相思皆關注自身而指涉對方。愛情細密幽微，往往難以言說，唯當事者能明瞭捕捉，情到深處，句句莫非情語，件件莫非情物，愛而相思，相思至深反成苦，苦有多深，思便多深，愛亦多深，思是愛的表現，更是愛的指稱；不論婚姻或戀愛，本質上總離不開相思。

《詩經》中，愛情的表述以男女為主，多以愛慕相思的表述為主；但親愛的對象不僅止於男女而已，也有其他身分關係。如〈邶風・凱風〉：

> 凱風自南，吹彼棘心。棘心夭夭，母氏劬勞。
> 凱風自南，吹彼棘薪。母氏聖善，我無令人。
> 爰有寒泉，在浚之下。有子七人，母氏勞苦。

睍睆黃鳥，載好其音。有子七人，莫慰母心。[38]

兒子感念母親養育之恩，自責不能奉養。首章以風吹棘木的景象比附說明母親育子的辛苦。二章透過不成材的自責與對比，肯定母親品格特質的美好。三章以自己手足雖眾，卻無以分擔母親的辛勞，重申母親養育之勞苦。四章自責手足雖眾，卻不足以聊慰母心，藉手足之眾多，反襯母親一人養育艱辛。詩歌中不詳細刻畫母親形貌，亦不詳述事件細節，而以養育之勞為強調，兒子有感於母親養育之情而欲回報，回報不能，而自責痛苦，是出於對親恩的感念，非是利益或脅迫所為。子女感恩自責，雖是單方面的情感表述，卻隱含親子情感的交流；表面自責無以孝養的痛苦，內裡卻滿是親愛而不遂的感慨，展現親情的深沉。

親子因關愛而生悲感，人民對君主則因關愛而生愛屋及烏之心，如〈召南·甘棠〉：

蔽芾甘棠，勿翦勿伐，召伯所茇。
蔽芾甘棠，勿翦勿敗，召伯所憩。
蔽芾甘棠，勿翦勿拜，召伯所說。[39]

人民不忍砍伐毀傷甘棠樹，非因樹木本身的價值或功用，而是

---

[38] 〈邶風·凱風〉為兒子感念母親養育之恩，自責不能奉養安慰母親之詩。見韓崢嶸譯注《詩經譯注》，頁56。

[39] 〈召南·甘棠〉為南國之人，愛召穆公虎而及其所曾憩息之樹，因作是詩。見屈萬里《詩經詮釋》，頁28。

有感於召穆公對謝地的經營[40]，藉愛護召伯所手植憩息的甘棠樹，表達對召伯的追念與敬仰。詩歌中再三反覆甘棠和召伯的關係，說明甘棠樹珍貴之所在。人民將對君主的追思感謝寄託於外物，表面是對物的喜愛，實則人情感發；君主親愛人民而有所付出經營，人民亦知所感念，珍視君主經營，流露互相的親愛。「勿翦勿伐」、「勿翦勿敗」、「勿翦勿拜」是愛護珍視的具體行動，是人民主觀情感所致，更是臣民親愛君主的表現。

不論廣義或狹義的愛，根本皆不離人情，即便是對物品的喜愛，往往也都是人情的投射，物品是情意的具體象徵，但抽象無形的人情才是詩人所珍視的。詩歌中愛情表述雖都是以單方面為主，卻多是透過自身，指涉對方，人物形象鮮明，且多隱含情感的互動。愛情不只是人與人之間的親愛，愛而有所想望、關懷、憂慮，甚至相思痛苦，雖同為愛情，但背後情懷感受卻細密複雜。

柒、惡

正如悲喜對立，有親愛之情，亦有厭惡之情。許慎《說文》：「惡，過也。」段玉裁注云：「人有過曰惡，有過之，而人憎之，亦曰惡。」[41]，惡本義為過失，兼有厭惡、憎惡等假借義，《禮記・禮運》所指人之惡情，取厭惡之意，指人類憎惡之情。《詩經》中，惡通常

---

[40] 召穆公事功參見〈小雅・魚藻之什・黍苗〉與〈大雅・蕩之什・崧高〉等詩篇。
[41] 見東漢・許慎撰、清・段玉裁注《說文解字注》〈十下・43〉，頁 511。

指稱憎恨厭惡的情感,尤其是對不義的非議,如〈魏風‧伐檀〉:

> 坎坎伐檀兮,寘之河之干兮,河水清且漣猗。不稼不穡,胡取禾三百廛兮?
> 不狩不獵,胡瞻爾庭有縣貆兮?彼君子兮,不素餐兮!
> 坎坎伐輻兮,寘之河之側兮,河水清且直猗。不稼不穡,胡取禾三百億兮?
> 不狩不獵,胡瞻爾庭有縣特兮?彼君子兮,不素食兮!
> 坎坎伐輪兮,寘之河之漘兮,河水清且淪猗。不稼不穡,胡取禾三百囷兮?
> 不狩不獵,胡瞻爾庭有縣鶉兮?彼君子兮,不素飧兮![42]

伐木工人譏刺貴族不勞而獲、貪婪剝削的醜惡行徑。「不稼不穡,胡取禾三百廛兮?不狩不獵,胡瞻爾庭有縣貆兮?」的反詰質問,揭露暴斂殘酷和不勞而獲的程度;詩歌不詳述貴族剝削的細節,只藉生活必需的飲食來強調貴族剝削不義,透過被徵收物的數量和貴重,說明貴族享受的奢華,並藉此反襯百姓所受到的壓榨及剝削。「彼君子兮,不素餐兮!」不直接譴責貴族剝削之不肖,反語批判反更增添諷刺與鄙夷的強度。

相對於美好、正面的特質總為人所喜好,貪婪、無禮、暴虐等負面形象,則多為人所憎惡,如〈鄘風‧相鼠〉:

---

[42] 〈魏風‧伐檀〉為伐木工人質問、諷刺剝削階級不勞而獲之詩。見韓崢嶸譯注《詩經譯注》,頁 123-124。

> 相鼠有皮，人而無儀。人而無儀，不死何為！
> 相鼠有齒，人而無止。人而無止，不死何俟！
> 相鼠有體，人而無禮。人而無禮，胡不遄死！[43]

　　借用老鼠的形象象徵，通過鼠之「有」與人之「無」對比反襯，痛斥無禮者連鼠都不如。「相鼠有皮，人而無儀。」、「相鼠有齒，人而無止。」、「相鼠有體，人而無禮。」由禮儀規範的遵循到羞恥榮辱的重視，最後是道德品格的要求，由表及裡，批判層次遞進，強烈訴說對無禮者的憎惡與蔑視。「人而無儀，不死何為？」、「人而無止，不死何俟？」、「人而無禮，胡不遄死？」激切的質問表現了強烈的詛咒，以詛咒代替批判，正如陳子展《詩經直解》：「惡之欲其死，反覆言之，見其惡之深也。」[44]藉由願望表現對無禮者的厭惡，更顯出詩人厭惡之深。

　　無恥悖禮猶可撻伐，讒言邪謀更教人義憤，如〈小雅・節南山之什・巧言〉：

> 亂之初生，僭始既涵；亂之又生，君子信讒。君子如怒，
> 亂庶遄沮；君子如祉，亂庶遄已。
> 君子屢盟，亂是用長；君子信盜，亂是用暴。盜言孔甘，
> 亂是用餤。匪其止共，維王之邛。

---

[43] 〈鄘風・相鼠〉，刺無禮也。見屈萬里《詩經詮釋》，頁94。
[44] 見陳子展《詩經直解》〈卷四・鄘第四〉（臺北：書林出版有限公司，1992年8月），頁158。

> 奕奕寢廟,君子作之。秩秩大猷,聖人莫之。他人有心,
> 予忖度之。躍躍毚兔,遇犬獲之。
> 荏染柔木,君子樹之,往來行言,心焉數之。蛇蛇碩言,
> 出自口矣。巧言如簧,顏之厚矣。
> 彼何人斯?居河之麋。無拳無勇,職為亂階。既微且尰,
> 爾勇伊何?為猶將多,爾居徒幾何![45]

　　詩人雖意在諷刺讒人,但當中對現實人事的批判更鮮明,尤其二至六章。二章以禍亂和讒言的關係,彰顯讒言的影響;「君子信讒」直言禍亂的根源,乃由於人事作為,明指國家治亂與否關係在上位者的態度。三章則以聽信讒人讒言的後果,反襯讒人的可惡,在上位者愈是納用動聽的讒言,禍亂愈是擴大。對在上位者的怨嗟,不只凸顯詩人的憂心,更見其理性思考,詩人強調讒人讒言雖不善,但不辨善惡,採納從事,卻是人事之過。四、五章勸勉在上位者當明辨黑白誠偽,防堵巧言。六章將讒人形象具體化,直斥其機心巧詐。「無拳無勇,職為亂階。既微且尰,爾勇伊何?」不堪形象的刻畫已反映詩人對說讒者的厭惡,無有威力膽識卻專司禍亂,更為詩人所鄙視。二至五章不直接陳述讒人之不善,而是藉由對在上位者的勸勉及怨嗟,以及讒人讒語的影響,表現詩人對讒人讒言的嫉惡,加強譴責。

　　愛、惡雖是相反的情緒感受,卻往往有所關連,由愛生惡,惡

---

[45] 〈小雅・節南山之什・巧言〉為刺讒人之詩。見屈萬里《詩經詮釋》,頁376。

亦得轉為愛,甚至糾纏不清。如〈小雅・節南山之什・何人斯〉:

> 彼何人斯?其心孔艱。胡逝我梁,不入我門!伊誰云從?維暴之云。
>
> 二人從行,誰為此禍?胡逝我梁,不入唁我!始者不如今,云不我可。
>
> 彼何人斯?胡逝我陳?我聞其聲,不見其身。不愧于人,不畏于天?
>
> 彼何人斯?其為飄風。胡不自北?胡不自南?胡逝我梁,祇攪我心!
>
> 爾之安行,亦不遑舍;爾之亟行,遑脂爾車。壹者之來,云何其盱!
>
> 爾還而入,我心易也;還而不入,否難知也。壹者之來,俾我祇也。
>
> 伯氏吹壎,仲氏吹篪。及爾如貫,諒不我知。出此三物,以詛爾斯。
>
> 為鬼為蜮,則不可得。有靦面目,視人罔極。作此好歌,以極反側。[46]

本是「伯氏吹壎,仲氏吹篪。」情同手足的朋友,到後來「出此三物,以詛爾斯!」不惜口出惡言,罵罵咒詛以斷交,詩歌中只

---

[46] 〈小雅・節南山之什・何人斯〉為朋友絕交之詩。屈萬里《詩經詮釋》,頁379。

呈現詩人單方面觀點與情感,但從朋友融洽親睦到仇人般的悚懼怨懟,情感的轉變與反差,說明詩人對昔日友人厭惡至極的樣態。「彼何人斯?其心孔艱。」、「彼何人斯?胡逝我陳?我聞其聲,不見其身。」、「彼何人斯?其為飄風,胡不自北,胡不自南。」城府深沉、行蹤飄忽、詭譎難測等負面形象刻畫,厭惡中有批判、驚懼、惶惑等情感,最後「為鬼為蜮,則不可得。」難堪、不留餘情的咒罵,則有詩人沉痛的憎恨,激烈憤恨的絕交詞飽含負面情緒,交代了詩人由愛轉惡的背景,也呈現人情變化;由愛轉惡的當中,愛惡的對立蘊藏人際的衝突,更彰顯人情的複雜細密。

惡情通常有其背景緣由,有所緣故而憎厭,背景緣由較為顯著;〈魏風・伐檀〉、〈魏風・碩鼠〉分別以質問和喝斥,反襯百姓生活的痛苦,直指上位者橫徵暴斂的剝削迫害,詩人對徵斂失當的憎惡緣於親身遭遇,感受著眼於一己,卻不離外在現實社會;〈小雅・節南山之什・巧言〉對讒言佞人的撻伐,由自身體察陳說世道景況,〈小雅・節南山之什・何人斯〉則由對人事的憎惡,彰顯人際之間的往來,同樣隱含現實社會圖像,不論是批判、咒罵、譴責等表述,其間背景或異,但皆顯示出詩人對不義的憎惡。惡情雖是負面感受,但其發抒多由來有自,與客觀事件背景有所關連。

捌、結論

本文將《詩經》情感表現加以釐析,概分為喜、怨、哀、懼、

愛、惡等六類，觀察詩歌中所展現的情懷感受。

喜情不離日常關懷注意，喜悅歡欣不必物質，人情交流和生活體驗更顯心靈充實。哀怨並稱，指涉對象有別，哀多關注自身，怨所關注不必在己，而多指涉外在；哀情著重一己情感之抒發，呈現個人對遭遇、人事、處遇，乃至於時代環境的看待。怨情體現周人憤懣不平與情感痛苦，透過個人主觀批判，指陳外在現狀及人事。懼情訴說周人對社會人際等現實的恐怖畏怯，可知可感的現實人生令人感觸更多，恐懼也更形深刻。愛情表現人與人之間的親親關懷，陳述強調不盡相同，卻都不離情意的傳達和人情的珍視，即便是對物品的喜愛，也往往是人情的感發投射。惡情不只在憎惡非難而已，其間往往有個人價值批判與立場主張的包含。

透過《詩經》情感的表現，可以看出人是情感的主體，情以人為本，有正面情感的表達，亦不乏負面情感顯露，人情表現順乎主觀亦不避客觀，且不論喜愛情切或怨懼痛苦，皆根植於現實人生，抒發現實人生感懷。而情雖是人內在感知，卻也反映人所關注；一則受到個人本位的影響，讓人對自身關注尤甚，故主觀設想顯著；二則現實人生的體會，讓人無法撇開現實人事的關注，關注愈深，感知相對愈深，情感體現人之主觀和現實體驗，表現時人本然面貌。

參考書目

1. （西漢）毛亨傳、（東漢）鄭玄箋、（唐）孔穎達疏、李學勤主編《十三經注疏·毛詩正義》，臺北：臺灣古籍出版社，2001年。
2. （東漢）鄭玄注、（唐）孔穎達疏、龔抗雲整理、李學勤主編《十三經注疏·禮記正義》，臺北：臺灣古籍出版社，2001年10月。
3. （東漢）許慎撰、（清）段玉裁注《說文解字注》，臺北：漢京文化事業公司，1985年。
4. （南朝梁）劉勰《文心雕龍注》，臺北：學海出版社，1980年9月再版。
5. （清）朱駿聲《說文通訓定聲》，北京：中華書局，1984年。
3. 臺靜農《百種詩話類編·下》，臺北：藝文印書館，1974年。
7. 顏崑陽《喜怒哀樂——中國古典詩歌中的情緒》，臺北：故鄉出版社，1979年。
8. 屈萬里《詩經詮釋》，臺北：聯經出版事業公司，1983年。
9. 陳子展《詩經直解》，臺北：書林出版有限公司，1992年8月。
10. 韓崢嶸譯注《詩經譯注》，臺北：建安出版社，1997年。

《詩經》抒情方法探討

賴曉臻

【提要】

　　「情感」乃詩歌之生命，情感憑藉詩歌得到抒發，詩歌也因情感蘊藉而動人；《詩經》尤以寫情見長，詩歌情感豐富多樣，通過詩歌抒情方法的探討，可以瞭解詩歌和情感間的對應關係，更能進一步明發詩歌情感的真摯及細膩。在抒情方法上，除了譬喻、摹狀、映襯、誇飾等基本修辭方法外，《詩經》情感的表現方式還可以透過排比句、同型句、反詰、設問等句型或語氣變換來呈現，自然而隨順人情，表現方式十分紛繁。本文選擇從重章疊唱、意象化抒情、敘述抒情、對面著筆等四個面向，考察《詩經》中情感表現方式的內涵。

關鍵詞：詩經、抒情

壹、前言

夏傳才云:「《詩經》的藝術創作經驗是給後世留下的寶貴財富。《詩經》的創作方法所體現的鮮明的現實主義精神,其基本特徵是面向現實,從生活中概括形象,反映社會生活及人們的思想情感。」[1] 點明《詩經》情感和創作方法間的對應關係,肯定《詩經》藝術價值。《詩經》擅於抒情,情感雜揉細膩,通過對詩歌情感表現方法的探討,可加強對形式與內容的瞭解。在抒情方法上,除了譬喻、摹狀、映襯、誇飾等基本修辭方法外,《詩經》情感的表現方式還可以透過排比句、同型句、反詰、設問等句型或語氣變換來呈現。《詩經》寫情自然,表現方法亦繁。本文選擇從重章疊唱、意象化抒情、敘述抒情、對面著筆等四個面向,探察《詩經》中情感表現方式的內涵。

貳、重章疊唱

複沓在《詩經》中不限於抒情,而為普遍形式,由於《詩經》的複沓多以章為單位,後人通常以「疊章複沓」、「重章疊唱」、「疊章被旨」等呼之。所謂重章疊唱,即指《詩經》篇章中,全篇各章

---

[1] 見夏傳才《二十世紀詩經學》〈第一章・緒論〉〈一、《詩經》的研究價值〉・(北京:學苑出版社,2005年),頁2。

在語言和結構上幾乎完全相同或抽換數字、詞,以一種形式重複出現[2]。徐志嘯云:

> 從敘述者或歌唱者本身來說,相對固定的結構(章法與句式)便於記憶,也便於陳說某一類內容,讓聽眾易於接受和理解。[3]

說明複沓結構在詩歌中的作用與特性。採用複沓的形式與《詩經》本身合樂歌唱的性質有關,反覆和複疊便於記誦和傳唱,一定的節奏旋律也強化詩歌的音樂性;複沓透過樂音起伏,不僅激發聽者的情緒感受,語言再三詠唱,亦有強調彰顯主題的效果。

《詩經》中疊章的複沓,從二章到四章皆有,也有特殊的雙重複沓,同樣都以「反覆」作為強調,目的在情感之抒發;當中直接反覆情感,並以單一情感為反覆主題者,如〈邶風・日月〉:

> 日居月諸,照臨下土。乃如之人兮,逝不古處。胡能有定?寧不我顧!
> 日居月諸,下土是冒。乃如之人兮,逝不相好。胡能有定?寧不我報!

---

[2] 見徐克瑜〈《詩經》重章疊唱的抒情藝術〉,《淮陰師範學院學報》(哲學社會科學版),第 24 卷(2002 年 2 月),頁 230。
[3] 見徐志嘯《先秦詩──真與奇的耦合》〈上編・寫真篇〉〈第四章・《詩經》的藝術美〉〈第三節・韻律美〉,(桂林:廣西師範大學,1999 年),頁 107。

日居月諸,出自東方。乃如之人兮,德音無良。胡能有定?俾也可忘!

日居月諸,東方自出。父兮母兮,畜我不卒。胡能有定?報我不述![4]

全詩四章為一反覆,抒寫婦人不得於其夫之悲憤與譴責,形式反覆具一致性和節奏性,再三重唱則強調出婦人遭人離棄的怨憤,其中情感一線貫串,但複沓非單調的重複,字句的抽換讓詩歌更加活潑,形式在統一中有所變化。單一層面的反覆,主要作用在「強調」,增加情感的強度。非單一情感主題複沓者,則藉由形式的變化來綿延情思,如〈鄭風・丰〉:

子之丰兮,俟我乎巷兮;悔予不送兮。

子之昌兮,俟我乎堂兮;悔予不將兮。

衣錦褧衣,裳錦褧裳。叔兮伯兮,駕予與行。

裳錦褧裳,衣錦褧衣。叔兮伯兮,駕予與歸。[5]

女子起初不欲嫁其求婚對象,之後懊悔而欲挽回婚事。一、二章每章三句,三、四章每章四句;一、二章為一複沓,三、四章為一複沓,前二章說明女子對先前行事的懊悔,後二章則表明女子待嫁的意願,各有意旨,但四章皆以「予」為中心,一線貫串,情感

---

[4] 〈邶風・日月〉為婦人不得於其夫者所作。見屈萬里《詩經詮釋》,(臺北:聯經出版事業公司,1983年),頁50。

[5] 〈鄭風・丰〉蓋女子初不欲嫁其人,既乃悔而從之之詩。見屈萬里《詩經詮釋》,頁152。

《詩經》抒情方法探討

有所轉折,但形式一致,具有連接作用,而反覆舒緩的語調,更營造出詩人纏綿苦惱的心緒,凸顯人情的複雜。複沓不僅強調詩人情感,亦配合情感變化推移。徐志嘯云:「從藝術效果上看,這種重章疊句其實也並不僅僅是簡單的重複,而是起了情感強化、氣氛渲染和對所描摹事物強調等作用。」[6]複沓的效果不只是以反覆產生韻律,別有情感的加強。

《詩經》的複沓,除強調情感主題外,也具層遞推移之效果,而《詩經》的複沓通常也和其他修辭手法混用,以增強情感面向,直接或間接抒情,如〈召南・摽有梅〉:

摽有梅,其實七兮。求我庶士,迨其吉兮!
摽有梅,其實三兮。求我庶士,迨其今兮!
摽有梅,頃筐墍之。求我庶士,迨其謂之![7]

每章四句共三章,以梅為喻,樹上梅子的數量減少,暗喻時間的流逝,描繪出女子因年華老大,希冀婚配的心情,詩中不僅梅之數量層遞推移,從「其實七兮」、「其實三兮」、「頃筐墍之」由多變少,女子的擇偶條件,也從「迨其吉兮」「迨其今兮」「迨其謂之」,愈加不講究婚配對象,兩相對應;詩中梅子數量、時序、婚配條件有次第且深入推移,反映出女子焦慮的程度,情感是反覆的重心,

---

[6] 見徐志嘯《先秦詩──真與奇的耦合》〈上編・寫真篇〉〈第四章・《詩經》的藝術美〉〈第三節・韻律美〉,頁107。
[7] 〈召南・摽有梅〉為少女惜春求偶的情歌。見韓崢嶸譯注《詩經譯注》,(臺北:建安出版社,1997年),頁21。

217

詩人先借物為喻，後直說心事，混合互見。

重章疊唱雖以反覆為基礎，但非呆板單調的重複，而是隨順詩人的情感意旨作變化應用，如〈鄭風・狡童〉：

彼狡童兮，不與我言兮。維子之故，使我不能餐兮。
彼狡童兮，不與我食兮。維子之故，使我不能息兮。[8]

男女戲謔之詞。詩人以反語表達對情人的相思，詩中不直說相思，反而以斥責代之，但「言」、「食」、「餐」、「息」乃生活必需，在在點出情感對象對詩人的重要性，由反覆斥責中，凸顯情人間矛盾又微妙的情緒感受；而詩人反覆述說心中對情人的懸念，關注端在一人，無暇關懷其他，也透露其思緒之專注。

重章疊唱不只是單純的重複，配合對比、譬喻、敘事等手法的運用，不僅在複沓的形式上得到變化，也讓詩歌情感更有內涵。複沓固然是民俗歌謠的特性之一，但就詩歌中的情感而言，複沓的作用不單只是強調，更是宣洩，一次不能、再來二次、三次，再三唱詠，體現抒情傾注而出的本質與發洩情感的訴求。

參、意象化抒情

意象是中國文學的特色，《詩經》亦廣泛地使用意象來抒情。根

---

[8]〈鄭風・狡童〉寫女子與情人鬧彆扭，為此寢食難安。見韓崢嶸譯注《詩經譯注》，頁96。

據李元洛《詩美學》對意象的界定：

> 所謂詩的意象，就是主觀的心意和客觀的物象在語言文字中的融匯與具現，它是詩歌所特有的審美範疇。[9]

從中可以看出意象乃是由作者主觀心緒，以及客觀外物所融匯，語言文字是其表現形式，並作為詩歌的審美特徵，所以意象不單純是個人主觀的表現，還受到客觀外在的影響；至於詩的意象化抒情，是指通過塑造意象以抒情的抒情方法[10]，意象的使用多樣，根據運用的不同，效果也不同。

單一意象的營造並強調者，稱為托物寄情，通常是將抽象的情感寄託在具體或現成的日常事物來抒發。而二個以上的意象營造，則多通過對外在景物的描繪以抒敘情感，其中景物或為實際，或為擬構，借景來見情，稱借景抒情。托物寄情和借景抒情可獨立運用，但借景抒情多半涵括托物寄情，物組成完整的景，物化為景的一部份，但有時又保有獨立的意涵。所不同的是，托物寄情通常集中描寫特定、單一具體的意象，該意象於詩中有其特定意義，藉意象物以強調詩歌主題。

藉由對意象物的描摹以強調主題，進而抒寫個人情志者，如〈魏風‧碩鼠〉：

---

[9] 見李元洛《詩美學》〈詩國天空繽紛的禮花——論詩的意象美〉，（臺北：東大圖書公司，1981年），頁167。
[10] 見陳太勝〈從意象化抒情到事件化抒情〉，《詩探索》，（第一～二輯，2002年），頁126。

> 碩鼠碩鼠，無食我黍！三歲貫女，莫我肯顧。逝將去女，適彼樂土。樂土樂土，爰得我所。
> 碩鼠碩鼠，無食我麥！三歲貫女，莫我肯德。逝將去女，適彼樂國。樂國樂國，爰得我直。
> 碩鼠碩鼠，無食我苗！三歲貫女，莫我肯勞。逝將去女，適彼樂郊。樂郊樂郊，誰之永號？[11]

詩歌諷刺統治者重斂剝削，「鼠」是主要意象物，再利用「碩」做形容，表現當時統治者剝削的程度，也凸顯百姓對統治者的怨責。碩鼠在詩中即代表了當時統治者的形象，具有特定意義，非指一般現實的大老鼠；詩中取鼠輩貪食無度、低下卑劣的負面形象作為象徵，在意象物的選擇上已置入詩人主觀的評判，儘管意象物有其他面向的特質，但詩人只選取個人情感所需之特質進行描寫，物與情的關係出於作者主觀認定，而意象物在詩中所代表的意義、形象也都不盡同於其原意。

意象物雖普遍具有約定俗成的特質意涵，但詩人抒情卻不受限制，甚至另外給予意象物新的內涵，如〈曹風‧蜉蝣〉：

> 蜉蝣之羽，衣裳楚楚。心之憂矣，於我歸處。
> 蜉蝣之翼，采采衣服。心之憂矣，於我歸息。
> 蜉蝣掘閱，麻衣如雪。心之憂矣，於我歸說。[12]

---

[11] 〈魏風‧碩鼠〉，刺重斂也。見屈萬里《詩經詮釋》，頁191。
[12] 〈曹風‧蜉蝣〉，刺奢也。第二句刺在官者之奢，三四句乃作詩之本旨，疑

詩人借「蜉蝣」來諷刺上位者衣著之奢華，與一般用蜉蝣作為生命短暫或微小的象徵不同，而是另起新意，以蜉蝣之形態作描寫，作為在上位者的象徵，意在抒發在下位者對在上位者的不滿，意象物和情感間不盡然相關，但如何選擇並運用意象物，使之與情感相互對應，則取決於作者主觀心緒。

換言之，藉由意象以抒情，關係意象和人情的連結，如〈小雅・谷風之什・蓼莪〉：「缾之罄矣，維罍之恥。」以酒器比附親子間的情感關係，小酒瓶空了，是大酒罈的羞恥，喻示父母勞瘁辛苦，子女卻無以贍養，藉由羞愧自咎表達對親恩的感念[13]，通過人情和器物間關係的正向比附，明發詩人對親恩的感念。至於〈邶風・柏舟〉：「我心匪石，不可轉也。我心匪席，不可卷也。」利用自然事物比附己情，以心非石、席，無可移轉捲曲，反面陳說，自誓心意之堅定，縱然仁而不遇，但詩人依舊堅持立場，藉自然事物和人情的反向比附，強調個人心意之堅定[14]。不論是缾罄罍恥的自責，或是匪石匪席的堅決，詩人通過外物比附內情，運用具體事物的特性、關係等說明自身抽象情感，使情感形象化而具體。物與情的組織與連結取決於詩人一己之主觀，透過詩人的聯想轉化，使情感和不相關的事物發生對應關係，進而說物表情。

至於借景抒情則是利用意象所組成的情境氛圍來凸顯人情，屬於間接言情，和託物寄情相同，景和情之間亦取決於詩人主觀作用，

是在官位者傷時之作。見屈萬里《詩經詮釋》，頁 254。
[13] 〈小雅・谷風之什・蓼莪〉為人民勞苦，孝子不得終養之詩。見屈萬里《詩經詮釋》，頁 387。
[14] 〈邶風・柏舟〉言仁而不遇。見屈萬里《詩經詮釋》，頁 43。

詩人的描寫鋪敘讓景和情產生一定的關係，進而由景見情，但借景抒情非單純寫景，而是和詩人情感有所對應，經由意象組織詩意，進而推衍情感。如〈秦風・蒹葭〉：

> 蒹葭蒼蒼，白露為霜。所謂伊人，在水一方。遡洄從之，道阻且長；遡游從之，宛在水中央。
> 蒹葭萋萋，白露未晞。所謂伊人，在水之湄。遡洄從之，道阻且躋；遡游從之，宛在水中坻。
> 蒹葭采采，白露未已。所謂伊人，在水之涘。遡洄從之，道阻且右；遡游從之，宛在水中沚。[15]

首句以蒹葭繁茂狀物寫景，二句霜露點出時節，三、四句指出情感對象，五至六句則具體化比擬所愛慕之人和詩人間的距離狀態，道路的險阻蜿蜒是詩人戀愛的實際遭遇，也象徵詩人情思的悠長纏綿，既為寫實，也是虛寫，用實際景物對應詩人情感，而當中景物是由蒹葭、白露、水、道等意象堆疊組成；景與情融合，景在實物之外，別有象徵意義。

詩歌中的景物之所以產生象徵意義，乃是因其與詩人情感相互對應，藉由情和景之間的聯結，讓抽象的情感具象化，但如何讓情景相對應，則要透過作者對意象的主觀安排與鋪陳。謝榛《四溟詩話》：

---

[15]〈秦風・蒹葭〉為有所愛慕而不得近之之詩。見屈萬里《詩經詮釋》，頁 221。

> 景乃詩之媒，情乃詩之胚，合而為詩，以數言而統萬形，元氣渾成，其浩無涯矣。[16]

說明詩歌重在情景交融，使景物不單純是外在物象的對應而已，而是景中見情。

不論擬構或實際描摹，現實景物都是借景抒情的指標，但借景抒情以情感的表達為重心，因此寫景強調意象所組成的氛圍，而不是刻板的比照外在實際景物的陳設；寫景不要求和實際景物完全相同，此並非指借景抒情就沒有精微描寫，或不能依據實際景物描寫，而是借景抒情會因應情感變化景物，或寫實，或虛實交雜，甚或虛擬。換言之，借景抒情的「景」以自然景物為憑，但不必與實際景物完全相同，自然景物涵括的意象眾多，藉由對景物意象的取捨及安排，使情與景相互關連，使詩中之「景」不再是單純景物，才能借景抒情。

因此同樣的景色、意象，可能訴說類似心緒，如〈周南·漢廣〉：「南有喬木，不可休息。漢有游女，不可求思。漢之廣矣，不可泳思；江之永矣，不可方思。」[17]，以江邊風物為描寫，道出對游女思慕而不得的苦惱，〈秦風·蒹葭〉：「蒹葭蒼蒼，白露為霜。所謂伊人，在水一方。遡洄從之，道阻且長；遡游從之，宛在水中央。」，則以河岸風光寫追求伊人之艱辛，景物描寫近似，尤其是「流水」

---

[16] 見明·謝榛《四溟詩話》〈卷三〉，收錄於臺靜農編《百種詩話類編·下》〈一、詩論類·（二）屬於明人詩話者〉，（臺北：藝文印書館，1974年），頁 1388。

[17] 〈周南·漢廣〉為愛慕游女而不能得者所作。見屈萬里《詩經詮釋》，頁 15。

的意象,均象徵情思的悠長與戀愛的險阻。雖然景物安排不盡相同,但同以江河為景,亦同樣訴說愛慕而不得近之感,通同的景物,所表述的情感也有近似。

相對地,同樣的景物意象也可能訴說不同的情感,如〈召南‧小星〉:「嘒彼小星,三五在東。肅肅宵征,夙夜在公:寔命不同!」,以星夜操勞為描寫,道出仕宦之勞[18]。〈唐風‧綢繆〉:「綢繆束薪,三星在天。今夕何夕,見此良人?子兮子兮,如此良人何?」,則以星宿推移,唱和新婚之樂[19],同以「星夜」為場景,用星辰點出時間,但其間情感大不相同,前者敘述深夜不得休息之苦,後者則是新婚燕爾之樂;可見,借景抒情有自然實景為依循,但對景物的運用安排,則隨作者主觀變化,景物相同,情感未必相同,景物相異,情感未必相異。

借景抒情將情感蘊於各意象所構成的意境氛圍上,通過景物來強化感情,景中的單一意象物,或同時具有特定意義,但多半必須配合整體景物觀之,才具有意義,意象所組成的整體氛圍是強調重點,而非單一意象;換言之,托物寄情多以單一意象進行抒情,借景抒情則需就組成意象整體觀之,二者有通同的部份,但亦各有其特性。

不論是托物寄情或借景抒情,主要都是針對詩歌中「意象」的運用,提出詮釋說明,尤其是針對意象物和詩人情感關係的探討。

---

[18] 〈召南‧小星〉為勞於仕宦者之作。見屈萬里《詩經詮釋》,頁 34。
[19] 〈唐風‧綢繆〉為祝賀新婚,戲謔新郎新娘之歌。見韓崢嶸譯注《詩經譯注》,頁 132。

雖然托物寄情、借景抒情為後出觀點，詩人創作未必有此意識，但詩歌中「意象」的使用是確切而鮮明的，意象的使用讓詩歌的理解無以精確，但相對增加詩歌的詮釋空間，也使詩境更具含蓄變化的美感。

肆、敘述抒情

敘事和抒情雖可以被區隔，但卻未必能截然分離，事件可藉由情感的鋪陳來敘述，同樣情感也可透過事件來抒發，事與情相融並見，各自獨立又互相烘托。敘述抒情是通過事件、細節、場景，或片段，或跳躍的描述，使詩的語言產生一種戲劇化的轉義，使整首詩變成一個意象或隱喻，在呈現事件的同時表現情感[20]，而此種敘述出於作者心理感受與變動，讓客觀陳述蘊含主觀情感，目的在達到抒情的效果，因此不像一般敘事完整詳盡[21]。敘述抒情著重在情感的抒發，事中見情，情感的表露是事件敘述的目的，如〈衛風・氓〉：

> 氓之蚩蚩，抱布貿絲。匪來貿絲，來即我謀。送子涉淇，至於頓丘。匪我愆期，子無良媒。將子無怒，秋以為期。

---

[20] 見陳太勝〈從意象化抒情到事件化抒情〉，《詩探索》，（第一～二輯，2002年），頁128。
[21] 見李俊華〈敘述抒情：感情全在不言中〉，《勝利油田職工大學學報》，第18卷第4期（2004年12月），頁38。

乘彼垝垣,以望復關。不見復關,泣涕漣漣,既見復關,
載笑載言。爾卜爾筮,體無咎言。以爾車來,以我賄遷。
桑之未落,其葉沃若。于嗟鳩兮,無食桑葚。于嗟女兮,
無與士耽。士之耽兮,猶可說也;女之耽兮,不可說也。
桑之落矣,其黃而隕。自我徂爾,三歲食貧。淇水湯湯,
漸車帷裳。女也不爽,士貳其行。士也罔極,二三其德。
三歲為婦,靡室勞矣。夙興夜寐,靡有朝矣。言既遂矣,
至于暴矣。兄弟不知,咥其笑矣。靜言思之,躬自悼矣。
及爾偕老,老使我怨。淇則有岸,隰則有泮。總角之宴,
言笑晏晏,信誓旦旦。不思其反。反是不思,亦已焉哉![22]

　　棄婦由戀愛甜蜜、等待迎娶、色衰被棄、回憶過往,最後反襯今日,作今昔對比,訴說丈夫的無情對待,採用順敘手法,按事件發生時序推移,將自身婚前戀愛到婚後生活作陳述。首章以貿絲道出雙方結識經過,往來相送不厭倦則透露戀情甜蜜。二章以未見的泣涕對比既見的言笑,強調婦人對婚期的期待,坦露待嫁心緒。三章婦人獨白,揭示男女感情態度的差異,也強調社會價值觀,對男女行為舉止的判準差異。四章道出婚後生活的貧困並譴責丈夫的三心二意,五章接續四章,以具體的細節再次說明婚後生活,陳述辛勞與遭遇不平。末章回想往日種種恩愛甜蜜,卻徒留傷悲,重申被棄的痛苦。

　　詩歌敘事簡約但有條理,配合情感的抒發作陳述,細節雖片段

---

[22] 〈衛風・氓〉為棄婦自傷之詩。見屈萬里《詩經詮釋》,頁107。

跳躍，但前後關連並呼應，而今昔對比更說明婦人傷感、怨尤的背景；其中敘事是婦人情感的印證與說明，婦人因事感傷，而非無病呻吟，情感則是敘事的依據，事件因情感而鎔裁，事件或局部，或片段，或場景被描寫以作為強調，婦人以自身觀點敘述事件，著重丈夫前後不一的對待，而非全部的生活景象，僅就婦人所關注的部分加以陳說，雖以客觀事件為背景，但主觀成分鮮明且濃厚。

傅修延將《詩經》中的敘述抒情稱為「感事詩」，並對感事詩的特點有以下的論述：

> 所謂「感事」即帶著強烈的情感傾向來敘事，情感的衝動撞擊時常影響著敘事的完整，以致抒情性成為外顯的主要特徵。在感事詩中，事件的因果鏈條如草蛇灰線若隱若現，不欲求其完整，而情感的起伏轉折和奔騰流淌卻成為貫串詩篇的邏輯線索。[23]

敘述抒情非單純敘事，其敘事不著重事件的完整，而以情感為陳述的脈絡，因此事件多有跳躍，或斷續，或細節出現，事件和作者情感相配合為其特徵。

敘述抒情是敘事兼抒情，論述事件同時表達情感，事件的取捨、細節的擷取、場景的凸顯等，敘述的鋪陳均取決於作者主觀心理作用，事件與情感相互交融。敘述抒情雖異於一般單純客觀的敘事模

---

[23] 見傅修延《先秦敘事研究：關於中國敘事傳統的形成》，（北京：東方出版社，1999 年 12 月），頁 111、118。

式,但又同時保有客觀敘事和主觀抒情的特點,如〈豳風‧七月〉:

> 七月流火,九月授衣。一之日觱發,二之日栗烈。無衣無褐,何以卒歲?三之日于耜,四之日舉趾。同我婦子,饁彼南畝,田畯至喜。
> 七月流火,九月授衣。春日載陽,有鳴倉庚。女執懿筐,遵彼微行,爰求柔桑。春日遲遲,采蘩祁祁。女心傷悲,殆及公子同歸。
> 七月流火,八月萑葦。蠶月條桑,取彼斧斨,以伐遠揚,猗彼女桑。七月鳴鵙,八月載績。載玄載黃,我朱孔陽,為公子裳。
> 四月秀葽,五月鳴蜩。八月其穫,十月隕蘀。一之日于貉,取彼狐狸,為公子裘。二之日其同,載纘武功,言私其豵,獻豜于公。
> 五月斯螽動股,六月莎雞振羽。七月在野,八月在宇,九月在戶,十月蟋蟀入我床下。穹窒熏鼠,塞向墐戶。嗟我婦子,曰為改歲,入此室處。
> 六月食鬱及薁,七月亨葵及菽。八月剝棗,十月穫稻,為此春酒,以介眉壽。七月食瓜,八月斷壺,九月叔苴,采荼薪樗,食我農夫。
> 九月築場圃,十月納禾稼。黍稷重穋,禾麻菽麥。嗟我農夫,我稼既同,上入執宮功。晝爾于茅,宵爾索綯。亟其乘屋,其始播百穀。

二之日鑿冰沖沖,三之日納于凌陰,四之日其蚤,獻羔祭韭。九月肅霜,十月滌場,朋酒斯饗,曰殺羔羊。躋彼公堂,稱彼兕觥,萬壽無疆![24]

全詩以月分配合農事雜務為經緯,征人懷想家鄉風土,藉以抒敘鄉愁。首章由七月至二月,從歲寒授衣寫到春耕生產。二章主要寫三月婦女採桑景況,春季本是歡樂美好的象徵,但卻有「春日遲遲」、「女心傷悲」等負面情感在其中,以樂景表現哀情,征人主觀情感影響事件的陳述。三章由蠶桑勞動推到衣料製作,當中為人作嫁的無奈,說明二章「女心傷悲」的緣由;二、三章承首章前半,分述「衣」方面之事。四章從四、五月推向八月,寫秋收後的打獵活動,獵捕動物為食,並為貴族製裘禦寒,點出農事之餘的活動場景。五章以昆蟲遷徙表示季節更迭,修葺房屋以過冬,實寫生活景象。六章則由「衣」入「食」方面之事,分述各月分的糧食種類,描寫農作物的採收和貯藏。七章寫農作物歸倉後,農民仍須徭役而不得休憩的辛勞。八章寫從事儲冰備暑及歲末祭宴的情景;六至八章承首章後半分述「食」方面之事。

征人透過生活中不可或缺的「衣」與「食」作說明,進而勾勒鄉土及民情風貌,詩歌一方面點出客觀事實,一方面表達征人對家鄉的思念;征人透過昔日生活的懷想,表達懷歸的渴望與悲傷,詩歌正面描寫了豳地人民生活情況,實際上卻飽含征人對歸返的企

---

[24] 〈豳風・七月〉詠豳地風土之詩。乃隨周公東征之豳人懷念鄉土而作者。見屈萬里《詩經詮釋》,頁 263。

望,但征人不直寫對家鄉的懷念,反將之寄託於事件場景的陳述。

敘述抒情結合敘事和抒情的特點,事件的陳說和情感的抒發各有作用,事件的敘述使抒情背景更加鮮明,情感則使敘事更為生動,敘述抒情主觀中帶有客觀成分,內在心理和外在現實彼此關聯,使得情感和事件相互凸顯,也相互明發。

伍、對面著筆

直抒胸臆是直接描繪鋪陳自身情感以抒情,對面著筆則通過他人情感的摹寫來抒發自身情感。對面著筆或稱「著筆對面」[25]、「對寫法」;而方玉潤稱之為「對面設想」[26],錢鍾書則稱「據實構虛」[27]。林祥徵在《詩經》寫作手法的討論中提到:「所謂『從對面著筆』即是用『他思寫己思』。」[28],對面著筆意指在藉由他人情感的陳述中,表達作者自身情感,表面上寫他人之思,實是言己之情。

---

[25] 對面著筆,又稱「著筆對面」。見熊憲光〈據實構虛,著筆對面——《詩經・魏風・陟岵》的藝術特色〉《古典文學知識》,(第 3 期,1999 年),頁 20-21。

[26] 方玉潤評〈魏風・陟岵〉曰:「人子行役登高念親,人情之常。若從正面直寫己之所以念親,縱千言萬語豈能道得意盡?詩妙從對面設想,思親所以念己之心與臨行勖己之言,則筆以曲而愈達,情以婉而愈深。」(見清・方玉潤著,續修四庫全書編纂委員會編《續修四庫全書・七十三・詩經原始》〈卷六・魏風〉,(上海:上海古籍出版社,2002 年),頁 109。

[27] 錢鍾書評〈魏風・陟岵〉曰:「據實構虛,以想像與懷憶融會而造詩境,無異乎《陟岵》焉。」見錢鍾書《管錐編・一・毛詩正義六十則》〈三七陟岵〉,(臺北:書林出版有限公司,1990 年 8 月),頁 114。

[28] 見林祥徵〈《詩經》心理審美化的藝術特徵及其影響〉,《泰山學院學報》,第 25 卷第 2 期(2003 年 3 月),頁 18。

對面著筆表面上是他人情感的刻畫，實則隱含詩人心思感想，如〈小雅・鹿鳴之什・杕杜〉：

有杕之杜，有睆其實。王事靡盬，繼嗣我日。日月陽止，女心傷止，征夫遑止。
有杕之杜，其葉萋萋。王事靡盬，我心傷悲。卉木萋止，女心悲止，征夫歸止。
陟彼北山，言采其杞。王事靡盬，憂我父母。檀車幝幝，四牡痯痯，征夫不遠。
匪載匪來，憂心孔疚。期逝不至，而多為恤。卜筮偕止，會言近止，征夫邇止。[29]

征夫一開頭便已言明自己久戍憂傷，當中對家人的想念及歸期的寄望，令征夫鬱懣煎熬，每章前四句已說明征夫情感，但征夫進一步描寫妻子情感以相互襯托，透過妻子的視角及口吻，揣摩擬想妻子情感。就每章後三句來看，首二章思婦感知時間消逝，卻不見丈夫歸返的悲傷，表現思婦等待思念的痛苦。三章思婦幻想丈夫乘車歸來，藉幻想自作寬慰，表露思婦期待丈夫歸來的願望。四章思婦卜筮探問丈夫歸期，卦象內容重申思婦想望所在，而思婦行動也說明其盼歸之殷切；「日月陽止」、「卉木萋止」是思婦對時間的感知，實有征夫對役期漫長的怨嗟，「檀車幝幝，四牡痯痯，征夫不遠。」

---

[29]〈小雅・鹿鳴之什・杕杜〉為征人與在家的妻子互相思念所唱的怨歌。見周嘯天主編《詩經鑑賞集成・下》，（臺北：五南圖書出版公司，1994年），頁 608-611。

征夫懷歸的急切,轉成思婦自作寬慰的幻想,「卜筮偕止,會言近止,征夫邇止。」遇事求神問卜,雖乃古人行事普遍舉動,但思婦求助卜筮的無奈,實是征夫身為王事所役使,不得自主的悲涼;妻子情感的摹寫雖是征夫想像之辭,但征夫與思婦同遭離別之苦,心思相近,征夫懷歸,思婦盼歸,想望實同,故能站在妻子角度,設想妻子情感也更加切合。

詩歌雖分兩線進行,征夫一線著重行役不息之苦,思婦一線盡顯盼歸相思,表面各言其情,實相為渲染,征夫與思婦同因離別而思念,比起單方情感的陳述,對舉雙方情感,更見征夫與思婦之情感互動。

人是獨立的個體,個人感受雖無法調換或移植,卻能彼此理解,尤其是經歷遭遇相近似時,如〈魏風・陟岵〉:

陟彼岵兮,瞻望父兮。父曰:「嗟!予子行役,夙夜無已。上慎旃哉!猶來無止。」
陟彼屺兮,瞻望母兮。母曰:「嗟!予季行役,夙夜無寐。上慎旃哉,猶來無棄。」
陟彼岡兮,瞻望兄兮。兄曰:「嗟!予弟行役,夙夜必偕。上慎旃哉,猶來無死。」[30]

征夫不直言久戍思親,而是透過父母與兄長三人視角,設想親人思己,抒發懷歸想望。羈旅行役雖只有征夫一人,離鄉背井也非

---

[30] 〈魏風・陟岵〉為行役者思家之詩。見屈萬里《詩經詮釋》,頁187。

普遍經驗，但親舊離別卻是詩人與親人共同體驗，體驗近似，彼此情感的理解也更為容易，甚至更加深刻。詩人只言登高，不言思親，反透過望遠思親的親身經驗，推衍想像親人思己的情狀，由自身情感推想他人情感，而不必看見親人思己的實際景像。詩人雖著筆對面，著重對方三人的情感摹寫，但其情感願望與對方一致，表面言親人思己，實則己在思親。

詩人藉由他人情感的設想以表達己情，但能站在他人角度觀點，揣摹擬設他人情感，如〈大雅・蕩之什・蕩〉：

蕩蕩上帝，下民之辟。疾威上帝，其命多辟。天生烝民，其命匪諶。靡不有初，鮮克有終。

文王曰：「咨！咨女殷商，曾是彊禦，曾是掊克；曾是在位，曾是在服。天降滔德，女興是力。」

文王曰：「咨！咨女殷商，而秉義類，彊禦多懟。流言以對，寇攘式內。侯作侯祝，靡屆靡究。」

文王曰：「咨！咨女殷商，女炰烋于中國，斂怨以為德。不明爾德，時無背無側；爾德不明，以無陪無卿。」

文王曰：「咨！咨女殷商，天不湎爾以酒，不義從式。既愆爾止，靡明靡晦。式號式呼，俾晝作夜。」

文王曰：「咨！咨女殷商，如蜩如螗，如沸如羹。小大近喪，人尚乎由行。內奰于中國，覃及鬼方。」

文王曰：「咨！咨女殷商，匪上帝不時，殷不用舊。雖無老成人，尚有典刑。曾是莫聽，大命以傾。

> 文王曰：「咨！咨女殷商，人亦有言：『顛沛之揭，枝葉未有害，本實先撥。』殷鑒不遠，在夏后之世。」[31]

詩人假周文王語氣，表彰周人得國之正，並對比殷人覆國之惡。詩人不直說商周彼此得失，而是站在周文王的角度，揣摹周文王對殷商君主暴虐覆亡的感歎，明發歷史教訓作為對比。詩人首章自敘憤慨，二章以後，則用周文王口吻，而詩人雖以文王口吻，發抒個人感想見解，但能符合文王立場身分，尤其是揣摹文王對「天命」之體會認識。二章由「曾是彊禦」等一連串的反問，道出紂王對民風的放縱，反使人民倨慢成性，藉君主與人民關係強調紂王治民不力，無以端正民俗。三章言紂王納用小人，賢良見逐，內亂外患愈加劇烈，從治民推向理政，間接透露殷商覆亡的背景。四章指出殷人昏憒不明，不辨忠奸的行事謬誤。五章則以殷人耽溺逸樂，違逆天命，揭示品德從事和天命的對應關係，雖不離天命的崇尚，但已有人事的借鑑。

六章更藉「人尚乎由行」一語點破社會動蕩，乃至於改朝換代，皆由於人事作為，不陳述人事細節，反以人事之影響，批判殷商統治的強梁不義。七章以不遵先王典刑、遺訓，終究「大命以傾」，喻示殷人剛愎自用之下場，在批判之外，猶有對殷人的正面肯定，並理性探究其覆亡原因。八章申明殷商積怨已深，仍不知以前朝夏桀暴政亡國為戒，再次重申殷商覆國實咎由自取，以彰周人得國之正。

---

[31] 〈大雅・蕩之什・蕩〉為周初詩人假文王語氣，以章殷人之惡，而明周人得國之正也。見屈萬里《詩經詮釋》，頁 511-512。

透過敘述視角的轉換，詩人表面為他人代言，摹寫為人君者治國體認，實為個人發聲，陳述個人的批判與憂患。

對面著筆在想像模擬他人情感以寫己情，通過對方情感的摹寫，渲染襯托自身情感；詩人對他人的揣摹，或藉個人近似處境遭遇以推衍，或就個人認知理解以想像，但非借用他人名義，言個人想法，而是站在對方視角，擬想其情感。雖視角觀點的變換，常使前後語意不相連貫，表面上詩人思考跳躍，實是顯現詩人情思理路的變化。對面著筆雖意在個人情感之陳抒，但猶有詩人對他人情感的審視，甚至含括詩人對他人的情意。

陸、結論

《詩經》為現存最早的詩歌總集，其寫作方法也體現原始樣態。重章疊唱關係《詩經》合樂歌唱的性質，呈現歌謠便於記誦傳唱的特點，多以章為單位，二到四章的小篇幅詩歌較為常見。通篇各章在語言及結構上幾乎完全相同，或抽換數字、詞於詩歌中重複出現的一種形式，藉由反復出現，加強音樂性，且強調內容主題，不論單一或層遞反復，通常主旨簡明、情感強烈，易於反覆，再三反覆亦表現出詠唱以發洩的情感訴求。

意象化抒情乃是通過塑造意象，使之與情感相關連，進而表達作者情感；單一意象的營造為托物寄情，二個以上的意象組合則為借景抒情，其區分在於意象物使用的多寡與組織。意象物的選擇、

取意,以及意象和情感間的連結,取決於詩人主觀認同。意象的營造將情感形象化,亦延展詩境,增添人情的深度與面向,相對地,詩人的主觀也讓詩歌擁有更多的詮解空間。

述抒情通過事件、細節、場景,或跳躍,或片段的描述,使詩的語言產生戲劇化的轉義,讓詩變成一個意象化隱喻,在陳訴事件的同時表達情感,因此事件的取捨、細節鋪陳、場景的摹寫通常有其用意,客觀事件陳述中夾帶敘述者主觀作意,個人主觀成分濃厚。而敘事讓抒情背景鮮明,抒情則讓敘事生動,事與情相互明發。

對面著筆藉由他人情感的摹寫,作為渲染襯托以表達自身情感,非只是借用他人名義,而是站在對方視角,揣摩想像其情懷感受,表面言他人之思,實寫己之思;對面著筆在詩人自身情感的發抒外,猶展現詩人對他人情感的認知,甚至是詩人對他人的情意。

由《詩經》的抒情方法可以看出,萬物皆有情,抒發情感更是萬物天性本能,無須訓練或模擬,真情至性本足以感人。夏傳才討論《詩經》四言和雜言的運用,認為:

> 形式服從內容,是《詩經》語言藝術的一個重要特點。按照敘事、狀物、抒情的需要,靈活自如地探取適當的語言形式,即使在一章詩之中,也不為格式的束縛。[32]

說明《詩經》形式和內容的關係,內容不為形式所囿,而是隨

---

[32] 見夏傳才《詩經語言藝術》〈四言和雜言〉,(臺北:雲龍出版社,1985年4月),頁15。

詩人表達需求自由變化。《詩經》的抒情方法亦然，依據內容需求，隨順詩人情感變化，或反復重歌，或描寫意象，或主觀敘事，或摹寫對面，皆以自然聲口抒發情感，不特定章法而自成一格。

參考書目

一、專書

1. 臺靜農《百種詩話類編・下》，臺北：藝文印書館，1974年。
2. 李元洛《詩美學》，臺北：東大圖書公司，1981年。
3. 屈萬里《詩經詮釋》，臺北：聯經出版事業公司，1983年。
4. 夏傳才《詩經語言藝術》，臺北：雲龍出版社，1985年4月。
5. 周嘯天主編《詩經鑑賞集成》，臺北：五南圖書出版公司，1994年。
6. 韓崢嶸譯注《詩經譯注》，臺北：建安出版社，1997年。
7. 徐志嘯《先秦詩——真與奇的耦合》，桂林：廣西師範大學，1999年。
8. 傅修延《先秦敘事研究：關於中國敘事傳統的形成》，北京：東方出版社，1999年12月。
9. （清）方玉潤著《詩經原始》（續修四庫全書本），上海：上海古籍出版社，2002年。
10. 夏傳才《二十世紀詩經學》，北京：學苑出版社，2005年。

二、期刊論文

1. 熊憲光〈據實構虛，著筆對面——《詩經・魏風・陟岵》的藝術特色〉《古典文學知識》，第3期，1999年。

2. 徐克瑜〈《詩經》重章疊唱的抒情藝術〉,《淮陰師範學院學報》(哲學社會科學版),第 24 卷,2002 年 2 月。
3. 陳太勝〈從意象化抒情到事件化抒情〉,《詩探索》,第一～二輯,2002 年。
4. 林祥徵〈《詩經》心理審美化的藝術特徵及其影響〉,《泰山學院學報》,第 25 卷第 2 期,2003 年 3 月。
5. 李俊華〈敘述抒情:感情全在不言中〉,《勝利油田職工大學學報》,第 18 卷第 4 期,2004 年 12 月。

詩經章法與寫作藝術

《詩經》男性人物形象塑造技巧

譚莊蘭

【提要】

　　《詩經》塑造不少令人印象深刻的人物形象，其中尤以女性人物形象較受注意，而絕大多數的男性主角，卻久被忽視。本文從男性人物的外在描寫、內在描寫、環境（景物）烘托，氣氛營造、其他（舉想像、比喻、側寫、反覆吟詠、對比等表現法為例）等四個面向，探討詩人如何成功形塑詩中男性人物形象。

關鍵詞：詩經、人物形象、寫作技巧

壹、前言

　　《詩經》是我國第一部純文學的作品,它是後代文學創作的源頭,更是周代歷史文化的呈現。《詩經》文學創作之成功,除了善用賦、比、興等技巧外,更擅於運用具體、生動的形象語言來敘述事件,描寫環境,渲染氣氛,刻畫人物,以增強語言形象的表現力和感染力。而《詩經》中的人物是詩的靈魂,人物的形塑成功,就能使讀者感受到「詩中有人」,使詩產生感動的力量。所以,成功的人物形塑,可使讀者因詩而想見其形貌,想見其思想情感,想見其人格特質。是以,《詩經》中的男性形象,常在詩人繪聲繪色,聲情並茂的具體描寫中呈現,不僅維妙維肖,神情畢現,還讓讀者有如臨其境,如見其人,如聞其聲的融入感。

　　又每一個人都是獨立的個體,因為「各自有其胸襟,各自有其心地,各自有其形狀,各自有其裝束。」[1]所以,人物之所以生動主要來自於其各具特質,而這個特質即包括個人的外在容貌、言行舉止、人格特質、心理狀態等所呈現出來給予人的印象。徐靜嫻於《小說評點中的人物塑造論》一文中也曾提到:「大凡寫貌須見性格、心地,寫言須見其情,而人之情各異,情又隨境而異。故言隨情異,變化多端。」[2]由外在描寫可見其內在特質,而生動的人物形塑又需

---

[1] 施耐庵撰、金聖嘆評《水滸傳》,(臺北:三民書局,1970年4月),頁390。
[2] 徐靜嫻《小說評點中的人物塑造論》,(臺北:輔仁大學中文研究所碩士論文,1991年7月),頁94。

有血、有肉、有言、有情,在不同的情境,不同的人物身上又展現出不同的表現法。是以,本文針對《詩經》男性人物形象塑造技巧,擬從一、男性人物的外在描寫;二、男性人物的內在描寫;三、環境(景物)烘托,氣氛營造;四、其他等四方面來探討。

貳、男性人物的外在描寫

《詩經》中常透過男性人物外在的描寫,以凸顯人物的性格特徵,展現人物的內心世界,藉此增強人物形象的清晰度、可感度與真實性。而有關《詩經》中男性人物的外在描寫部份,擬再細分為:外在形貌、車馬服飾、舉止動作、言語形式等四方面來探討:

一、外在形貌

本研究所謂男性人物「外在形貌」的描寫包括身體及容貌,例如:〈衛風·淇奧〉中的君子是「瑟兮僩兮,赫兮咺兮」,他的顏色矜莊,有威嚴,明德外現。〈邶風·新臺〉一詩,詩中以「籧篨不鮮」來形容衛宣公是個外形如蟾蜍般醜陋,又老不死的傢伙,除了言衛宣公外表老而醜之外,更重要是要刺其強納子妻醜陋的行為。而〈秦風·終南〉中則以「顏如渥丹,其君也哉!」來讚美秦襄公整個人的面色看起來紅潤如厚漬之丹,以顯示其儀貌尊嚴已具人君之度。〈齊風·盧令〉詩中所描述的則是位「美且仁」、「美且鬈」、「美且偲」的獵者,獵者形象除了強調「美」,說他是個體魄健美的獵人外,

最重要的是他具有仁慈的、勇壯的,又多才藝的特質。而〈鄭風・大叔于田〉中的獵者則是「襢裼暴虎,獻于公所」,詩中除了展現狩獵成果外,更是表現獵者裸露上身,徒手搏虎,以顯示獵者勇猛的形象。

二、車馬服飾

從《詩經》中可見,在詩人對於成王之前諸王的「車馬服飾」著墨不多,唯有〈大雅・公劉〉篇提到公劉:「維玉及瑤,鞞琫容刀」,身上所佩戴的是美玉及佩刀,以及〈大雅・大明〉篇描述武王伐紂時:「檀車煌煌,駟騵彭彭」,周師駕著檀木製造的兵車,那麼鮮明,車前四匹威武壯盛的赤色黑鬣騵馬,並駕齊驅的盛況。但成王之後,禮樂制度已漸趨完備,陳啟源《毛詩稽古編》云:「周之王業,雖成於文武,然興禮樂,致太平,實在周公輔成王時。嘗讀戴記〈明堂位〉、《周書・王會解》二篇,想見華夷一統之盛也。」[3]成王之後,有關統治階層車馬服飾的描繪,則是非常重視。陳素貞於〈論風詩中男性審美形象及其身體文化〉一文中也提出這樣的看法:

> 服盛威重的君主排場,是周代分封制度與宗法制度的趨於完善,以及社會等級的嚴格區別在服飾上的體現,對周人而言,服飾與身體是結合一體的。甚至是超越身體的一種表徵,處於寶塔上層的君侯服飾,自然也成了統治者最鮮亮的視覺焦

---

[3] 陳啟源《毛詩稽古編》,《文津閣四庫全書》經部詩類,(北京:商務印書館,2005年),頁395。

點。[4]

　　賈誼《新書・等齊》篇則引孔子曰:「長民者,衣服不二,從容有常,以齊其民,德一。」[5]當穿上盛服之後,就該有領導者的風範,要呈現出領導者的威儀來,所以,從服飾的描繪可以看出領導者的舉止是否合禮,是否具有君子之德。而《荀子・哀公篇》也曾引魯哀公與孔子的兩段對話說:

　　魯哀公問於孔子曰:「吾欲論吾國之士與之治國,敢問何如取之耶?」孔子對曰:「生今之世,志古之道,居今之俗,服古之服,舍此而為非者,不亦鮮乎?」哀公曰:「然則夫章甫絇屨,紳帶而搢笏者,此賢乎?」孔子對曰:「不必然,夫端衣玄裳,絻而乘路者,志不在於食葷,斬衰菅屨杖而啜粥者,志不在於酒肉,生今之世,志古之道,居今之俗,服古之服,舍此而為非者,雖有不亦鮮乎?」……魯哀公問於孔子曰:「紳委章甫,有益於仁乎?」孔子蹴然曰:「君號然也?資衰苴杖者不聽樂,非耳不能聞也,服使然也;黼衣黻裳者不茹葷,非口不能味也,服使然也。」[6]

---

[4] 陳素貞〈論風詩中男性審美形象及其身體文化〉,《中臺學報》,第 16 卷第 2 期(2004 年 12 月),頁 248。
[5] 賈誼《文津閣四庫全書・新書》,子部儒家類 231,卷一,(北京:商務印書館,2005 年),頁 150。
[6] 王先謙《荀子集解》,(臺北:藝文印書館,2000 年 5 月),頁 839-849。

所以,當穿上盛服之後,無形之中就會受到禮的約束,行為舉止也都要合乎禮儀法度。在周代,服飾除了是階級的象徵,最重要的是品德的展現,一個有品德的君子能夠德服相稱,才能顯現其威儀。當時人所說的威儀,既包括他們的莊敬的儀容,又包括裝飾、表現他們的社會等級地位的服飾、儀仗等物。[7]《左傳》桓公二年曾記魯大夫臧哀伯諫其君的一段話可為之證,他說:

> 君人者,將昭德塞違,以臨照百官,猶懼或失之,故昭令德以示子孫,……,袞冕黻珽,帶裳幅舄,衡紞紘綖,昭其度也。藻率鞞鞛,鞶厲游纓,昭其數也。火龍黼黻,昭其文也。五色比象,昭其物也。錫鸞和鈴,昭其聲也。三辰旂旗,昭其明也。[8]

臧哀伯把裝點貴族威儀的服飾、車飾、圖文、旌旗,區分為幾大類別,認為它們具有「昭其度」,「昭其數」,「昭其文」,「昭其物」,「昭其聲」,「昭其明」的作用,可見詩中常以車馬服飾的描繪來襯托君子之德,目的即是藉由德服相稱,顯現其威儀,而使百官懼之,不敢破壞紀律。所以,《詩經》中也常以車馬服飾的描繪來襯托君子之德,然而對於不相稱者的批評、諷刺,更是一點都不留情面的。茲將《詩經》中從車馬、服飾等方面來塑造男性人物的詩篇,說明

---

[7] 許志剛《詩經勝境及其文化品格》,(臺北:文津出版社,1993年12月),頁33。
[8] 左丘明著、杜預集解、竹添光鴻會箋《左傳會箋》,(臺北:明達出版社,1986年10月),頁140-146。

如下：

（一）車馬

　　《詩經》中常以車馬的描繪來襯托其德，例如：〈周頌・載見〉篇云：「龍旂陽陽，和鈴央央，鞗革有鶬，休有烈光。」當諸侯們見成王時，其車服禮儀之文章制度，都要遵守一切規矩，諸侯所建之旂，上面會有交龍，鮮明有文章；旂上之鈴，發出央央然的和聲；馬轡上也發出鶬然的聲音，真是美盛啊！以此來呈現諸侯之合禮，並襯托成王之德；〈小雅・蓼蕭〉篇則直言成王車馬：「鞗革忡忡，和鸞雖雖」，成王所乘之車馬，馬行時，轡頭上的裝飾會發出鏘鏘的聲音，還有車上的鈴聲也是一直響個不停，以此來呈現成王之威儀；〈小雅・庭燎〉篇提到：「君子至止，鸞聲將將」，「君子至止，鸞聲噦噦」，「君子至止，言觀其旂」，從宣王聽到諸侯車馬徐行有節的鸞鑣聲，到見到諸侯們壯盛的旗幟，詩人以此來顯示宣王聲威之盛，與其文治武功之隆矣。而〈小雅・裳裳者華〉所描寫的君子是「乘其四駱；乘其四駱，六轡沃若」；〈小雅・采菽〉中的君子則是「君子來朝，言觀其旂。其旂淠淠，鸞聲嘒嘒。載驂載駟，君子所屆」，以上所舉也都以車馬之盛來襯托其德之美，而以馬行時，轡頭上的裝飾及車上之鈴聲鏘鏘作響，則用來顯示其威儀有節。

　　〈小雅・吉日〉及〈車攻〉二詩都是描寫宣王之詩，但因〈小雅・吉日〉篇是寫宣王帶有娛樂性質的田獵活動，所以，「田車既好，四牡孔阜」，僅是呈現宣王田獵時有堅固的獵車及強壯的馬匹；而同

樣是寫宣王之詩,〈小雅・車攻〉一詩則是宣王會諸侯而舉行的田獵活動,是以,軍事演習的意義濃厚,帶有威嚇諸侯的意味,所以,從一開始的「我車既攻,我馬既同,四牡龐龐」、「田車既好,四牡孔阜」到「建旐設旄」,都是藉車馬、旗幟等來呈現宣王的氣勢及君威,因此,連諸侯也是有備而來:「駕彼四牡,四牡奕奕。赤芾金舄,會同有繹」,諸侯們乘著高壯的馬兒,穿著紅色蔽膝、鑲著金色線條的紅色鞋子,一副盛大又合禮的打扮,絡繹不絕地前來舉行會同之禮,一點都不敢馬虎,不敢輕視此次的活動,顯見場面之盛大,禮儀之隆重,以及宣王君威之顯赫,到最後田獵活動結束時,雖僅以「悠悠旆旌」一語帶過,但卻呈現出宣王的軍隊軍紀良好及一派肅穆的氣象,足見此次會諸侯已達到展示軍威,威懾列邦的目的,自此諸侯不敢造次,宣王天子的地位更鞏固,中興的形象也更確立了。所以,藉由車馬旗幟之盛也可用來壯大氣勢呈現君威。

另外,《詩經》中描述車馬之盛的詩篇,若是無德之君乘之,則有帶有諷刺的意味,例如〈大雅・桑柔〉篇云:「四牡騤騤,旟旐有翩」,言厲王時代雖車馬壯盛但征戰不息,詩人以此諷刺厲王暴政虐民;另〈齊風・載驅〉篇提到齊襄公:「載驅薄薄,簟茀朱鞹」、「四驪濟濟,垂轡濔濔」,詩中雖是描寫襄公盛其車服,駕著飾有「簟茀朱鞹」、「垂轡濔濔」的四驪,聲勢浩大地要與文姜相會,實顯示其不避人耳目,一副迫不及待地要與其妹文姜私會,其淫行無所忌憚,使萬民皆知,詩人藉此諷刺齊襄無禮義。[9]

---

[9] 《詩序》:「〈載驅〉,齊人刺襄公也,無禮義,故盛其車服,疾驅於通道

（二）服飾

　　服飾是由人所創造，同時也賦予了服飾生命，因此服飾所呈現出的視覺語言，不僅是服飾外在的美，更具有其獨特的意義。以周代的服飾而言，它代表著個人的身份及階級的標誌。而《詩經》中的服飾所呈現出的語言形象更是多元，或以服飾來借代人，如：〈鄘風・柏舟〉中用「髧彼兩髦」借指女子所愛之人，〈鄭風・出其東門〉則以「縞衣綦巾」借指男子所愛之人；或以服飾的變化來代表時間的流逝，如：〈齊風・甫田〉中的「總角丱兮」到「突而弁兮」，則由小孩變成年人了；或以服飾呈現出文化的內涵，而本研究範圍中男性人物所穿戴之服飾，即呈現出其形象與品德之間有著密切關係，此亦與周文化內涵有著極深的關係。例如：〈小雅・斯干〉篇中提到：「乃生男子，載寢之牀，載衣之裳，載弄之璋。其泣喤喤，朱芾斯皇，室家君王。」生男則或為周室之君或為周室諸侯，穿著鮮明的朱芾，一副非常有威儀的模樣，充滿著貴族氣息，就是藉著服飾以襯托其威儀；而〈衛風・淇奧〉中的斐然有文章的君子是「充耳琇瑩，會弁如星」，這位君子雙耳所戴的是晶瑩的美石，而頭上所戴的皮弁中縫，飾結之玉，閃爍如星。服飾之美盛、合禮，所襯托出來外在的威儀也是顏色矜莊，有威嚴，明德外現的，可謂德服相

大都，與文姜淫，播其惡於萬民焉。」《孔疏》進一步闡釋曰：「〈載驅〉詩者，齊人作以刺襄公也。刺之者，襄公身無禮義之故，乃盛飾其所乘之車與所衣之服，疾行驅馳於通達之道，廣大之都，與其妹文姜淫通，播揚其惡於萬民焉，使萬民盡知情，無慚恥，故刺之也。」分見鄭玄《毛詩鄭箋》，（臺北：學海出版社，2001年9月），頁43。孔穎達《毛詩正義》，（北京：北京大學出版社，1999年），頁352。

稱矣;〈秦風・終南〉中的君子是「錦衣狐裘」,「黻衣繡裳,佩玉將將」,穿著狐裘,外面再加上錦衣這樣的諸侯之服,並搭配邊邊繡著幾何圖案為裝飾的袞冕服,身上佩玉,發出鏘鏘的玉佩聲,顯示行止得宜,塑造出德稱其服的君子形象;〈曹風・鳲鳩〉中的淑人君子則是「其帶伊絲,其弁伊騏」,君子所穿戴的是素絲,滾朱綠邊之大帶,及以白色鹿皮上面綴滿玉所製成的帽子,儀態莊重威嚴;〈小雅・瞻彼洛矣〉中的君子是「韎韐有奭」,「鞞琫有珌」,這位君王所穿著的皮革蔽膝鮮紅耀眼,所佩的刀鞘用玉裝飾得很漂亮,詩人頌美其服儀及作為六軍統帥身分之相稱;而〈小雅・采菽〉中的君子則是「赤芾在股,邪幅在下」,穿著下垂到大腿的蔽膝,腳上綁著行縢,穿著合禮又有精神,來接受天子豐厚的賞賜,都是藉其盛服以襯托其德,並顯現其威儀。

但〈邶風・旄丘〉詩中的「褎如充耳」,乃譏諷衛國君臣對黎國的苦難聽而不聞,置之不顧[10],而「狐裘蒙戎」,則更是表現黎侯失權已久的落魄模樣。[11]不管是黎侯的「狐裘蒙戎」,是一副失權落

---

[10] 「褎如充耳」,《毛傳》:「褎,盛服也;充耳,盛飾也。大夫褎然有尊盛之服而不能稱也。」,《鄭箋》:「充耳,塞耳也。」按此處充耳可實指懸瑱之充耳,亦有「充耳不聞」之意。《國語・楚語》中,自公子張諷靈王宜納諫,王病之曰:「子復語,不穀雖不能用,吾愁實之於耳。」對曰:「賴君用之也,故言。不然巴浦之犀、犛、兕、象,其可盡乎,其又以規為瑱也?」也是以充耳比喻不聽不用之意;充耳設置的本意是使人不聽讒言,但在此詩中則藉形容充耳之盛,譏諷衛國君臣對黎國的苦難聽而不聞,置之不顧。分見鄭玄《毛詩鄭箋》,頁 16。左丘明撰、韋昭注《國語》,(臺北:里仁書局,1981 年 12 月),頁 557。

[11] 「狐裘蒙茸,匪車不束」,《毛傳》:「大夫狐蒼裘,蒙戎以言亂也。」《孔疏》:「〈玉藻〉云:『君子狐青裘豹褎,玄綃衣以裼之』,青、蒼色同,與此一也。……蒼裘所施,禮無明文,唯〈玉藻〉注云:『蓋玄衣之裘』,

魄的形象，或是衛國大夫的「褎如充耳」，都是服飾雖盛，反為詩人藉此服飾之描繪，以達極盡諷刺之能事之例，陳奐《詩毛氏傳疏》評此為：「大夫有此服，而不能救患恤同，是徒有其服，而不能稱其德矣。」[12]所以，詩人藉服飾的怪異、失常，來呈現國家即將敗亡的象徵。

而有關《詩經》中所提到的「彼其之子」，亦常為詩人諷刺之對象，例如：〈鄭風・羔裘〉篇中的主角「彼其之子」是：「羔裘如濡，洵直且侯」，「羔裘豹飾，孔武有力」，「羔裘晏兮，三英粲兮」，詩人特別強調「彼其之子」穿著羔裘這樣的盛服，卻強烈質疑其果能稱其服而無愧乎？所以，「彼其之子」在此詩中的形象是個德不稱服的形象。〈曹風・候人〉詩亦云：「彼其之子，不稱其服」，詩中將「彼其之子」與「候人」作一強烈對比，強調候人之官，雖是個小小的官職，但是，仍盡忠職守，而「彼其之子」卻如「維鵜在梁，不濡

禮無玄衣之名，鄭見『玄綃衣以裼之』，因言『蓋玄衣之裘』兼無明說，蓋大夫士玄端之裘也。大夫士玄端裳雖異也，皆玄裘纁衣色，故皆用狐青。」據陳奐《詩毛氏傳疏》：「《正義》以為玄端裘誤矣，蒙戎猶㲪茸，杜預注云『㲪茸，亂貌』。」《毛傳》以狐裘為大夫之蒼裘，孔氏則以服此狐裘者為衛大夫，但本詩中並未言及所服為何種狐裘，所以，不必定指為大夫。而余培林《詩經正詁》引《禮記・玉藻》曰：「『錦衣狐裘，諸侯之服也。』狐裘是公侯之服，故《左傳》曰：『狐裘㲪戎，一國三公。』若是大夫之服，不得云一國三公矣。」「此詩之『狐裘蒙戎』，當亦喻黎君失國而久失其權也」，余氏之說是也。按《禮記・玉藻》：「表裘不入公門」，而今見「狐裘㲪戎」，當是指黎君失權已久的落魄樣。分見鄭玄《毛詩鄭箋》，頁 16。孔穎達《毛詩正義》，頁 158。陳奐《詩毛氏傳疏》，（臺北：臺灣學生書局，1967 年），頁 106。余培林《詩經正詁》上冊，（臺北：三民書局，1995 年 10 月），頁 110-111。阮元校勘《十三經注疏・禮記》，卷 29，（臺北：藝文印書館，1956 年），頁 552。

[12] 陳奐《詩毛氏傳疏》，頁 107。

其翼」,「維鵜在梁,不濡其咮」,在其位而不做事,徒領乾薪,所以,在〈候人〉一詩中的「彼其之子」也是個尸位素餐、德不稱服的形象,詩人也是從威儀與等級身分不合,而對「彼其之子」進行批評。《左傳・僖公二十四年》,曾記鄭國公子子臧喜歡戴鷸鳥羽毛製成的冠。鄭文公很厭惡這種奇裝異服,便派人殺掉了他。也曾引詩曰:「『彼其之子,不稱其服』,子臧之服不稱也。」[13]對此,左氏更評述說:「服之不衷,身之災也」。[14]

三、舉止動作

《詩經》中對於男性人物外在的描繪,不僅是從靜態外在形貌、車馬服飾等著手,詩人也從男性人物舉止動作的動態描繪來塑造其形象,例如:〈齊風・載驅〉篇曰:「載驅薄薄,簟茀朱鞹」,詩人從齊襄公駕車迫不及待要與文姜相會的行為,來塑造其淫行;〈衛風・淇奧〉一詩則將君子之舉止剪影特寫鏡頭,落在「猗重較兮」,詩人利用君子倚靠在車子兩輢旁立木的動作,來顯現出其恢宏寬大的氣質風度;而〈魏風・十畝之間〉篇中所呈現的則是一位亟欲尋求心靈解放,想過悠閒自在隱者生活的詩人,詩云:「行,與子還兮」,「行,與子逝兮」,詩人以「行」字,表示其行動之堅決,「還」字,以示其志,言其欲歸也,而「逝」字,則堅定其志,有去了不再回來之意,運用「行」、「還」、「逝」等三個動詞,來宣示其有堅決欲歸隱之決心及行動,簡潔有力,形象鮮活。同樣是獵者,〈齊風・還〉一

---

[13] 左丘明著、杜預集解、竹添光鴻會箋《左傳會箋》,頁 494-495。
[14] 左丘明著、杜預集解、竹添光鴻會箋《左傳會箋》,頁 494。

詩中的「遭我乎峱之間兮,並驅從兩肩兮,揖我謂我儇兮」,以「遭」、「驅」、「從」、「揖」、「謂」等動詞來呈現兩獵者從相遇、逐獸、相揖為禮、相互稱美等互動關係,來強調獵者與獵者間是並驅共獵,同時也是相揖為禮的形象。而〈鄭風・大叔于田〉篇中,詩人云大叔于田:「乘乘馬,執轡如組,兩驂如舞」、「乘乘黃,兩服上襄,兩驂鴈行」、「乘乘鴇,兩服齊首,兩驂如手」,詩人藉此塑造獵者駕御技術之純熟,執馬轡時齊一不亂,兩驂隨兩服齊整而行,能和諧中節,而「襢裼暴虎,獻于公所」,除了展現成果外,更是表現獵者裸露上身,徒手搏虎,來塑造獵者勇猛的形象,詩人最後將鏡頭落在「抑釋掤忌,抑鬯弓忌」,獵者將綁在腰際的箭筩放下,把弓藏於囊中,態度從容不迫,結束了這次成功的打獵行動,是以,〈鄭風・大叔于田〉詩中,詩人所塑造出來的獵者形象是個善射獵,駕御純熟、中節,勇猛中又不失從容的有禮獵者。在〈大雅・生民〉一詩中后稷是個異於常人的形象,舉凡從出生之異、遭棄仍生之奇,到善於稼穡的摹寫,詩人更言其「誕我祀如何?或舂或揄,或簸或蹂;釋之叟叟,烝之浮浮。載謀載惟,取蕭祭脂,取羝以軷,載燔載烈,以興嗣歲。」后稷準備了祭品要祀奉上帝。於是,把粟擣一擣,而後從臼中拿出,再揚去糠,或用手將糠揉除,接著淘米,炊煮米飯,然後開始籌畫要祭祀上帝之事。取了香蒿與祭牲之脂來燃燒,使香氣遠播,請上帝來受饗,還準備了牡羊來祭行道之神,將肉串成一串,以火來燒烤,祈求來年仍然能夠豐收。詩中以「舂、揄、簸、釋、烝、燔、烈」等舉動來形塑后稷奉祀之誠的形象。而詩人利用這一連串的動詞來強調后稷祭祀之誠,主要是要表達其德能配天,

所以，有周一代，能有文武之功，也是因為受其餘蔭，因此能一直承受上帝的庇祐，足見周人對其始祖后稷之尊崇。

四、言語形式

　　語言，人們除了透過它來表達思想情感、傳遞訊息之外，在文學上，「人物的語言是性格創造的延伸，由人物語言賦予形象更豐富的生命內容。」[15]所以，在《詩經》中，對於男性人物語言的鍛鍊與刻畫，可看出一人之性格，透過言語形式的描繪，更能使人如聞其聲，想見其人。例如：〈衛風・淇奧〉篇中則從「善戲謔兮，不為虐兮」，來形塑這個君子是個幽默風趣，得體但不過分，分寸拿捏得很好的國君形象。而〈大雅・蕩〉篇談到厲王則是：「式號式呼，俾晝作夜」，以厲王大聲咆哮，來形塑其敗壞君王威儀容止的形象。可見語言除了表情達意，更可作為形塑人物的工具之一。

　　而本文中所謂「言語形式」，意指說話者的聲調、語氣、口吻、態度甚或與人的對話。例如：〈大雅・蕩〉篇云：「文王曰：『咨！』」，藉文王「咨！」短促有力的聲調及嚴厲的語氣以刺厲王，足見文王之語具有恫嚇的作用，用此以形塑文王在周人的心中是個形象威嚴的祖先神。〈大雅・大明〉篇述及牧野之戰，其中有段武王誓師於牧野之詞提到：「矢于牧野：『維予侯興。上帝臨女，無貳爾心』」，武王深怕有人畏懼而陣前倒戈，於是訓勉將士說：「現在我承受著天命，只有我才能興周邦，上帝會監臨著你們，您們要同心同德，不

---

[15] 徐靜嫻《小說評點中的人物塑造論》，頁96。

可有貳心。」詩人以武王之言來強調其承天命伐紂之決心,並藉由上帝來增強自己的威嚇力,訓勉將士無二心。更由武王語氣之堅定強勢,塑造其威嚴的形象。而〈大雅·假樂〉篇中的成王是:「威儀抑抑,德音秩秩」,是個有威儀,言語有序,行為舉止得體的君王,另在〈小雅·蓼蕭〉篇中所述的成王則是:「燕笑語兮,是以有譽處兮」,在諸侯的眼中,成王言談之間,流露出落落大方,和藹可親的樣子,詩人藉言語形式形塑成王是個有美德,澤被四海的好國君形象。

而〈大雅·常武〉篇是宣王親征的詩篇,所以,詩中宣王誓師時說:「戒我師旅:『率彼淮浦,省此徐土,不留不處,三事就緒。』」宣王要士兵們循著淮水之涯,巡視徐方之地,不久佔據他們的土地,以免擾民,戰備之事,三卿要籌備就緒。宣王語氣堅定,簡短有力,顯示軍令如山,當大勝之後,則僅以王曰:「還歸。」語氣簡潔有力,信守承諾,更顯示其大獲全勝,四方皆服。而〈大雅·雲漢〉篇是宣王憂旱,為民祈雨之詩,所以,詩人以「王曰:『於乎!何辜今之人!天降喪亂,饑饉薦臻。靡神不舉,靡愛斯牲。圭璧既卒,寧莫我聽。』」詩人描繪宣王感嘆地說:「唉!今之人何罪呀!饑饉一再地降臨,如今所有的神都祭祀了,三牲等祭品也都準備了,祭神用的圭璧之玉也都呈獻了,為什麼老天爺都不聽我的禱告呢?」宣王內心夾雜著恐懼、無助與焦躁不安,但仍誠敬地懇求眾神們可以幫忙度過難關,因為他的所作所為不是為了自己,而是為了全天下的老百姓,顯見其悲天憫人之心,詩人以此悲憫的語氣及內容,形塑宣王是個憂國憂民的好國君形象。到了宣王之末,征戰頻繁,民困

兵乏,所以,〈小雅・祈父〉一詩中首句皆以呼告「祈父」開頭,充滿憤怒之情,而詩人則自稱「予,王之爪牙」,有不滿之意,因為我明明是王護衛之士,卻派我出去征戰,致使我無法安居,也無法終養我的父母。詩中藉由對「祈父」的呼告,及自稱「予,王之爪牙」,來呈現士兵們內心之憤怒不滿,顯見此時的宣王已罔顧天意,是個不得民心的國君形象。

另外,〈陳風・株林〉詩中則採對話的方式,將陳靈公與其大夫孔寧、儀行父等臣子三人淫於夏姬的醜惡行徑揭出。詩曰:「胡為乎株林?從夏南。匪適株林,從夏南。」有人問陳靈公:「為什麼要去株林?」陳靈公還找藉口說:「從夏南」,是為了找夏徵舒呀!但實際上是因為陳靈公不敢直言要找夏姬,故言「從夏南」,欲蓋彌彰,卻不打自招,使淫逸行徑畢露,詩人以此對話方式形塑陳靈公行為之荒唐,相當生動。

參、內在描寫

有關《詩經》中男性人物的內在描寫部份,本研究擬從心理活動的描寫、人格特質的呈現等兩方面來探討,茲分述如下:

一、心理活動的描寫

人內心世界微妙的變化,是最難瞭解,也最難刻畫的,而《詩經》對於男性人物心理活動的描寫,卻是相當用心,例如:詩人於

〈周頌‧閔予小子〉篇云:「閔予小子,遭家不造,嬛嬛在疚。於乎皇考,永世克孝。念茲皇祖,陟降庭止。維予小子,夙夜敬止。於乎皇王,繼序思不忘。」此為成王除完父喪之後,且周公還政於成王,開始當政,才會有「夙夜敬慎,繼續先緒」之志,詩中流露出成王雖在沉痛中卻有奮起之志,然文武之業既偉大又沉重,對於成王而言有著無形的壓力,擔心自己會做不好,而無法纘緒先王之業,成王內心充滿著「焦慮」,誠惶誠恐,深怕做不好,不如理想,詩篇中刻畫出年幼即位的成王那種誠惶誠恐,戒慎勤勉的心理,詩人藉此形塑成王恭慎敬謹地朝於廟的形象。

〈大雅‧雲漢〉篇是宣王之時遭遇旱災之詩,宣王憂旱,為民祈雨云:「旱既太甚,滌滌山川。旱魃為虐,如惔如焚。我心憚暑,憂心如薰。群公先正,則不我聞。昊天上帝,寧俾我遯。旱既太甚,黽勉畏去。胡寧瘨我以旱?憯不知其故。祈年孔夙,方社不莫。昊天上帝,則不我虞。敬恭明神,宜無悔怒。」宣王感嘆旱災那麼嚴重,山光禿禿的,河川一點水也沒有,旱神施行暴虐,使大地整個像燒起來一樣,我的內心對於這種暑熱是如此地害怕,整個心憂煩得就像火在熏灼一般,先祖們也都不恤問我們,偉大的上帝呀!請告訴我要如何逃避這場旱災呀?旱災那麼嚴重,我只能以更黽勉畏怯的態度面對天的示警,可是上天為什麼要以旱災來使我病困呢?我真的不知道是什麼原因?只能在孟冬行祭,祈求豐年,祭四方之神與祭社神不晚,為什麼偉大的上帝都不幫助我呢?我敬事明神如此恭謹,明神當不致恨怒於我才是!詩中的宣王面對旱神肆虐,內心夾雜著怨嘆、恐懼、無助與焦躁不安,但仍誠敬地懇求眾神們可

以幫忙度過難關,詩人藉對宣王心理活動細膩的描寫,將宣王形塑為具有悲天憫人的胸懷,懂得為民祈雨,安定民心的好國君形象。

〈陳風・衡門〉一詩云:「豈其食魚,必河之魴?豈其取妻,必齊之姜?豈其食魚,必河之鯉?豈其取妻,必宋之子?」藉詩人認為食魚不必魴、鯉,娶妻不必齊姜、宋子,而這樣的說法透露出這是一位放逸而曠遠,安貧樂道,無求無欲,自樂隱士的想法。而〈檜風・匪風〉一詩,則是因為憂國而思周之詩,其詩云:「匪風發兮,匪車偈兮。顧瞻周道,中心怛兮」,「匪風飄兮,匪車嘌兮。顧瞻周道,中心弔兮」,詩人用風颯颯,車轔轔之聲,以製造緊張的氛圍,然在逃難情急之下,仍再三回頭瞻彼周道,詩人的心情百感交集,既沉痛又憂傷,但又抱持著希望,以此頻頻回顧來形塑詩人內心之沉痛與不捨,足見詩人面對世道之衰的憂傷。

而〈小雅・小弁〉一詩則是《詩經》中對於心理活動描寫之極致,因為詩中全是針對宜臼憂怨之情的摹寫,全詩八章,以一「憂」字貫穿全詩,首章即以鸒鳥之有家可歸,來反襯「民莫不穀,我獨于罹」,表達宜臼遭放不得歸之鬱悶心情,而「何辜于天?我罪伊何?心之憂矣,云如之何」,更是暗示因讒言而無辜遭放,真是百口莫辯,莫可奈何呀!只能含冤對天哭訴。二章言平坦的周道居然長滿了草,顯示幽王信褒姒之讒,亂其德政,使不通於四方,所以,令人憂心呀!之後連用三「憂」字,還分別以「怒焉如擣」,「假寐永歎」,「疢如疾首」來表達其憂之深也。三章更以「維桑與梓,必恭敬止」,說明自己對於養生送死之事,必以恭敬之心,而且「靡瞻匪父,靡依匪母。不屬于毛,不罹于裏」,身體髮膚受之父母,如此重恩豈可

輕忘?而今卻遭放不得奉養父母,是感憂傷。四、五章分別以「菀彼柳斯,鳴蜩嘒嘒」,「有漼者淵,萑葦淠淠」,「鹿斯之奔,維足伎伎」,「雉之朝雊,尚求其雌」,來說明蟬兒都有茂盛的柳樹可以棲息、鳴叫,萑葦也可以在深水邊茂盛地生長著,而鹿奔、雉雊都為求友,而自己卻是「譬彼舟流,不知所屆」,「譬彼壞木,疾用無枝」,以此反襯己身之孤寂,無家可歸。六章更以「相彼投兔,尚或先之;行有死人,尚或墐之」,來說明即使是自投羅網的兔,都有人會為其開脫,路邊有死人,也會有人不忍心而將他埋葬,而身為父母的您們,怎麼忍心對我這麼殘忍呢?七章更是痛刺幽王之所以會做出違背倫常,不合仁心之事,全因「君子信讒,如或醻之」,幽王對於讒言全盤接受,完全沒有明察,所以,怨刺幽王做事不知「伐木掎矣,析薪扡矣」,做事應該要如伐木一樣,順著傾斜的一方而牽曳它使它自然倒下,又如劈柴也是要順木之理而析之,就是要有方法,有規則可循,而不是「舍彼有罪,予之佗矣」,有罪的人反而沒事,卻由我來承擔他的罪。末章則以「莫高匪山,莫浚匪泉。君子無易由言,耳屬于垣」,來說明萬物都有規則,希望幽王應尊崇規則法度,勿再信讒。最後則以「無逝我梁,無發我笱,我躬不閱,遑恤我後」,來控訴被拋棄的憂怨之情。全詩將宜臼內心的憂怨,不管是對國家之憂,或對個人處境之怨,皆透過具體、形象的語言來呈現,將其內心複雜情緒表露無遺,堪稱是《詩經》詩篇中心理描摹之典範。

二、人格特質的呈現

《詩經》中對於男性人物內在的描寫部份,除了透過心理活動

的描寫之外,也常利用人格特質來凸顯人物形象,而所謂的人格特質包括與生俱來的本質,及內在修為所呈現出來的氣質、涵養及態度等,例如:〈大雅‧公劉〉一詩,每句皆以「篤公劉」開頭,來讚美公劉是位厚實之人,因為有公劉的忠厚篤實,才能不畏艱辛千里跋涉,為其族人尋一沃土,好安身立業;因為公劉的忠厚篤實,所以,才能一步一腳印地開疆闢土;因為忠厚篤實的公劉,所以,人民樂於歸附,受其領導、統治。詩中用一「篤」字來概括形容公劉忠厚篤實的人格特質,來凸顯其優秀的領導形象。〈大雅‧皇矣〉篇則云:「維此王季,因心則友。則友其兄,則篤其慶,載錫之光。受祿無喪,奄有四方。維此王季,帝度其心,貊其德音。其德克明,克明克類,克長克君,王此大邦,克順克比。」詩中強調王季「因心則友」,能發自內心,自然不虛偽地友愛他的兄長,因此獲得上帝給予的厚福,上帝賜予他能光顯族人。上帝開始思考,要將其美譽傳布出去,使四方之人都知道,使四方人民都能知道他的勤政無私,能夠做好一個君長該有的樣子,所以,因為他的美德,使周邦興盛,使得人民願意順從、親附。詩中將王季形塑成一位能夠光顯族人,善治天下等好德行的君長形象,而推本究源就是因為王季具有「友愛兄長」的人格特質。而文王則因為具有「謹慎」的人格特質,所以,〈大雅‧思齊〉篇曰:「惠於宗公,神罔時怨,神罔時恫,刑於寡妻,至於兄弟,以御于家邦。雝雝在宮,肅肅在廟。不顯亦臨,無射亦保」,〈大雅‧大明〉篇亦曰:「維此文王,小心翼翼。昭事上帝,聿懷多福。厥德不回,以受方國。」詩中一再強調文王祭祀祖先和順敬謹,使得神無所怨,無所痛,能顯靈保佑子孫,文王之言

行舉止堪為妻子兄弟的典範。而文王這種「小心翼翼」的人格特質還表現在伐崇之役上,從「是類是禡」一語,可看出文王的軍隊在出征之前,先以類祭來告天帝,至征地時則又以禡祭,告祀軍神,顯示文王出征態度相當敬謹,絕非兒戲。所以,《詩經》中藉文王「敬謹」的人格特質,將文王形塑成不僅是妻子兄弟的典範,更是順天應人,萬民順服的賢君形象。而〈大雅·蕩〉則以「炰烋于中國,斂怨以為德」,「天不湎爾以酒,不義從式。既愆爾止,靡明靡晦。式號式呼,俾晝作夜」,言厲王之暴怒及其無知,作了許多可怨之事,竟自以為德,還無晝無夜,湛湎於酒,「式號式呼」,大聲咆哮,敗壞君王的威儀容止,竟不知改過,詩中利用厲王「暴怒無常」的人格特質,將厲王形塑成暴虐無道之君。〈衛風·考槃〉一詩則藉由「碩人之寬」,「碩人之薖」,「碩人之軸」,來凸顯隱士具有心胸寬大,無處而不自得的人格特質,對於隱居生活沒有半點的委屈與無奈。

另外,《詩經》中對於君子內在修為而呈現出來的氣質也非常重視,例如:〈衛風·淇奧〉中的君子是「瑟兮僩兮,赫兮咺兮」,他的顏色矜莊,有威嚴,明德外現;〈小雅·蓼蕭〉、〈小雅·裳裳者華〉則是從見君子之人的角度,來呈現君子給人的感受,詩曰:「既見君子,我心寫兮」,「既見君子,孔燕豈弟」(〈小雅·蓼蕭〉),「我覯之子,我心寫兮;我心寫兮,是以有譽處兮」(〈小雅·裳裳者華〉),顯見與君子相處非常自在舒暢,而能與君子這麼愉快的相處,主要是因為君子所表現的是種快樂又和易的心情及儀態;而〈小雅·桑扈〉的「不戢不難」、「彼交匪敖」是呈現君子和順、敬謹,不倨傲的態度;〈小雅·采菽〉篇云:「彼交匪紓」則是強調不驕傲怠慢的

態度。除此之外,《詩經》中有關「君子」的詩篇還常使用「有匪」、「淑人」、「豈弟」、「假樂」等與「君子」一詞連用,來讚美君子是個有文采、和樂的、有美德的君子,並反覆歌頌之。顯見周代貴族十分重視由內而發的和樂氣質,因此,就連〈鄭風・叔于田〉這種讚美獵人的詩篇,也特別強調其具有「仁、好、武」等人格特質。

肆、環境(景物)烘托,氣氛營造

一、環境(景物)烘托

《詩經》中對於男性人物的塑造,也善於運用環境或景物以烘托男性人物的內心活動、性格特徵,並藉此勾勒出鮮明的男性人物形象,例如:〈邶風・新臺〉一詩,全詩三章,而首二章前二句以「新臺有泚,河水瀰瀰」,「新臺有洒,河水浼浼」,言新臺之鮮明美盛,與滾滾的黃河之水相配,可謂相得益彰,但今宣姜要嫁的對象卻是這個老不死如蟾蜍般醜陋的衛宣公,故以此景象來反襯衛宣公強納子妻之陋行;〈邶風・北風〉一詩,則以「北風其涼,雨雪其雱」,「北風其喈,雨雪其霏」言環境之惡劣,於是詩人乃萌歸隱之意。藉此惡劣環境烘托詩人徬徨無助的心情,乃思與好友歸隱田園;而〈衛風・考槃〉一詩,則是述一位隱居山水,隨遇而安,悠遊自得的快樂隱者,詩中以「考槃在澗」、「考槃在阿」、「考槃在陸」述隱居之所,並示其能隨遇而安之形象。至於〈小雅・鶴鳴〉一篇,則是位有令聞德誼,能成君之德業的隱者,所以,即使歸隱,仍聲聞于天,

全詩二章,詩之一至七句皆言隱者所居風物,從園中之景,以襯托此隱者之令聞德誼,不必更言其賢,而賢者形象已躍然紙上矣;〈王風・黍離〉一詩以詩人所見「彼黍離離,彼稷之苗」、「彼黍離離,彼稷之穗」、「彼黍離離,彼稷之實」,詩人見舊時宗廟宮室之處,今盡為黍稷,觸目所及,雖然黍稷離離,但心中卻產生一種失落感,以此烘托詩人的感傷與不安。〈小雅・苕之華〉一詩,則是詩人見幽王之時,國家動亂,民不聊生,而此動亂之由,蓋因人禍,而非天災,故詩人傷之。其詩首二章言「苕之華,芸其黃矣」、「苕之華,其葉青青」,以苕華之盛,來反襯人飽受饑饉,顯示天時地利兩者並宜,饑饉之成,並非天災,純由人為。所以,引起詩人的憂傷及悲痛。

二、氣氛營造

　　前面所述,透過環境或景物的烘托,是一自然的、可見的、可感的環境描寫,而氣氛的營造則多屬人為的、可感的環境描寫。《詩經》中對於男性人物的塑造,除了善用環境或景物的烘托方式外,也擅長運用氣氛的營造,尤其是在各種群像圖部份,使用最多,例如:〈小雅・車攻〉主在描繪周宣王會諸侯一事,而宣王即藉田獵以會諸侯,展示軍威,以此來威儡列邦,並顯示天子的統治地位。所以,詩人對於宣王軍隊之盛大,軍容之莊嚴,軍紀嚴明等多所鋪陳,但在射獵的進行當中則以「射夫既同,助我舉柴」,諸侯們展現合禮又和諧的表現,不得利者為得利者積禽,以及結束後有「大庖不盈」,施君恩給諸侯的表現,宣王於展示軍威中猶不失禮,呈現莊重雍容

的畫面及嚴肅中帶有和諧的氣氛；同樣是宣王的詩篇，〈小雅・吉日〉篇，所寫則是周宣王一次常規性的歲典，是一種帶有娛樂性質的田獵活動，所以整個氣氛的鋪排、人物活動的描寫，都是圍繞著周宣王，並以田獵為主，不管是描寫獸群，或是虞人趕群獸的畫面，都是為了討周宣王的歡心，以供其射殺，詩中並以「既張我弓，既挾我矢。發彼小豝，殪此大兕」，特寫周宣王高超的射技及勇猛的射獵畫面，最後則「以御賓客，且以酌醴」，將其所獵之物宴飲群臣，呈現一幅君臣田獵後共飲共樂圖，詩中洋溢著輕快的氣氛；〈秦風・駟驖〉是一篇美秦襄公田狩之詩，所欲呈現的即是秦襄公由附庸的身分轉為諸侯的那份殊榮，所以，詩人藉由田狩之事，園囿之樂以美之。全詩由上階層到下階層的喜樂之情都表露無遺，包括安排親信隨從的同行、虞人驅趕肥壯的禽獸給襄公射殺、襄公射技精準的表現以及獵後人、馬、犬悠閒遊園的畫面，字裡行間洋溢著歡愉的氣氛，以及發自內心的喜悅。

在祭祀圖像中，以〈小雅・楚茨〉一詩為例，全詩即以「誠心敬意」為主軸，詩人不直接寫犧牲菜肴之豐盛，而是通過祭前參祭的人忙碌地準備活動來表現這一意思。所以，詩人不惜筆墨，大肆描繪眾人繁忙、宰牛殺羊，為俎為豆的場面。「或剝或亨」、「或肆或將」、「或燔或炙」等句，寫廚師們謹慎而熟練的宰割烹飪，簡潔生動，詩人將整個氣氛炒得熱絡起來，還使用一連串的疊字「濟濟蹌蹌」、「踖踖」、「莫莫」，使人物更具形象。詩中的描寫，不管是主祭者或參祭者皆塑造出一種恭敬敏疾而又合法度的形象，極言祭祀禮儀的隆重與整飭，這也是主祭者對先祖敬誠的表現。而祭後私宴的

豐盛和賓客對主祭的滿意，同樣表現主祭的誠意。祭祀活動本身關乎人群，特別是同姓人群的團結，而結尾處「莫怨具慶」、「小大稽首」之句，無疑又是對祭畢宴享活動所具有的「親骨肉」社會功能的鄭重明示。所以，全詩所營造出來的是熱烈盛大、莊重敬肅、和氣團結的景象及氣氛；而〈小雅・信南山〉一詩，則是以大自然為背景，從地上的綿延廣闊的田野，平整的田畝及溝渠，到天上的雨雪紛紛，四時充美，都是為了鋪排下面的主題——「祭祀」，因為四時充美，才能有瓜、黍稷、清酒、騂牡等完備的祭品來祭祀祖先，所以〈小雅・信南山〉祭祀的虔敬是由祭祀物品之豐來呈現，而與〈小雅・楚茨〉是通過祭前參祭的人忙碌地準備活動來表現誠敬有所不同。〈小雅・信南山〉祭祀的群像圖是以農事為主，但不言農事之勞，而是從「維禹甸之」的創業，到「曾孫田之」，瓜、黍稷的收成，在這樣的氣氛鋪排之下，呈現出祭祀者謹慎守成又感恩的心；而〈小雅・甫田〉一詩所呈現的君王祈豐年祭祀之群像圖，是以敬天重農的思想為主題來表現的，因君王重農，所以農夫克敏；因農夫克敏，所以能有稼穡之盛；因稼穡之盛，所以君王能得大福，故君王祭神以求豐年，可見重農、豐收、福祿、祭神，四者關係密切，環環相扣，任何一環節都疏忽不得。因此整個祭禮中粢盛羅列，犧羊間陳；琴瑟緩奏，鼓聲激昂；農民載歌載舞，歡慶喜悅。詩人從不同的角度和側面，把祭祀的場面寫得有聲有色，氣氛熱鬧，給人一種如聞其聲，如見其人的藝術享受。所以，全詩從稼穡的茂盛，祭祀的熱鬧，到期望穀物的豐收，君民的關係是親切融洽的，氣氛是熱烈的，就連祭祀的場面也不是嚴肅的，而是帶有喜樂的心來祈

神，格調明快熱烈，主祭者洋溢著喜悅自得的神情，因為他是受民愛戴的君王，是受神護祐的君王。所以，〈小雅・甫田〉一詩所呈現的君王祈豐年祭祀之群像圖，沒有〈小雅・楚茨〉莊嚴肅穆的場面，君王的形象是親民愛民，而不是高高在上的，是可以與民同樂的；而農民們也是本著喜樂的心參與祭祀慶祝，君民上下和樂，更顯示出君王之德，由其德而顯其誠，因此，自不需藉由祭物之豐或祭禮之嚴來表其誠敬；至於〈小雅・大田〉一詩是君王樂豐年而祭祀之詩，所以，全詩依春耕、夏耘、秋收、冬祭進行，層次分明有序。在此詩中，祭祀時所呈現的除了虔敬、感恩的心外，最重要還表達了仁愛之心，從「雨我公田，遂及我私」到「彼有不穫穉，此有不斂穧；彼有遺秉，此有滯穗，伊寡婦之利」，可以知之。〈小雅・大田〉一詩沒有〈小雅・甫田〉熱鬧的場面，但卻營造出感人的畫面。雖然，〈小雅・大田〉詩中祭祀的場面僅以「來方禋祀，以其騂黑，與其黍稷，以享以祀，以介景福」一語帶過，但因為政者的無私，有仁愛之心，感動天地，所以，一樣得到上天賜予福祿萬萬年。

而在宴飲圖像的部份，〈小雅・鹿鳴〉一詩以敬賓、樂賓為主軸，而呈現一片賓主同樂的氣氛，全詩以鹿鳴所渲染出來的氣氛則與三章中宴會時莊嚴隆重的場面相呼應。野鹿的呦呦鳴叫與琴瑟笙簧的演奏，再加上主人熱誠的款待與客人恭敬的回應，形成此詩和諧歡樂的基調，全詩所呈現的是周王得治國之至道，群臣也獲得周王豐富的賞賜，上下一心，誠意對待，賓主盡歡，一片和樂融融的氣氛；〈小雅・彤弓〉是周王賞賜有功諸侯弓矢後，而舉行宴會時所詠之詩，大典中有莊嚴隆重的賞賜過程，有功的諸侯接到紅色的

弓後,要慎重地藏之以示子孫,因為這代表著無上的光榮。而賜弓給諸侯的周王,更是以發自內心的誠意來行賞。周王賞賜有功諸侯弓矢後,則舉行宴會,宴會中有音樂演奏,也有主人誠意、溫馨的勸酒畫面,大家和樂融融地參與宴會。所以,此詩中所營造的是個隆重、溫馨的氣氛;〈小雅・桑扈〉一詩所塑造的是一個斐然有文采的君子,他的心情一直保持著和樂的狀態,他是全國人民的屏障,是國家的棟樑,因為有他,才使天下平安無事。他的態度是那麼的和順、敬謹,他的所作所為又是那麼的合禮,天下人都以他為效法的對象,所以,他能受到上天所賜的大福。而今大家可以拿著牛角做成的酒杯,喝著很甘美的酒,都是因為他的態度不倨傲,才能聚萬福於一身,天下人也能分享幸福。這次的宴會,洋溢著嚴肅中又帶點幸福和樂的氣氛。主客雙方在杯觥交錯中,感情互動交流,特別是主人熱忱款待客人,客人發出了由衷的讚美,在一片頌禱聲中,充份體現了諸侯與天子之間的和睦關係;而〈小雅・頍弁〉一詩末章以「如彼雨雪,先集維霰」為喻,感嘆人生之短暫如雨雪,更應及時行樂,所呈現的宴飲氣氛不似〈小雅・鹿鳴〉上下一片和諧,君臣同樂的畫面;更沒有〈小雅・彤弓〉莊嚴隆重的場面,而是兄弟親戚相聚,但卻有著濃濃的、灰色的感傷思想及氣氛在其中;而〈小雅・瓠葉〉一詩,所寫之物雖淡薄,然情意卻深重,因為詩中除了用「亨、炮、燔、炙」等烹調食物的方法來顯示其誠意之外,更重要的是在描繪賓主間互相勸酒的過程,從「酌言嘗之」、「酌言獻之」、「酌言酢之」,到「酌言醻之」,寫出了古人獻、酢、醻「一獻之禮」的過程,井然有序,合於禮法。先是主人斟滿一杯

酒,接著也為客人斟滿酒,然後恭敬地請客人品嘗;再是主人向客人敬酒,表示歡迎客人之意;繼而賓客回敬主人,感謝主人的熱情款待;最後飲酒達到高潮,主人再向客人敬酒,賓主盡歡,結束一場看似平淡卻充滿真心誠意的宴會;〈魯頌‧有駜〉一詩,是魯國自慶父之難後,外有強齊睥睨,內又荒年歉收,在僖公繼位後,內修武備,撫慰人民,外結鄰國,鞏固邦交,才使國家轉危為安,克服了天災人禍的問題之後,國家蒸蒸日上,始有豐年,〈魯頌‧有駜〉就是在這樣的時代背景下所產生的詩篇,所以,全詩以臣子的視角寫成,詩的開頭即以黃馬、雄馬、青黑馬的健壯形象,以物寓志,藉此暗指魯國國力之強盛,以及展現馬背上人兒蓬勃的朝氣、奮發的精神及其旺盛的企圖心。魯國的臣子們盡忠職守,為公事而勤奮不懈。君臣們在公事之餘則歡樂燕飲,宴會中鼓聲敲得咚咚作響,有人拿著鷺羽翩翩起舞,就像成群的白鷺在飛的樣子,非常壯觀、美麗;而有人喝醉了,也跟著跳舞,非常快樂;有人喝醉了就告退,行為舉止,合乎禮樂法度,有所節制。在歡樂的燕飲中,始終不忘祈禱神靈賜福保佑豐收,還希望將福祿遺留給子孫。在這麼歡樂的燕飲中,最後則祈禱神靈賜福保佑豐收,還希望能將福祿遺留給子孫。全詩洋溢著歡樂的氣氛,更流露出群臣對君主的尊敬之心,以及君主待臣下的恩惠之意。

伍、其他塑造技巧

　　《詩經》中除了上述人物塑造技巧外,還善於運用其他塑造技巧來凸顯男性人物形象。茲舉想像、比喻、側寫、反覆吟詠、對比等表現法以說明之。

一、想像

　　所謂的想像並非抽象不實,《詩經》中藉由想像來形塑男性形象,通常是透過因物而及人,甚至是因聲而物而人這樣的想像關係,而這聲、物、人之間往往有著密切的關係,例如:〈秦風・小戎〉篇中則是述一婦人因夫出征而思念之,而思念的君子或是隨襄公征討西戎之大夫,故詩中並未直接描寫君子衝鋒陷陣、英勇殺敵的畫面,因此,詩中亦無血腥慘烈畫面的描繪,而是透過兵甲、車馬之盛（物）,來表現秦軍之威武雄壯,君子（人）的英勇善戰,所以,是透過因物及人的想像來形塑君子英勇善戰的形象。而〈齊風・盧令〉一詩,每章皆以「先犬後人」的摹寫順序,在寫獵犬的部份,並非直接摹寫獵犬出獵時的盡忠職守,威武英勇的畫面,而是透過「盧令令」,「盧重環」,「盧重鋂」等戴在獵犬頸上的環飾所發出的鈴鈴聲（聲）,來顯示獵犬威武英勇的氣勢,以聲音表現氣勢,得力助手——獵犬（物）,都如此優秀,想當然耳,身為主人的獵者（人）,必定更不同凡響,故藉此以凸顯主人的氣勢非凡。單聞其聲,想見其犬,進而引出主角——獵者,給予人無限的想像空間。詩人完全

透過想像力，想像這個威武英勇獵犬的主人，應該是位「美且仁」，「美且鬈」，「美且偲」之獵者，既是透過由聲而犬而人的想像，所以沒有實際的打獵畫面，而是想像中的獵者形象是個體魄健美的，而且仁慈的，勇壯的，又多才藝的。

二、比喻

詩人擅用借彼喻此的相似性，將男性人物形象描摹得栩栩如生，例如：〈小雅‧巧言〉篇中將讒人比喻為「躍躍毚兔」，又說「巧言如簧」，將巧言比喻成如鼓簧般那麼悅耳動聽，〈小雅‧巷伯〉一詩，也指出讒言可怕的地方在於：「萋兮斐兮，成是貝錦」，「哆兮侈兮，成是南箕」，讒言交織，能無中生有，還用巧言羅織人入罪，而他的嘴巴大得像南箕星一樣，一開口就是要害人。詩中將讒佞之人的形象描摹得維妙維肖。而〈小雅‧青蠅〉一詩，更以青蠅喻讒人，言讒言擴散之快，為禍之大。詩中以青蠅喻讒人形象，「止于樊」、「止于棘」、「止于榛」，是就空間而言，指讒人到處為禍，以見讒言擴散之快，而「交亂四國」、「構我二人」則言其為禍之大！顯見此詩中以青蠅喻讒人之形象，非常貼切鮮活。〈邶風‧新臺〉一詩則以「籧篨」、「戚施」將衛宣公比喻為老不死如蟾蜍般醜陋的形象。而〈衛風‧淇奧〉篇則以「如切如磋，如琢如磨」將有匪君子在修養品德，鑽研學問方面，以治骨角玉石為喻，需經用心地切磋琢磨，又以「如金如錫，如圭如璧」以比喻君子德器已成，詩中用了八個比喻，以形塑有德的君子形象。

三、側寫

《詩經》在描述男性形象時,有時並不以直接摹寫的方式,而是透過側寫來凸顯其所欲呈現的主角。例如:〈周頌・載見〉篇云:「載見辟王,曰求厥章。龍旂陽陽,和鈴央央,鞗革有鶬,休有烈光。率見昭考,以孝以享,以介眉壽。永言保之,思皇多祜。烈文辟公,綏以多福,俾緝熙于純嘏。」詩中藉由諸侯進見成王時車馬之盛,行進有節,來側寫成王之威儀,是一國之君的模樣。而〈鄭風・叔于田〉一詩,除了首句指出獵人正在打獵之外,其後所引出的「巷無居人」、「巷無飲酒」、「巷無服馬」,皆是藉此側寫獵人善射獵及駕馭技術之高超,以致出獵時萬人空巷爭相觀看,全因其具有健美的體魄及「仁、好、武」等人格特質。所以,詩人並未真正從打獵的過程或實際狀況來摹寫,而是從側面呈現獵人技術之高超,及其善駕的技能,並藉「豈無居人?不如叔也」的反問句子,來特別凸出這位獵者的出類拔萃,卓然出眾,而且這位獵者並非只是有健美的體魄,最重要的是在於它具有「仁、好、武」等人格特質,所以才讓民眾爭相目睹,顯現這位獵者獨特的魅力。而〈秦風・駟驖〉一詩,一章寫秦襄公出獵,二章述秦襄公射獵的情形,三章則將鏡頭落在「遊于北園,四馬既閑。輶車鑾鑣,載獫歇驕」,全力描摹四馬從容徐行的樣子、還有傳來陣陣輶車上鑾鑣作響的聲音,以及田犬被載,一副悠閒享受的樣子,詩人不以歌功頌德的方式結束,而以四馬從容、田犬悠閒的畫面結束,其實是在暗示秦襄公此次田獵的成功,以及彰顯襄公之德,雖然詩人並未直言,藉由側寫的畫面,反留予讀者無限的想像空間。

而《詩經》中使用側寫最多的歷史人物當屬宣王,例如:〈小雅‧鴻鴈〉一詩的敘述視角雖非宣王,但是詩人藉由第三人稱及第一人稱視角的描述,使人瞭解宣王做了安集流民之事,以顯見宣王有明智,在百廢待舉之時,懂得先安定百姓,來凸顯其悲天憫人的表現;而〈小雅‧庭燎〉詩中則藉:「君子至止,鸞聲將將」,「君子至止,鸞聲噦噦」,「君子至止,言觀其旂」,由諸侯車馬徐行有節的鸞鑣聲,及諸侯們壯盛的旗幟,來顯示宣王聲威之盛,與其文治武功之隆,以形塑宣王中興之氣象;〈小雅‧斯干〉詩言宣王建宮室之事,但詩人藉此側寫宣王建宮室非為個人享受,而是為了延續祖先之業而努力,以告慰祖先,使骨肉和親,如此才可使周室世代子孫綿延不絕,將宣王形塑成一仁君的形象;〈小雅‧無羊〉詩中雖是描述牧業發達,國富民豐的狀況,詩人未言及宣王,但宣王自在其中矣。是以詩中的夢兆,所呈現的正是宣王之世國富民豐,子孫眾多的繁榮景象;〈小雅‧沔水〉詩首二章皆以流水終歸於大海,以興萬物皆有所歸,而且是以「小就大也」之序為之,而今之諸侯卻不朝天子。又以隼之想飛就飛,想止息於木就止息,以喻諸侯之自大驕恣,欲朝不朝,自由無所在之心也,所以,此詩所呈現的諸侯是驕恣無禮,不循禮制,不盡其職,詩中雖明責諸侯敗禮,不順服於王,實刺宣王自壞制度,立下壞榜樣,致使諸侯違禮犯上,不復來朝,是宣王咎由自取,自損天子的威儀,此亦是從側面寫宣王形象之例。

四、反覆吟詠

《詩經》中利用反覆吟詠的方式,除了造成一唱三嘆的情感效

果,更可加強形象的塑造,例如:〈唐風・采苓〉一詩,蓋諷刺晉獻公因為自己先接納偽言,才讓偽言有機滲入,也才使說偽言的驪姬詭計得逞,所以,每章詩末皆以「舍旃舍旃,苟亦無然。人之為言,胡得焉?」詩人再三勸誡晉獻公勿聽偽言,只要獻公不聽,偽言就無從得生。而〈邶風・北風〉一詩,則是姦邪當道,國是日非,詩人徬徨無助,乃思與好友歸隱田園之詩,每章末二句皆以「其虛其邪?既亟只且」,詩人反覆吟詠以凸顯其被迫的無助與無奈的情感。〈邶風・北門〉一詩,則是言王事、政事繁忙,即使連家人都沒有人能體會其艱辛,而心生感嘆,其詩末皆以「已焉哉!天實為之,謂之何哉!」詩人再三感嘆,將自己的命運歸之於老天爺的安排,營造出無可奈何,自怨自嘆的情感氛圍,具有一唱三嘆的效果。

五、對比

　　《詩經》中對於男性人物形象的描寫,常使用對比的手法,以強烈對比的方式,凸顯所欲呈現男性人物的性格、情感或形象。例如:〈大雅・召旻〉篇以:「皋皋訿訿,曾不知其玷。兢兢業業,孔填不寧,我位孔貶。」言奸佞「皋皋訿訿」,尸位素餐,遇事只會互相詆毀,幽王卻看不出其缺失,仍重用他們;而賢臣則是戒慎恐懼,「旻天疾威,天篤降喪」,甚不安寧,但地位反不如奸佞。詩以小人得勢,賢臣反遭黜退做一強烈對比,凸顯賢臣心中的不平及不安的形象。〈魏風・汾沮洳〉一詩,每章前二句,言魏地之人,生活條件極差,在汾河的旁邊採摘野菜,而「彼其之子」卻修飾無度,過著浮靡的生活,一點也不關心人民生活疾苦,一點憂患意識都沒有,

詩中藉此以凸顯「彼其之子」是個過度打扮，只管個人，一點都不關心民間疾苦的貴族，遠比不上那些掌君路車、掌君兵車、掌君宗族的大夫們。而〈曹風・候人〉亦是以候人之官與「彼其之子」作一強烈對比，詩中言候人雖是個小小的官職，但是，仍盡忠職守，而「彼其之子」卻如「維鵜在梁，不濡其翼」，「維鵜在梁，不濡其咮」，在其位而不做事，徒領乾薪，所以，詩人藉此以凸顯「彼其之子」是個尸位素餐、德不稱服的形象。而〈王風・兔爰〉一詩則以「有兔爰爰，雉離于羅」，作一強烈對比，對比生之初、生之後，所過的生活，藉此以抒發生不逢時的情感。而〈小雅・北山〉一詩中四、五、六章更是使用一連串的對比，將對比手法發揮得淋漓盡致，三章共十二句，分成六組作一對照，每一組前一句皆言大夫之安逸，後一句則言我之勞苦。而大夫之安逸表現在「燕燕居息」，「息偃在床」，安居休息，完全置「王事靡盬」於不顧；而我卻是「盡瘁事國」，「不已于行」，為國事到處奔波，不敢休息。大夫「不知叫號」，「棲遲偃仰」，對於徵發召喚，完全不當一回事，還一副從容自如的模樣；而我則是「慘慘劬勞」，「王事鞅掌」，為王事勞苦不安。當大夫「湛樂飲酒」，「出入風議」，正事不作，飲酒作樂，還對國事大放厥詞，只會動口，不想動手；而我則是「慘慘畏咎」，「靡事不為」，成天勞苦於王事，還怕有罪過，所有的事盡心盡力去做。詩人義憤填膺，發出不平之鳴，凸顯勞逸不均之嚴重，顯示其憤怒之情非常強烈，極力塑造其怨嘆不平之形象。

陸、結語

總結《詩經》男性人物塑造技巧的考察,茲歸納如下:

一、《詩經》中對於男性外在形貌的描寫,它不是單純的靜態展現身體、容貌而已,這其中還隱含著男性人物的思想、情感、儀態、行為、人格特質等的呈現,所謂「相由心生」,借由外在形貌的描寫可使讀者想見其為人,達到以形傳神、形神俱似的效果。

二、《詩經》中車馬之盛除了可凸顯君威之外,亦可因其有德與否,藉此以讚美之或諷刺之,顯見車馬已非單純作為階級的標誌,它更是道德的顯影劑,若有德者乘之,則兩相輝映;若無德者乘之,則黯然無光。

三、詩人在利用服飾以塑造男性形象時,或以美盛服飾襯托其德,讚美其德服相稱;或以怪異失常之服飾,會帶來災難,諷刺其失權失德;或直言「彼其之子」著美盛之服,卻不稱其德,諷刺其德不稱服。足見周代對於服飾與其身分、品德是否相襯,相當重視。

四、《詩經》中對於男性人物舉止動作的動態描繪相當細膩,不僅用詞豐富,表達準確,井然有序,層次分明,字義更具有區別度、準確性,能適當配合情境,使得畫面生動,形象鮮活,能給予讀者深刻的印象。

五、《詩經》中對於男性人物形象的塑造,常能善用言語形式的特點,再配合情境,與所其欲塑造的人物特質,而形塑出屬於該人物的語言特色,呈現出人物內心的想法及性格特徵,並藉此反映出

當時社會的時代背景來,例如:同樣是宣王,在〈大雅・雲漢〉一詩中所表現的就是為民祈雨,憂國憂民的好國君形象,因此配合祈雨的情境,用字語氣也較舒緩哀傷;而〈大雅・常武〉是征戰的詩篇,為了形塑宣王是個形象威嚴,但不擾民的國君,所以,所使用的語言也必須是短促有力,使民信服的;於〈小雅・祈父〉篇中則藉由士兵們內心之憤怒不滿之言詞,來反映出此時的宣王已是罔顧天意,不得民心之國君形象,可見此時已屆宣王之末世矣。由上可知:同樣是宣王的詩篇,在不同時期,面對不同的情境,可透過語言的形式,表達出不同的情緒反應,而其所呈現出宣王的形象也不盡相同。

六、《詩經》中透過心理活動的描寫,除了呈現男性人物的情緒變化、內心深層的想法,塑造出男性人物性格鮮明、血肉豐滿的人物形象之外,更重要的是透過此一描寫,得以反映當時的社會,及見證周代社會的變遷。

七、《詩經》中對於人物形象的塑造是鮮明的,即使是內在的人格特質摹寫亦不含糊,透過詩人的手,猶如為詩中人物貼上標籤,也烙上了歷史的印記,讓讀者一讀,即不易抹去。例如:談到公劉,就想見其忠厚篤實的為人;談到王季,就思其友愛兄長的形象;談到文王,就難忘其謹慎的特質;至於說起厲王,暴怒無常的特質,更是深植人心。至於內在修為的呈現,詩人對於君子和樂的特質,更是再三稱頌,言及「君子」就會蹦出「有匪」、「淑人」、「豈弟」、「假樂」這般讚美的形容詞,所形塑的「君子」,是個為人無驕心,讓人看了很放心,相處使人極安心的形象。所以,人格特質決定一

切，當君王具有正面的人格特質，能為人民帶來福祉；若君王具有負面的人格特質，則會為國家帶來災難。因此，詩人對於正面的人格特質稱頌不已；對於負面的人格特質亦不客氣地大肆抨擊。

八、《詩經》中透過環境或自然景物的烘托，除了達到人與物的有機結合之外，更能造成情景交融的效果，使主題更鮮明，人物形象更鮮活，作品更具感染力。

九、《詩經》中特別重視氣氛的營造，而氣氛的營造必須與所欲呈現的主題、場景、甚至人物性格形成一致性，如此才能達到藝術渲染的效果。

十、詩人運用想像的手法，帶領讀者進入想像的空間，使得詩有了趣味性，間接凸顯形象，饒富美感。

十一、《詩經》中所使用的比喻題材，相當生活化、具體化、多元化、趣味化，可使讀者易於理解，讀後不禁露出會心一笑。

十二、詩人不直接點明主題，而採側寫的方式，運用與主題相關的事物，以引出主題，詩中的筆法是委婉的，情感是含蓄的，內容則具有聯想力與感染力，表現出溫柔敦厚之詩教。

十三、反覆吟詠除了是標準民歌形式之特點外，在音樂上，它具有節奏感、感染力，使人易於記誦詩篇；在內容上，它具有加強性，使詩人易於凸顯人物形象。

十四、《詩經》中對於男性人物的形塑，藉著對比技巧的運用，將兩個截然不同的生活、性格、想法、情感、作為等對立起來，以強化矛盾衝突，對比凸顯人物性格，達到增強描寫的藝術效果。

綜上所述，詩人不管使用何種形塑技巧，都是為了使男性人物

形象更鮮活地呈現在讀者面前,使讀者有如聞其聲,如見其人的感覺。所以,成功的人物形象塑造,可使形象深植人心,更可使讀者有融入感、參與感,達到藝術的感染力。當然,不可諱言地,《詩經》中這些形塑人物的技巧,更是深深地影響了後代詩歌、小說、戲劇的創作。顯見即使《詩經》已傳誦千年,仍現生命力。

參考書目

一、專書

1. 孔穎達《毛詩正義》，北京：北京大學出版社，1999年。
2. 王先謙《荀子集解》，臺北：藝文印書館，2000年5月。
3. 左丘明著、杜預集解、竹添光鴻會箋《左傳會箋》，臺北：明達出版社，1986年10月。
3. 阮元校勘《十三經注疏‧禮記》，臺北：藝文印書館，1956年。
4. 余培林《詩經正詁》，臺北：三民書局，1995年10月。
5. 施耐庵撰、金聖嘆評《水滸傳》，臺北：三民書局，1970年4月。
6. 許志剛《詩經勝境及其文化品格》，臺北：文津出版社，1993年12月。
7. 陳奐《詩毛氏傳疏》，臺北：臺灣學生書局，1967年。
8. 陳啟源《毛詩稽古編》，《文津閣四庫全書》經部詩類，北京：商務印書館，2005年。
9. 賈誼《新書》，收入《文津閣四庫全書》子部儒家類231，北京：商務印書館，2005年。
10. 鄭玄《毛詩鄭箋》，臺北：學海出版社，2001年9月。

二、學位論文

1. 徐靜嫻《小說評點中的人物塑造論》,臺北:輔仁大學中文研究所碩士論文,1991 年 7 月。

三、單篇論文

1. 陳素貞〈論風詩中男性審美形象及其身體文化〉,《中臺學報》第 16 卷第 2 期,2004 年 12 月。

《詩經》諷刺藝術研究

林芹竹

【提要】

　　朱自清在《詩言志辨》中指出風雅各篇序中明言刺詩的共一百二十九首，顯見《詩經》中擁有為數可觀的諷刺詩，這些諷刺詩隨著諷刺主題與對象的不同，展現出多樣貌的寫作技巧，成為《詩經》文學藝術的重要成就之一；並且由主文而譎諫，形成詩言志的文學傳統。因而探討《詩經》諷刺詩的寫作藝術，方能瞭解詩人如何透過筆端，表現對現實政治、社會的不滿。本文以諷刺詩的寫作技巧為綱領，分別從賦與興的寫作手法、修辭格的運用、內容的特殊安排三方面考察，例舉相關詩篇，析論每首詩的寫作方法，探討這些詩篇所呈現的諷刺藝術。

關鍵詞：《詩經》、《諷刺》、賦比興、修辭

壹、前言

　　《詩經》中有許多諷刺詩已為世人所認可,因其諷刺主題與對象不同,寫作手法亦有所差別。本文擬探討其寫作技巧及表現出來的諷刺特色,對《詩經》諷刺藝術加以考察。

　　諷刺詩帶有積極的作用,透過詩篇的流傳歌詠,讓上位者知道警惕,明白百姓疾苦,得以改善其不當行為或政治措施。《文心雕龍‧書記》:「刺者,達也。詩人諷刺,周禮三刺,事敘相達,若針之通結矣。」[1]刺有達的意思,詩人以詩諷刺,彷彿用針解開線的疙瘩。在敘事時加上自己的意念,針針見血,言詞激切,反映當代政治混亂的情況,可說是諷刺詩的重點。除了文字選擇使用,在章節安排上,詩人也可以透過反覆鋪陳、吟詠表示內心複雜的情感。《詩經》中的諷刺詩有的透過事物的鋪陳,寫出人物的卑下;有的欲刺先揚,先將他捧到最高處,然後突然冒出一句別有意涵的話,讓他跌落谷裡,無法翻身;或者二者相比,藉著單純的敘述,讓讀者自行想像二者差別,作者透過這種方式表達,諷刺意味遠比直接指責來得深刻。本文以諷刺詩的寫作技巧為綱領,分別從賦與興的寫作手法、修辭格的運用、內容的特殊安排三方面考察,例舉相關詩篇,析論每首詩的寫作方法,探討這些詩篇所呈顯的諷刺藝術。

---

[1] 劉勰著、周振甫注《文心雕龍注釋》,(臺北:里仁書局,2001 年 9 月),頁 486。

貳、賦與興的寫作手法

賦、比、興三義為《詩經》的主要寫作方法，諷刺詩自不例外用此三法。賦比興被認為是《詩經》的主要寫作筆法，或以平鋪直敘，直接抒發情感的賦法；或內心的意念情感，受到外物感發的興法；或不直說情感，而引物為喻的比法，使得詩的情感表現多樣豐富而且動人。

關於賦比興中的「賦」，《周禮・春官》中說：「教六詩曰風、曰賦、曰比、曰興、曰雅、曰頌。」[2]風賦比興雅頌稱之為六詩，後來《毛詩序》將「六詩」稱之為「六義」，「故詩有六義焉：一曰風，二曰賦，三曰比，四曰興，五曰雅，六曰頌。」[3]孔穎達《毛詩正義》對此解釋說：「風、雅、頌者，《詩》篇之異體；賦、比、興者，《詩》文之異辭耳。……賦、比、興是《詩》之所用，風、雅、頌是《詩》之成形。用彼三事，成此三事，是故同稱為義。」[4]從六詩到六義，將風雅頌賦比興的意思做了轉變，現在普遍認為風、雅、頌是《詩經》內容的分類，賦、比、興則是詩的表現方法。前人研究《詩經》也以賦比興區分其寫作方法，如朱熹《詩集傳》在《詩經》各詩每

---

[2] 鄭玄注、賈公彥疏、陸德明音義《周禮注疏》，收入《景印文淵閣四庫全書》，（台北：台灣商務印書館），八四・經部，禮類，頁429。
[3] 毛亨傳、鄭玄箋、孔穎達疏《毛詩注疏》，收入《景印文淵閣四庫全書》，六三・經部，詩類，頁119、120。
[4] 毛亨傳、鄭玄箋、孔穎達疏《毛詩注疏》，收入《景印文淵閣四庫全書》，六三・經部，詩類，頁120。

章下注明「興也」、「賦也」、或「比也」等分判之詞,以顯示《詩經》寫作不離賦、比、興三法,及其表現之藝術特質。

一、賦

「賦」是最基本最常用的表現手法。賦是鋪陳、直言,賦筆的表現特點據王世貞《藝苑巵言》的說法是:「以述情切事為快,不盡含蓄也。」[5]詩人感事寫意,直接書寫內心之意,毫不掩飾,敘事狀物,全是詩人眼見目睹,自然格外動人。透過賦筆鋪陳,論事說理道情,客觀的呈現了當時的場景或生活。黃永武認為:「直陳的賦體意味易盡。」[6]也認為「用比興的手法才能多味,《昭昧詹言》裡說:『正言直述,易於窮盡,而難於感發人意。託物寓情,形容描摹,反覆詠嘆,以似人之德,所以貴比興也。』正是說明要『感興人意』,比興體較『正言直述』要生動的多。」[7]雖然賦筆屬於直陳其事,筆法較簡單,但在平鋪直敘中,仍可寫出詩人的情感,表達事件過程、原因,任何作家均不可能不用賦筆。諷刺詩既是諷刺時政、時弊,更無法避免使用賦筆以直言其事,在賦筆中雜以抒情與議論闡述,即便一般以為賦筆意味易盡,但是它的諷刺意味卻也帶著一針見血的痛快。例如〈齊風・東方未明〉此詩以賦筆寫出上位者起居無節,令臣下疲於奔命。詩人透過賦筆呈現畫面,「東方未明,顛倒衣裳。

---

[5] 王世貞著、羅仲鼎校注《藝苑巵言校注》,(濟南:齊魯書社,1992年),卷4,頁183。

[6] 黃永武《中國詩學──鑑賞篇》,(臺北:巨流圖書公司,1977年8月),頁202。

[7] 黃永武《中國詩學──鑑賞篇》,頁202。

顛之倒之,自公召之。」敘述天將亮未亮時,君王即出令,致使臣子衣裳顛倒,強調衣裳顛倒都是因為「公召之」,簡單的句子就將臣子慌張忙亂的舉動寫出,十分貼切的諷刺了詔令無節的後果就是臣子手忙腳亂,連衣裳都穿倒了。

〈齊風・載驅〉此詩純用賦筆,寫文姜盛裝奔赴會襄公,詩人全力鋪陳其車馬聲勢盛大,沿途行人眾多,文姜無視於路人的眼光急驅前往,「豈弟」二字寫她的喜悅,也諷刺了她的無恥荒淫。純賦筆的寫法,看似無意的描寫,實則以此畫面陳述代替詩人的指責與貶抑。除此詩外,〈鄭風・清人〉亦採用此種筆法,〈清人〉前半段鋪陳描寫軍隊師旅兵強馬壯,士兵雄姿英發,彷彿即將上場應戰,結果是「左旋右抽,中軍作好」,揮舞著精良武器玩耍,賦筆使得諷刺意味在末尾跳出。

〈檜風・羔裘〉也善用賦筆寫檜君參加宴會,「羔裘如膏,日出有曜。」穿著潤澤如膏油的小羊皮衣,太陽照射發出閃亮亮的光澤,一國之君喜好浮華,沉湎於享樂,詩人「豈不爾思,中心是悼」,怎能不擔憂煩惱呢?未直說君王好遊樂,只寫他穿著華美貴重的羔羊皮衣,在朝會上顯得多引人注目,諷刺意味濃厚。

〈陳風・株林〉末章直接賦寫陳靈公君臣大剌剌乘坐馬車,前往株林與夏姬相會,和首章鬼鬼祟祟,忸怩造作,掩人耳目的舉動形成對比。「駕我乘馬,說于株野。乘我乘駒,朝食于株。」「說」、「食」字的使用有諷刺意,為什麼會在株林休息呢?為什麼會在株林用早餐呢?賦筆直寫陳靈公君臣的行為,刻意透露出陳靈公君臣不打自招,難以隱瞞的醜行。末章毫無遮掩的寫出其淫行,諷刺意

味自然流露,和首章善於揣摹做壞事的人忸怩之態,表現各具特色的寫作技巧。

在〈小雅‧節南山〉詩中,詩人運用賦筆直接指出造成政治混亂的人是誰:「節彼南山,維石巖巖。赫赫師尹,民具爾瞻。憂心如惔,不敢戲談。國既卒斬,何用不監?節彼南山,有實其猗。赫赫師尹,不平謂何。天方薦瘥,喪亂弘多。民言無嘉,憯莫懲嗟。」詩人眼見執政者用人不當,任用師尹而國政敗壞,國運危殆,前兩章中他痛心疾首的呼喊,正言直敘,指出師尹地位崇高,卻不公正不盡心,造成百姓生活痛苦害怕,透過賦筆直陳,表現了詩人激烈的情感,與憂國憂民的熱忱,藉此直刺師尹,也令讀者對師尹為政不公留下深刻的印象,二千年後我們能在此詩中得知師尹是個不盡責的臣子,不能不歸功於詩人詳細賦寫此事。

〈小雅‧十月之交〉:「爗爗震電,不寧不令。百川沸騰,山冢崒崩。高岸為谷,深谷為陵。哀今之人,胡憯莫懲!」此章以賦筆具體描述自然災異,寫地震時天地變動,高山變為山谷,深谷變為山陵,詩人將當時對社會不滿的描繪,利用自然界中鮮明生動的災異形象直接闡述,姚際恆還評過「寫的直是怕人。」[8]周朝時已有天人感應思想,若是國家安定,政治清明,則不會有如此大的災禍,如今天地變動,必是居上位者不順天而行,倒行逆施,詩人以天人感應,賦寫幽王暴虐,人禍導致天變災害。

〈大雅‧板〉前幾章直說厲王時在朝官員縱情享樂,不知反省,

---

[8] 姚際恆《詩經通論》,收入《續修四庫全書》,(上海:上海古籍出版社,1995年)六二‧經部,詩類,頁142。

將國家推入極危險的地步,透過賦筆鋪陳詩人的責備,諷刺意味明確。

透過賦筆可以直抒胸臆,毫不隱晦,表現詩人真實的感受與情意。諷刺詩中詩人陳述己見,指責執政者為政不當,官員貪圖享受;或諷刺貴族表裡不一,褊心高傲,寫其外表穿著服飾,以其神情態度表露詩中人物的性格,再加上設問、對比、譬喻、誇飾等修辭,就能諷刺其不當行為與過失。王世貞說《詩經》:

> 語荒而曰『周餘黎民,靡有孑遺』。勸樂而曰『宛其死矣,他人入室』。
> 譏失儀而曰『人而無禮,胡不遄死』。怨讒而曰『豺虎不食,投畀有北』。[9]

他認為詩有許多直陳情事的手法,透過這些筆法凸顯刺意。

二、興

關於「興」,朱熹認為:「興者,先言他物以引起所詠之詞也。」[10]意即興是興詠之意。劉勰《文心雕龍》對比興作如此說明:「故比者,附也;興者,起也。附理者,切類以指事;起情者,依微以擬議。起情故興體以立,附理故比例以生。比則畜憤以斥言,興則環譬以

---

[9] 王世貞著、羅仲鼎校注《藝苑卮言校注》,卷4,頁183。
[10] 朱熹《詩經集傳》,收入《景印文淵閣四庫全書》,六六・經部,詩類,頁750。

記諷。」[11]他先指出「比興」的意義,認為「比」是比附,比附事理的方式是用打比方來說明事理,即所謂以乙來說明甲的意思。「興」是起興,託物起興,以某一事物來寄託情意,表現自己的情感。顏崑陽在〈文心雕龍「比興」觀念析論〉一文中說:

> 環譬,就是一種「整體而委婉的設譬方式」,在劉勰看來,這種方式,才能真正達到意在言外,寄託作者的志意,而對政教具有諷諫的效用,故謂之「託喻」。[12]

劉勰又說:「觀夫興之託喻,婉而成章,稱名也小,取類也大。」[13]進一步說明「興」的「託物喻意」,是措辭婉轉而集結成章,它所舉的名物較小,但含意較大,能概括較豐富的意涵,劉勰還認為「興」是「明而未融,故發注而後見。」[14]表明託物喻意的「興」,看似明白卻需仔細體會,具有曖昧性。不論是朱熹還是劉勰都著重於比興,認為詩歌要言有盡而意無窮,必須靠著比興的功夫,增加詩的情感與張力。葉嘉瑩曾針對賦比興三種詩歌的表現手法,以美學立場剖析詩歌中情意與形象之間互動的關係,提出較為完整貼切而令人信服的解釋,能讓我們瞭解三者的差別:

---

[11] 劉勰著、周振甫注《文心雕龍注釋》,頁 677。
[12] 顏崑陽〈文心雕龍「比興」觀念析論〉,《魏晉南北朝文學論集》,(臺北:文史哲出版社,1994 年),頁 388。
[13] 劉勰著、周振甫注《文心雕龍注釋》,頁 677。
[14] 劉勰著、周振甫注《文心雕龍注釋》,頁 677。

所謂賦者,有鋪陳之意,是把所欲敘寫的事物,加以直接敘述的一種表達方法;所謂比者,有擬喻之意,是把所欲敘寫的事物,借比為另一事物來加以敘述的一種表達方法;而所謂興者,有感發興起之意,是因某一事物之觸發而引出所欲敘寫之事物的一種表達方法。……總之,這種樸素簡明的解說,卻實在表明了詩歌中情意與形象之間互相引發、互相結合的幾種最基本的關係和作用。[15]

蔡英俊〈情景交融的理論基礎:「比」「興」〉一文中說:

所謂「比興」,原具有兩層不同的含義:一是諷諭寄託,反映詩人對現實政治、社會倫常的批評意見;一是興會之趣,借助於自然物象(或事相)而傳達、喚起一種微妙超絕的意趣——前者強調詩人意志、懷抱(而不只是情感)的重要性,後者則偏重在詩人情感與自然物象融浹交會所產生的趣味、韻致,而兩者又同時肯定一種間接宛轉的語言藝術的創意,也就是一種含蓄委婉之美。[16]

據蔡英俊的看法,他以為「比興」一詞實際上含蘊有兩層不同的意義內涵,而這兩層意義又各自對應著不同的創作理念與批評觀點:

---

[15] 葉嘉瑩《迦陵談詩二集》,(臺北:東大圖書公司,1985 年 2 月),頁 119。
[16] 蔡英俊《比興、物色與情景交融》,(臺北:大安出版社,1990 年 8 月),頁 61。

就諷諭寄託一層看,「比興」是從詩歌與政治、社會的關係來考慮詩人的創作意圖與詩歌的效用;而就興會感發一層看,「比興」是就詩歌與情感表現、作者與讀者的美感經驗的關係來衡量詩歌的藝術效果與美學價值。至於後者,則又衍生出具有直觀妙悟的神秘作用的「興」字的意義:一方面指作者所表現的純任天機自然的想像力與創造力,另一方面則指作品所呈顯的靈妙不假雕飾的渾融整全的藝術境界——循此,「興」字形成另外一種批評的意義與觀念,而強調詩人的創造力與詩歌作品所呈現的渾然整全的藝術境界的一種圓滿的結合。[17]

朱自清也說:

「毛傳」「興也」的「興」有兩個意義,一是發端,一是譬喻;這兩個意義合在一塊兒才是「興」。……前人沒有注意興的兩重義,因此纏夾不已。[18]

故使用比興手法,是詩人創造力、思考力、想像力的連鎖反應,詩人將自身的人生體驗,與當下事件感受結合,迸發出新的情思,引起更深的激情。徐復觀在〈釋詩的比興——重新奠定中國詩的欣賞基礎〉一文中說:

---

[17] 蔡英俊《比興、物色與情景交融》,頁155。
[18] 朱自清《詩言志辨》,(臺北:五洲出版社,1964年),頁49。

> 比是經過感情的反省而投射到與感情無直接關係的事物上去，賦予此事物以作者的意識、目的，因而可以和感情直接有關的事物相比擬。興是內蘊的感情，偶然被某一事物所觸發，因而某一事物便在感情的震盪中，與內蘊感情直接有關的事物，融合在一起，亦即是與詩之主體融合在一起。[19]

認為興是事物與詩人內在正好碰觸，詩人的情感被觸發所引起的反應。他又說：

> 興的發生，是因為情感所積者厚，在抒寫的途中，形成一種頓跌。……頓跌中忽然接觸到某種客觀事物，引發更深更曲折的內蘊情感，因而開闢出另一種情境。[20]

猶如《詩經》以〈關雎〉為首，作以教化「后妃之德」，《淮南子·泰族訓》：「關雎興於鳥，而君子美之，為其雌雄不乖居也；鹿鳴興於獸，君子大之，取其見食而相呼也。」[21]為什麼要以〈關雎〉作為篇首呢？《詩集傳》說：「關關，雌雄相應之和聲也。關雎，水鳥，一名王鳩，狀類鶩，今江淮間有之。生有定偶，而不相亂，偶常並遊，而不相狎。」[22]這種水鳥不亂偶而居，詩人見河上之關

---

[19] 徐復觀《中國文學論集》，（臺北：學生書局，1990年3月5版），頁103。
[20] 徐復觀〈釋詩的比興：重新奠定中國詩的欣賞基礎〉，收入《中國文學論集》，（臺北：學生書局，1975年11月），頁112、113。
[21] 高誘注《淮南子注》，（臺北：世界書局，1965年再版），頁352。
[22] 朱熹《詩集傳》，收入《景印文淵閣四庫全書》，六六·經部，詩類，頁750。

雎,進而興起用之以教化人,希望男子婚後專一,女子幽閒貞靜、品德良善。《易林》:「鹿得美草,鳴呼其友。」[23]鹿溫馴合群,君子取之重視其群性。以此二者興美德性高尚,欲教化眾人。周振甫認為:「興是觸物起情,所以都放在每章的開頭。因為觸物起情,所以同一物可以引起不同的情。」[24]夏傳才在《詩經語言藝術新編》一書中,將興分成三類,認為「興」即起興,一首詩的開頭、一章詩的開頭,先提它物以引起所詠之詞。第一類興辭是發端起情、定韻作用,與下文並無實際關聯。第二類起興的形象與下文在意義上有某種相似的特徵,能起一定的比喻作用,類似於所謂的聯想、託物起興。諷刺詩中以興的筆法帶有特殊意涵,除了能加強詩的感染力外,主要在取其意象以刺之。王充《論衡・商蟲》中云:「詩云:『營營青蠅,止于藩,愷悌君子,無信讒言。』讒言傷善,青蠅污白。同一禍敗,詩以為興。」[25]詩人特以青蠅起興,是因為青蠅污染純淨之物,使之骯髒污穢正如小人無的放矢,亂進讒言,造謠滋事,使賢者蒙塵,在君王面前從清白之身也轉變為黑。這種興筆由青蠅形象聯想起,將讒人與令人厭惡的青蠅放在一起,產生了極大的諷刺意味,只差沒指著讒人罵他蒼蠅!趙沛霖說:「由於比興強調寄託,儒家詩論常常以這種『興寄』的詩歌作為諷諭美刺的手段。」[26]

---

[23] 焦延壽撰《焦氏易林》,(臺北:中華書局,1965年),頁53。
[24] 劉勰著、周振甫注《文心雕龍注釋》,頁689。
[25] 王充《論衡》,收入《景印文淵閣四庫全書》,一六八,子部,雜家類,頁199。
[26] 趙沛霖《興的源起——歷史積澱與詩歌藝術》,(北京:中國社會科學出版社,1987年11月),頁235。

第三類起興則可交代背景、烘托情境，渲染氣氛，將全詩的意境推到某一層面[27]。例如〈邶風・旄丘〉以「旄丘之葛兮」起筆，借景物起興。黎臣渴望衛國救援，常常登上旄丘翹首等待，時序變化，葛已蔓延生長，卻未見衛軍到來，不禁哀嘆「何多日也」。藉著眼前景物的生長，興起心中感觸，亦表示時間流逝，最後「狐裘蒙戎」、「流離之子」，由期盼到埋怨、指責，諷刺意味漸漸出現。朱熹說：「黎之臣子，自言久寓於衛，時物變矣，故登旄丘之上，見其葛長大而節疏闊，因託以起興：旄丘之葛，何其節之闊也！」[28]

王符《潛夫論・務本》：「詩賦者，所以頌善丑之德，泄哀樂之情也，故溫雅以廣文，興喻以盡意。」[29]詩賦創作目的在於頌善歌美，洩導心中哀樂之情，故要含蓄典雅，透過興喻讓詩意委婉呈現，不直接表露。〈邶風・北風〉中前兩章以「北風」起興，北風即冬天吹拂的風，凜冽而刺人，詩人以此興起下文，讓全詩籠罩在低迷寒冷的氣氛中，時政敗壞人民猶如生活在寒冬之中。寒冬中大雪不斷紛飛，人民卻要攜手逃亡，若非逼不得已，怎會要在如此天氣狀態下逃亡。

〈邶風・新臺〉前兩章興中帶賦，以漂亮的新臺起筆，在黃河邊建造的顯眼耀人新臺，準備迎娶新人佳麗，未料新娘「燕婉之求」，卻得到宣公這樣的新郎。

---

[27] 夏傳才《詩經語言藝術新編》，（北京：語文出版社，1998年1月），頁147。
[28] 朱熹《詩集傳》，收入《景印文淵閣四庫全書》，六六・經部，詩類，頁763。
[29] 王符《潛夫論》，收入《景印文淵閣四庫全書》，二，子部，儒家類，頁361。

以新臺之新,反襯新郎之老與不倫行為,透過高築的新臺,彷彿看到宣姜的悲怨。

〈鄘風‧牆有茨〉以「牆有茨,不可埽」起興,含蓄的點出宮中醜聞不可說,猶如蒺藜不可除去。明明要諷刺宮廷醜聞,卻又以不可掃除起筆,有欲言又止,以不說為說的挖苦意味。

〈鄘風‧鶉之奔奔〉每章均以「鶉之奔奔」與「鵲之彊彊」起興,詩人代惠公口吻說見到鶉鵲都有固定匹偶,而公子頑卻與庶母宣姜淫亂,宮廷醜事如此不堪,與之相比連禽鳥都還不如,不禁感嘆自己竟要「以之為君」、「以之為兄」,這種人竟是自己的兄長,竟是一國之君。劉玉汝《詩纘緒》說:「取二物為興,二章皆用而互言之,又是一體。」[30]陳震《讀詩識小錄》評曰:「用意用筆,深婉無跡。」[31]

〈衛風‧芄蘭〉兩章以「芄蘭之支」、「芄蘭之葉」起興,看到芄蘭之支、葉,想起少年身上所佩帶的飾物,不禁埋怨起他的裝模作樣。朱公遷曰:「芄蘭柔弱,而枝葉長蔓,本不稱末,故以興童穉無能而不能稱其服。」[32]黃佐也說:「首一句興童子不當有其服,下譏童子不能稱其服。芄蘭本是蔓生,今則有枝矣。以興童子本未成人,今則佩觿矣。今雖佩觿,而其舒放之甚如此,何足以稱是服

---

[30] 劉玉汝《詩纘緒》,收入《文津閣四庫全書》,(北京:商務印書館,2006年1月北京第1次印刷)七一,經部‧詩類,頁606。
[31] 轉引自趙逵夫等編《詩經三百篇鑑賞辭典》,(蘇州:上海辭書出版社,2008年4月),頁82。
[32] 朱公遷《詩經疏義會通》,收入《景印文淵閣四庫全書》,七一‧經部,詩類,頁148。

哉?」³³詩人即景起興,以物生情,因為芄蘭的荚實與觿外型相似,都是錐形,故詩人產生聯想。觿是解結的用具,男子佩觿並無年齡限制,《禮記・內則》記載:「子事父母……左右佩用,左佩……小觿……,右佩……大觿……。」³⁴毛《傳》謂觿是「成人之佩」³⁵,佩韘表示能射御。貴族男子佩觿佩韘表示有能力持家、從政,擔負起一切。所以詩中的少年佩觿佩韘,便覺得自己成年了,裝腔作勢態度高傲,故詩人作詩諷刺,故意以「童子」稱之。

〈齊風・南山〉首章以「南山崔崔」起興,從南山之高想起襄公之君王身分,亦崇高崔嵬不可撼動。未料襄公竟與其妹文姜有不倫之戀,故下句接寫「雄狐綏綏」,以雄狐求偶緩慢步行貌,描寫襄公覬覦文姜,急於與之匹偶享樂的低下行為。之後三章亦以興起筆,分寫鞋帶帽纓、種麻劈柴,以成雙的鞋、帽帶興夫妻倆人匹偶即為一體,不得混亂。而種麻必先整治田壟,砍柴得有刀斧興起娶妻必須由父母之命、媒妁之言,既已成婚配就不該再有違背婚姻的行為,以此諷刺襄公與文姜敗壞婚制,地位崇高行為卻低下。

〈齊風・敝笱〉每章以「敝笱在梁」起興,意味深遠。捕魚的魚笱架在魚梁上,希望能捕到魚,可是魚笱竟是破敗的,各式各樣的魚毫無阻礙的游過,這魚笱形同虛設,有何作用?這一比興諷刺

---

³³ 轉引自裴普賢《詩經評註讀本》,(臺北:三民書局,2008 年 11 月重印 2 版),上冊,頁 152。
³⁴ 鄭玄注、孔穎達疏、陸德明音義《禮記注疏》,收入《景印文淵閣四庫全書》,一〇九・經部,禮類,頁 556、557。
³⁵ 毛亨傳、鄭玄箋、孔穎達疏《毛詩注疏》,收入《景印文淵閣四庫全書》,六三・經部,詩類,頁 261。

了文姜的不顧禮教,亦責備魯桓公無能,讓文姜無約束的任意往來齊魯之間,這樣的以物為興,更為形象的比喻人物的行為,也婉轉的表露詩人諷刺之意。

〈秦風‧黃鳥〉與〈鄘風‧鶉之奔奔〉興法相同。每章均以「交交黃鳥」起興,嚴粲以為:「黃鳥飛而往來,止于棘木,得其所也。今良臣從死,非其所也。」[36]蘇轍也以為:「臣之託君,猶黃鳥之止于木,交交和其鳴。今三子之獨不得其死,曾鳥之不若也。」[37]依照嚴粲與蘇轍說法,此詩開頭以黃鳥自在飛翔棲止,興起下文三良從死之悲哀,鳥類尚能交交和鳴,止于棘木,三良卻需犧牲性命從死殉葬,此一起興帶有渲染氣氛作用,將詩意從快樂飛翔的畫面跳脫到淒涼悲苦的無道,藉此諷刺穆公以人從死的無道行為。

〈小雅‧菀柳〉以「有菀者柳,不尚息焉」起興,茂盛的柳條,不要去歇息,突兀的開頭起筆引人注意,刻意以眼前所見的植物來起興,詩人將茂盛的柳條與幽王聯想並列,幽王暴虐無常無法依靠,位高權重卻反覆無常,詩人無故被罰,無法預測君王不定的心思。看到柳條隨風搖曳,彷彿幽王搖擺不定的心思一樣,故以此起興。

朱庭珍在《筱園詩話》卷一中論及詩人重含蓄的比興作法,說:

> 詩有六義,賦僅一體,比興二義,蓋為一種難題立法。固有不可直言,不敢顯言,不便明言,不忍斥言之情之境。或藉

---

[36] 嚴粲《詩緝》,收入《景印文淵閣四庫全書》,六九‧經部,詩類,頁167。
[37] 蘇轍《詩集傳》,收入《續修四庫全書》,(上海:古籍出版社,1995年)五六‧經部,詩類,頁67。

譬喻,以比擬出之;或取義於物,以連類引起之。反復回環,以致唱嘆,曲折搖曳,愈耐尋求。此詩品所以溫柔敦厚、溫婉和平也,詩情所以重纏綿悱惻、含醞釀含蓄也,詩意所思尚文外曲致、思表纖旨也。一味直陳其事,何能感人?後代詩家,多賦而少比興,宜其造詣不深,去古日遠也。[38]

強調了詩用比興能使詩情含蓄曲致,肯定比興的筆法。比興適切運用,可讓詩歌更動人、更具體,引人聯想起發;興起感發觸發內心深處,含蓄不露骨,正如同趙沛霖在《興的源起》一書中所說:「運用比興塑造出的詩歌藝術形象具體鮮明,情思委婉含蓄,具有感人的藝術魅力。這是因為比興方法不用直言,而將主觀情志融於客觀物象當中。」[39]故諷刺詩用興筆製造了更多的情意,不光是指責貶抑而已,將詩人滿腔的熱情投注其中,取代了直說的平淡與簡約。

參、修辭格的運用

雖然《詩經》時代距離今日久遠,當時並無所謂的修辭學,但以現代漢語中的修辭來看,《詩經》普遍存在豐富的修辭格。詩人

---

[38] 朱庭珍《筱園詩話》,收入郭紹虞編選《清詩話續編》,(上海:古籍出版社,1983年),頁2340。
[39] 趙沛霖《興的源起》,(北京:中國社會科學出版社,1987年11月),頁233。

不自覺的使用了某些特定的手法,用來抒發自己的情感,造成讀者誦讀時受到強烈的感召,體會其文學藝術美,尤其是諷刺詩不能全用直述方式,在表現技巧上就更見斟酌了,因而也形成《詩經》獨特的諷刺藝術特色,以下試就《詩經》中諷刺詩篇,歸納論析之:

一、對比成諷,豐富內涵

詩人在詩中,將人與人、人與事物,或事物間相互對照,使其二者在矛盾對立中,形象突出,主題鮮明,敘述更為真切,文氣更磅礴,諷刺意念更明顯,讓讀者自行領悟。若是正反對比,就又會使得美善的一方,得到肯定與讚美;使醜惡的一方受到批評與譏刺。正如元稹所說:「諷諭之詩長於激。」[40]儘管詩人並未直接說出批評之意,但字裡行間已流露出不滿之情,讀者自能判斷醜惡高下。儘管是對比修辭,但是其本身就具有嘲弄的效果,據姚一葦〈論對比〉一文,就「自對比產生嘲弄」,對「嘲弄」的解說:

> 嘲弄係屬於一種理性的活動,是理智之遊戲。一般人以為凡屬理性的活動往往游離於情感之外,諸如機智(wit)、詭語(paradox)、幽默(humour)、譏笑(ridicule)、愚弄(mockery)、諷刺(sarcasm)、諷諫(satire)、誇飾(overstatement)、抑低的敘述(understatement)……等活動,主要均屬理智的遊戲。在它們理性活動之中,有的是善意的,有的則懷有惡意;有

---

[40] 元稹《白氏長慶集》,收入《四部叢書正編》,(臺北:臺灣商務印書館,1979 年),卷五十一,頁 162。

的強烈到足以傷人,有的溫和中帶有好感;有的作弄他人,有的嘲笑自己;有的含有規諫之意,有的只在訕笑別人;其間形形色色,不一而足;⋯⋯此間所謂的嘲弄,不同於上述各種,它是上述各種活動之總稱;它可以包含上述各種;亦可以包含其中的某幾項;亦可以只有一項,亦即是說它可以是機智的、幽默的、譏笑的、愚弄的、諷刺的⋯⋯,或其中某幾項之和,或專指其中的某一項。[41]

嘲弄經常藉著對比嘲諷其中人事物。如〈邶風・新臺〉「新臺有泚,河水瀰瀰。燕婉之求,籧篨不鮮。新臺有洒,河水浼浼。燕婉之求,籧篨不殄。魚網之設,鴻則離之。燕婉之求,得此戚施。」前二章均強調「新臺有泚」、「新臺有洒」,新臺如此鮮明光亮,河水如此盛大充沛,卻是衛宣公用來強佔兒媳公子伋妻的地方,這麼沒有倫理、醜陋的事,在美好的地方發生,正言欲反,就讓人覺得十分諷刺,新臺鮮明還是遮不住他做的醜事。而新臺是新蓋的,新娘是年輕貌美的,以為嫁給足以匹配的對象,卻「得此戚施」,新舊、美醜間諷刺意味十足。

〈鄘風・鶉之奔奔〉「鶉之奔奔,鵲之彊彊。人之無良,我以為兄。鵲之彊彊,鶉之奔奔。人之無良,我以為君。」詩以禽鳥起興,透過鶉鵲都有固定的配偶,而公子頑竟然在父親死後納宣姜為妻,如此荒淫無恥,其行為可謂禽獸不如,詩以人鳥對比,萬物之

---

[41] 姚一葦〈論對比〉,收入《藝術的奧秘》,(臺北:臺灣開明書店,1973年4版),頁199。

靈的人竟不如鳥類固定專一，諷刺衛國宮廷荒淫低下。

〈鄘風・君子偕老〉「君子偕老，副笄六珈，委委佗佗，如山如河，象服是宜，子之不淑，云如之何。玼兮玼兮，其之翟也，鬒髮如雲，不屑髢也，玉之瑱也，象之揥也，揚且之皙也，胡然而天也，胡然而帝也。瑳兮瑳兮，其之展也，蒙彼縐絺，是紲袢也，子之清揚，揚且之顏也，展如之人兮，邦之媛也。」全詩細細鋪寫宣姜服飾、容貌之美，可以說是絕世美人，卻用「君子偕老」、「子之不淑，云如之何？」諷刺她，以此對比她空有花容月貌，外在裝飾，卻無內在品德，不足以匹配。

〈鄘風・相鼠〉以人與鼠相比，認為鼠類有皮、齒、體，與人相同，人若無禮儀與鼠不就相同？故諷刺無禮之人，身為萬物之靈，空有軀殼而已，與鼠無別。而人因為有接受教化，有智慧、能力，若無禮儀則什麼事都做的出來，則行為將比鼠類還不如。從另一角度來看，也可以解釋成對於禮儀若只是做表面功夫，內在並無實質心意，也只是披著人皮的鼠輩吧！有句話說「有體無禮」可能就是從此詩來的。簡單的複沓中帶有極深的感慨，諷刺意思更是強烈明顯。

〈鄭風・清人〉中表面看似諷刺高克，實則諷刺鄭文公的昏庸。朱熹《詩集傳》中引胡氏語曰「人君擅一國之名寵，生殺予奪，惟我所制耳。使高克不臣之罪已著，按而誅之可也。情狀未明，黜而退之可也。愛惜其才，以禮馭之亦可也。烏可假以兵權，委諸竟上，坐視其離散而莫之卹乎！《春秋》書曰：『鄭棄其師。』其責之深

矣!」[42]此段話說得很好。全詩「清人在彭,駟介旁旁。二矛重英,河上乎翱翔。清人在消,駟介麃麃。二矛重喬,河上乎逍遙。清人在軸,駟介陶陶。左旋右抽,中軍作好。」每章開頭先寫清邑士兵在黃河邊上的彭地、消地、軸地駐防時的種種表現,看到的畫面是披甲戰馬強壯,士兵威風凜凜,武器裝飾華麗,感覺武藝戰技高超,似乎可以作戰了。但下一句的敘述「河上乎翱翔」、「河上乎逍遙」、「左旋右抽」立刻出現反差,竟然只是逍遙玩樂,在那河上閒取樂而已,對比前面的姿態諷刺意味就浮現了。

〈齊風・南山〉開頭即寫「南山崔崔‧雄狐綏綏」,以南山雄狐起興,狐在周代為祥瑞之獸,可以代稱齊君,故詩人以南山如此巍峨,雄狐氣勢不凡反襯齊襄公的淫行,身為一國之君,未以身作則,淫於其妹文姜。孔子說:「其身正,不令而行,其身不正,雖令不從。」[43]又說:「苟正其身矣,於從政乎何有?不能正其身,如正人何?」[44]以及「政者,正也。子帥以正,孰敢不正?」[45]均是說在位者必須端正自己的德行,嚴以律己,才能督導下民,但看襄公之行,完全不符合這個要求,怎能配得上君王雄偉的氣象?他派遣彭生殺了魯桓公,又處死彭生以向魯國謝罪,令彭生含冤而死。《史記・齊太公世家》中記下事隔多年後,襄公去沛丘打獵時所發生的事:

---

[42] 朱熹《詩集傳》,收入《景印文淵閣四庫全書》,六六‧經部,詩類,頁 781。
[43] 何晏集解、邢昺疏《論語注疏》,收入《景印文淵閣四庫全書》,一八九,經部,四書類,頁 646。
[44] 何晏集解、邢昺疏《論語注疏》,收入《景印文淵閣四庫全書》,一八九,經部,四書類,頁 647。
[45] 何晏集解、邢昺疏《論語注疏》,收入《景印文淵閣四庫全書》,一八九,經部,四書類,頁 641。

……見彘,從者曰「彭生」。公怒,射之,彘人立而啼。公懼,墜車傷足,失屨。反而鞭主屨者茀三百。茀出宮。而無知、連稱、管至父等聞公傷,乃遂率其黨襲宮。逢主屨茀,茀曰:「且無入驚宮,驚宮未易入也。」無知弗信,茀示之創,乃信之。待宮外,令茀先入。茀先入,即匿襄公戶閒。良久,無知等恐,遂入宮。茀反與宮中及公之幸臣攻無知等,不勝,皆死。無知入宮,求公不得。或見人足於戶閒,發視,乃襄公,遂弒之,而無知自立為齊君。[46]

齊襄公先是淫於其妹,後又殺桓公、彭生,行為如此不良故不得善終,也算罪有應得。

〈魏風・伐檀〉一詩諷刺上位者尸位素餐,強取豪奪。詩分三章,每章後六句分別是「不稼不穡,胡取禾三百廛兮?不狩不獵,胡瞻爾庭有縣貆兮?彼君子兮,不素餐兮。」「不稼不穡,胡取禾三百億兮?不狩不獵,胡瞻爾庭有縣特兮?彼君子兮,不素食兮。」「不稼不穡,胡取禾三百囷兮?不狩不獵,胡瞻爾庭有縣鶉兮?彼君子兮,不素飧兮?」以君子不事生產卻家有收穫對比,令人不禁遙想原因為何?自然就明白他們是靠著下民辛勤勞動得到的。而下民如此辛勞「勞而食」,就襯出這些所謂的「君子」面目可憎,只是坐享其成,成了如碩鼠般的剝削者了。

〈秦風・黃鳥〉:「交交黃鳥,止於棘。」「交交黃鳥,止于桑。」

---

[46] 瀧川龜太郎《史記會注考證》,(臺北:文史哲出版社,1993 年 10 月),頁 538。

「交交黃鳥,止于楚。」詩三章開頭都寫黃鳥棲息於樹上,以看見黃鳥自在棲止,對比子車奄息、仲行、鍼虎竟要殉葬從死,令人不禁感嘆人不如鳥,而且這三人都是國家賢良,是「百夫之特」、「百夫之防」、「百夫之禦」的傑出人才,詩人以此諷刺穆公殘暴,毫無人性。

〈檜風‧羔裘〉詩中以「羔裘逍遙,狐裘以朝。……羔裘翱翔,狐裘在堂。……」前兩章開頭看似敘述國君服飾,但據錢澄之的說法:「《論語》『狐貉之厚以居。』則狐裘燕服也。逍遙而以羔裘,則法服為逍遙之具矣。視朝而以狐裘,是臨禦為褻媟之場矣。先言逍遙,後言以朝,是以逍遙為急務,而視朝在所緩矣。」[47]一國之君,不以儀禮視朝,不以國事為先,如何以身率民?如何要求臣下盡心國事?更何況當時檜國「國小而迫」,鄰近大國正虎視眈眈,正是危急存亡之時,處境危險而不知,怎不令人焦慮擔憂?這兩章回環往覆描寫中,更讓人感受到詩人對國之將亡,而檜君仍以逍遙飲宴為先的昏庸行為感到怨恨,怪不得詩人要寫「豈不爾思,勞心忉忉」,這是有心救國的詩人所發出無奈的感覺與煩憂。

〈曹風‧候人〉首章用賦筆將「候人」與「彼子」兩種不同的人,不同的際遇進行對比。「彼候人兮,何戈與祋。彼其之子,三百赤芾。」《毛詩正義》曰:

> 桓二年《左傳》云「袞、冕、黻、珽」,則芾是配冕之服。《易‧

---

[47] 錢澄之《田間詩學》,收入《景印文淵閣四庫全書》,七八‧經部,詩類,頁 521。

困卦》「九五,困于赤芾」,知用享祀則芾服,祭祀所用也。《士冠禮》「陳服皮弁、素韠、玄端、爵韠」,則韠之所用,不施于祭服矣。《玉藻》說韠之制云:「下廣二尺,上廣一尺,長三尺,其頸五寸,肩革帶博二寸。」《書傳》更不見芾之別制,明芾之形制亦同于韠,但尊祭服,異其名耳。言「芾,韠」者,以其形制大同,故舉類以曉人。其禮別言之,則祭服謂之芾,他服謂之韠,二者不同也。一命縕芾黝珩,再命赤芾黝珩,三命赤芾蔥珩,皆《玉藻》文。彼注云:「玄冕爵弁服之韠,尊祭服,異其名耳。韍之言蔽也。縕,赤黃之間色,所謂韎也。珩,佩玉之珩也。黑謂之黝,青謂之蔥。《周禮》公侯伯之卿三命,下大夫再命,上士一命。」然則曹為伯爵大夫再命,是大夫以上皆服赤芾,于法又得乘軒,故連言之。[48]

芾,祭祀的服飾,即用革制的蔽膝,按官品不同而有不同的顏色。赤芾乘軒是大夫以上官爵的待遇。穿芾的竟有三百人,卻以「彼其之子」稱呼他們,帶有嘲諷意思,暗示小人居高位,而賢能的候人卻辛勤荷戈執勤。又有小人得志,自己困厄意思,兩相對比以顯出詩人的憤慨不滿。

〈小雅・節南山〉第四章以對比法責備師尹,「弗躬弗親,庶民弗信。弗問弗仕,勿罔君子。式夷式已,無小人殆。瑣瑣姻亞,則無膴仕。」以「夷」、「已」二字為師尹說明為政之法,告知應以事

---

[48] 毛亨傳、鄭玄箋、孔穎達疏《毛詩注疏》,收入《景印文淵閣四庫全書》,六三・經部,詩類,頁 400、401。

必躬親,任用賢能之人,勿親信小人委以重任。透過說明將師尹的過錯指出,暗中諷刺他們身為國家重要輔臣,竟不努力效命,讓百姓國家陷入絕境中。前後對比,讓詩人的責怨之情漸漸升高。

〈小雅‧正月〉詩的最後兩章以對比法講小人與百姓生活差異寫出。「彼有旨酒,又有嘉殽。洽比其鄰,昏姻孔云。念我獨兮,憂心慇慇!佌佌彼有屋,蔌蔌方有穀;民今之無祿,天夭是椓。哿矣富人,哀此惸獨!」寫得勢之人有酒菜享用,有屋可住,有祿可領,朋黨親戚互相往來,其樂融融;而百姓們窮苦無依,飽受天災人禍之苦。小人得勢,如此快樂,詩人與百姓孤單無助,如此可憐,透過對比法表現了詩人極大的憤慨。

〈小雅‧雨無正〉第五章以對比法寫不能言者與能言者的差別,「哀哉不能言,匪舌是出,維躬是瘁。哿矣能言,巧言如流,俾躬處休。」前三句指的是自己,說自己可憐無法言說,但不是自己不會說,而是忠言逆耳,說了會使自己陷入憂困處境,惹禍上身,因此「不能言」。而諂媚的小人,花言巧語就像流水一樣,話說個不停,還讓自己能得到美好的處境,如高官厚祿。兩相比較就知道詩人內心多憤慨不平,偏幽王聽不下忠臣之言,只喜歡聽諂媚的話,只好讓詩人以詩諷刺勸諫了。

〈小雅‧小弁〉首章開頭兩句以「弁彼鸒斯,歸飛提提」的景象為對比,寫鳥兒從容群飛,對於自己無法自在生活,充滿沉重的憂怨之情。而「民莫不穀,我獨於罹」,大家都很好,為何只有自己遭到禍害,遭受讒言陷害,心中憂傷難平呢?鳥與人、群與己的對比加深了詩人的感傷與情緒張力。

305

〈小雅‧大東〉則以東、西兩國之人對比，顯示兩者不平等待遇。詩中第二章「小東大東，杼柚其空。糾糾葛屨，可以履霜。佻佻公子，行彼周行。既往既來，使我心疚。」寫東方子民被壓榨一空，穿著單薄。而西方的公子哥兒則往返頻繁，無視於百姓的貧苦，悠哉度日，令詩人看了好傷心。「佻佻公子」指的就是西周的貴族，在兩邊的通路上來往穿梭，毫不在意的搜括享受著。第四章「東人之子，職勞不來。西人之子，粲粲衣服。舟人之子，熊羆是裘。私人之子，百僚是試。」強調東方子民悲苦，地位低下，而西方人民中某些社會地位低下的人，也有豐富的物質享受或權力，相形之下更顯得東人勞苦，得不到慰勞。詩中兩章藉著對比句子，鋪述出東人和西人的生活懸殊，刺意隱而不發，讓讀者自行領悟。

〈小雅‧北山〉「或燕燕居息，或盡瘁事國；或息偃在床，或不已于行；或不知叫號，或慘慘劬勞；或棲遲偃仰，或王事鞅掌；或湛樂飲酒，或慘慘畏咎；或出入風議，或靡事不為。」以六組對比的方式凸顯勞役不均。這六組對句，每組第一句均寫官員養尊處優，生活安樂，下一句寫士人終日勞苦，無法休息。大夫成天安閒舒適，在家裏高枕無憂，不知人間煩惱，飲酒作樂貪戀酒色，還隨口亂發評議。士卻得盡心竭力，為國事辛勞奔走，整天忙碌，什麼事都得做，還提心吊膽生怕犯錯。兩相對比，自見其勞逸不均，差異懸殊，這樣兩種對立的形象，用比較的方式對列出來，就使好與壞、善與惡、美與醜在比較中得到鑒別，從而暴露了士人遭受不合理的對待，而上位者只是坐享其成罷了。

〈小雅‧賓之初筵〉此詩前兩章寫合乎禮制的宴會，主客溫溫

謙恭,讓人看了深覺不愧是禮儀之邦,以為詩人旨在歌頌貴族的優雅。未料第三章開始寫飲酒過量、喝醉的醜態,與會的貴族們完全忘了風度儀節,手舞足蹈胡言亂語,與前兩章所寫一比,凸顯出醉態的難看與敗德失禮,先寫美再寫刺,詩人運用高超的對比技巧,前後對比下就諷刺貴族飲宴失了分寸,有損身份形象。方玉潤評此詩說:

> 詩本刺今,先陳古義以見飲酒原未嘗廢,但須射祭大禮而後飲,而飲又當有節,不至失儀,乃所以為貴。古之飲也如是,今之飲酒則不然。飲必至醉,醉必失儀,不至伐德不止,其無禮也又如是。兩義對舉,曲繪無遺。其寫酒客醉態,縱令其醒後自思,亦當發笑,忸怩難安。此所以善為譎諫也。[49]

將此詩寫法說得非常好。

〈大雅・板〉詩一開頭即用對比法,「上帝板板,下民卒癉。」將上帝與下民相對,因為上天反覆無常,才讓百姓勞累遭殃,上下之間即形成對比。上者高高在上,地位崇高,指的就是暴虐無道的厲王,因為他「出話不然,為猶不遠」,讓大家受苦受難。而下者可憐的百姓,無法反抗崇高的君上,只好忍耐度日。詩以對比方式陳述兩者差異。

〈大雅・召旻〉責備幽王寵愛褒姒,任用小人。詩中三、五、

---

[49] 方玉潤《詩經原始》,(北京:中華書局,2006年2月)下冊,頁452。

七章均以對比法諷刺在位的小人,以及今昔國力的差異。第三章「皋皋訛訛,曾不知其玷。兢兢業業,孔填不寧,我位孔貶。」那些小人欺誑讒毀,還不知自己過錯;而自己地位低下,兢兢業業的從事著,還無法安心。小人怎會不知自己過錯,只是不肯承認罷了,以此諷刺幽王寵信小人,破壞國家政治。第五章「維昔之富,不如時。維今之疚,不如茲。彼疏斯粺,胡不自替,職兄斯引。」「富」與「疚」形成反差,令人傷心從前富足,今日小人得勢,還不肯退為讓賢。第七章「昔先王受命,有如召公,日辟國百里。今也日蹙國百里,於乎哀哉。維今之人,不尚有舊。」從前先王受命,有像召公這樣優秀的輔臣,那時日辟百里地。如今國土收縮減少,國勢漸弱,令人悲痛!不知如今朝中之人,是否還有像昔日般的忠臣呢?以今昔國勢強弱,及朝中是否有賢能之士對比,凸顯出現今日在位者均是貪官污吏,只是進讒言的小人,幽王憑靠這些小人治理國家,國家滅亡指日可待矣!

〈大雅・桑柔〉芮良夫以此詩諷刺任用奸佞的厲王,第八章以對比法寫出賢君與厲王的差別,認為厲王所任用的均是讒佞之人,對厲王所作所為只一味逢迎,對國事毫無助益,導致政治混亂,人民惶惶不安。十、十一章亦以君子、小人對比,藉此凸出厲王選錯人才,所用非人。賢愚之間極容易辨識,只是厲王不知檢討,詩人語重心長的話語,終究還是無法喚醒沉溺於享樂的厲王。

詩中使用對比修辭,使得哀樂、是非、曲直、善惡、正邪等等相對的價值判斷油然而生,無形中增加文章的張力,讀者從其中自然能冷靜判斷,領會詩人所欲呈現的情感。對比才能產生反差,才

能凸顯問題，詩人就是如此善於妙用此一手法，牽動讀者的判斷思維，從中加以取捨，達到批判諷刺的目的。

二、比喻寄情，具象諷刺

透過最簡單的比擬，將作者的感情生動具體化，化未知為已知，使深奧難懂的事物簡單化，增強作品表現力，亦可表現暗示、諷刺意思。劉勰《文心雕龍·比興》：「故比者，附也；興者，起也。附理者，切類以指事；起情者，依微以擬議。起情故興體以立，附理故比例以生。」[50]劉勰首先說明「比興」的意義，認為「比」是比附，比附事理的方式是用打比方來說明事理，換言之即為「借擬他物，比喻說理」，所以是「以具體來說明抽象」。又說：「故金錫以喻明德，珪璋以譬秀民，螟蛉以類教誨，蜩螗以寫呼號，澣衣以擬心憂，席卷以方志固，凡斯切象，皆比義也，至於麻衣如雪，兩驂如舞，皆比類也。」[51]將比喻區分為比義和比類，所謂比義是「以物比理，以具體喻抽象」，比類是「以物比物，以具體喻具體。」鍾嶸《詩品》則說：「因物喻志，比也。」[52]認為以具體的物象來打比方，說明心意的是「比」的意義。總括來說「比喻」是用事物來打比方，明白而確切地說明用意。透過比喻可涵括有形的、無形的，如〈新臺〉以籧篨、戚施比擬衛宣公，〈碩鼠〉以老鼠比喻奪人糧食的統治者，或者以物的性質做比擬，透過比擬顯出詩人的評價、

---

[50] 劉勰著、周振甫注《文心雕龍注釋》，頁677。
[51] 劉勰著、周振甫注《文心雕龍注釋》，頁677。
[52] 鍾嶸《詩品》，見何文煥輯《歷代詩話一》，（臺北：漢京文化事業公司，1983年），頁3。

高下地位,如〈相鼠〉中以鼠跟人相比,鼠有皮人有儀,人若無儀,則與鼠無差,空有皮囊,還比不上老鼠呢!比擬可讓難懂的事物、道理,變得簡單明瞭,雖說是最簡單的修辭,卻也營造出最直接的畫面,使人心中浮現具體的事物,不由得會心一笑。

〈邶風・北風〉末章裡「莫赤匪狐,莫黑匪烏」,天下沒有不紅的狐狸,不黑的烏鴉,比擬筆法寫當時政治昏暗,在位者如狐狸、烏鴉般,給人狡詐、黑暗的感覺,諷刺當今執政者都是這類的人,沒一個例外的!

〈邶風・新臺〉第三章開頭說「魚網之設,鴻則離之」,比喻所得非所求,架設了魚網要捕魚,沒想到來了隻鴻鳥,真是令人意外又厭惡。此一比法將衛宣公的形象又貶抑一次,比喻極妙。

〈鄘風・君子偕老〉詩中寫宣姜「委委佗佗」走路緩慢,態度從容,「如山如河」,如山般安重沉穩、如河般弘廣。方玉潤說此二句「造語奇」。[53]又說她「鬒髮如雲」,烏黑頭髮如雲般秀長,不需要借假髮為髻。其描述比喻質美如此,氣象萬千,未料中間夾雜「子之不淑」四字,這些比喻就成了諷刺了,徒有外在服飾妝容,卻無賢慧良善與君子偕老之德,內外不符有失國母之風。姚際恆說:「『山、河』、『天、帝』,廣攬遐觀,驚心動魄;傳神寫意,有非言辭可釋之妙。」[54]

〈齊風・敝笱〉當文姜奔赴會齊襄公時,侍從眾多「如雲」、「如雨」、「如水」,數量多到不可勝數,盛大的陣仗刻意顯出文

---

[53] 方玉潤《詩經原始》,(北京:中華書局,2006年2月),上冊,頁157。
[54] 姚際恆《詩經通論》,收入《續修四庫全書》,六二・經部,詩類,頁57。

姜毫不遮掩的無恥行為,無懼眾人目光,無視於禮法存在,只顧著趕緊前往幽會,諷刺意味極濃厚。

〈曹風·候人〉二、三章改為比法,「維鵜在梁,不濡其翼。彼其之子,不稱其服。維鵜在梁,不濡其咮。彼其之子,不遂其媾。」前兩句是比喻,後兩句是詩人正意。鵜鶘站在魚梁上,長頸一伸、隨便一啄就可以吃到魚,不必入水捕魚,更不必沾濕翅膀。之所以能如此輕鬆愜意,是因為位置特殊,靠近魚梁讓它不勞而獲。寫完這句比喻再寫現實生活中「彼子」,他也是因為地位不同,享有「三百赤芾」,但卻「不稱其服」。身穿高官服飾,享受種種特權,但卻「不稱」,表示他根本是無才無能,無功無德,與鵜鶘占盡便宜相同。第三章再加深諷刺,說鵜鶘不僅不沾濕翅膀,甚至連喙也不沾濕就吃到魚了,如此幸福的事如同「彼子」一樣,徒享受高官的俸祿待遇,卻無實際作為,名實不符,馬瑞辰說:「上言『不稱其服』,此言『不遂其媾』,媾與服對,亦當為服佩之稱。媾蓋韝字之假借。……佩媾而不能射御,是謂『不遂其媾』,正與『不稱其服』同義。」[55] 裴普賢:「次章三章是比而賦,以鵜鶘的未濡咮翼,無魚得食,喻候人的梲腹從公;以『不稱其服』『不遂其媾』刺『三百赤芾』者。」[56] 說法雖然稍有差別,但兩章的比喻法確實是諷刺「彼其之子」,將其形象具體形容,使人體會其德服不稱之醜行。

〈小雅·節南山〉一個賢臣諷刺幽王任用小人奸邪,國政因此

---

[55] 馬瑞辰《毛詩傳箋通釋》,(北京:中華書局,2004 年 2 月),上冊,頁 439。
[56] 裴普賢《詩經評註讀本》,(臺北:三民書局,2008 年 11 月重印 2 版),上冊,頁 341。

敗壞，人民憂心忡忡，第七章以駕馬車為喻，「駕彼四牡，四牡項領。我瞻四方，蹙蹙靡所騁。」說自己猶如馬一樣懷才不遇，沒有伯樂賞識他，暗諷幽王無識人之能，有眼無珠，讓賢才到處遊蕩，無處可託身。

〈小雅・正月〉詩中以「虺蜴」指壞人，塑造其狡猾惡毒的形象。《毛詩正義》云：「虺蜴之性，見人則走，民聞王政，莫不逃避。」[57] 第十章又以大車輸載比喻在國政上任用奸邪之人，就彷彿用車載物，又丟棄了車輔，無異自找麻煩，自陷危境。若能請賢臣輔佐，則能導正國勢有所裨益。《毛詩正義》：「以車之載物，喻王之任國事也。棄輔，喻遠賢也。棄女車輔，則墮女之載，乃請長者見助，以言國危而求賢者，已晚矣。」[58] 方玉潤評此詩九、十章「純以譬喻出之，故易警策動人。」[59] 如此比喻既將治國方法寫出，又諷刺幽王不知善用賢臣，著實將幽王的過錯置於不可饒恕的地步。

〈小雅・雨無正〉中運用比喻法說小人「巧言如流」，意指他們巧言如水流轉，毫無阻礙凝塞，極為暢快淋漓。諷刺小人的醜惡嘴臉，說話不需打草稿，隨時能說出連珠謊言，臉不紅氣不喘，與今人所說「口若懸河」有異曲同工之妙。而小人諂媚君王之事，也就具象化了。

〈小雅・巧言〉第五章「荏染柔木，君子樹之。往來行言，心

---

[57] 毛亨傳、鄭玄箋、孔穎達疏《毛詩注疏》，收入《景印文淵閣四庫全書》，六三・經部，詩類，頁534。
[58] 毛亨傳、鄭玄箋、孔穎達疏《毛詩注疏》，收入《景印文淵閣四庫全書》，六三・經部，詩類，頁535。
[59] 方玉潤《詩經原始》，下冊，頁393。

焉數之。蛇蛇碩言,出自口矣。巧言如簧,顏之厚矣。」使用比喻法指君王進用小人,道路上的流言蜚語要仔細分辨,這些小人誇張的胡亂說話,花言巧語像吹笙簧那樣動聽,臉皮極厚。

三、呼告訴冤,加以嘲諷

有時詩人受不白之冤,無法申訴無法擺開,只好呼天而叫,藉此宣說自己的委屈。有時是不便直接指責諷刺某人,這某人通常是執政者,是君王、天子,故只能呼天而叫,喊出內心的怨憤、譏刺,如〈邶風·旄丘〉一、三、四章的末兩句分別是「叔兮伯兮,何多日也。」「叔兮伯兮,靡所與同。」「叔兮伯兮,褎如充耳。」叫著衛國的群臣,先是疑問為何遲遲不見動身營救?再經過一段時間後已認清他們的心意,知道他們與自己心意不相通,而後直接責備他們充耳不聞自身的苦。每一句的「叔兮伯兮」在此看來都格外哀怨與刺眼,彷彿苦苦哀求他們搭救,對方竟然無視於他們的死活,到後來「叔兮伯兮」就變成諷刺挖苦了!〈邶風·北門〉三章末尾亦以「已焉哉,天實為之,謂之何哉」三句呼告埋怨,看似無奈的句意中,暗藏詩人無盡的悲痛與不滿。

〈魏風·碩鼠〉每章開頭均呼告「碩鼠碩鼠,無食我黍」、「碩鼠碩鼠,無食我麥」、「碩鼠碩鼠,無食我苗」,大聲叫著老鼠不要囓食我的農作物,極力呼喊聽不懂人話的老鼠,「無食我黍」,充滿悲哀的筆調,從黍、麥到苗,無一不被囓食,在上位者貪殘、剝削無孔不入,讓人似乎看到詩人含淚控訴他們的暴行與貪婪。

〈秦風·黃鳥〉三章中每一章都寫「彼蒼天者,殲我良人」,

詩人對天呼喊，老天爺竟然這樣滅了國家賢才，以此感慨三良從死之不當，以及對他們的同情與悲憤，諷刺穆公暴虐行為，猶如老天不長眼，做出了這種事！

〈小雅・節南山〉本詩諷刺幽王人不當，開頭直說師尹錯誤，使得國家敗壞，後第五章呼天說「昊天不傭，降此鞠訩。昊天不惠，降此大戾。」指責老天不公不正，降下災禍給人們。六章又說「不弔昊天，亂靡有定。」老天真是太無情，讓國家局勢無法安定，第九章再次呼喊「昊天不平，我王不寧。不懲其心，覆怨其正。」都是因為老天不平，導致君王也無法安寧，以天人感應之說諷刺幽王，表面上是呼天控訴，其實是對著幽王責罵說他不公不平，使國家無法安寧。

〈小雅・正月〉從一到三章寫詩人擔憂氣候反常，讒言不斷，自己將陷入危機，第四章將所有感情推到極點以呼天手法控訴幽王暴行，「瞻彼中林，侯薪侯蒸。民今方殆，視天夢夢。既克有定，靡人弗勝。有皇上帝，伊誰云憎！」將錯指向老天，沒人能夠戰勝天，但老天居然如此對待下民，質問老天究竟怨恨誰，而讓國家陷入如此狀況呢？藉此凸顯自身的渺小，以及無力感。

〈小雅・雨無正〉開頭即說「浩浩昊天，不駿其德。降喪飢饉，斬伐四國。」說蒼天如此遼闊廣大，恩德卻不長久，降下了喪亂飢饉，讓百姓深受其苦。筆調立刻陷入深痛，彷彿百姓的苦難已經很久了，讓詩人無法坐視不管，所以劈頭直呼天，控訴幽王失德用人失當。

〈小雅・小弁〉賢能之臣受到讒言攻訐而被放逐，開頭五、六

句忍不住呼天控訴「何辜于天,我罪伊何。」自己並沒過錯,為何淪落至此?老天爺啊!「心之憂矣,云如之何。」以此呼天筆法讓怨怒不滿情緒升到最高點,令人同情他的遭遇。

〈小雅・巧言〉「悠悠昊天,曰父母且。無罪無辜,亂如此幠。昊天已威,予慎無罪。昊天大幠,予慎無辜。」第一章的詩句讓人讀之不捨,蒼天無眼竟讓詩人遭此橫禍免職,無辜之人無法洗清冤屈,只能對天呼喊「老天爺啊!」我沒任何過錯,你怎會這樣對我?呼天控訴自己無罪,透露出絕望的哀傷。

〈大雅・蕩〉首章即用呼告筆法,直呼老天「蕩蕩上帝,下民之辟。疾威上帝,其命多辟。天生烝民,其命匪諶。靡不有初,鮮克有終。」說上帝「蕩蕩」、「疾威」、「多辟」,令人揣想指的究竟是厲王還是上帝?上帝怎會這麼不好呢?當然就是指暴虐無道的厲王了。又說上天生下眾民,他的命令卻不誠信,句句皆指厲王,卻以呼天相告,言在彼而意在此,開頭委婉諷刺厲王,以接續後面幾章假借周文王感嘆商季君王殘暴,重蹈夏桀後塵的內容。

〈大雅・瞻卬〉此詩刺幽王,因其身分如此崇高,詩人即便是滿腔擔憂,滿腹牢騷,也不便指出幽王他該檢討,所以只能呼天而告。「瞻卬昊天,則不我惠。孔填不寧,降此大厲。」開頭仰天大呼,指責老天對他不好,降下災禍,讓國家不安寧,令讀者劈頭就感受到詩人心中的不平,也讓全詩氣氛情緒推到悲憤欲絕的地步。朱熹說:「首言昊天不惠而降亂,無所歸咎之詞也。」[60]是「無所

---

[60] 朱熹《詩集傳》,收入《景印文淵閣四庫全書》,六六・經部,詩類,頁888。

歸咎」還是作者出於其他原因不肯歸咎，應是淺而易懂的事，作者鑒於臣子的身分，鑒於勸諫的目的而有所顧忌，有所節制，故意只呼「昊天」而不稱幽王。

〈大雅・召旻〉首章一開始就呼天指責，周人已有天人感應的天命觀，認為國家統治者的所作所為會影響上天的意志，要是上位者施行仁政，政治清明，國家就會風調雨順，一切平安；要是在位者暴虐無道，天就會降下各種災害處罰，所以現在詩人說「旻天疾威，天篤降喪。瘨我饑饉，民卒流亡。我居圉卒荒。」「天篤降喪」必然是在位者失德暴虐的結果，因為這樣，造成百姓饑饉，流離失所，連偏僻的地方也是災荒連連。這些都是上位者的錯，指責話語借著呼天而說，使讀者受到震撼，並思索老天為何什麼要降此災禍？就會瞭解都是因為幽王的關係了。

《史記・屈原列傳》：「夫天者，人之始也；父母者，人之本也，人窮則反本，故勞苦倦極，未嘗不呼天也；疾痛慘怛，未嘗不呼父母也。」[61]《詩經》諷刺詩中一聲聲呼天呼父母，是如此悽厲無告的吶喊與哀號，諷刺了詩中暴虐、無能的施政者，傳達出詩人心中深處的痛苦怨忿，因為無力、無助，所以呼天怨天，強烈的宣洩情感，讓人不得不為之動容。

四、巧為設問，誘人省思

設問指在說話行文時，刻意設計問句的形式，吸引對象注意的

---

[61] 瀧川龜太郎《史記會注考證》，頁983。

修辭方法。通常是作者把早已確定的意見,故意用疑問句式來表達,以引人注意、啟發思考,凸出論點,加深印象。[62]除了平鋪直敘外,有時善用設問法,將會變化詩意,化平面為立體。因為設問是無疑而故意問,是一個假設性的問題,或自問、或他問,或有問有答,或有問無答,均能引發讀者思考,拓展思路,強化了詩的張力,使情節委婉曲緩,詞語生動活潑。黃麗貞以為「篇首用設問,有提示和強調的作用;段中用設問,有承上啟下、緊密銜接的功能;用設問來結束,感情激越,結論強勁。」[63]將設問的作用說的非常清楚,分析《詩經》中諷刺詩運用設問法的數量極多,足見其可使詩人充分抒發感情。

〈邶風・旄丘〉「何其處也?必有與也。何其久也?必有以也」,刻意自問自答,目的就是諷刺衛人不伸出援手,讓他們空等許久。而詩人故意替衛人設想,解釋尚未前來營救的原因,但這樣一寫,正寫出他們的無情,諷刺意味反而因為此一問答而提升了。

〈鄘風・相鼠〉每章末兩句詰問,「人而無儀,不死何為?」、「人而無止,不死何俟?」「人而無禮,胡不遄死?」屬於激問形式,答案在問題反面。強而有力的詰問讓人不知該如何回答,彷彿無禮之人真的不該活著,活著愧對世人,語氣極激烈,令人無法招架。

〈衛風・芄蘭〉每章三、四句說「雖則佩觿,能不我知?」「雖則佩韘,能不我甲?」亦以設問形式諷刺童子難道佩戴了觿、韘,就和我有了距離,不親近、不知心嗎?此一問句透露詩人對貴族童

---

[62] 參見黃麗貞《實用修辭學》,(臺北:國家出版社,1999 年 3 月),頁 173。
[63] 參見黃麗貞《實用修辭學》,頁 184。

子十分瞭解，也對他現在的裝腔作勢行為不能接受，所以刻意反問他，而讀者根本不需要聽到答案，就能瞭解此貴族裝模作樣的可笑程度。

〈齊風・南山〉「既曰歸止，曷又懷止？……既曰庸止，曷又從止？蓺麻如之何？衡從其畝。取妻如之何？必告父母。既曰告止，曷又鞠止？析薪如之何？匪斧不克。取妻如之何？匪媒不得。既曰得止，曷又極止？」全詩幾乎均是設問句，透過問答引人思索，將對齊襄公與文姜的諷刺潛藏其中，暗含譏刺。每一個問句都是刻意詢問，既然文姜已經嫁給魯桓，為何襄公還想著她？既然她已經嫁做人婦，為何又跟她發生淫行？就像鞋子均是成雙成對配著，不該亂了規矩，藉著兩個問句責備襄公不當的不倫行為。三四章的內容轉為敘述種麻必先整治田壟，砍柴必具刀斧以興起娶妻必須父母之命、媒妁之言，再進一層諷刺襄公忽視婚姻明媒正娶的禮節，枉顧倫理大義，只為滿足私慾破壞制度。問答之間刻意強調婚姻的合理合法性，均是暗示齊襄、文姜敗壞了禮儀，上位者只以私人情欲為先，怎能率民以正？故詩人用此一問一答方式，達到了最好的效果。

〈魏風・伐檀〉刺君子不勞而食。「不稼不穡，胡取禾三百廛兮？不狩不獵，胡瞻爾庭有縣貆兮？」以質問方式對執政者提出疑問，這些問題均不需要回答，因為答案已經自然浮現，諷刺意味就很明顯了，就是他們貪取百姓所得。百姓必須辛勤耕耘狩獵，才能求得三餐溫飽，而統治者卻坐享其成，甚至重斂貪取，讓百姓無法生活，負擔太多繇役。若是統治者能使國家富強，人民安居樂業，即使安享尊榮百姓也不會計較，因為他們盡了責任，但偏魏國統治者只顧

自己享受,屢徵重稅,連年戰爭讓百姓流離失所,對此狀況農民怎能忍受?藉著伐木作輪之歌,抒發不平之鳴,諷刺當時在位的君子,都是不能裨益國家的尸位素餐者。

〈魏風‧碩鼠〉最後一章兩句說「樂郊樂郊,誰之永號?」馬瑞辰釋「之」字為「其」,猶云「誰其永號?」[64]詩人在斥責完在位者的剝削後,希望到新樂土生活,未料末尾一句打破他美夢,現今世上找不到理想世界,多令人悲哀!此語一出對魏國的政治甩了重重的巴掌,因為治理不當又無理剝削,讓人民失去信心,政治的殘害讓人民連樂土都找不到,足見孔子說「苛政猛於虎」一句是多麼深刻的體驗,它讓人失去希望與夢想。

〈唐風‧山有樞〉「子有酒食,何不日鼓瑟?」每章起首兩句都用「山有……,隰有……」起興,以引起後面所詠之詞。一章寫衣裳、車馬,二章寫廷內、鐘鼓,三章寫酒食、樂器,概括了此人的生活、吃喝玩樂,唯獨此句用設問改變句式,讓詩意跳脫,讓此詩稍靈活不呆滯,也使人深思有這些物質為何不享用呢?就是小氣吝嗇吧!

〈唐風‧采苓〉「人之為言,胡得焉?」以末句「胡得焉?」激問提醒,「聽過就算了吧!這些虛偽不真實的話,怎能有所得呢?」要人深思,偽言之不可信、不可採,不要因此受害。若大家都不聽信讒言,則進讒言者就什麼都得不到,只是徒勞無功罷了。

〈秦風‧黃鳥〉「誰從穆公?子車奄息」、「誰從穆公?子車

---

[64] 馬瑞辰《毛詩傳箋通釋》,上冊,頁 333。

仲行」、「誰從穆公？子車鍼虎」，每章句中刻意詢問，點出殉葬之人，凸顯其身分的重要性，認為其不該殉葬。

〈陳風・株林〉開頭即問「胡為乎株林？」下一句答「從夏南」，詩人藉著一問一答間，欲蓋彌彰的寫陳靈公君臣要去找夏姬。詩人故意問他們為什麼要去株林？然後再替他們回答：去找夏南。事實上後面一章證明是去找夏姬，所以第一章這樣假想設問，暗示陳靈公他們的行為是連自己都不敢承認的醜事，設問的使用帶有嘲諷作用。此詩透過一問一答，披露陳靈公君臣三人與夏姬的淫行，不論問答者是旁觀第三者、還是陳靈公，詩人都掌握住其淫穢之事眾人皆知，不直接點出被刺者為誰，只巧妙設問回答說「從夏南」，這三字引出主角人物，使讀者明白所指之事為何，令人對詩人此番安排，都能露出會心一笑。

〈小雅・節南山〉第六章「憂心如酲，誰秉國成？不自為政，卒勞百姓。」詩人擔憂國事，彷彿喝醉了酒似的，誰能秉持國政呢？幽王不自出政教，有執政之名無執政之實，終讓百姓陷入勞苦。此設問句凸顯幽王任用姻小，不親持政，導致太師尹氏居高位卻未盡忠職守，讓國家日漸敗壞，君王所用非人的結果就是令賢明之臣擔憂不已。

〈小雅・正月〉設問句出現在第二章「父母生我，胡俾我瘉？」，三章「哀我人斯，于何從祿？瞻烏爰止？于誰之屋？」，五章「具曰予聖，誰知烏之雌雄？」六章「哀今之人，胡為虺蜴？」以及第八章「燎之方揚，寧或滅之？」〈雅〉詩篇幅較長，在敘述中加入設問句能使句式生動靈活，這是使用設問的一個原因。另外每一個設問

都能顯出作者沸騰的情感,從二章的感嘆為何生在此時?遭受此不幸,到三章哀憐世人百姓如何避免此不幸,藉著烏鴉要休止於何處,顯示當時生活之困苦不安,諷刺執政者暴虐無道,使人民無法安定度日。第五章說故老、占夢皆謂自己是聖者,但也分辨不出是非善惡,顯示讒言、謠言滿天,讓君王分不出對錯。第八章的設問法表示國內情勢如火燒於原,誰能撲滅呢?以疑問句表肯定語氣,意指國家危急無法挽救,天下已大亂。

〈小雅・十月之交〉第二章與第三章均用設問法結尾,「日月告凶,不用其行。四國無政,不用其良。彼月而食,則維其常。此日而食,于何不臧?爗爗震電,不寧不令。百川沸騰,山冢崒崩。高岸為谷,深谷為陵。哀今之人,胡憯莫懲?……抑此皇父,豈曰不時?胡為我作,不即我謀?……」此詩刺幽王任用小人,導致災變不斷,從地震到日食,都是因為國無善政,但是為何天已降下此災禍,君王還是不知戒懼遷善呢?此一問句帶有深深的感傷,足見幽王寵信小人,不知悔改。二章寫地震巨變狀況,末尾傷心中仍疑問:幽王為何不知這是上天對他的懲戒呢?第四章就皇父說,指責他的過錯,偏他還不肯認錯,不和賢臣商量,讓所有人受苦,還說「不是我害的,按禮就當如此。」透過幾個問句婉轉責備皇父,實則恨之入骨,只是懼其位高權重,無法直罵之,所以本詩的問句用意是婉轉刺意,避免太露。

〈小雅・雨無正〉第三章「如何昊天,辟言不信?如彼行邁,則靡所臻。凡百君子,各敬爾身。胡不相畏?不畏于天?」作者在此章中直接揭示造成這國家動亂的原因是君王「辟言不信」,不相信

法度之言,以問句出現有不可思議之意,堂堂一國之君,居然如此昏庸,怎會不信辟言呢?不循大道走,就無法到達目地,不用賢才只聽信小人,國家不知會引向何處?偏偏「凡百君子」又「胡不相畏?不畏於天?」不互相尊重,嚴肅其身,難道不怕老天嗎?此章問句較多,寫出詩人心中疑慮與擔憂。

〈小旻〉第三章「我龜既厭,不我告猶。謀夫孔多,是用不集。發言盈庭,誰敢執其咎?如匪行邁謀,是用不得于道。」指小人不實事求是,不深思熟慮,占卜過多已無法判定吉凶,雖然獻計謀的仍很多,卻紛雜無用。計謀再多卻無人敢負起責任,只是空談而已。此語一出,表示國內多小人佞臣,無正直之人,這些小人只會媚惑王心,無法對君王提出勸諫,諷刺君王只聽從小人之言,讓國勢日益敗壞。

〈小弁〉第一章後幾句「何辜於天?我罪伊何?心之憂矣,云如之何?」透過激問方式,強烈質疑為何自己遭此不幸,以諷刺幽王聽信讒言,殘害自己。設問的運用,引起了讀者的注意,加強了詩的氣勢與情感深度,產生意猶未盡的餘味,讓此詩開頭即收到震撼人心的效果。第三章「維桑與梓,必恭敬止。靡瞻匪父,靡依匪母。不屬於毛?不罹於裏?天之生我,我辰安在?」透過疑問句寫被放逐的悲哀,為何自己無法依附?老天生下我,我的好運在哪呢?強烈的不安流浪感,讓詩人一再產生疑問,諷刺了上位者的無能與暴虐。

〈巧言〉末章「彼何人斯?居河之麋。無拳無勇,職為亂階。既微且尰,爾勇伊何。為猶將多,爾居徒幾何!」開頭疑問起筆說:

這進讒言的小人究竟是什麼人呢？雖未直說，但點出位置在河邊，詩人不敢直指其名，但也許只要說出位置，當時的人就明白所指之人是誰吧！故意留下暗示此人是誰的句子後，詩人又不客氣的罵他沒力氣沒勇氣，腳腫又生瘡，是禍亂的源頭。幾句數落的話說的毫不客氣，再下個結語說他欺詐再多，黨羽再多還是不會長久的！末章詩人彷彿暢快的出了一口氣，吐了他心中的怨言，既辱罵又斥責其無恥進讒言。

〈大雅‧桑柔〉第三章「靡所止疑，云徂何往？……誰生厲階？至今為梗。」國家朝政敗壞，百姓生活困苦，無處可往可依，要去哪兒呢？單純的一問句，寄予無限感傷。而是誰造成這種禍亂災害呢？到如今仍傷害著我們。此章設問偏重感嘆憂傷。十章「匪言不能，胡斯畏忌？」以設問說「不是我們不能說，為何那麼害怕呢？」因為厲王只願意聽好聽的話，不願接受建言，導致在位大臣能進言而不進，於是政治越來越差，人民遭此荼毒而造成動亂。詩人以為賢君則能使人暢所欲言，若說了惹來壞禍端，誰願意說呢？以此問句諷刺厲王聽讒言用小人。

〈瞻卬〉第四章「鞫人忮忒，譖始竟背。豈曰不極？伊胡為慝。」責備讒人太邪惡，話隨便亂說，極盡所能詆毀他人，而自己卻不遵守。馬瑞辰說：「譖，毀也，數也，謂始譖毀人而終自背之也。始譖毀人乃竟終背之，是責人則明，責己則暗也。譖始所以為忮，竟背所以為忒也。」[65]難道傷害人還不夠嗎？要犯錯到什麼時候。設問

---

[65] 馬瑞辰《毛詩傳箋通釋》，下冊，頁 1031。

句強調讒人為惡不知節制。第五章「天何以刺？何神不富？」上天為何責備？神為何不降福？兩句質疑的話目的在諷刺幽王用人不當，只聽信婦人、小人之言，毫不體恤百姓生活。

〈召旻〉最後兩句「維今之人，不尚有舊？」以此問句詢問當今之世，是否還有忠心的輔政老臣，詩人對當世均是佞臣在位忍不住發出悲鳴，就算還有忠臣在，但幽王能聽信他、任用他嗎？言近旨遠，又是意在言外的問句。

五、雙關隱語，意味濃厚

有時為了保護自己，或不便直刺上位者，需利用雙關詞或者隱語，表達詩人意見，使意在言外，韻味無窮，富有含蓄婉曲的機趣。假借一些字、詞在語句中同音或多義的條件，使一個詞語或句子同時兼有字面上和字面外的意思，而作者又以字面外的意思為表達目的。[66]作者使用雙關或隱語通常是意有所指，希望藉此能達到一舉兩得的目的。《文心雕龍・諧讔》：「讔者，隱也。遁辭以隱意，譎譬以指事也。」[67]隱語是把說話人真實的意圖隱藏在曲折的比喻中，讓接受者去領悟，劉勰強調諧隱之有「用」，認為其有諷諫作用，藉用某種語言、事物或動作「替代」真實涵義的表現方式，表面上似乎平淡無奇，內裡卻寄意深遠。聞一多在〈說魚〉一篇中曾詳盡說明「隱語」。聞一多將「喻」、「隱」做對比，凸顯其本質的差異處。他說：「隱語古人只稱作隱（讔），它的手段和喻一樣，而目的完全

---

[66] 參見黃麗貞《實用修辭學》，頁 208。
[67] 劉勰著、周振甫注《文心雕龍注釋》，頁 276。

相反,喻訓曉,是藉另一事物來把本來說不明白的說得明白點;隱訓藏,是藉另一事物來把本來可以說得明白的說得不明白。喻與隱是對立的,只因二者的手段都是拐著彎兒,藉另一件事物來說明一事物。」[68]他認為「隱」的目的是透過事物的類比,將原意(喻體)說得含蓄委婉些。例如「魚」字,他說:「正如魚是匹偶的隱語,打魚、釣魚等行為是求偶的隱語。」[69]將「魚」字指向兩性之間互稱的隱語,可以是指魚水之歡,指密不可宣的性關係。〈邶風・新臺〉中「魚網之設,鴻則離之。燕婉之求,得此戚施。」「魚網之設」即是「打魚」之意,「魚」即指求偶匹配之意。隱語的使用讓詩傳達更多情意,也將不便直說的事物,在此代稱隱語使用下,有了婉轉的說法。

〈邶風・旄丘〉末尾「褎如充耳」一句,使用了諧音雙關,褎是盛服之意,褎如即盛服而傲慢自大貌。充耳,《毛傳》說「盛飾也。」《鄭箋》:「充耳,塞耳也。言衛之諸臣顏色袖然,如見塞耳無聞知也。」[70]充耳本來是一種掛在耳朵旁的首飾,詩人以為衛國群臣只是穿著華麗,有充耳之盛飾,卻無德以稱之。充耳在此又指他們充耳不聞黎人苦難,剛開始接納黎國君臣寄居衛國,後卻不願協助他們復國,在衛國苦等多時後,以此詩責備諷刺趾高氣昂,袖手旁觀的衛國君臣。

---

[68] 聞一多〈說魚〉,《聞一多全集》第三冊,(武漢:湖北人民出版社,1993年),頁231。
[69] 聞一多〈說魚〉,《聞一多全集》第三冊,頁240。
[70] 毛亨傳、鄭玄箋、孔穎達疏《毛詩注疏》,收入《景印文淵閣四庫全書》,六三・經部,詩類,頁211。

雙關中最常見的就是諧音雙關,因為讀音相同或相近,造成雙重意思。如〈秦風‧黃鳥〉三章開頭分別是「交交黃鳥,止于棘。」「交交黃鳥,止于桑。」「交交黃鳥,止于楚。」《毛傳》說:「興也。黃鳥以時往來得其所,人以壽命終亦得其所。」《孔疏》說:「黃鳥飛而往來,止於棘木之上得其所,以興人以壽命終亦得其所。今穆公使臣從死,是不得其所也。」[71]馬瑞辰《毛詩傳箋通釋》則以為「按《傳》、《箋》說皆非詩義。詩蓋以黃鳥之止棘、至桑、止楚為不得其所,興三良從死為不得其死也。棘、楚皆小木,桑亦非黃鳥所宜止。〈小雅‧黃鳥〉詩『無集于桑』,是其證也。又按詩刺三良從死,而以止棘、止楚、止桑為喻者,棘之言急也。桑之言喪也。楚之言痛楚也。古人用物多取名於音近,如松之言容,柏之言迫……皆此類也。」[72]以為黃鳥棲止所在是諧音雙關用法,替全詩渲染出一種緊迫、悲哀、淒苦的氛圍,為詩旨定下了哀傷的基調。一方面以鳥自在飛翔鳴叫襯出三良不得自由,一方面又以雙關用語渲染情緒。

〈齊風‧敝笱〉三章開頭前兩句相似,「敝笱在梁,其魚魴鰥。」「敝笱在梁,其魚魴鱮。」「敝笱在梁,其魚唯唯。」以敝笱與魚的關係興起,文姜與齊襄公的淫穢之事由此暗示。隱藏著魯桓公無法制止文姜的出軌,如同破敗的魚笱,毫無作用,只能任由魚兒自由來往進出。如同文姜多次與齊襄公相會,肆無忌憚的進出,聞一多

---

[71] 毛亨傳、鄭玄箋、孔穎達疏《毛詩注疏》,收入《景印文淵閣四庫全書》,六三‧經部,詩類,頁 374。
[72] 馬瑞辰《毛詩傳箋通釋》,上冊,頁 390。

認為:「正如魚是匹偶的隱語,打魚、釣魚等行為是求偶的隱語。」[73] 故此處以魚的隱語,讓詩中指責文姜與齊襄公的意思連上關係,讓詩句更靈活生動。

〈小雅・大東〉「維南有箕,不可以簸揚」,孔穎達《正義》說:「何嘗而有可用乎?亦猶王之官司虛列而無所用也。」[74]旨在刺「有其位無其事者」。箕、斗既指天上的箕星和斗星,又指簸箕和酒斗,藉著天上有名無實的星象,諷刺人間的高官,尸位素餐毫無作用,以名稱上的雙關隱含雙重意義。

〈大雅・瞻卬〉第二章使用語義雙關法,「人有土田,女反有之。人有民人,女覆奪之。此宜無罪,女反收之。彼宜有罪,女覆說之。」反覆二字指幽王行事毫無可循,不僅反覆不定,根本是霸道無理,以一己之好惡決定,將國家推入深淵中。

六、反語諷刺,拉大反差

「反語」又稱「反話」,指的是運用和本意相反的詞語或意象來表達意思,即所謂的「言與意反」,也就是言說的表層義,和所欲表達的深層義,呈現正負相反的矛盾。黃慶萱在《修辭學・倒反》中提到:「我們必須揭示『倒反』和一切『反諷』一樣,其目標乃是舉發剛愎的無知、自以為是的愚蠢、驕傲、浮華與偽善等等。」[75] 所以倒反具有嘲諷、譏刺性質,它的特色是故意用尖銳、辛辣的反

---

[73] 聞一多〈說魚〉,《聞一多全集》第三冊,頁234。
[74] 毛亨傳、鄭玄箋、孔穎達疏《毛詩注疏》,收入《景印文淵閣四庫全書》,六三・經部,詩類,頁581。
[75] 黃慶萱《修辭學》,頁326。

話,巧妙的將諷刺隱藏在讚美的語言中,讓作者的思想表達得更深刻,更有力,也更有趣。明明是對當事者醜行的揭露和鞭撻,表達宣洩不滿的情緒,但卻用了讚美之詞,曲折的表達了自己的感情,使當事者看了聽了也發作不得,而讀者看了更明白其挖苦諷刺之意。《文心雕龍‧諧讔》就說:「諧之言皆也。詞淺會俗,皆悅笑也。……意在微諷,有足觀者。」[76]說明諧讔是帶有諷刺的詼諧文,引人悅笑,它和笑話相近,但卻有諷諭作用,與單純笑話不同。西方人所謂的「反諷」,原為古希臘戲劇中一角色典型,即「佯作無知者」,這種角色在自以為高明者面前說傻話,傻話最後被證明是真理,從而使高明的對手出盡洋相,所以反諷的基本性質是假象與真實之間的矛盾,以及對這一矛盾的無所知,反諷者佯裝無知而口是心非,說假象以暗示真相。[77]後來這個詞被狹義的理解為「諷刺」、「嘲弄」的意思,並作為一種修辭方法使用。顏元叔說:

> 一個人的智力經驗多寡可由他辨認反諷的能力決定,反諷出現時總有一種冷酷的幽默,作者需有「不動感情的超然」,即便感情激動時也只作冷默的表達。其特有的方式就是在責罵的文字中假作讚賞之意,而在讚賞之中真含責罵。[78]

反諷在《詩經》裡常用作「揶揄諷刺」,表面上說好話,實際

---

[76] 劉勰著、周振甫注《文心雕龍注釋》,頁275。
[77] 程孟輝《現代西方美學》,(北京:人民美術出版社,2001年),上冊,頁245。
[78] 顏元叔主編《西洋文學辭典》,(臺北:正中書局,1991年9月),頁400。

上表達作者對某特定人事物的諷刺，進行鞭撻、非難的意圖。使用反諷進行責難較間接，不像譏刺傷人，因為作者故意把褒說成貶，把貶說成褒，運用機智的語言文字，對社會進行委婉批判。但也因為使用反諷法，拉大事實真相的反差，形成醜者更醜，美者更美的效果。如〈鄘風‧牆有茨〉每章三、四句相似，分別是「中冓之言，不可道也」、「中冓之言，不可詳也」、「中冓之言，不可讀也」，說不可說，下一句又接「所可道也」、「所可詳也」、「所可讀也」，有欲言又止，刻意做作的感覺，明明說不可以說，又說說出來太醜陋，足見此事多難開口，多令人鄙夷？以不言之言引起讀者好奇，反語的說法讓詩人諷刺衛國宮內醜行暴露，讓詩在此種氣氛中結束，諷刺意味卻迴盪不盡。

〈鄘風‧君子偕老〉開頭一句「君子偕老」，以及末章最後兩句「展如之人兮，邦之媛也」，均用了反語諷刺。詩中雖極力讚美宣姜服飾之盛，卻無法掩飾她不守婦道，與公子頑私通之醜行。貴為一國之母，應有母儀天下的典範，與君王偕老終生，但她卻沒做到，故詩人以「君子偕老」一語反諷她。而末兩句極力讚美她是國家之第一美女，國色天香，無人能及，卻偏偏只擁有外貌而無內涵、品德，故詩句越是讚美，對做了醜事的宣姜來說，就越是諷刺，這比直接辱罵她無恥淫穢還要難堪。

〈魏風‧葛屨〉一詩，首章末尾「要之襋之，好人服之」，「好人」這一詞便運用反語諷刺，把儉嗇褊急的人稱作「好人」，其實是故意用此語指其壞到極點了。將他捧到最高點，「好人提提，宛然左辟。佩其象揥。」表面是溫順婉約的好人，可是骨子裡卻是刻薄

儉嗇,壓搾下人,詩人刻意用「好人」這美化的讚語,對照他令纖纖女手,為他縫裳,在寒冬時節,又只讓她穿著不保暖的葛屨。

〈魏風·伐檀〉三章複沓形式中,末兩句分別為「彼君子兮,不素餐兮」、「彼君子兮,不素食兮」、「彼君子兮,不素飧兮」。看似讚美,實則意有所指。全詩寫伐木者辛勤勞動,在河邊砍伐木頭以造車,無法歇息,卻眼見上位者家中有眾多農穫、獵穫,而自己卻無所得,得不停的工作,怎會如此不公不正呢?分明是上位者剝削了他們的作物獵物,而末尾居然說「彼君子兮,不素餐兮」,讓人懷疑這些伐木者是否累到不省人事?說在位者不素餐,是指其不無功勞而空享俸祿,偏這些人可真是無功勞而有所得,平白得到東西,毫不費力家中即有財物,故在此亦是反語諷刺這些在位者都是不折不扣的剝削者。

〈小雅·十月之交〉反語出現在第四章末句「豔妻煽方處」,以及第六章開頭兩句「皇父孔聖,作都于向」。第四章列出國內居顯位的紅人,指責小人居高位備受重用,主宰了國家大事,而「豔妻」看似讚美褒姒,實則暗諷她煽動幽王,讓幽王更加荒淫無道。而說「皇父孔聖」也是極盡諷刺,明明數落他遷都於向,帶走國家要臣,不留下任何賢能之士輔佐君王,用「孔聖」一詞反語譏刺他聰明,更能看出詩人對他們的憎惡之情。

〈大雅·瞻卬〉中以「哲婦」稱褒姒,將國家滅亡的責任原因指向褒姒身上,卻在詩中寫著「哲夫成城,哲婦傾城」,「哲婦」指聰明才智的女人,句子意指是褒姒這樣聰明才智的女人毀了國家,既是「哲婦」又怎會毀了國家?一詞用的諷刺,除了保護自己

外,就是明顯的諷刺了。這種反語的使用,刻畫微妙心理狀況,有著濃厚的言外韻味,具有震撼力和文字張力。

七、誇張鋪述,渲染強化

誇張的描寫即修辭學上的「誇飾」,黃麗貞《實用修辭學》上將其解釋為「誇張是一種『言過其實』的修辭方式,人們為了要凸顯自己對事物的觀點,和強烈感情的傾向,把客觀事物的現象,故意用超過實情來形容,使聽者留下鮮明深刻的印象,就是『誇張』。所以誇張可說是一種『令人同意的謊言』。」[79]利用誇張的描寫,凸出事物的特徵,揭示事物的本質,令人留下鮮明深刻的印象,更可以表達較強烈的情感,諷刺感染讀者。劉勰認為「誇飾」是文學裡長期以來的表現方法,他說「故自天地以降,豫入聲貌,文辭所被,夸飾恆存。」[80]並舉例說《詩經》和《尚書》的例子,「雖詩書雅言,風格訓世,事必宜廣,文亦過焉。是以言峻則嵩高極天,論狹則河不容舠,說多則子孫千億,稱少則民靡孑遺。……辭雖已甚,其義無害也。」[81]認為《詩經》、《尚書》中的誇飾並無妨礙,並將詩意完整表達,教人運用豐富想像力體會作者「言過其實」的主要目的。誇飾可分為空間擴大、縮小,時間延長、極速縮短,或物象人情的誇飾,透過誇飾法的靈活運用,有時能將不易表達的思想、情感寫出,激發讀者想像力以引起共鳴,暢達作者的本意。諷

---

[79] 黃麗貞《實用修辭學》,頁231。
[80] 劉勰著、周振甫注《文心雕龍注釋》,頁693。
[81] 劉勰著、周振甫注《文心雕龍注釋》,頁693。

刺詩利用誇飾的手法,能凸顯出對人物事件的鄙夷,如〈邶風‧新臺〉每章三、四句刻意將衛宣公醜化,說宣姜本以為是「燕婉之求」,未料「籧篨不鮮」、「籧篨不殄」,得到的是籧篨、戚施,馬瑞辰解釋籧篨、戚施:「物之醜惡者謂之籧篨、戚施。……人之醜惡者謂之籧篨、戚施……人有惡行者亦謂之籧篨、戚施,……此詩籧篨、戚施對燕婉言,皆以人之醜惡喻宣公。」[82]事實上史實未紀錄宣公面貌醜陋,如此誇張的描寫,是刻意凸顯出他的荒淫無恥,行為低下醜惡。誇飾法的運用讓詩人對宣公的評價降到最低,把他跟低下動物劃上等號,諷刺意味濃厚。

〈鄘風‧君子偕老〉詩中以「胡然而天也,胡然而帝也」形容宣姜,讚美宣姜宛如天仙下凡、帝子降臨,與凡人不同,美艷極了。極力誇飾她的美貌,目的就在借此諷刺她「德服不稱」,不能與「君子偕老」,跟宣公的庶子公子頑有私情,枉為一國之母。

〈齊風‧敝笱〉說「齊子歸止」時,「其從如雲」、「其從如雨」、「其從如水」,抓住文姜盛其服飾,疾驅於大道上,奔赴與襄公幽會,隨從眾多如雲、如雨、如水,誇飾兼比喻法,寫其不避人耳目的誇張行徑,加深其違禮失德的程度。

〈魏風‧伐檀〉中說上位者「不稼不穡,胡取禾三百廛兮?不狩不獵,胡瞻爾庭有縣貆兮?」三百廛即三百束,極言數量之多,此數字是誇張筆法,透過不勞者「取禾三百廛」、「三百億」、「三百囷」,不獵者「庭有懸貆」、「有懸特」、「有懸鶉」,極言上位者剝削

---

[82] 馬瑞辰《毛詩傳箋通釋》,上冊,頁159。

多,獵物由大到小都不放過,塑造出勞動者的不滿與辛勞,只見到他們享受成果,卻未看到他們生產服務,諷刺性也就高了。

〈秦風・黃鳥〉三章每一章末尾都是「如可贖兮,人百其身」,這兩句的意思據程俊英、蔣見元《詩經注析》一書,以為這二句運用了誇飾法,對於三良的殉死,人們願意以死贖回他們的生命,就算死一百次也不要緊[83]。或者如馬瑞辰所說是「願以百人身代之」[84],認為三良是「百夫之特」,因此願意用很多人來代替他們從死。不論是哪種說法,均認為三良不該從死,穆公以人從死更是無道行為,令百姓痛惋不捨,寧願以人身代替換回其性命,也將對穆公的怨恨感情一併表達出。

肆、內容的特殊安排

《詩經》中某些諷刺詩為了達到效果,詩人巧動靈思,除了運用修辭格外,還在內容表現上作特殊安排,讓人對此詩印象深刻。

一、虛實相生,刻意針砭

現實中的不順遂容易使人產生幻想,希望透過想像讓心情能好些,亦將希望寄託於虛幻中。但有時透過想像,反而讓思緒更加複

---

[83] 程俊英、蔣見元《詩經注析》,(北京:中華書局,2006 年 2 月),上冊,頁 351。
[84] 馬瑞辰《毛詩傳箋通釋》,(北京:中華書局,2004 年 2 月),上冊,頁 391。

雜，心情更加愁苦。〈大東〉一詩就是這類的作品，詩人以現實人世對比幻想之星空，處於人間繁雜無奈的狀況下，寫西人百般剝削，東人之子勞苦至極，末兩章從現實轉入想像，透過天上星宿「載施之行」，徒有織女、牽牛、啟明、長庚之名卻無實質作用，無法為下民解決困難，怨天不撫恤下民。雖說是幻想之詞，但實則諷刺現今官員，說是官員，實則無實際作為，只是剝削百姓，徒居高位徒有其名罷了。這些西方征服者未對人民伸出援手，寄予關愛同情，反而大肆剝奪，讓東人陷入愁苦。此詩前幾章描寫平淡簡約，但到末兩章將虛實相連，以虛擬實，文筆一變，造成極出色的諷刺作用。詩人心中苦悶，仰天見星宿運行，遙想其名，再聯想到身旁的官員，將怨恨之情轉移至其身上，其實是藉此說彼，因為他俯視身旁周遭只見到西人極盡享受，自身卻極悲苦，俯仰之間表現了詩人的冀望與愁苦。

二、藉古刺今，更增深痛

此種方法也可說是藉古諷今，屬於較婉曲含蓄的方式。以古代名士賢人之德行或是古代當政者之仁政，對比當今之亂世，以凸出今日衰敗之勢的形成是當世統治者不賢之故，從中感懷昔日盛世以刺今日之離亂，並告誡君主應法先王行仁政，如此才能國治天下平。〈大雅‧蕩〉一詩假託文王指斥殷紂王以刺厲王。商紂王縱情享樂，逆天行事，荒廢朝政，甚至沉湎於女色，終落得國亡身死。詩人假借文王感嘆商季之君昏庸殘暴，重蹈夏桀身死國滅的口吻，希望藉信史明鑑，諷諫厲王謹記教訓，勿走上相同路途，希望他勿用小人，

勤修德政、勿重蹈覆轍,將國家推向滅亡之路。除諷刺厲王外,對於奸佞臣子也是一種諷刺,諷刺在位的臣子,都是小人不知輔佐君王,挽救日漸頹敗的國政,不知以前朝為戒,還曲意承歡,逢迎其意,怎能對國家君王交代?藉古刺今的手法,容易引起讀者深思,諷刺作用並不因此減少。除此之外,〈曹風‧下泉〉胡承珙以為「共公寵任小人羣邪用事,則其侵刻下民勢所必至,獻狀之討固由自取,然晉人執其君分其田,以其私憾敗國殄民,虐亦甚矣。詩人憂之而思明王賢者。」[85]認為此詩亦屬此種筆法。依照胡氏的說法,則末章為以古刺今筆法,用昔日之盛與今日之衰對比,以諷當世統治者沒有晉國荀躒之賢能,進而發出哀嘆之音。[86]

三、以少總多,含蓄諷刺

諷刺詩以刺人刺事為主,透過對一人物、事件的描寫,能具體鋪述其性格,聚焦在某一點或一線上,讓詩產生生命力,讓讀者對詩中人物、事件有深刻的認知。如〈鄘風‧牆有茨〉末句「中冓之言,不可道也」將指刺對象擴大,宮廷之內發生淫穢之事,不單是衛國宣姜而已,翻開史冊所列多有,故方玉潤說:「衛宮淫亂,未必止於宣姜,而宣姜為尤甚。」[87]〈齊風‧東方未明〉責備司夜之官,委婉諷刺君上無節,但從此一事件下筆,讓人聯想君王未依法行事,全憑個人喜好,則其它國家要事也必是如此。〈檜風‧羔裘〉

---

[85] 胡承珙《毛詩後箋》,收入《續修四庫全書》,(上海:古籍出版社,1995年),六七‧經部,詩類,頁 320、321。
[86] 筆者根據方玉潤看法,認為此詩是「傷周衰」之詩。
[87] 方玉潤《詩經原始》,上冊,頁 156。

寫檜君顛倒服飾,重視逍遙遊燕之樂,將國事置於燕饗之後,耽溺於享樂。本末倒置的行為亦不難想像其他行為將如何昏庸,詩人善用典型的具體事物,對單一事件進行描寫,以小見大,揭露出政治的黑暗,君上的放縱無道,透過文字的描寫,讀者可展開想像,從而明白其諷刺之意。

四、欲刺先美,意在末尾

《詩經》諷刺詩,每每在篇末畫龍點睛,以精簡有力的詩句,闡揚詩旨,揭示主題。或者是句句讚美,以美襯醜,以麗辭寫醜行,點出其卑劣的行徑,〈鄘風・君子偕老〉不厭其煩鋪寫齊子服飾、容貌,是「邦之媛也」,但「子之不淑,云如之何?」微露譏刺,朱熹說:「今宣姜之不善乃如此,雖有是服,亦將如之何哉!言不稱也。」[88]或如〈鄭風・清人〉每章前三句均是讚揚,若不讀到最後,無法瞭解詩人真意。透過前幾句的讚揚,將諷刺力度從最低提升到最高,不僅刺高克無所是事浪費軍糧,還斥責文公以個人好惡任事的昏庸,刺人在不知不覺中,先給人深刻完美印象,再筆鋒一轉留下反差,塑造出詩人批評的意象。

伍、結語

總括來說,《詩經》中有關諷刺教化的筆法,多為含蓄婉轉的「隱

---

[88] 朱熹《詩集傳》,收入《景印文淵閣四庫全書》,六六・經部,詩類,頁767。

秀」之筆。從孔子「溫柔敦厚，詩教也」開始，後世學者再對此語詮釋解說，使得詩與政治密切結合，諷刺君王使之「足戒」，筆法雖不同，或以物喻君；或興筆諷王；或賦筆陳其暴虐，夾雜篇章結構的特殊安排，目的均以揭露當政者之惡行為主，間加以曉諭之音，冀上位者得以自省而改過。故其諷刺筆法皆經過詩人巧妙安排，諷刺詩具有鮮明的寫作特色，主文譎諫，使居上位者引以為戒。

筆者分析諷刺詩的寫作技巧，不論是鋪敘事件的賦寫或觸景生情因事起興，均能巧妙地揭露上位者的不當行為。再加上大量運用對比、比喻、呼告、設問、雙關隱語、反語、誇張等修辭技巧，刺意立即凸顯，讓所刺人物的劣行完全畢露。除此之外，詩人更運用虛實相生、藉古刺今、以少總多、欲刺先美等寫作技巧，在詩的內容呈現上巧作安排。透過全文的論析，可以肯定《詩經》是我國諷刺文學之祖，表現了傑出的諷刺藝術。

參考書目

1. 毛亨傳、鄭玄箋、孔穎達疏《毛詩注疏》，收入《景印文淵閣四庫全書》，臺北：臺灣商務印書館，1986 年。
2. 王充《論衡》，收入《景印文淵閣四庫全書》，臺北：臺灣商務印書館，1986 年。
3. 王符《潛夫論》，收入《景印文淵閣四庫全書》，臺北：臺灣商務印書館，1986 年。
4. 朱熹《詩經集傳》，收入《景印文淵閣四庫全書》，臺北：臺灣商務印書館，1986 年。
5. 朱公遷《詩經疏義會通》，收入《景印文淵閣四庫全書》，臺北：臺灣商務印書館，1986 年。
6. 朱自清《詩言志辨》，臺北：五洲出版社，1964 年。
7. 朱庭珍《筱園詩話》，收入郭紹虞編選《清詩話續編》，上海：上海古籍出版社，1983 年。
8. 王世貞著、羅仲鼎校注《藝苑卮言校注》，濟南：齊魯書社，1992 年。
9. 元稹《白氏長慶集》，收入《四部叢書正編》，臺北：臺灣商務印書館，1979 年。
10. 方玉潤《詩經原始》，北京：中華書局，2006 年 2 月。
11. 何晏集解、邢昺疏《論語注疏》，收入《景印文淵閣四庫全書》，臺北：臺灣商務印書館，1986 年。

12. 何文煥輯《歷代詩話》，臺北：漢京文化事業公司，1983年。
13. 姚一葦《藝術的奧秘》，臺北：臺灣開明書店，1973年4版。
14. 姚際恆《詩經通論》，收入《續修四庫全書》，上海：上海古籍出版社，1995年。
15. 胡承珙《毛詩後箋》，收入《續修四庫全書》，上海：上海古籍出版社，1995年。
16. 徐復觀《中國文學論集》，臺北：學生書局，1990年3月5版。
17. 高誘注《淮南子注》，臺北：世界書局，1965年再版。
18. 馬瑞辰《毛詩傳箋通釋》，北京：中華書局，2004年2月。
19. 夏傳才《詩經語言藝術新編》，北京：語文出版社，1998年1月。
20. 焦延壽撰《焦氏易林》，臺北：中華書局，1965年。
21. 程孟輝《現代西方美學》，北京：人民美術出版社，2001年。
22. 程俊英、蔣見元《詩經注析》，北京：中華書局，2006年2月。
23. 聞一多《聞一多全集》，武漢：湖北人民出版社，1993年。
24. 趙沛霖《興的源起——歷史積澱與詩歌藝術》，北京：中國社會科學出版社，1987年11月。
25. 黃永武《中國詩學——鑑賞篇》，臺北：巨流圖書公司，1977年8月。
26. 黃慶萱《修辭學》，臺北：三民書局，1990年。
27. 黃麗貞《實用修辭學》，臺北：國家出版社，1999年3月。
28. 裴普賢《詩經評註讀本》，臺北：三民書局，2008年11月重印2版。
29. 葉嘉瑩《迦陵談詩二集》，臺北：東大圖書公司，1985年2月。

30. 蔡英俊《比興、物色與情景交融》，臺北：大安出版社，1990年8月。

31. 鄭玄注、賈公彥疏、陸德明音義《周禮注疏》，收入《景印文淵閣四庫全書》，臺北：臺灣商務印書館，1986年。

32. 鄭玄注、孔穎達疏、陸德明音義《禮記注疏》，收入《景印文淵閣四庫全書》，臺北：臺灣商務印書館，1986年。

33. 劉勰著、周振甫注《文心雕龍注釋》，臺北：里仁書局，2001年9月。

34. 劉玉汝《詩纘緒》，收入《文津閣四庫全書》，北京：商務印書館，1986年。

35. 錢澄之《田間詩學》，收入《景印文淵閣四庫全書》，臺北：臺灣商務印書館，1986年。

36. 嚴粲《詩緝》，收入《景印文淵閣四庫全書》，臺北：臺灣商務印書館，1986年。

37. 顏元叔主編《西洋文學辭典》，臺北：正中書局，1991年9月。

38. 蘇轍《詩集傳》，收入《續修四庫全書》，上海：上海古籍出版社，1995年。

39. 瀧川龜太郎《史記會注考證》，臺北：文史哲出版社，1993年10月。

《管錐編・毛詩正義》論《詩》之修辭、句法與表達藝術

張惠婷

【提要】

　　錢鍾書《管錐編・毛詩正義》超越傳統訓詁方法，強調詩歌作為文學語言的特色，並結合西方文藝觀點，透過大量的詩文例證，打通古今與中西，對《詩經》字詞篇章作深入細緻的剖析，提出不少新穎精闢之見，發前人所未發。本文從他的六十條筆記中歸納為比喻、歇後倒裝、烘托、Y 叉句法等九項與《詩經》修辭、句法、表達藝術特色有關的議題，探討他如何揭示《詩經》的文學寫作技巧，打通《詩經》與古今中西文學的關係，以及提升《詩經》的文學審美。

關鍵字：錢鍾書、《管錐編》、《詩經》、修辭、句法、寫作技巧

壹、前言

　　錢鍾書將《詩經》視為文學作品，以審美的眼光，透過具體字句進行鑒賞，探討《詩經》中所使用的藝術方法，包括修辭技巧、句法、章法及描寫手法。有別於一般介紹修辭格的書籍，錢氏並沒有要建立系統的企圖，他結合傳統詩論和西方的文藝觀點討論詩歌，對詩歌的文學手法進行深入探討，別開生面而自成一家，如比喻有兩柄亦有多邊、博喻、曲喻、通感等手法。本文闡述錢鍾書在《管錐編‧毛詩正義六十則》中所拈出的修辭、句法與表達藝術，介紹錢鍾書站在詩人的角度如何鑒賞詩歌及其所提出的詩歌創作方法。

　　有別於實用性修辭學[1]，周振甫認為錢鍾書從文藝的角度來講修辭[2]，除了文從字順，有效的傳達思想之外，更強調文學語言的特色。《談藝錄》云：

　　　按捷克形式主義論詩謂「詩歌語言」必有突出處，不惜乖違

---

[1] 周振甫：「實用性修辭學在語言運用上，結合對象和說話時的情境，說話要達到的目的，選擇最適宜的詞彙、句子、語調、篇章結構來表達，更多地注意用詞造句，以求收到預期的效果。文藝性的修辭學，在語言運用上，要求形象、具體，富有想像，富有情韻和含蓄，因而較多地運用比喻、誇張、摹狀、比擬、婉曲、反覆、對偶、排比等修辭手法，更多地運用修辭格。」見周振甫《中國修辭學史》，（臺北：洪葉文化事業公司，1995年），頁1。
[2] 詳見周振甫《中國修辭學史》，頁 2-9。

習用「標準語言」之文法詞律,刻意破常示異;故科以「標準語言」之慣規,「詩歌語言」每不通不順。實則瓦勒利反復申說詩歌乃「反常之語言」,於「語言中自成語言」。[3]

從引文中可見實用語言和文學語言的不同,前者要求文理通順,符合「文法詞律」,而後者容許「破常示異」大膽挑戰文字的局限。《管錐編》中指出韻文和散文的要求不同,詩、詞、曲同為韻文,但有不同的格律限制,創作者必須在有限制的狀態下對文句進行調整,以傳達自己如湧泉般的文思:

蓋韻文之製,局囿於字數,拘牽於聲律,盧延讓〈苦吟〉所謂:「不同文賦易,為著者之乎。」散文則無此等禁限。……嘗有嘲法國作者謹守韻律云:「詩如必被桎梏而飛行,文卻如大自在而步行。」……筆、舌、韻、散之「語法程度」(degrees of grammaticalness),各自不同,韻文視散文得以寬限減等爾。後世詩詞險仄尖新之句,《三百篇》每為之先。[4]

引文中指出筆、舌、韻、散之「語法程度」不同,在散文語法中認為不通順的句子,在韻文中卻可以「寬限減等」,甚至視為稀鬆平常。錢氏認為「聲律」愈嚴格,相對的「語法程度」不得不降低,

---

[3] 見錢鍾書《談藝錄》,(臺北:書林出版有限公司,1988年),頁532。
[4] 見錢鍾書《管錐編》第一冊,(臺北:書林出版有限公司,1990年),頁149-150。

文律不得不愈寬,這便是「屈伸倚伏」之理。論及此處,讀者也許疑心韻文的諸多限制是否限制作者思想,影響作品的優劣?筆者認為:有限度的自由,才能營造幸福的人生,詩詞創作亦是如此。錢鍾書認為:「假如鞋子形成了腳,腳也形成了鞋子;詩體也許正是詩心的產物,適配詩心的需要。」中國詩人如同「櫻桃核」和「二寸象牙方塊」的「雕刻者」,可以在有限的空間中,蘊含無限的情思,詩體和詩心可以作完美的結合。[5]

此外,周振甫認為錢鍾書以文藝的角度來看修辭,又和一般從語文角度來看修辭有所不同。以「博喻」為例,陳望道《修辭學發凡》講譬喻格,分明喻、隱喻、借喻三種,沒有另外介紹博喻,而錢先生就文學角度來談修辭,將博喻作極生動的介紹[6],稱其為「西洋人所稱道的莎士比亞式的比喻」,認為「這種描寫和襯托的方法彷彿採用了舊小說裡講的車輪戰法,連一接二的搞得那件事物應接不暇,本相畢現,降服在詩人的筆下。」[7]除了博喻,錢氏亦介紹了「分喻」、「曲喻」等說法,並闡述「喻之兩柄多邊」的現象,較《修辭學發凡》中的譬喻格更豐富而深刻,強調「比喻」這項文學語言特色的藝術成就。以下探討分成:「比喻」、「歇後、倒裝」、「烘托」、「Y叉句法」、「反詞質詰、反經失常」、「代言體、話分兩頭」、「倩女離魂法」、「情境描寫法」、「其他」等九項,探討《管錐編・毛詩正義》論《詩》中的修辭、句法與表達藝術。

---

[5] 見錢鍾書〈談中國詩〉收入《寫在人生邊上;人生邊上的邊上;石語》,(北京:生活・讀書・新知三聯書店,2002年),頁163。
[6] 見周振甫《中國修辭學史》,頁4-5。
[7] 見錢鍾書《宋詩選註》,(臺北:書林出版有限公司,1990年),頁109。

《管錐編·毛詩正義》論《詩》之修辭、句法與表達藝術

貳、比喻

　　錢鍾書談論文藝時，特別指出比喻是文學語言的特點。圖畫無法描繪出一個平常的比喻，如馮明期〈濾沱秋興〉：「倒捲黑雲遮古林，平沙落日光如漆。」詩中所描寫的「日光如漆」這種「光暗一體」的景物難以入畫。又如世人言相貌者，常說相者有「犀形」、「鶴形」之比，若真的依動物形體畫出，則非人也。[8]而站在邏輯思維的立場，異類相比的譬喻法，是「事出有因的錯誤」，是「自身矛盾的謬語」，譬如將時間上綿綿無期的「相思」和空間上綿綿遠道的「天涯」互相較量，如晏幾道〈碧牡丹〉：「靜憶天涯，此情猶短」。[9]

　　比喻的構成和誘力透過南宋鞏豐的詩[10]可以清楚說明，「是雨亦無奇，如雨乃可樂。」詩人恍然大悟雨聲原來不是雨聲，而是槁葉互相摩擦所發出的聲音，因而產生一種驚喜之情。所以「是」就「無奇」，「如」才「可樂」，簡潔的說出比喻的性質和情感價值。錢氏云：

「如」而不「是」，不「是」而「如」，比喻體現了相反相成

---
[8] 錢鍾書對詩和畫的詳細論述可見《七綴集》〈中國詩與中國畫〉及〈讀拉奧孔〉。
[9] 見錢鍾書《七綴集·讀拉奧孔》，（北京：生活·讀書·新知三聯書店，2002年），頁42-45。
[10] 南宋鞏豐〈芊洋嶺背聞雨聲滿山。細聽，嶺上槁葉風過之，相戛擊而成音，後先疏數中節，清絕難狀。篷籠夜雨，未足為奇〉：「一葉初自吟，萬葉競相譁。須臾不聞風，但聽雨索索。是雨亦無奇，如雨乃可樂。……」（讀畫齋重刻本《南宋群賢小集》第三三冊《江湖後集》卷一）。見錢鍾書《七綴集·讀拉奧孔》，（臺北：書林出版有限公司，1990年），頁43。

345

的道理。所比的事物有相同之處,否則彼此無法合攏;它們又有不同之處,否則彼此無法分辨。兩者全不合,不能相比;兩者全不分,無須相比。所以佛經裡講「分喻」,相比的東西只有「多分」或「少分」相類。[11]

比喻的性質便是「異類相比」,在不同類的事物身上,發現部分相似之處,如〈汝墳〉:「未見君子,惄如調飢。」將未見君子的思念之苦,和早晨強烈的飢餓感相比擬。食物和情感的相似點在於,它們皆為人的基本需求,一旦欠缺便會造成肉體或精神的苦惱。譬喻所帶給人的吸引力,便在於相比之事物「不同處愈多愈大,則相同處愈有烘托;分得愈遠,則合得愈出人意表。」所以比喻的使用亦考驗創作者不凡的觀察力和聯想力。

一、比喻之兩柄

同一種比喻,用在不同的情境而產生褒貶、喜惡等相反的意義,錢氏在《管錐編・周易正易・歸妹》中論述:

> 同此事物,援為比喻,或以褒,或以貶,或示喜,或示惡,詞氣迥異;修詞之學,亟宜拈示。斯多噶派哲人嘗曰:「萬物各有二柄」(Everything has two handles),人手當擇所執。刺取其意,合采慎到、韓非「二柄」之稱,聊明吾旨,命之「比

---

[11] 見錢鍾書《七綴集・讀拉奧孔》,頁44。

喻之兩柄」可也。[12]

　　韓非提出控制臣民的二種權柄「刑德」，慎到提出的二柄是「威德」，錢氏之「二柄」指的是同一個比喻卻有兩種截然不同的意義。如以「水中映月」比喻至道，是讚嘆其玄妙；而以水月比喻浮世，則是斥責其虛妄，同為水月之喻卻有毀譽之別。又《全唐文》卷七一五韋處厚〈大義禪師碑銘〉記尸利禪師答順宗：「佛猶水中月，可見不可取」；施肩吾〈聽南僧說偈詞〉：「惠風吹盡六條塵，清淨水中初見月」，讚嘆修行境界超妙而不可即，猶云：「仰之彌高，瞻之在前，忽焉在後」，是心服之贊詞。而李涉〈送妻入道〉：「縱使空門再相見，還如秋月水中看」；黃庭堅〈沁園春〉：「鏡裡拈花，水中捉月，覷著無由得近伊」；《紅樓夢》第五回仙曲〈枉凝眸〉：「一個枉自嗟呀，一個空勞牽掛，一個是水中月，一個是鏡中花。」描寫可望不可即的心情，猶云「甜糖抹在鼻子上，只教他舐不著」（《水滸》第二四回），或「鼻凹兒裏砂糖水，心窩裏蘇合油，餂不著空把人拖逗」（《北宮詞紀外集》卷三楊慎〈思情〉），是心癢之恨詞。

　　和水月相同，鏡喻亦有二柄，如晉釋慧遠《鳩摩羅什法師大乘大義》卷上，其稱「法身同化」，無四大五根，「如鏡中像、水中月，見如有色，而無觸等，則非色也」，此處為褒揚之詞，而其言「幻化夢響」，如「鏡像、水月，但誑心眼」，此處取鏡像之虛幻不真是為貶抑之詞。

---

[12] 見錢鍾書《管錐編》第一冊，頁37。

又如以秤之精準測量出物重，比喻待人處事無成見私心，各如其分，公平允當，此為褒詞，如《全三國文》卷五九諸葛亮〈與人書〉曰：「吾心如秤，不能為人作輕重」可見諸葛亮評鑑人物的客觀性，又如王涯〈廣宣上人以詩賀放榜、和謝〉：「用心空學秤無私。」而取秤測量物品時，隨物重而傾斜的特性，比喻人心之失正，人之趨炎，此為貶義，如《朱子語類》卷一六：「這心之正，卻如秤一般，未有物時，秤無不平，才把一物在上面，秤便不平了」，又如周亮工《書影》卷一〇：「佛氏有花友、秤友之喻，花者因時為盛衰，秤者視物為低昂。」[13]

同一個比喻卻具有不同的意義，錢鍾書指出文學意涵的豐富性，亦提醒讀者應正確理解文意，切莫將其一概而論，同時亦指出翻譯文章時，應特別注意兩國語文中「貌相如而實不相如之詞與字」，讀通上下文以對所翻字詞有正確了解。

二、比喻之多邊

比喻只取相比事物「多分」、或「少分」的相類，即只取兩者事物間相似的一點或一邊來作比。錢氏云：

> 蓋事物一而已，然非止一性一能，遂不限於一功一效。取譬者用心或別，著眼因殊，指(denotatum)同而旨(significatum)

---

[13] 見錢鍾書《管錐編》第一冊，頁 37-39。

則異,故一事物之象可以孑立應多,守常處變。[14]

一項物品,包含諸多特性,不限於「一功一效」,取譬者依其「用心」,選擇所需的角度作比。例如我們對「月亮」的認識有:形圓、體明。取圓之特性,而將月亮喻為茶團,如王禹偁〈龍鳳茶〉:「圓似三秋皓月輪」,或蘇軾〈惠山謁錢道人烹小龍團〉:「特攜天上小團月,來試人間第二泉」;取明亮的特性,而將月比喻為眼睛,如蘇軾〈弔李臺卿〉:「看書眼如月」,此處並不是指李生看書時「環眼圓睜」之貌,而是取「洞矚明察」之意。另外錢氏又指出,月亮又稱「太陰」,女生性亦屬陰,所以月又可以喻「女君」,表示「太陰當空」之意,如陳子昂〈感遇〉第一首:「微月生西海,幽陽始代昇」,陳沆《詩比興箋》解為隱擬武則天。[15]錢氏認為鏡喻亦有兩邊:

一者洞察:物無遁形,善辨美惡,如《淮南子‧原道訓》:「夫鏡水之與形接也,不設智故,而方圓曲直勿能逃也」,又〈說林訓〉:「若以鏡視形,曲得其情。」二者涵容:物來斯受,不擇美惡;如〈柏舟〉此句。前者重其明,後者重其虛,各執一邊。《莊子‧應帝王》所謂:「至人之用心若鏡,不將不迎,應而不藏」(《文子‧精誠》:「是故聖人若鏡,不將不逢,應而不藏」);古希臘詩人賦鏡所謂「中無所有而亦中無不有」(nothing inside and everything inside);皆云鏡之虛則受而受仍

---
[14] 見錢鍾書《管錐編》第一冊,頁39。
[15] 見錢鍾書《管錐編》第一冊,頁39-40。

虛也。《世說・言語》袁羊曰:「何嘗見明鏡疲於屢照,清流憚於惠風」;不將迎,不藏有,故不「疲」矣。[16]

鏡子能真實反映出物體的形貌,依此「洞察」的特性,小說中有「照妖鏡」使鬼怪無所遁形。另外,鏡子能映照出任何物品卻不顯得疲憊,依此「涵容」的特性,比喻聖人對萬物皆能包容卻不為所動的修為。〈柏舟〉:「我心匪鑒,不可以茹」便是取鏡「涵容」的特性,指自己的心沒辦法和鏡子一樣「物來斯受,不擇美惡」,表示情緒受外在事物擾動,心隨境轉,無法安寧。

《談藝錄》中指出蓮和泥的關係亦有兩種詮釋觀點。取「花與泥即」的角度,如實寫出蓮生於泥的事實,如〈次韻答斌老病起獨游東園〉第一首:「蓮花生淤泥,可見嗔喜性。」又如〈次韻中玉水仙花〉第二首:「淤泥解作白蓮藕。」而取「花與泥離」的角度,如〈贛上食蓮有感〉:「蓮生淤泥中,不與泥同調」,便是著眼於蓮「出淤泥而不染」的特性,《大智度論・釋初品中尸羅波羅蜜下》:「譬如蓮花,出自淤泥,色雖鮮好,出處不淨。」[17]以上便是同喻而異邊之例。

何謂「一喻之同邊而異柄」,例如同樣取雲隨風飄動的特性為喻,一則以貶,一則以褒,如《鄭風・出其東門》:「有女如雲」,《箋》:「如雲者,如其從風,東西南北,心無有定」;《齊風・敝笱》:「齊子歸止,其從如雲」,《箋》:「其從者之心意,如雲然,雲之行,順

---

[16] 見錢鍾書《管錐編》第一冊,頁 77-78。
[17] 見錢鍾書《談藝錄》,(臺北:書林出版有限公司,1988 年),頁 322。

風爾。」此處將女子之心和雲相比,表示其心意不堅。而陶潛〈歸去來兮辭〉:「雲無心以出岫」,以雲之無心出岫,比喻自己無心於官場,錢云:「鄭謂雲『心無定』,乃刺蕩婦,陶謂雲『無心』,則贊高士,此又一喻之同邊而異柄者。」[18]

三、博喻

宋人陳騤《文則》:「博喻,取以為喻,不一而足。」「博喻」是極富表現力的一種比喻方式,設喻者依據表達需要,連續用幾個比喻來鋪陳、描繪本體,使其更具體化、形象化。錢氏在《宋詩選註》中論析蘇軾擅於比喻時說道:

> 在他的詩裡還看得到宋代講究散文的人所謂「博喻」,或者西洋人所稱道的莎士比亞式的比喻,一連串把五花八門的形象來表達一件事物的一個方面或一種狀態。這種描寫和襯托的方法彷彿採用了舊小說裡講的車輪戰法,連一接二的搞得那件事物應接不暇,本相畢現,降服在詩人的筆下。[19]

引文中可見博喻的構成方式及其所造成「應接不暇」的效果。錢氏指出這種修辭手法在最早的詩歌總集《詩經》便已出現,如〈柏舟〉:「我心匪鑒,不可以茹。……我心匪石,不可轉也。我心匪席,

---

[18] 見錢鍾書《管錐編》第一冊,(臺北:書林出版有限公司,1990 年),頁 112。
[19] 見錢鍾書《宋詩選註》,頁 109。

不可卷也。」連用三個比喻來描寫自己的心情,又如〈斯干〉:「如跂斯翼,如矢斯棘,如鳥斯革,如翬斯飛。」連用四個比喻來形容建築物線條的整齊挺聳。到了唐宋,博喻已成為韓愈等文人慣用的修辭手法,錢氏特別推崇蘇軾比喻之「錯綜俐落」,《詩經》與其相比顯得「呆板滯鈍」。如蘇軾〈百步洪〉第一首:「有如兔走鷹隼落,駿馬下注千丈坡,斷弦離柱箭脫手,飛電過隙珠翻荷。」連用六個比喻描寫水流之急,舟行之快。詩歌之外,散文如莊周〈天運〉篇連用「芻狗已陳」、「舟行陸」、「車行水」、「猨狙衣周公之服」、「醜人學西施捧心而矉」這五個比喻,說明將先王的制度用於後世之「不合時宜」,又如韓愈〈送石處士序〉連用「河決下流」、「駟馬駕輕車就熟路」、「燭照」、「數計」、「龜卜」五個比喻來表示石處士的議論明快透闢、洞燭先機。[20]又如錢氏《談藝錄》中載《維摩所說經・方便品》第二言:「是身無常、無強、無力、無堅」,針對肉身之「無常」、「無堅」的特性連舉十喻:「如聚沫、如泡,如炎,如芭蕉,如幻,如夢,如影,如響,如浮雲,如電」;《金剛經》之「六如」即六個比喻,所謂:「一切有為法,如夢、幻、泡、影,如露亦如電,應作如是觀。」佛家連用六個比喻,說明一切心的作用皆為虛妄。[21]

四、有名無實之喻

〈大東〉:「跂彼織女,終日七襄;雖則七襄,不成報章。睆彼牽牛,不可以服箱。……維南有箕,不可以簸揚。維北有斗,不可

---

[20] 見錢鍾書《宋詩選註》,頁 109。
[21] 見錢鍾書《談藝錄》,頁 615。

以挹酒漿。」《箋》:「織女有織名爾」;《正義》:「是皆有名無實。」錢氏認為:「科以思辯之學,即引喻取分而不可充類至全也。」「引喻取分」,比喻的特性是只取相異事物之部分相似,南箕北斗取其形狀上的聯想,當然無實際用途。〈大東〉中抒發對於「有名無實」的感嘆,慨嘆織女無法織成布帛,牽牛沒法駕車,南箕無法簸揚穀物,北斗無法酌起酒漿,後代作品每每「葫蘆依樣」,將此「祖構」、「遺意」即《詩》中詩人構思之初心寫入作品之中,對於世間「無其實而冒其名者」提出質疑和控訴,或寓以譏諷嘲弄之意,寄以失望惆悵之情,或以此喻來烘托詩意。

錢氏列舉許多例子,遍及文、史、中、西,略舉如下:《易林·小過》以「天女推牀,不成文章;南箕無舌,飯多沙糠」為「虛象盜名」;《古詩十九首》:「南箕北有斗,牽牛不負軛;良無磐石固,虛名復何益!」;王符《潛夫論·思賢》:「金馬不可以追速,土舟不可以涉水也。」《抱朴子》外篇〈博喻〉:「鋸齒不能咀嚼,箕舌不能辨味,壺耳不能理音,屬鼻不能識氣,釜目不能擔望舒之景,床足不能有尋常之逝。」《金樓子·終制》:「金蠶無吐絲之實,瓦雞乏司晨之用。」以上諸例皆對有名無實的事物提出質疑和控訴。

《魏書·李崇傳》請修學校表:「今國子雖有學官之名,無教授之實,何異兔絲、燕麥、南箕、北斗哉!」;《古樂府》云:「道旁兔絲,何嘗可絡?田中燕麥,何嘗可穫?」;李白〈擬古〉之六:「北斗不酌酒,南箕空簸揚」;韋應物〈擬古〉之七:「酒星非所酌,月桂不為食,虛薄空有名,為君長嘆息」;白居易〈放言〉之一:「草螢有耀終非火,荷露雖團豈是珠?不取燔柴兼照乘,可憐光彩亦何

殊！」；韓愈〈三星行〉：「我生之辰，月宿南斗，牛觜其角，箕張其口。牛不見服箱，斗不挹酒漿，箕獨具神靈，無時停簸揚。」錢氏指其「不衹引申而能翻騰」；楊萬里〈初夏即事〉：「提壺醒眼看人醉，布穀催農不自耕。」以上諸例除了指出名不符實的現象外，亦寄託詩人情感，或失望、或憤怒、或無奈。

熊稔寰〈劈破玉‧虛名〉：「蜂針兒尖尖的做不得繡，螢火兒亮亮的點不得油，蛛絲兒密密的上不得簍，白頭翁舉不得鄉約長，紡織娘叫不得女工頭。有什麼絲線兒相牽，也把虛名掛在傍人口！」及清初韓程愈〈槐國詩〉三十首，如〈蛙鼓〉、〈雁字〉、〈麥浪〉等命題、取材皆針對世上徒具虛名之物而刻意為之。

今語「紙老虎」猶德俚語所謂「橡膠獅子」，比喻虛張聲勢卻無實力之人，和瓦雞、木馬、南箕、北斗皆為「有名無實」之類，隱含嘲諷之意。如《水滸》第二十五回潘金蓮激西門慶曰：「急上場便沒些用，見個紙虎也嚇一交。」又如沈起鳳《伏虎韜》第四折鬥白：「閑人閃開！紙糊老虎來了！」錢氏又指出西方情詩中，生活貧寒的讀書人，在追求女郎時往往用詞豪奢，奉承其髮為「金」、眼為「綠寶石」、唇為「珊瑚」，涕淚為「珍珠」，實際上卻無法運用詩中所寫的財寶解救饑寒。又如描寫心中的熱情如同猛烈燃燒的火焰，但生活上卻無蔽身之所，只能瑟縮在寒風之中。錢氏認為此類將話說得漂亮卻自顧不暇的人，猶如《左傳》哀公二十五年所嘲「食言多矣，能無肥乎？」又如賈島〈客喜〉所歎「鬢邊雖有絲，不堪織

寒衣。」窮士文字儘管華麗真摯卻只是空言。[22]

　　錢鍾書闡述比喻的特性及誘力，一般修辭學書都有提及，而西方當代認知語言學，對譬喻性表達作全面性的探討亦為錢氏所不及，但錢氏以其深厚的古典文學為基底，援引諸多例證，遍及詩詞、佛經、小說等，使我們徜徉在文學的世界中，更了解比喻修辭作為文學語言的特點。錢氏又以其淵博的學識廣及外國相關文藝觀念及具體詩文，令我們大開眼界，這是一般修辭學書所不及的。

　　錢氏在其長篇小說《圍城》之中亦處處展現其比喻功力，討論錢氏比喻特色的文章亦所在多有[23]，可見錢氏不只重視「比喻」，亦靈活的運用在作品之中。

參、歇後、倒裝

《管錐編・毛詩正義・雨無正》：

「三事大夫，莫肯夙夜；邦君諸侯，莫肯朝夕。」明葉秉敬《書肆說鈴》卷上：「此歇後語也。若論文字之本，則當云：

---

[22] 見錢鍾書《管錐編》第一冊，頁 153-156。
[23] 例如王定芳〈圍城的比喻修辭手法賞析〉《鷺江大學學報》第 1 期，1994 年；溫鎖林〈喻海明珠：圍城比喻研究〉《山西大學學報》第 3 期，1994 年；趙勤輝〈圍城的比喻藝術〉《廣西大學學報》第 23 卷第 4 期，2001 年；周錦國〈圍城比喻批判〉《雲南師範大學學報》第 34 卷第 3 期，2002 年；任玲豔〈圍城的比喻藝術〉《山西高等學校社會科學學報》第 14 卷第 12 期，2002 年等等。

『夙夜在公』、『朝夕從事』矣。元人〈清江引〉曲云:『五株門前柳,屈指重陽又』,歇後語也;《詩》云:『天命不又』,『室人入又』,『矧敢多又』,已先之矣。」[24]

　　錢鍾書引葉秉敬之說,討論「文字之本」,即通常語法或散文之句法。韻文和散文的結構不同,詩詞出於格律上的要求,經常出現不合乎「文字之本」之「歇後」和「倒裝」的現象。葉氏所指出的歇後,即陳望道《修辭學發凡》中的「藏詞」:「要用的詞已見於習熟的成語,便把本詞藏了,單將成語的別一部分用在話中來替代本詞的,名叫藏詞。」如以「友于」代替兄弟(《書經・君陳》:「友于兄弟」);以周餘代指黎民(《詩經・雲漢》:「周餘黎民」);以倚伏代替禍福(《老子》第五十章:「禍兮福所倚,福兮禍所伏」);以而立代替三十(《論語・為政》:「三十而立」)。前兩種本詞都在後半截,可以稱為「歇後藏詞」,即「歇後語」;而後兩種本詞在前半截,可以稱為「拋前藏詞語」,即「藏頭語」,而「歇後藏詞」佔了極大多數。藏詞發展到後來出現了「譬解語」,上截是譬,下截是解,如:豬八戒的脊梁——悟能之背(無能之輩),一般人在使用上常有「說譬省解」的傾向。利用譬解語來做歇後語的多為口語,帶有詼諧性,而此種歇後語隱藏的部分不止一個詞而是幾個詞,內容也比較繁複,和最初的歇後語不同。[25]葉秉敬認為〈雨無正〉中的「夙夜」為「夙夜在公」的歇後,「朝夕」為「朝夕從事」的歇後。陳望道在

---

[24] 見錢鍾書《管錐編》第一冊,頁149。
[25] 參陳望道《修辭學發凡》,(臺北:文史哲出版社,1989年),頁161-164。

介紹「藏詞」時說道:「歇後最初用的成語,都是採自《詩經》《書經》等幾部讀書人比較熟悉的古書。」果然如此,經筆者查閱「夙夜在公」見於〈召南・小星〉、〈魯頌・有駜〉,「朝夕從事」見於〈小雅・北山〉,筆者認為此處的歇後,應是為了配合字數,形成四字一句的形式。

元人〈清江引〉曲中之「屈指重陽又」,歇後省「到」字,錢氏認此句實為倒裝「屈指又重陽」。而〈小雅・賓之初筵〉:「三爵不識,矧敢多又」、「室人入又」,錢氏認為毛、鄭皆釋「又」為「復」,是歇後兼倒裝。經筆者查閱「矧敢多又」應為「矧敢又多飲」[26],「室人入又」應為「室人又入於次也」[27]。另外,〈小雅・小宛〉「天命不又」應為「天命不又(復)來」[28]。除了解為歇後、倒裝,亦有合於常規語法的解釋,如「矧敢多又」之「又」解釋為「侑」之假借,勸飲也[29];「天命不又」之「又」解釋為古「右」字,與「佑」通,助也[30]。對於這樣的訓詁方式,錢氏認為:

> 說《詩》經生,於詞章之學,太半生疎,墨守「文字之本」,覩《詩》之鑄語乖剌者,輒依託訓詁,納入常規;經疢史疻,墨炙筆鍼,如琢方竹以為圓杖,蓋未達語法因文體而有等衰

---

[26] 如王靜芝《詩經通釋》(臺北:輔仁大學文學院,1968 年),頁 480。
[27] 如程俊英、蔣見元《詩經注析》,(北京:中華書局,1991 年),頁 698。
[28] 如王靜芝《詩經通釋》,(臺北:輔仁大學文學院 1968 年出版),頁 419。
[29] 如屈萬里《詩經詮釋》,(臺北:聯經出版事業公司,1983 年),頁 428。
[30] 如屈萬里《詩經詮釋》,頁 370。

也。[31]

　　錢氏認為說《詩》之經生不了解「語法程度」隨文體不同而有差別，格律愈嚴格，語法程度只能愈低，所以散文所不能容許的語法，詩詞中是可以容許的，這便是「屈伸倚伏之理」。而經生不了解「詞章之學」，或在解經時忽略了韻、散之別，遇到使用歇後、倒裝等文句不通的句子，便如同發現「經疾史恙」即經典中的錯誤，而須「墨炙筆鍼」以訓詁之法來導正其錯誤，使文句合乎語法。筆者認為錢氏站在文學的角度詮釋詩歌，常能「發人所未發」，但是「通假」為古書中之常例，是古人在書寫時，用音同或音近的字代替本字的現象，傳統經學家、訓詁學家以「通假」注解經文的方式並不能一概否定。

　　錢氏認為元曲尚且容許「襯字」，而詩、詞中沒有這項方便之法，只能在「窘迫中矯揉料理」，所以科以「文字之本」常常有不通欠順的情形，這在詩詞中是「熟見習聞，安焉若素」的。錢氏指出後世詩詞中「險仄尖新」之句，《三百篇》每為之先，如〈豳風・七月〉：「七月在野，八月在宇，九月在戶，十月蟋蟀，入我床下。」詩句主詞當為「蟋蟀」，應置於第一句之句首，此為後世詩文「跨句倒裝」之先例。後世詩詞如李頎〈送魏萬之京〉：「朝聞游子唱驪歌，昨夜微霜初渡河」，按句意應為：「昨夜微霜，（今）朝聞游子唱驪歌初渡河」，又如白居易〈長安閒居〉：「無人不怪長安住，何獨朝朝暮暮閒」，

---

[31] 見錢鍾書《管錐編》第一冊，頁150。

應為:「無人不怪何(以我)住長安(而)獨(能)朝朝暮暮閒」,又如黃庭堅〈竹下把酒〉:「不知臨水語,能得幾回來」,應為:「臨水語:不知能得幾回來。」以上三例,皆為「跨句倒裝」。周振甫在《詩詞例話》中,對錢氏之論述及例證加以闡發,認為「倒裝」除了格律限制外,亦出於修辭的需要,詩人為了特別強調某個詞彙,因而對其位置加以選擇,此為「側重」之法。[32]

錢氏對於詩、詞中用語簡省及過度使用倒裝而使文意不通、詞句割裂之情形亦加以批評,錢氏云:

> ……可嗤點為纖詭或割裂,皆傷雅正,而斯類於詞中,則如河東之白豕。《詩》語每約省太甚,須似曲之襯字,始能達意。……鄭、孔此等註疏豈非祇襯字耶?又豈不酷類李開先《詞謔》所嘲「襯字太多,如吃蒙汗藥,頭重腳輕」耶?……字約而詞不申,苦海中物,歷代貽笑。其急如束濕,蜷類曲躬,《三百篇》中,不乏倫比,大可引以解嘲。……《三百篇》清詞麗句,無愧風雅之宗,而其蕪詞累句,又不啻惡詩之祖矣。[33]

錢氏了解韻散語法程度之異,但對於詩、詞中「字約而詞不申」、文意「纖詭割裂」的情形亦有所體認,視為「苦海中物」,對於簡省

---

[32] 見周振甫《詩詞例話》卷三修辭編之〈側重和倒裝〉(臺北:五南圖書出版有限公司,1994年),頁119-127。
[33] 見《管錐編》第一冊,頁151-152。

太過的詩句,鄭、孔的注解便猶如「襯字」一般,加之使詩意完足。可見詩人囿於格律限制而猶能收放自如、游刃有餘仍需有一定的功力。作為文學的源頭,錢氏讚嘆《詩經》為「風雅之宗」,亦批評其「急如束濕,蜷類曲躬」(筆者按:指詩句簡省,似乎是詩人「急」於結束,使得詩意過度「蜷」伏屈曲,難以了解),為「惡詩之祖」,可見錢氏對《詩經》的客觀態度。

肆、烘托

《管錐編・楚辭洪興祖補注・九辯》:

> 悲愁無形,俾色揣稱,每出兩途。或取譬於有形之事,如《詩・小弁》之「我心憂傷,惄焉如擣」,或〈悲回風〉之「心踴躍其若湯」,「心鞿羈而不形兮」;是為擬物。或摹寫心動念生時二目之所感接,不舉以為比喻,而假以為烘托,使讀者玩其景而可以會其情,是為寓物;如馬致遠〈天淨沙〉云:「枯藤、老樹、昏鴉,小橋、流水、人家,古道、西風、瘦馬,夕陽西下——斷腸人在天涯!」不待侈陳孤客窮途,未知稅駕之悲,當前風物已足銷凝,如推心置腹矣。二法均有當於黑格爾談藝所謂「以形而下象示形而上」之旨。然後者較難,所須篇幅亦逾廣。《詩》之〈君子于役〉等篇,微逗其端,至《楚

辭》始粲然明備。〈九辯〉首章,尤便舉隅。[34]

　　錢氏指出對於抽象的悲愁,可以藉由有形事物加以譬喻比擬,如《詩・小弁》將憂傷的心比喻成可以被擊搗之物,錢氏贊賞「我心憂傷,惄焉如擣」可謂「驚心動魄,一字千金。」[35]《楚辭・九章・悲回風》將激憤的心比喻成踊躍的沸湯,將憂鬱的心比喻成受韁繩限制之物。除了將抽象的思緒形象化之外,亦可藉由外在景物襯托出內心的情感,如〈天淨沙・秋思〉。曲中沒有直接敘述離鄉的旅人路途的艱辛、棲止之無期,而是透過景物的陳列形成一幅畫面:在蕭瑟的秋風中,騎著瘦馬的遊子,走在一條荒涼的古道上。纏繞著枯藤的老樹上,停著黃昏時棲息的烏鴉,流水從小橋下流過,橋的那一端有居住的人家。此時夕陽西沈,天色昏暗,而我卻仍在外飄泊,無法歸家,此曲藉由外在的景物烘托出遊子內心的孤獨滄桑。又如〈君子于役〉:「雞棲于塒,日之夕矣,羊牛下來。君子于役,如之何勿思。」亦是寓情於景之作:此時正是黃昏,一日之將盡,雞兒棲止於塒,牛羊紛紛回欄,以此景襯托出夫君之遠征未歸,烘托婦人思君之悲愁。而藉黃昏來襯托心情,達到情景交融的詩句亦所在多有,錢氏稱其為「暝色起愁」,並舉許瑤光《雪門詩鈔》卷一第十四首云:「雞棲于桀下牛羊,飢渴縈懷對夕陽。已啟唐人閨怨句,最難消遣是昏黃。」為例說明。

---

[34] 見錢鍾書《管錐編》第二冊,(臺北:書林出版有限公司,1990 年),頁 628。
[35] 見錢鍾書《管錐編》第一冊,頁 153。

錢氏認為藉外在事物烘托的手法，在《楚辭》中愈加完備。他認為〈九辯〉首章中，宋玉欲描寫使「草木搖落而變衰」之「蕭瑟」秋氣所帶給人的悲愁之感，除了藉由潘岳〈秋興賦〉所舉之「四蹙」：送歸懷慕徒之戀兮，遠行有羈旅之憤，臨川感流以歎逝兮，登山懷遠而悼近，還運用了「收潦水清」、「薄寒中人」、「羈旅無友」、「貧士失職」、「燕辭歸」、「蟬無聲」、「雁南游」、「悲鳴鶡雞蟋蟀宵征」等等與秋、與愁相關之「物態人事」來烘托，其中所使用的意象之多，蘊含之富皆勝於〈君子于役〉及〈天淨沙〉。另外，周振甫在《詩詞例話》中指出〈九辯〉所寫的景物往往加上感情色彩，如在「草木搖落」上加「蕭瑟」，在「遠行」上加「憭慄」，在「收潦水清」上加「寂寥」等等，而〈君子于役〉則沒有在雞棲、日落、牛羊回來這三件事加上具有情感色彩的詞彙，〈天淨沙〉雖有，但因其受字數限制，在詞藻的豐富性上不及〈九辯〉。[36]

伍、Y 叉句法

《管錐編・毛詩正義・關雎（五）》：

〈關雎序〉云：「是以〈關雎〉樂得淑女以配君子，憂在進賢，不淫其色，哀窈窕，思賢才。」……「哀窈窕」句緊承「不

---

[36] 見周振甫《詩詞例話》卷三修辭編之〈襯托〉，（臺北：五南圖書出版有限公司，1994 年），頁 71。

淫其色」句,「思賢才」句遙承「憂在進賢」句,此古人修詞一法。[37]

錢氏從古希臘談藝文論中拈出「Y叉句法」(Chiasmus),欣賞詩文中錯落變化之美。「Y叉句法」是指詩文中應承的次序與起呼的次序相反,先呼者後應,後呼者先應。舒展選編《錢鍾書論學文選》第四卷,對「Y叉句法」作了簡要的定義:「句法到章法,都運用「甲乙—乙甲」的次序,逆接遙應,而不順次直下。」[38]如同〈關雎序〉中「哀窈窕」句緊承「不淫其色」句,「思賢才」句遙承「憂在進賢」句。又如〈大雅‧卷阿〉:「鳳凰鳴矣,于彼高岡;梧桐生矣,于彼朝陽;菶菶萋萋,雝雝喈喈。」「菶菶萋萋」近接梧桐,而「雝雝喈喈」遠應鳳凰。謝靈運〈登池上樓〉:「潛虬媚幽姿,飛鴻響遠音;薄霄愧雲浮,棲川慚淵沉。」一、二句中,先敘述潛虬,後敘述飛鴻,三四句則先敘述飛鴻,後敘述潛虬;杜甫〈大曆三年春自白帝城放船出瞿塘峽〉:「神女峰娟妙,昭君宅有無;曲留明怨惜,夢盡失歡娛。」第二句與第三句緊相承接,第一句與第四句遙相應承。《史記‧老子韓非列傳》:「鳥吾知其能飛,魚吾知其能游,獸吾知其能走;走者可以為罔,游者可以為綸,飛者可以為矰。」「逆接分承者增而為三」,前三句分別敘述鳥飛、魚游、獸走,後三句承接的順序則為走、游、飛,成為ABC—CBA的模式,使句法活潑不呆板。以

---

[37] 見錢鍾書《管錐編》第一冊,頁 65-66。
[38] 見舒展選編《錢鍾書論學文選》第四卷,(廣州:花城出版社,1990年),頁 288。

上所舉皆「應承之次序與起呼之次序適反」之例，是「Y叉法」中很容易觀察出的一類。

錢鍾書在《管錐編・全上古三代文卷三》對「Y叉法」有更詳盡的論述及實例，使文句「錯綜流動」顯然為此法最大的目的。[39]「Y叉法」的種類繁多，用法靈活，無論是句中詞語、數句片段，或用以謀篇佈局皆可。「Y叉法」不僅在字面上有承接呼應的關係，亦要從內容、詞性等角度仔細觀察，如《論語・鄉黨》：「迅雷風烈必變」，其中的「迅雷」應接「烈風」，此處則以「雷」、「風」緊臨，「迅」、「烈」遙承，使本句中的兩個字詞交錯；又王勃〈採蓮賦〉：「畏蓮色之如臉，願衣香兮勝荷。」第一句先寫「蓮」後寫「臉」，第二句則先「衣香」後寫「荷」，敘述順序剛好相反。

Y叉法和詩家所謂「迴鸞舞鳳格」有相同之處，錢氏云：

> 韓愈〈奉和裴相公東征途經女几山下作〉：「旗穿曉日雲霞雜，山倚秋空劍戟明」，五百家註引洪興祖曰：「一士人云：以我之旗，況彼雲霞；以彼之山，況我劍戟。詩家謂之『迴鸞舞鳳格』」；實亦Y叉法，風物之山緊接雲霞，軍旅之旗遙承劍戟。元稹〈景申秋〉之四：「瓶瀉高簷雨，窗來激箭風」；「簷」、「窗」密鄰，皆實物也，「瓶」、「箭」遙偶，皆虛擬也，迴鸞

---

[39] 見錢鍾書《管錐編》第三冊，（臺北：書林出版有限公司，1990 年），頁 857-860。

舞鳳。[40]

「迴鸞舞鳳」是對偶句中，上句與下句相對應的兩組詞語不在同一位置，參差相對。韓愈詩中前句先寫自身所擁有的旗，後寫自然景物，下句先寫自然景物，後寫自身所擁有之劍；而元稹詩中，上句先寫虛擬，後寫實物，下句先寫實物，後寫虛擬，皆造成錯落變化、迂迴旋轉之美。「Y叉法」又和陳望道《修辭學發凡》「錯綜」修辭法中的「交蹉語次」近似，所謂「交蹉語次」是將語詞的順序裝得前後參差，使得說話前後不同[41]。陳望道所舉之例如：「裙拖六幅湘江水，鬢聳巫山一段雲。」「湘江」與「巫山」相對，「六幅」與「一段」相對，但是位置不同，上句先寫「六幅」再寫「湘江」，下句則先寫「巫山」再寫「一段」，此句亦是「迴鸞舞鳳格」。[42]

陸、反詞質詰、反經失常諸喻

〈行露〉：「誰謂雀無角？何以穿我屋！誰謂鼠無牙？何以穿我墉！」毛奇齡《續詩傳》謂「角」乃鳥喙之銳出者，雀有喙而不銳出。陳奐《詩毛氏傳疏》謂《說文》：「牙，壯齒也」，段注：「齒之大者」，鼠齒不大。錢氏從「修詞律例」，也就是從增強詩歌語言表

---

[40] 見錢鍾書《管錐編》第三冊，頁 858-859。
[41] 見陳望道《修辭學發凡》，頁 205。
[42] 參劉濟民〈錯綜流動的 Y 叉句法──讀管錐編札記〉，《閱讀與寫作》，2004 年第 8 期。

達效果的角度來看,採取毛奇齡、陳奐的解釋,按此說法,鼠實無牙,正如雀之無角。錢云:

> 蓋明知事之不然,而反詞質詰,以證其然,此正詩人妙用。誇飾以不可能為能,譬喻以不同類為類,理無二致。「誰謂雀無角?」「誰謂鼠無牙?」正如〈谷風〉之「誰謂荼苦?」,〈河廣〉之「誰謂河廣?」,孟郊〈送別崔純亮〉之「誰謂天地寬?」使雀嘴本銳,鼠齒誠壯,荼實薺甘,河可葦渡,高天大地真踞蹐偪仄,則問既無謂,答亦多事,充乎其量,祇是闖謠、解惑,無關比興。詩之情味每與敷藻立喻之合乎事理成反比例。[43]

詩人明知道雀無銳喙、鼠無壯齒,卻用反問的方式來表示肯定,將原本不可能的事,說成可能,藉此表達對強暴無禮者強烈的控訴和不滿。程俊英、蔣見元認為:「詩中連用反詰的口氣來譴責對方,比起直訴其惡,更能顯出對方行徑的不可容忍和自身憤慨的無法遏抑。」[44]錢氏在引文中強調詩中所「敷藻立喻」之事愈不合乎常理,愈能凸顯出「詩之情味」,如〈河廣〉中,黃河明明十分寬廣,詩人卻說可以「一葦杭之」,讀者雖然知曉其言過其實,卻能感受到黃河在詩人的心目中是多麼狹窄,他是如何急切的想回到故鄉。

---

[43] 見錢鍾書《管錐編》第一冊,頁 74。
[44] 見程俊英、蔣見元《詩經注析》,(北京:中華書局,1991 年),頁 40。

《管錐編・毛詩正義》論《詩》之修辭、句法與表達藝術

以「反經失常諸喻」，即列舉許多不可能發生之事作比喻，藉以強烈的傳達情感。錢氏指出詩詞中男女的誓言，時常以罕見之事來表達情意之深，如〈上邪〉：「山無陵，江水為竭，冬雷震震，夏雨雪，天地合，乃敢與君絕。」一口氣舉了五件罕見、不可能發生的事來表明心中的願望。又如〈敦煌曲子詞・菩薩蠻〉：「枕前發盡千般願，要休且待青山爛，水面上秤錘浮，直待黃河澈底枯。白日參辰現，北斗迴南面，休即未能休，且待三更見日頭。」足見情人間堅定不移的情感。以上二例「情人正緣知其事之不可能，故取以賭咒」，而詩文中亦常以「不可能者竟爾可能」，表達對世道反常之驚恐和憂心，如〈湘夫人〉：「鳥萃兮蘋中，罾何為兮木上？」鳥應當棲集於樹上，此刻卻聚集於草中，罾（魚網）應當在水中，此時卻掛在枝頭，如此奇怪反常之事，使詩人驚訝的問「何為？」強烈表達處境之危苦，心情之驚惶。又如〈卜居〉：「世溷濁而不清，蟬翼為重，千鈞為輕。」「千鈞」居然輕於「蟬翼」而可浮於水面，又〈懷沙〉：「變白以為黑兮，倒上以為下。」白變為黑，上說成下，以此錯亂顛倒之象來表達內心之憂懼。[45]以「反經失常諸喻」，強烈的表達內心的想法，錢氏在《管錐編・楚辭洪興祖補注・九歌（三）》[46]有極精采的論述，此處僅舉出少數例子作為拋磚引玉之用。

---

[45] 見錢鍾書《管錐編》第二冊，頁 601-602。
[46] 見錢鍾書《管錐編》第二冊，頁 600-606。

柒、代言體、話分兩頭

〈桑中〉詩，朱熹認為是「淫者自作」、「自狀其醜」，錢氏則提出「代言體」的觀念，認為「作詩之人不必即詩中所詠之人」：

> 夫自作與否，誠不可知，而亦不可辯。設身處地，借口代言，詩歌常例。貌若現身說法(Ichlyrik)，實是化身賓白(Rollenlyrik)，篇中之「我」，非必詩人自道。假曰不然，則〈鴟鴞〉出於口吐人言之妖鳥，而〈卷耳〉作於女變男形之人痾也。[47]

代言體是詩歌一種創作方式與表現手法，錢氏拈出「代言體」的一個基本特徵：設身處地，代言其情。例如創作閨怨詩的男性作家，站在詩中抒情女主人公的角度，以其心境、口吻來言情敘事，如曹丕〈燕歌行〉直接以思婦懷人的方式建構詩篇，借詩中抒情女主人公之口說出離別之苦、空閨之情。李軍認為，代言體多採用「第一人稱」的寫法，而從詩的內容和形式來看，既是詩人代詩中抒情主人公言，也是詩中的抒情主人公在代作者言，詩人和詩中抒情主人公有著極微妙而複雜的關係。[48]錢氏指出「代言體」在詞中更是「慣技」，然而「人讀長短句時，了然於撲朔迷離之辨，而讀《三百

---

[47] 見錢鍾書《管錐編》第一冊，頁87。
[48] 見李軍〈代言體辨識〉《安順師專學報》，第3卷第1期，2001年3月。

篇》時,渾忘有揣度擬代之法(Prosopopeia)。」

〈卷耳〉難解之處,在於是「男思女」,還是「女思男」的問題。首章「采采卷耳」為婦人口吻,第二、三、四章「陟彼崔嵬」則頗多爭議。方玉潤認為此詩當為「婦人念夫行役而憫其勞苦之作」,二、三、四章「皆從對面著筆,思想其勞苦之狀,強自寬而愈不能寬……後世杜甫〈今夜鄜州月〉一首,脫胎於此」[49]。郭沫若《卷耳集》,聞一多《風詩類鈔》,余冠英《詩經選》,程俊英《詩經譯注》皆從之。錢氏則認為首章已說「嗟我懷人」,接著又稱所懷之人為「我」——「我馬虺隤、玄黃、瘏矣」、「我姑酌彼金罍、兕觥」、「我僕痡矣」,在文理上是「扞格難通」的。更有人認為第二、三、四章是婦人設想自己行役之狀,錢氏嘲諷這類說法,只差沒有直說女變形為男,或女扮男裝而已。胡承珙在《毛詩後箋》中認為:「凡詩中『我』字,有其人自『我』者,有代人言『我』者,一篇之中,不妨並見。」錢氏認為這樣的說法有其盲點,要如何斷言首章的「我」出於婦人自道,而二、三、四章之「我」則為婦代夫言?究竟要如何,才能更周全的詮釋這首詩呢?錢氏認為無須「平地軒瀾」,直接將整首詩視為「代言體」,詩人為勞人、思婦代言其情事:

> 作詩之人不必即詩中所詠之人,婦與夫皆詩中人,詩人代言其情事,故各曰「我」。首章託為思婦之詞,「嗟我」之「我」,思婦自稱也;……二、三、四章託為勞人之詞,「我馬」、「我

---

[49] 見方玉潤《詩經原始》,(臺北:藝文印書館,1981年),頁176。

僕」、「我酌」之「我」，勞人自稱也；……思婦一章而勞人三章者，重言以明征夫況瘁，非女手拮据可比，夫為一篇之主而婦為賓也。

錢氏認為詩人「代言其情事」，首章託為思婦之詞，二、三、四章託為勞人之詞，一首詩中同時具有兩種視角（敘述角度），不須為了「我」究竟是誰而耗費心神。錢氏並以「花開兩朵，各表一枝」來解釋詩人此種敘述手法。詩人之筆無法同時寫出兩件事，只好先寫思婦，後寫征夫，將同時異地發生的事，逐一呈現在讀者眼前，好似電影中的「蒙太奇」(montage)剪接手法。這種分述（平述）的方式，小說家稱之為「話分兩頭」，錢氏云：

> 男女兩人處兩地而情事一時，批尾家（筆者按：在別人著作後面加評論批注）謂之「雙管齊下」，章回小說謂之「話分兩頭」，《紅樓夢》第五四回王鳳姐仿「說書」所謂：「一張口難說兩家話，『花開兩朵，各表一枝』。」。[50]

錢氏認為中國舊詩語言精簡，不像散文和白話小說需要用「當其時」、「正是這個時候」等詞句來交代清楚[51]，如王維〈隴頭吟〉：「長安少年遊俠客，夜上戍樓看太白。隴頭明月迥臨關，隴上行人夜吹笛。關西老將不勝愁，駐馬聽之雙淚流；身經大小百餘戰，麾

---

[50] 見錢鍾書《管錐編》第一冊，頁 68。
[51] 見錢鍾書《七綴集·讀拉奧孔》註解 11，頁 58。

下偏裨萬戶侯。蘇武身為典屬國,節旄落盡海西頭。」少年於樓上看星,老將在馬背上聽笛,人異地而事同時,在涼輝普照之下,一個瀟灑無憂,一個黯然落淚。詩中老將為主,少年為賓,所以語言有詳略之別。又如白居易〈中秋月〉:「誰人隴外久征戍?何處庭前新別離?失寵故姬歸院夜,沒蕃老將上樓時」;劉駕〈賈客詞〉:「賈客燈下起,猶言發已遲。高山有疾路,暗行終不疑。寇盜伏其路,猛獸來相追。金玉四散去,空囊委路歧。揚州有大宅,白骨無地歸。少婦當此日,對鏡弄花枝」;陳陶〈隴西行〉:「可憐無定河邊骨,猶是春閨夢裡人」;金人瑞〈塞北今朝〉:「塞北今朝下教場,孤兒百萬出長楊。三通金鼓搖城腳,一色鐵衣沈日光。壯士并心同日死,名王捲席一時藏。江南士女卻無賴,正對落花春晝長。」詩中敘述不同空間,但同時發生的兩件事,這兩件往往形成對照、映襯的效果,凸顯詩人情感,增強表達效果。西方當世有所謂「答答派」(Dada)者,創「同時情事詩」體(Simultaneist poems),便是此法之「充盡而加厲耳」,此法在小說中更是常例,中西方皆同。

　　語言文字的表現方式自有其限制,錢氏援引西方諸例,認為生活中的事物來自四面八方,而語文運用卻只能作單線式,如鐵鏈次序銜接一般一一敘述,同時使數物並陳,不是筆、舌所能辦到的。「花開兩朵,各表一枝」、「說時遲,那時快」,就是為了突破這種侷限。錢氏讚揚西方後世小說作者青出於藍,知曉人事錯綜複雜,往往是交集紛來,絕非如小說中所敘述之前後連貫、有條不紊,所以應當改變前人筆法,將敘述之單線鋪引為萬緒綜織之平面,也就是要以

網代鏈,如雙管齊下,五官並用,挑戰語言文字的極限。[52]

錢氏運用小說中的敘述方式「話分兩頭」來賞析詩歌的創作、謀篇藝術,使我們在欣賞詩歌時,能有更豐富的聯想,更具體的畫面。更呈現出錢氏打通各種文體,積極尋找藝術創作者共同詩心、文心的意圖。

捌、倩女離魂法:己思人乃想人亦思己,己視人適見人亦視己

〈陟岵〉是一首行役者思家之詩。無止盡的征戰勞役,拆散了原本幸福的家,征人在痛苦的勞役中掙扎,團圓的美夢是支持他活下去的力量。此詩的藝術手法極為高明,詩人不直說自己的望鄉之情,而是想像著父母兄長對自己的思念,方玉潤《詩經原始》:

> 人子行役,登高念親,人情之常。若從正面直寫己之所以念親,縱千言萬語,豈能道得意盡?詩妙從對面設想,思親所以念己之心與臨行勗己之言,則筆以曲而愈達,情以婉而愈深,千載下讀之,猶足令羈旅人望白雲而起思親之念,況當日遠離父母者乎?[53]

---

[52] 見錢鍾書《管錐編》第五冊,(臺北:書林出版有限公司,1990 年),頁 8-9。
[53] 見方玉潤《詩經原始》,頁 543-544。

方玉潤認為此詩妙在從「對面設想」，繞個彎曲折表達出對親人的思念，「筆以曲而愈達，情以婉而愈深」，詩人含蓄的表達方式，反映出一種極迫切、極深厚、極苦澀、又極難排遣的心情。[54]《傳》、《正義》對「父曰」、「母曰」皆認為是征人追憶臨別時親戚之叮嚀，錢氏就「詞氣、口吻」來考量，認為若是臨別時的當面囑咐，應曰：「嗟汝行役」而非「嗟予子（季、弟）行役」，此處的口吻較似「遠役者思親，因想親亦方思己。」錢氏對此種敘述手法，有進一步的分析：

> 據實構虛，以想像與懷憶融會而造詩境……。分身以自省，推己以忖他；寫心行則我思人乃想人必思我，如〈陟岵〉是。[55]

他認為此類「詩境」，是詩人「據實以構虛」，將「想像」和「懷憶」相融而創造出來的，《文心雕龍・神思》暢談想像力的作用，此處詩人將飛躍的情思和記憶中家人的關愛融合在一起，虛實相合建構出詩的情境。明明是「我思人」卻透過「分身以自省，推己以忖他」，寫出「人必思我」的情形。錢氏指出後世詩人用此意者十分普遍，如高適〈除夕〉：「故鄉今夜思千里，霜鬢明朝又一年」；韓愈〈與孟東野書〉：「以吾心之思足下，知足下懸懸於吾也」；劉得仁〈月夜寄同志〉：「支頤不語相思坐，料得君心似我心」；王建〈行見月〉：「家人見月望我歸，正是道上思家時」；白居易〈江樓月〉：「誰料江邊懷

---

[54] 參程俊英、蔣見元《詩經注析》，頁 296。
[55] 見錢鍾書《管錐編》第一冊，頁 114。

我夜,正當池畔思君時」,又〈至夜思親〉:「想得家中夜深坐,還應說者遠游人」;孫光憲〈生查子〉:「想到玉人情,也合思量我」;韋莊〈浣溪紗〉:「夜夜相思更漏殘,傷心明月憑闌干,想君思我錦衾寒」;張炎〈水龍吟・寄遠竹初〉:「待相逢說與相思,想亦在相思裡。」遣詞造境皆日趨精妙,而其構思機杼皆出於〈陟岵〉。

　　筆者認為此種寫法不僅婉轉的表達思念之情,亦傳達出希望對方永遠記得自己的心願。倘若對方並非朝思暮想之人,他的思念便無足輕重,又何須寫進詩裡?所以此種寫法,蘊含了詩人濃厚的情意。此處為「寫心行」的方式:「我思人乃想人必思我」,錢氏又指出「寫景狀」亦有相似的手法,為「我視人乃見人適視我」,此手法金聖歎引好友斵山之語謂之「倩女離魂法」,其云:

> 他日讀杜子美詩,有句云:遙憐小兒女,未解憶長安;卻將自己腸肚,置兒女分中,此真是自憶自。又他日讀王摩詰詩,有句云:遙知遠林際,不見此簷端;亦是將自己眼光,移置遠林分中,此真是自望自。蓋二先生皆用倩女離魂法作詩也。[56]

　　其中的「自憶自」、「自望自」便道出詩人從對面著筆的寫法,斵山稱此種藝術方法為「倩女離魂法」,詩人的魂魄能離開自己的身體自由行動,因而能知曉遠處的情形,能明白遠方親友的思念。筆

---

[56] 見錢鍾書《管錐編》第一冊,頁 114。

者認為此處的魂魄即是想像力的展現。

　　錢鍾書將《詩》視為詩，以文學的眼光賞析《詩經》，不僅可以陶冶性靈，益人風趣，亦使讀者在鑒賞或創作上有一定的啟發。錢氏結合中西方的知識，經常道出許多不為人所熟知的觀點，益人神智，又或者在大家極為熟悉的修辭方法、寫作技巧上輔以更深細的觀察，並跨越時空、學科、文體「纚纚如貫珠」的援引諸例，使讀者品味其美學價值。除了上述筆者所列出的藝術手法外，尚有「爾汝群物」，此為運用稱謂變化表現人物情態的敘述方式，詩人「至情洋溢，推己及他」，將萬物視為同類，直稱其為「汝」，此用法或出於「愛暱」，如〈靜女〉：「匪女之為美，美人之貽」，或出於「憎恨」，如〈碩鼠〉：「逝將去女」。[57]另外，錢氏還提出「通感」之說，強調它是詩文中普遍使用的描寫手法，只是為一般修辭學家所忽略。人的視覺、聽覺、觸覺、嗅覺、味覺等官能感受可以互相打通，詩人將此心理作用運用於作品之中，如〈關雎・序〉：「聲成文，謂之音」，《正義》：「使五聲為曲，似五色成文」，便是將聽覺和視覺打通，聽者將聲音相應所譜成的曲調比喻成視覺上各色交錯所形成的紋理。

玖、情境描寫法

　　〈燕燕〉：「瞻望弗及，佇立以泣。」中感人的「送別情境」影響後世文學創作。(宋) 許顗《彥周詩話》論此二句：「真可以泣鬼

---

[57] 見錢鍾書《管錐編》第一冊，頁 86。

神矣!張子野長短句云:『眼力不如人,遠上溪橋去。』東坡與子由詩云:『登高回首坡隴隔,惟見烏帽出復沒。』皆遠紹其意。」離別的依依難捨,〈燕燕〉藉由送別者「瞻望弗及」表露無遺。錢氏指出張子野的〈虞美人〉:「一帆秋色共雲遙;眼力不知人遠,上江橋。」許顗將「不知」誤憶成「不如」,但這「不如」更能凸顯出送別者的心境。錢氏云:「曰『不知』,則質言上橋之無濟於事,徒多此舉;曰『不如』,則上橋尚存萬一之可冀,稍延片刻之相親。」人的「眼力」有限,無法追隨著遠去的行人,但是離情依依,明明知道看不見對方,卻仍舊頻頻「遙望」或者「且上江橋歟!」

錢氏列出「遠紹」〈燕燕〉之詩詞作品如下:

辛棄疾〈鷓鴣天〉:「情知已被山遮斷,頻倚闌干不自由。」……(梁)朱超道〈別席中兵〉:「扁舟已入浪,孤帆漸逼天,停車對空渚,長望轉依然。」(唐)王維〈齊州送祖三〉:「解纜君已遙,望君猶佇立。」又〈觀別者〉:「車徒望不見,時見起行塵。」(宋)王操〈送人南歸〉:「去帆看已遠,臨水立多時。」梅堯臣〈依韻和子聰見寄〉:「獨登孤岸立,不見遠帆收,及送故人盡,亦嗟歸迹留。」王安石〈相送行〉:「但聞馬嘶覺已遠,欲望應須上前坂;秋風忽起吹沙塵,雙目空回不見人。」(明)何景明〈河水曲〉:「君隨河水去,我獨立江干。」……西方亦有此例,莎士比亞劇中女角送夫遠行:「極目送之,注視不忍釋,雖眼中筋絡迸裂無所惜;行人漸遠浸小,纖若針矣,微若蠛蠓矣,消失於空濛矣,已矣!迴眸而

啜其泣矣!」(I would have broke mine eyestrings, crack'd them but/To look upon him, till the diminution/Of space had pointed him sharp as my needle/Nay, followed him till he had melted from/The smallness of gnat to air, and then/Have turn'd my eyes and wept.) [58]

另外錢氏還在〈君子于役〉拈出「暝色起愁」、〈蒹葭〉拈出「企慕情境」等情感表達的手法，深刻入微揭示《詩經》擅長情境描寫技巧。

拾、其他

錢氏在〈采薇〉討論詩中刻畫柳態之句「昔我往矣，楊柳依依」對後代文學的影響。李嘉祐〈自蘇臺至望亭驛悵然有作〉：「遠樹依依如送客」明顯留有〈采薇〉痕跡，而李商隱〈贈柳〉：「隄遠意相隨」則「遺貌存神」，此類詩人用語取意的情形可與皎然《詩式》卷一「偷語」、「偷意」、「偷勢」相參。[59]

〈鴟鴞〉：「予手拮据，……予口卒瘏，……予羽譙譙，予尾翛翛」；《傳》：「手病、口病，故能免乎大鳥之難。」《釋文》引《韓詩》：「口、足為事曰『拮据』。」《韓詩》似乎覺得不妥，而改「手」為

---

[58] 見錢鍾書《管錐編》第一冊，頁78。
[59] 見錢鍾書《管錐編》第一冊，頁136。

「足」,筆者認為此處若視為擬人法,而曰「手」是可以的,但是其後又曰「羽」曰「尾」,恐有不統一之嫌。錢氏列出此類「修詞小疵」,如髮有目,蜂有牙,柳有手,子規有唇,燈蛾有尻,寒鴉有齒之類詩句,互相解嘲。[60]

錢氏於〈摽有梅〉討論「重章之循序漸進」及「重章之易詞申意」。[61]另外〈叔于田〉:「巷無居人,豈無居人?不如叔也,洵美且仁。」此種敘述手法,影響後世文人,如韓愈〈送溫處士赴河陽軍序〉:「伯樂一過冀北之野而馬群遂空,非無馬也,無良馬也。」[62]

〈伐檀〉:「坎坎伐檀兮。」「坎坎」為象聲詞,此處僅止於「擬聲」,如同「鳥鳴嚶嚶」、「有車鄰鄰」,而「巧言切狀」者則如「楊柳依依」、「灼灼其華」、「杲杲出日」等等,錢氏批評《文心雕龍·物色》將此兩者混同言之實為思之未慎。錢氏又指出象聲詞,若同時具有「擬聲」、「達意」之效,實屬「難能見巧」。[63]

訓詁方面:〈泉水〉:「駕言出游,以寫我憂」,錢氏分析「駕」字用法,此處為「或命巾車之意」,而〈竹竿〉:「駕言出游,以寫我憂」則為「或棹孤舟」之意,「駕」字可用於操舟或御車,前者如蘇軾〈前赤壁賦〉:「駕一葉之扁舟」,後者如蘇軾〈日日出東門〉:「步尋東城游,……駕言寫我憂」。[64]又如〈大明〉:「維師尚父,時維鷹揚」,《傳》:「師,大師也;尚父,可尚可父。」《正義》:「劉向《別

---

[60] 見錢鍾書《管錐編》第一冊,頁 133-134。
[61] 見錢鍾書《管錐編》第一冊,頁 75。
[62] 見錢鍾書《管錐編》第一冊,頁 104。
[63] 見錢鍾書《管錐編》第一冊,頁 116。
[64] 見錢鍾書《管錐編》第一冊,頁 85。

錄》云『師之,尚之,父之,故曰師尚父,亦男子之美號。』」錢氏對「師尚父」的使用情形加以說明。[65]

透過以上九項論述,使我們了解《管錐編・毛詩正義》通過具體的章句鑑賞,研究了《詩經》的修辭:比喻、博喻、喻之兩柄多邊、烘托、通感等等,錢鍾書從文藝的角度來講修辭,除了文從字順,有效的傳達思想之外,更強調文學語言的特色。有別於一般修辭書,錢氏結合西方的文藝觀點,透過大量的詩文例證作深細的剖析,時常能發人所未發,提出新穎的見解。另外,特別值得一提的是,在錢氏講述修辭手法的過程中,透過大量的詩文使我們更能體會在修辭技巧背後所蘊涵的深刻情感。修辭作為一種藝術手法,自然是為了更完美表達心中所思所感,透過錢氏的闡述和詮釋,使我們不僅認識修辭法在詩中實際應用的情形,更了解詩人寄寓在詩中的真摯情意。

《管錐編・毛詩正義》選擇了〈風〉43首〈小雅〉9首〈大雅〉3首作心得筆記,此類詩中抒發的情感多以「怨情」為主。或為對勞役的疲乏,對亂局的憂心,或為對征夫的思念,對家鄉的懷念,或者抒發被棄的憤恨,對愛情的失落。詩人將愁思化為詩歌,以不同的文學手法加以傳達,如「反詞質詰」、「反經失常之喻」、「倩女離魂法」等等,而經由時代的演變,言情刻畫的藝術技巧則愈趨精細。錢氏發掘出幾種《詩經》中之抒情藝術情境,如「送別情境」、「暝色起愁」、「企慕情境」等等,使我們更能明白《詩經》作為文

---

[65] 見錢鍾書《管錐編》第一冊,頁158。

學源頭,多采多姿的情感風貌。誠如陳子謙所言,錢鍾書「以人生觀照藝術,以藝術解剖人生」,《管錐編》不僅是一部談藝之作,還是一部關於人生的大書。

參考書目：

錢鍾書《管錐編》，臺北：書林出版有限公司，1990 年。
錢鍾書《談藝錄》，臺北：書林出版有限公司，1988 年。
錢鍾書〈談中國詩〉收入《寫在人生邊上；人生邊上的邊上；石語》，北京：生活・讀書・新知三聯書店，2002 年。
錢鍾書《宋詩選註》，臺北：書林出版有限公司，1990 年。
錢鍾書《七綴集・讀拉奧孔》，北京：生活・讀書・新知三聯書店，2002 年。
舒展選編《錢鍾書論學文選》，廣州：花城出版社，1990 年。
方玉潤《詩經原始》臺北：藝文印書館，1981 年。
王靜芝《詩經通釋》，臺北：輔仁大學文學院，1968 年。
程俊英、蔣見元《詩經注析》，北京：中華書局，1991 年。
屈萬里《詩經詮釋》，臺北：聯經出版事業公司，1983 年。
陳望道《修辭學發凡》，臺北：文史哲出版社，1989 年。
周振甫《中國修辭學史》，臺北：洪葉文化事業公司，1995 年。
周振甫《詩詞例話》，臺北：五南圖書出版有限公司，1994 年。
劉濟民〈錯綜流動的 Y 叉句法——讀管錐編札記〉收入《閱讀與寫作》，2004 年第 8 期。
李軍〈代言體辨識〉收入《安順師專學報》，第三卷第一期，2001 年 3 月。

國家圖書館出版品預行編目資料

詩經章法與寫作藝術／呂珍玉、林增文等著. --
初版. -- 新北市：Airiti Press, 2011. 12
　面；公分

ISBN 978-986-6286-46-9　（平裝）
1. 詩經　2. 研究考訂　3. 文集

831.18　　　　　　　　　　　　100026009

詩經章法與寫作藝術
呂珍玉、林增文　等著

作者／呂珍玉、林增文	出版者／Airiti Press Inc.
賴曉臻、譚莊蘭	新北市永和區成功路一段 80 號 18 樓
林芹竹、張惠婷	電話／(02)2926-6006
	傳真／(02)2231-7711
執行主編／古曉凌	服務信箱／press@airiti.com
執行編輯／鄭家文	帳戶／華藝數位股份有限公司
封面設計／鄭清虹	銀行／國泰世華銀行　中和分行
	帳號／045039022102
	法律顧問／立暘法律事務所　歐宇倫律師
	Ｉ Ｓ Ｂ Ｎ／978-986-6286-46-9
	出版日期／2011 年 12 月初版
	定　　　價／NT$ 450 元

版權所有・翻印必究　　Printed in Taiwan